BERNARD CORNWELL
Sharpes Trophäe

AF186174

Weitere Titel des Autors:

Sharpes Feuerprobe
Sharpes Sieg
Sharpes Festung
Sharpes Trafalgar
Sharpes Beute
Sharpes Aufstieg
Sharpes Mission
Sharpes Gold
Sharpes Flucht
Sharpes Weihnacht
Sharpes Zorn
Sharpes Gefecht
Sharpes Rivalen
Sharpes Degen
Sharpes Abenteuer
Sharpes Feind
Sharpes Ehre
Sharpes Geheimnis
Sharpes Triumph
Sharpes Rache
Sharpes Waterloo
Sharpes Teufel
Sharpes Mörder

Über den Autor:

Bernard Cornwell wurde 1944 in London geboren und arbeitete lange für die BBC, unter anderem in Nordirland. Er hat zahlreiche international erfolgreiche historische Romane und Thriller veröffentlicht, darunter die SHARPE-SERIE, die seit Jahren Kultstatus hat. Mit *Sharpes Mörder* legte Cornwell nach mehr als fünfzehn Jahren Pause im Herbst 2022 endlich ein neues Abenteuer von Richard Sharpe vor. Mit *Sharpes Kommando* folgt zur Freude der Fans im Sommer 2024 ein weiteres.

BERNARD CORNWELL

SHARPES TROPHÄE

HISTORISCHER ROMAN

Übersetzung aus dem Englischen von
Bernd Müller

Lübbe

Die Bastei Lübbe AG verfolgt eine nachhaltige Buchproduktion.
Wir verwenden Papiere aus nachhaltiger Forstwirtschaft und
verzichten darauf, Bücher einzeln in Folie zu verpacken. Wir stellen
unsere Bücher in Deutschland und Europa (EU) her und arbeiten mit
den Druckereien kontinuierlich an einer positiven Ökobilanz.

Vollständige Neuausgabe
der bei Bastei Lübbe erschienenen und
2011 überarbeiteten Taschenbuchausgabe

Copyright © 1981 by Bernard Cornwell
Titel der englischen Originalausgabe: »Sharpe's Eagle«

Für die deutschsprachige Ausgabe:
Copyright © 2023 by
Bastei Lübbe AG, Schanzenstraße 6–20, 51063 Köln

Textredaktion: Rainer Delfs, Scheeßel
Umschlaggestaltung: ZERO Werbeagentur, München
Umschlagmotiv: © Collaboration JS / arcangel;
tokar / shutterstock.com
Satz: hanseatenSatz-bremen, Bremen
Gesetzt aus der Stempel Garamond
Druck und Verarbeitung: GGP Media GmbH, Pößneck

Printed in Germany
ISBN 978-3-404-19268-7

2   4   5   3   1

Sie finden uns im Internet unter:
luebbe.de
Bitte beachten Sie auch: lesejury.de

Für Judy

PROLOG

Im Jahre 1809 war die britische Armee ebenso wie heute in Regimenter aufgeteilt, nur wurden die meisten mit Ziffern, nicht mit Namen bezeichnet. So hieß beispielsweise das Bedfordshire Regiment korrekt das 14th Regiment, die Connaught Rangers waren das 88th Regiment und so weiter. Den Soldaten waren die Namen lieber, aber sie mussten bis 1881 auf ihre offizielle Einführung warten. Ich habe dem (fiktiven) South Essex Regiment mit Absicht keine Zahl zugeteilt.

Das Regiment stellte eine verwaltungstechnische Einheit dar. Die grundlegende Kampfeinheit war das Bataillon. Die meisten Regimenter bestanden aus mindestens zwei Bataillonen, aber einige, darunter das imaginäre South Essex, waren kleine Regimenter mit nur einem Bataillon. Daher werden in diesem Buch beide Begriffe abwechselnd gebraucht. Auf dem Papier hatte ein Bataillon eine Sollstärke von etwa tausend Mann, doch oft genug sorgten Krankheiten, Verletzungen sowie der allgemeine Mangel an Rekruten dafür, dass Bataillone nur mit fünf- bis sechshundert Mann ins Feld ziehen konnten.

Jedes Bataillon war in zehn Kompanien aufgeteilt. Zwei davon, die Leichte Kompanie und die Grenadierkompanie, stellten die Elite des Bataillons dar, und gerade die Leichten Kompanien erwiesen sich als ungemein nützlich, sodass man nach Art der 95th Rifles ganze Regimenter aus Leichtbewaffneten aufstellte oder bereits existierende entsprechend erweiterte.

Ein Bataillon stand in der Regel unter dem Kommando eines Lieutenant Colonels, unterstützt von zwei Majors, zehn Captains, und unter ihnen die Lieutenants und Ensigns. Keiner dieser Offiziere hatte in der Regel eine formelle Ausbildung hinter sich. Diese blieb den Offizieren der Pionier- und Artillerieeinheiten vorbehalten. Ungefähr jeder zwanzigste Offizier war früher einfacher Soldat gewesen und dann befördert worden. Im Normalfall erfolgte die Beförderung eher nach Dienstjahren als nach Leistung, aber ein wohlhabender Mann konnte sie sich auch erkaufen, sofern er in seinem alten Rang eine bestimmte Mindestzeit abgedient hatte. Diese Möglichkeit barg zwar einige Härten und Ungerechtigkeiten in sich, aber man sollte immer im Auge behalten, dass ohne dieses Bezahlungssystem Großbritanniens erfolgreichster Soldat, Sir Arthur Wellesley, der spätere Herzog von Wellington, niemals früh genug jenen hohen Rang erreicht hätte, der ihm die Chance gab, das brillanteste Heer aufzustellen, das Großbritannien je besessen hat, jenes Heer, in dem Richard Sharpe zwischen 1808 und 1814 in Portugal, Spanien und Frankreich die Franzosen bekämpfte.

KAPITEL 1

Die Kanonen waren zu hören, lange bevor sie in Sicht kamen. Kinder klammerten sich an die Rockschöße ihrer Mütter und wunderten sich, was das für ein schreckliches Ding sei, das solche Geräusche hervorbrachte. Der Hufschlag der großen Pferde begleitete das Gerassel von Zugriemen und Ketten und das hohle Rumpeln der wirbelnden Räder. Das alles wurde übertönt von dem Krachen, mit dem Tonnen von Messing, Eisen und Holz über das geborstene Straßenpflaster der Stadt gezogen wurden. Und dann sah man sie: Kanonen, Lafetten, Pferde und Vorreiter, und die Kanoniere, deren Gesichter ähnlich abweisend wirkten wie die dicken, geschwärzten Fässer, die von den Kämpfen im Norden zeugten, wo die Artillerie ihre massiven Waffen durch angeschwollene Flüsse und über regendurchtränkte Hänge gezogen hatte, um Tod und Verderben über den Feind zu bringen. Nun würden sie es noch einmal versuchen. Mütter hielten ihre Kleinsten umschlungen, zeigten auf die Kanonen und prahlten damit, wie diese Briten Napoleon so weit bringen würden, sich zu wünschen, er wäre auf Korsika geblieben und hätte Schweine großgezogen, das Einzige, wozu er fähig sei.

Und erst die Kavallerie! Die portugiesischen Zivilisten applaudierten den vorbeitrottenden Reihen prächtiger Uniformen, den gebogenen, glänzenden Säbeln, die man aus der Scheide gezogen hatte, um sie in den Straßen von Abrantes zur Schau zu stellen. Da war der feine Staub, den die Hufe der Pferde aufwirbelten, ein geringer Preis, den es für den Anblick der herrlichen

Regimenter zu zahlen galt, die nach Meinung der Stadtbevölkerung die Franzosen geradewegs über die Pyrenäen und zurück in die Gossen von Paris treiben würden.

Von Norden und Süden, von den Häfen an der Westküste her strömten die Soldaten zusammen und marschierten gen Osten auf der Straße, die der spanischen Grenze und dem Feind entgegenführte. Portugal würde befreit, Spaniens Stolz neu entfacht, Frankreich erniedrigt werden, und dann konnten diese britischen Soldaten in ihre eigenen Weinschenken zurückkehren und Abrantes und Lissabon, Coimbra und Oporto in Frieden zurücklassen.

Die Soldaten selbst waren weniger zuversichtlich. Sicher, sie hatten Soults Heer im Norden geschlagen, doch während sie in die eigenen, länger werdenden Schatten marschierten, fragten sie sich, was sie wohl hinter Castelo Branco erwartete, der nächsten und letzten Stadt vor der Grenze. Bald würden sie erneut den blauberockten Veteranen von Jena und Austerlitz gegenüberstehen, den Helden der Schlachtfelder Europas, den französischen Regimentern, die schon die besten Heere der Welt zerschlagen hatten.

Das Stadtvolk war beeindruckt, zumindest von der Kavallerie und Artillerie, doch für das erfahrene Auge waren die Truppen, die sich um Abrantes zusammenzogen, jämmerlich klein und die französischen Heere im Osten bedrohlich groß. Das britische Kontingent, das den Kindern von Abrantes so gewaltig vorkam, konnte den französischen Marschällen keine Angst einflößen.

Lieutenant Richard Sharpe, der in seinem Quartier am Stadtrand auf Befehle wartete, sah zu, wie die Kavallerie die Säbel wegsteckte, nachdem man die letzten Zuschauer hinter sich gelassen hatte, und wandte sich wieder der Aufgabe zu, den schmutzigen Verband von seinem Oberschenkel zu wickeln.

Als die letzten klebrigen Reste abgeschält waren, fielen einige Maden zu Boden, und Sergeant Harper ging in die Knie, um sie aufzuheben, ehe er die Wunde besah.

»Verheilt, Sir. Wunderschön.«

Sharpe knurrte. Die Säbelwunde hatte sich in neun Zoll verzogenen Narbengewebes verwandelt, das sich sauber und rosig von der dunkleren Haut abhob. Er riss die letzte fette Made ab und überreichte sie Harper zur sicheren Aufbewahrung.

»So, meine Schöne, wohlgenährt bist du.« Sergeant Harper verschloss die Büchse und blickte zu Sharpe auf. »Sie hatten Glück, Sir.«

Allerdings, dachte Sharpe. Der französische Husar hätte ihm beinahe den Garaus gemacht. Der kraftvoll von oben nach unten geführte Säbelhieb hatte sein Ziel fast schon erreicht, als Harpers Gewehrkugel den Franzosen aus dem Sattel hob, dessen Grimasse, eingerahmt von den unheimlichen Rattenschwänzen, plötzlich in Agonie erstarrte. Sharpe war verzweifelt ausgewichen, und der auf seine Kehle gerichtete Säbel hatte sich in seinen Oberschenkel gebohrt. Eine weitere Narbe zum Andenken an sechzehn in der britischen Armee verbrachte Jahre. Eine tiefe Wunde war das nicht gewesen, aber Sharpe hatte zu viele Männer an kleineren Schnittverletzungen sterben gesehen, mit Blutvergiftung und verfärbtem, stinkendem Fleisch. Die Ärzte hatten sich jeweils nicht anders zu helfen gewusst, als den Verletzten in einem der Leichenhäuser, die sie Hospitäler nannten, bis zu seinem Tode schwitzen und verkommen zu lassen. Ein paar Maden brachten mehr zuwege als jeder Feldarzt, indem sie das kranke Gewebe wegfraßen, sodass sich das gesunde Fleisch auf natürliche Weise wieder schließen konnte. Der Lieutenant stand auf und belastete prüfend das Bein. »Danke, Sergeant. So gut wie neu.«

»War mir ein Vergnügen, Sir.«

Sharpe streifte die Kavalleriemontur über, die er statt der vorgeschriebenen grünen Hosen der 95th Rifles trug. Er war stolz auf die grüne Uniform mit den schwarzen Lederflicken, die er im vergangenen Winter dem Leichnam eines Chasseurs aus Napoleons Leibregiment abgenommen hatte. Die Außenseite eines jeden Hosenbeins war mit mehr als zwanzig Silberknöpfen verziert gewesen, mit denen Sharpe in den Tavernen Essen und Trinken für seine Scharfschützen bezahlt hatte, die durch die galizischen Schneefelder nach Süden geflohen waren. Er hatte Glück gehabt, den Chasseur zu erwischen. Es gab in beiden Heeren nicht viele Männer, die so groß wie Sharpe waren, doch diese Montur passte wie angegossen, und die weichen, soliden schwarzen Lederstiefel des Franzosen hätten eigens für den englischen Lieutenant angefertigt sein können.

Patrick Harper hatte es da schwerer. Der Sergeant überragte Sharpe um volle vier Zoll, und der riesenhafte Ire wartete immer noch sehnsüchtig darauf, eine ordentliche Hose zu finden, einen Ersatz für seine ausgeblichenen, geflickten und zerlumpten Beinkleider, mit denen man kaum noch die Krähen von einem Rübenfeld verjagen konnte.

Die gesamte Kompanie sieht so aus, dachte Sharpe, ihre Uniformen sind fadenscheinig, ihre Stiefel werden praktisch nur noch von Fellstreifen zusammengehalten. Und solange ihr Heimatbataillon zu Hause in England weilte, würde Sharpes kleine Schar keinen Feldzeugmeister finden, der bereit war, seine Buchführung dadurch zu komplizieren, dass er ihnen neue Hosen oder Schuhe zuwies.

Sergeant Harper reichte dem Lieutenant seine Uniformjacke. »Möchten Sie ein ungarisches Bad, Sir?«

Sharpe schüttelte den Kopf. »Es geht schon.« In der Jacke hausten zwar einige Läuse, aber noch nicht genug, als dass es gerechtfertigt gewesen wäre, die Uniform dem Rauch eines

Grasfeuers auszusetzen, sodass sie für die nächsten Tage wie ein Kohlenbrenner gestunken hätte. Die Jacke war so abgetragen wie alle anderen auch in dieser Kompanie, aber nichts, nicht einmal der bestgekleidete Leichnam Portugals oder Spaniens, hätte Sharpe dazu bringen können, sie wegzuwerfen. Sie war grün wie die dunkelgrüne Jacke der 95th Rifles, und sie war das Kennzeichen eines Eliteregiments.

Die britische Infanterie trug Rot, aber die Besten in der britischen Infanterie trugen Grün, und selbst nach drei Jahren bei den 95th Rifles hatte Sharpe noch Freude an der Auszeichnung, welche die grüne Uniform bedeutete. Sonst besaß er nichts, nur seine Uniform und das, was er auf dem Rücken mit sich tragen konnte. Richard Sharpe kannte keine andere Heimat als das Regiment, keine Familie außer seiner Kompanie und keinen Besitz bis auf das, was in seinen Tornister und seine Taschen passte. Er kannte keine andere Art zu leben, und er erwartete, so zu sterben.

Um die Taille band er sich die rote Offiziersschärpe und darüber den schwarzen Lederriemen mit der silbernen, schlangenförmigen Gürtelschnalle. Nach einem Jahr auf der Iberischen Halbinsel deuteten nur noch die Schärpe und sein schwerer Degen auf seinen Offiziersrang hin, und selbst seine Waffe entsprach, genau wie die Montur, nicht den Vorschriften. Offiziere der Rifles hatten wie alle Offiziere der Leichten Infanterie einen gebogenen Säbel mitzuführen, aber Sharpe missfiel diese Waffe. Stattdessen trug er den langen geraden Degen der Schweren Kavallerie, ein Ungetüm von einer Waffe, schlecht ausbalanciert und grob, doch Sharpe behagte das Gefühl, eine primitive Waffe zu halten, mit der er die schlanken Klingen französischer Offiziere niederschlagen und Muskete und Bajonett beiseitehauen konnte.

Der Degen war nicht seine einzige Waffe. Zehn Jahre lang

war Richard Sharpe in den Reihen der Rotröcke marschiert, zunächst als einfacher Soldat, dann als Sergeant, und hatte eine Muskete mit glattem Lauf über die Tiefebenen Indiens getragen. Er hatte mit der schweren Steinschlossflinte in der Formation gestanden, war von Entsetzen erfüllt mit einem Bajonett in die Bresche gesprungen, und auch jetzt noch führte er in jeder Schlacht eine Langwaffe mit sich. Das Baker-Gewehr zeichnete ihn aus, hob ihn von den anderen Offizieren ab, und die sechzehnjährigen Ensigns, die man frisch in ihre nagelneuen Uniformen gesteckt hatte, waren auf der Hut vor dem hoch gewachsenen schwarzhaarigen Lieutenant mit dem umgehängten Gewehr und der Narbe, die seinem Gesicht, außer beim Lächeln, den Ausdruck grimmiger Belustigung verlieh. Manch einer fragte sich, ob die Geschichten stimmten, Geschichten vom indischen Kontinent aus Seringapatam und Assaye, doch ein Blick aus den scheinbar spöttischen Augen oder der Anblick der abgenutzten Griffe seiner Waffen ließen die Zweifel verstummen. Wenige unter den frischgebackenen Offizieren machten sich die Mühe, darüber nachzudenken, wofür dieses Gewehr in Wahrheit stand, für den heftigsten Kampf nämlich, den Sharpe je ausgefochten hatte, für seinen Aufstieg aus den Mannschaften in die Offiziersmesse.

Vom Fenster aus blickte Sergeant Harper auf den in nachmittägliches Licht getauchten Platz.

»Da kommt Happy, Sir.«

»Captain Hogan.«

Harper ignorierte die Rüge. Er und Sharpe waren zu lange zusammen gewesen, hatten gemeinsam zu viele Gefahren durchgestanden, und der Sergeant wusste genau, welche Freiheiten er sich bei seinem wortkargen Offizier herausnehmen durfte. »Er sieht fröhlicher denn je aus, Sir. Muss wieder mal einen Auftrag für uns haben.«

»Ich bete zu Gott, dass sie uns in die Heimat schicken.«

Harper, der mit seinen riesigen Händen behutsam das Schloss seines Gewehrs auseinandernahm, tat so, als habe er die Bemerkung nicht gehört. Er wusste, was sie zu bedeuten hatte, doch dieses Thema war gefährlich. Sharpe befehligte die Überreste einer Kompanie von Scharfschützen, die im vergangenen Winter während des Rückzugs nach La Coruña von der Nachhut des Heeres von Sir John Moore abgeschnitten worden war. Ein schrecklicher Feldzug war das gewesen, unter Wetterbedingungen, die eher den Erzählungen der Reisenden von Russland entsprachen als dem nördlichen Spanien. Männer waren im Schlaf gestorben, ihr Haar am Boden festgefroren, während andere auf dem Marsch vor Erschöpfung gestürzt waren und sich vom Tode hatten überrumpeln lassen.

Die Disziplin des Heeres hatte nachgelassen und die betrunkenen Nachzügler waren leichte Beute für die französische Kavallerie gewesen, die ihre übermüdeten Reittiere in den Rücken des britischen Heeres trieb. Die Säufer wurden durch einige wenige Regimenter wie die 95th Rifles vor dem Untergang bewahrt, die ihre Disziplin aufrechterhielten und weiterkämpften.

Es kam die Jahreswende 1809, und immer noch dauerte die albtraumhafte Schlacht an, eine Schlacht, die mit feuchtem Schießpulver von frierenden Männern ausgefochten wurde, die im Schneegestöber nach den vermummten französischen Dragonern Ausschau hielten. Dann, eines Tages, als der Schneesturm im Wind anschwoll wie ein böswilliges Ungeheuer, hatten die Reiter die Kompanie von den Ihren abgeschnitten. Der Captain wurde getötet, dann der andere Lieutenant, die Gewehre weigerten sich zu schießen, die Säbel des Feindes sausten auf und ab, der feuchte Schnee dämpfte jeden Laut bis auf das angestrengte Grunzen der Dragoner und das entsetzliche Hacken der Klingen, die in der eisigen Luft dampfende Wunden schlugen.

Lieutenant Sharpe und einige wenige Überlebende kämpften sich frei und erklommen hohe Felsen, wo die Reiter sie nicht verfolgen konnten, doch als sich der Sturm legte und der letzte Schwerverwundete gestorben war, bestand keine Hoffnung mehr auf Wiedervereinigung mit dem Heer. Das zweite Bataillon der 95th Rifles war heimgesegelt, während sich Sharpe und seine dreißig Mann, verloren und vergessen, nach Süden wandten, fort von den Franzosen, um sich der kleinen britischen Garnison in Lissabon anzuschließen.

Seither hatte Sharpe ein Dutzend Mal verlangt, nach Hause geschickt zu werden, doch Scharfschützen waren allzu selten, allzu wertvoll, und der neue Befehlshaber des Heeres, Sir Arthur Wellesley, war nicht einmal bereit, auf einunddreißig von ihnen zu verzichten. So kam es, dass sie geblieben waren und für jedes Bataillon gekämpft hatten, dessen Leichte Kompanie Verstärkung nötig hatte. Auf demselben Weg, den sie gekommen waren, marschierten sie auch wieder gen Norden und standen Wellesley bei, als dieser Sir John Moore rächte, indem er Marschall Soult und seine Veteranen Hals über Kopf aus Nordportugal vertrieb.

Harper wusste, dass sein Lieutenant in störrischem Zorn mit seiner misslichen Lage haderte. Richard Sharpe war arm, bitterarm, und er würde nie genügend Mittel aufbringen, um seine nächste Beförderung zu erkaufen. Captain zu werden, selbst in einem gewöhnlichen Frontbataillon, würde Sharpe fünfzehnhundert Pfund kosten, und er hätte genauso gut hoffen können, König von Frankreich zu werden, wie darauf, diese Summe zu beschaffen. Er hatte nur eine Hoffnung auf Beförderung, und zwar nach Dienstjahren im eigenen Regiment – Hoffnung, in die Fußstapfen von Männern zu treten, die starben oder selbst befördert wurden und deren Position niemand aufgekauft hatte. Solange Sharpe sich jedoch in Portugal aufhielt und das Regiment daheim in England war, wurde er wieder und immer wieder vergessen und übergangen, und diese Ungerechtigkeit verstärkte seinen Unmut. Er musste mit ansehen, wie Männer, die jünger waren als er, sich ihren Captain-, ihren Majorsrang erkauften, während er, der bessere Soldat, sich nicht aus der Masse erheben konnte, weil er arm war und weil er kämpfte, anstatt daheim in England die Sicherheit zu genießen.

Die Tür der Hütte sprang auf und Captain Hogan betrat den Raum. Er sah in seiner blauen Jacke und den weißen Hosen wie ein Marineoffizier aus, und er behauptete, schon so oft für einen Franzosen gehalten worden zu sein, dass die eigene Seite häufiger auf ihn geschossen habe als der Feind. Er war Pionier, einer der wenigen in Portugal, und er grinste, als er seinen Zweispitz abnahm und mit einem Nicken auf Sharpes Oberschenkel wies. »Der Kämpfer wiederhergestellt? Was macht das Bein?«

»Einwandfrei, Sir.«

»Sergeant Harpers Maden, wie? Ja, wir Iren sind schlaue Teufel. Gott weiß, wo ihr Engländer ohne uns wärt.« Hogan holte seine Schnupftabaksdose hervor und nahm eine deftige Prise.

Während Sharpe auf den unvermeidlichen Nieser wartete, musterte er freundlich den kleinen älteren Captain. Einen Monat lang hatten seine Scharfschützen Hogan als Eskorte gedient, während dieser die Straßen über die hoch gelegenen Pässe nach Spanien kartografisch erfasste. Es war kein Geheimnis, dass es nicht mehr lange dauern konnte, bis Wellesley das Heer nach Spanien führen würde, am Rio Tejo entlang, der wie ein Speer auf die Hauptstadt Madrid zielte, und Hogan hatte neben dem Skizzieren unzähliger Karten gleich auch die Durchlässe und Brücken verstärkt, welche Tonnen von Messing und Holz würden aushalten müssen, wenn die Feldartillerie dem Feind entgegenzog. Gute Arbeit in angenehmer Gesellschaft war das gewesen, bis der Regen eingesetzt hatte und die Gewehre nicht schießen wollten und der französische Husar mit dem wilden Blick sich mit seinem wahnwitzigen Ein-Mann-Angriff auf die Schützen beinahe einen Namen gemacht hätte. Irgendwie war es Sergeant Harper gelungen, die Feuchtigkeit von seiner Pulverpfanne fernzuhalten, und Sharpe erzitterte immer noch, wenn er daran dachte, was passiert wäre, wenn das Gewehr nicht geschossen hätte.

Der Sergeant sammelte die Teile seines Gewehrschlosses auf, als wolle er sich entfernen, doch Hogan hob die Hand. »Bleib da, Patrick. Ich hab was Besonderes für euch, etwas, das selbst einem Helden aus Donegal Vergnügen bereiten könnte.« Er zog eine dunkle Flasche aus seiner Provianttasche und wandte sich mit hochgezogenen Augenbrauen an Sharpe. »Du hast doch nichts dagegen?«

Der Lieutenant schüttelte den Kopf. Harper war ein guter Mann, gut in allem, was er anpackte, und in den drei Jahren ihrer Bekanntschaft waren Sharpe und Harper Freunde geworden, oder wenigstens so freundschaftlich verbunden, wie es ein Offizier und ein Sergeant sein konnten. Sharpe konnte sich nicht vorstellen, ohne den riesigen Iren neben sich zu kämpfen, der Ire fürchtete sich davor, ohne Sharpe zu kämpfen, und gemeinsam waren sie das Furcht einflößendste Paar, das Hogan je auf dem Schlachtfeld zu sehen bekommen hatte. Der Captain stellte die Flasche auf den Tisch und zog den Korken. »Branntwein. Französischer Branntwein aus Marschall Soults eigenem Keller und in Oporto erbeutet. Mit den Empfehlungen des Generals.«

»Wellesley?«, fragte Sharpe.

»Derselbe. Er hat sich nach dir erkundigt, Sharpe, und ich sagte, du seist in Behandlung, sonst wärst du bei mir.«

Sharpe sagte nichts. Hogan unterbrach das vorsichtige Ausschenken der kostbaren Flüssigkeit. »Sei nicht unfair, Sharpe! Er hat dich gern. Meinst du etwa, er hätte Assaye vergessen?«

Assaye. Sharpe jedenfalls hatte nichts vergessen. Der Totenacker vor dem indischen Dorf, wo man ihn noch auf dem Schlachtfeld befördert hatte.

Hogan schob ihm über den Tisch hinweg eine Blechtasse mit Branntwein zu. »Du weißt doch, er kann dich nicht zum Captain der 95th Rifles machen. Dazu ist er nicht berechtigt.«

»Ich weiß.« Der Lieutenant lächelte und hob die Tasse an die Lippen. Aber Wellesley war berechtigt, ihn heimzuschicken, wo seine Beförderung möglich war. Er verdrängte diese Hoffnung in dem Bewusstsein, dass das bohrende Gefühl der Kränkung, die sein Rang ihm bereitete, schon bald wiederkehren würde. Er beneidete Hogan, der als Pionier ausschließlich über seine Dienstjahre Beförderung erlangen konnte. Das hieß zwar, dass Hogan mit über fünfzig Jahren immer noch Captain war, aber zumindest waren Neid und Ungerechtigkeit ausgeschlossen, weil sich auf dieser Karriereleiter niemand den Aufstieg erkaufen konnte. Sharpe beugte sich vor. »Und? Irgendwelche Neuigkeiten? Sind wir weiterhin Ihnen zugeteilt?«

»Jawohl. Und wir haben einen Auftrag.« Hogans Augen funkelten. »Noch dazu einen grandiosen Auftrag.«

Patrick Harper grinste. »Mit anderen Worten, eine mächtige Knallerei.«

Hogan nickte. »Richtig, Sergeant. Eine große Brücke, die es in Trümmer zu legen gilt.« Er holte eine Karte aus seiner Tasche und entfaltete sie auf dem Tisch, und sein schwieliger Finger zeichnete den Lauf des Tejo nach, von der Meeresmündung bei Lissabon bis in die Nähe von Abrantes, wo sie sich derzeit aufhielten, und weiter nach Spanien, um dort innezuhalten, wo der Fluss einen großen Bogen nach Süden machte.

»Valdelacasa«, sagte Hogan. »Es gibt dort eine alte Brücke, eine römische. Die missfällt dem General.«

Der Grund war Sharpe klar. Das Heer konnte am Nordufer des Tejo Richtung Madrid marschieren, und der Fluss würde seine rechte Flanke decken. Es gab wenige Brücken, wo die Franzosen ihn überqueren und ihre Nachschubwege hätten stören können, und diese Brücken befanden sich in Städten wie Alcantara, wo die Spanier Garnisonen unterhielten, um die Übergänge zu schützen. Valdelacasa war nicht einmal eingezeichnet. Wenn dort keine Stadt war, würde es keine Garnison geben, und ein französischer Trupp konnte hinüber und im Rücken der Briten Verwirrung stiften.

Harper beugte sich vor und betrachtete die Karte.

»Wieso ist sie nicht eingezeichnet, Sir?«

Hogan stieß einen verächtlichen Laut aus. »Ich bin schon überrascht, dass Madrid auf dieser Karte eingezeichnet ist, ganz zu schweigen von Valdelacasa.«

Er hatte recht. Die von Thomas Lopez erstellte Karte, die einzige, die dem Heer in Spanien zur Verfügung stand, war ein Wunderwerk spanischer Einbildungskraft. Hogan klopfte mit dem Finger auf die Karte. »Die Brücke wird kaum benutzt und ist in üblem Zustand. Es heißt, man könne kaum einen Karren hinüberschieben, geschweige denn eine Kanone, aber sie könnte instand gesetzt werden, und dann hätten wir bestimmt augenblicklich die alten Hosen auf dem Pelz.« Sharpe lächelte. Alte Hosen war der seltsame Spitzname, den die Scharfschützen den Franzosen verliehen hatten, und Hogan hatte sich den Begriff mit Freuden zu eigen gemacht. Der Pionier senkte verschwörerisch die Stimme. »Ein merkwürdiger Ort, hab ich mir sagen lassen, nichts als ein verfallenes Nonnenkloster und die Brücke. Sie nennen sie El Puente de los Malditos.« Er nickte, als habe er damit alles gesagt.

Sharpe wartete einige Sekunden ab, dann seufzte er. »Also gut. Was heißt das?«

Hogan lächelte triumphierend. »Ich bin überrascht, dass du das fragst! Es heißt Brücke der Verdammten. Wie es scheint, wurden vor Jahren sämtliche Nonnen aus dem Kloster gezerrt und von den Mauren niedergemetzelt. Dort spukt es, Sharpe. Die Geister der Toten gehen dort um!«

Wieder beugte Sharpe sich vor, um die Karte genauer zu studieren. Nach seiner Schätzung musste sich die Brücke sechzig Meilen hinter der Grenze befinden, und noch einmal diese Strecke waren sie von Spanien entfernt. »Wann geht es los?«

»Nun, bleibt noch ein Problem.« Hogan faltete die Karte sorgfältig zusammen. »Wir können morgen zur Grenze aufbrechen, aber wir können sie nicht überqueren, bis die offizielle Einladung durch die Spanier vorliegt.« Er lehnte sich mit seiner Branntweintasse zurück. »Und wir müssen auf unsere Eskorte warten.«

»Eskorte!«, rief Sharpe aufgebracht. »Wir sind Ihre Eskorte!«

Hogan schüttelte den Kopf. »O nein. Hier geht's um Politik. Die Spanier werden uns nur dann ihre Brücke sprengen lassen, wenn uns ein spanisches Regiment dabei begleitet. Es ist offenbar eine Frage ihres Stolzes.«

»Stolz!« Sharpes Wut war nicht zu übersehen. »Wenn Sie ein ganzes Regiment von Spaniern haben, wozu, verdammt noch mal, brauchen Sie dann uns?«

Hogan lächelte besänftigend. »Oh, ich brauche euch wohl. Dahinter steckt mehr, müsst ihr wissen.«

Er wurde von Harper unterbrochen. Der Sergeant stand am Fenster, ohne auf das Gespräch zu achten, und starrte auf den kleinen Platz hinaus.

»Das ist aber nett. O Sir, davon lass ich mir gern jeden Tag die Flinte putzen.«

Sharpe spähte durch das kleine Fenster. Draußen saß auf einer schwarzen Stute ein schwarz gekleidetes Mädchen. Schwarze Reithosen, schwarze Jacke und ein breitkrempiger Hut, der das Gesicht überschattete, ohne die offensichtliche Schönheit seiner Züge zu verbergen. Sharpe erkannte einen breiten Mund, dunkle Augen, geringeltes Haar von der Farbe feinen Schießpulvers, und dann merkte die junge Frau, dass sie beobachtet wurde. Sie schenkte ihnen ein angedeutetes Lächeln und wandte sich ab, gab dem Bediensteten, der das Halfter eines Maultiers festhielt, einen knappen Befehl und starrte die Straße entlang, die vom Platz aus ins Zentrum von Abrantes führte.

Hogan gab einen leisen, zufriedenen Laut von sich. »In der Tat eine Besonderheit. So was sieht man nicht alle Tage. Ich frage mich, wer sie sein mag.«

»Eine Offiziersfrau?«, schlug Sharpe vor.

Harper schüttelte den Kopf. »Kein Ring, Sir. Aber sie wartet auf jemanden. Der glückliche Bastard.«

Und ein reicher Bastard, dachte Sharpe. Das Heer scharte wie üblich ein Gefolge aus Frauen und Kindern um sich, die den Regimentern in den Kampf folgten. Jedes Bataillon durfte sechzig Soldatenfrauen mitnehmen, wenn es im Ausland in den Kampf zog, aber niemand konnte verhindern, dass andere Frauen sich den »offiziellen« Gemahlinnen anschlossen, ortsansässige Mädchen, Dirnen, Näherinnen und Wäscherinnen, die allesamt beim Heer ihr Auskommen fanden.

Diese Frau erweckte einen anderen Eindruck. Die Aura von Geld und Privilegien umgab sie, als sei sie aus reichem Elternhaus in Lissabon davongelaufen. Sharpe vermutete, dass sie die Geliebte eines reichen Offiziers war, gleichsam ein Teil seiner Ausrüstung wie seine Vollblutpferde, sein silbernes Geschirr für Mahlzeiten im Feldlager und seine Hunde, die gehorsam dem Schwanz seines Reittiers zu folgen pflegten. Es gab viele

Mädchen wie sie, das wusste Sharpe, Mädchen, die viel Geld kosteten, und er spürte, wie der alte Neid in ihm hochstieg.

»Mein Gott!« Harper, der immer noch aus dem Fenster starrte, hatte sich wieder zu Wort gemeldet.

»Was ist?« Erneut beugte sich Sharpe vor und wollte wie vor ihm sein Sergeant kaum seinen Augen trauen. Ein Bataillon britischer Infanterie marschierte nach und nach auf den Platz, jedoch ein Bataillon, wie Sharpe es seit über zwölf Monaten nicht mehr zu Gesicht bekommen hatte. Ein Jahr in Portugal hatte das Heer in den Albtraum eines jeden Drill-Sergeants verwandelt, die Uniformen der Soldaten waren verblichen und mit dem allgegenwärtigen braunen Tuch der portugiesischen Bauern geflickt, ihre Haare waren gewachsen und die Knöpfe und Abzeichen hatten seit Langem ihren Glanz verloren. Sir Arthur Wellesley machte es nichts aus. Ihm kam es nur darauf an, dass ein Soldat über sechzig Schuss Munition verfügte und über einen klaren Kopf, und wenn seine Hosen braun statt weiß waren, hatte das keinen Einfluss auf den Ausgang eines Kampfes.

Dieses Bataillon jedoch kam frisch aus England. Die Jacken der Soldaten leuchteten scharlachrot, ihre Kreuzgurte waren weiß geschniegelt, ihre Stiefel spiegelblank und schwarz. Allesamt trugen sie bis oben hin zugeknöpfte Gamaschen, und, was noch mehr überraschte, sie trugen die berüchtigten Stehkragen, vier Zoll steif gegerbten schwarzen Leders, das einem die Kehle zuschnürte, unter dem Vorwand, das Kinn hoch und gerade zu halten. Sharpe konnte sich nicht erinnern, wann er das letzte Mal einen Stehkragen gesehen hatte. Waren sie erst einmal im Felde, »verloren« die Männer sie, und mit ihnen verschwanden die eiternden Wunden, die das starre Leder unterhalb des Kieferknochens ins weiche Fleisch schnitt.

»Die sind auf dem Weg nach Windsor Castle falsch abgebogen«, spottete Harper.

Sharpe schüttelte den Kopf. »Unglaublich sind sie!« Wer auch immer dieses Bataillon befehligte, musste den Männern das Leben zur Hölle gemacht haben, um zu erreichen, dass sie trotz der Anreise aus England auf überfüllten, schmutzigen Schiffen und trotz des langen Marsches in der sommerlichen Hitze von Lissabon hierher so makellos aussahen. Ihre Waffen glänzten, ihre Ausrüstung war nagelneu und entsprach den Vorschriften, während ihre Gesichter von den beengenden Stehkrägen und der ungewohnten Hitze geschwollen und gerötet waren.

An der Spitze einer jeden Kompanie ritten die Offiziere, allesamt, wie Sharpe bemerkte, auf edlen Tieren. Die Regimentsfarben waren in poliertes Leder gefasst und wurden von Sergeants bewacht, deren Hellebardenklingen auf Hochglanz poliert waren. Die Männer marschierten in perfektem Gleichschritt, sahen sich weder nach rechts noch nach links um und machten, wie Harper bemerkt hatte, ganz den Eindruck, als seien sie unterwegs zum königlichen Wachdienst in Windsor.

»Wer sind diese Leute?« Sharpe versuchte, sich an alle Regimenter zu erinnern, die gelbe Aufschläge an ihren Uniformen hatten, aber das hier sah wie keines der Regimenter aus, die er kannte.

»Das South Essex Regiment«, sagte Hogan.

»Wie bitte?«

»Das South Essex. Neu, brandneu. Soeben erst aufgestellt von Lieutenant Colonel Sir Henry Simmerson, einem Cousin des Generals Sir Banestre Tarleton.«

Sharpe stieß einen leisen Pfiff aus. Tarleton hatte im amerikanischen Krieg gekämpft und saß nun als Wellesleys erbittertster militärischer Gegenspieler im Parlament. Sharpe hatte das Gerücht gehört, Tarleton selbst habe es auf den Oberbefehl des Heeres in Portugal abgesehen und sei sehr aufgebracht gewesen, als man dem jüngeren Mann den Vorzug gab. Tarleton war ein einflussreicher Mann, ein gefährlicher Gegner für Wellesley, und Sharpe verstand genug von Politik, um sich darüber im Klaren zu sein, dass die Gegenwart von Tarletons Cousin im Heer von Wellesley nicht begrüßt werden würde.

»Ist er das?« Er zeigte auf einen stattlichen Mann, der inmitten des Bataillons auf einem grauen Pferd ritt.

Hogan nickte. »Das ist Sir Henry Simmerson, den Gott uns erhalten möge oder auch nicht.«

Lieutenant Colonel Sir Henry Simmerson hatte ein rotes Gesicht, das von purpurnen Adern durchzogen und mit Hängebacken ausgestattet war. Seine Augen wirkten auf die Entfernung, aus der Sharpe ihn sah, klein und gerötet, und zu beiden Seiten des misstrauischen, lauernden Gesichts entsprangen auffällige Ohren, die aussahen wie die aus einem Kanonenrohr hervortretenden Drehzapfen. Er sieht aus wie ein berittenes Schwein, dachte Sharpe. »Ich habe von dem Mann noch nie gehört.«

»Das ist nicht weiter überraschend. Er hat nichts geleistet.« Hogan gab seine Verachtung zu erkennen. »Ererbtes Geld, Parlamentssitz für Paglesham, Friedensrichter und, Gott sei uns gnädig, Colonel der Miliz.« Plötzlich schien Hogan selbst aufzufallen, dass er etwas mehr Nächstenliebe und Gerechtigkeitssinn zeigen könnte. »Er meint es gut. Er wird nicht ruhen, bis diese Burschen dort das allerschönste Bataillon des Heeres sind, aber ich denke, dem Mann steht ein fürchterlicher Schock bevor, wenn er den Unterschied zwischen uns und der Miliz feststellt.«

Wie andere Berufsoffiziere hatte auch Hogan wenig für die Miliz übrig, Großbritanniens zweite Truppe. Sie wurde ausschließlich in der Heimat eingesetzt, musste niemals wirklich kämpfen, hungern oder in einem Wolkenbruch unter offenem Himmel schlafen, und dennoch präsentierte sie sich mit maßlosem Pomp und Eigendünkel. Hogan lachte. »Darf mich nicht beklagen. Wir haben Glück, dass es Sir Henry gibt.«

»Glück?« Sharpe musterte den alternden Pionier.

»O ja, Sir Henry ist erst gestern in Abrantes eingetroffen, doch schon erklärt er uns, dass er ein großer Experte der Kriegsführung ist. Der Mann hat noch keinen Franzosen zu Gesicht bekommen, aber er hat den General darüber belehrt, wie man sie schlagen muss!« Hogan lachte wieder und schüttelte den Kopf. »Vielleicht lernt er's noch. Eine Schlacht, dann könnte die Wäschestärke raus sein.«

Sharpe beobachtete die Kompanien, die wie Gliederpuppen im Gleichschritt über den Platz marschierten. Die Messingabzeichen auf ihren Tschakos reflektierten die Sonne, aber die Gesichter unter diesem Glanz waren ausdruckslos. Sharpe liebte das Heer, es war seine Heimat, jene Zuflucht, die der Waisenknabe vor nunmehr sechzehn Jahren gebraucht hatte, aber vor allem liebte er es, weil es ihm auf seine unbeholfene Weise immer wieder Gelegenheit verschaffte, zu beweisen, dass er ein Mann von Wert war. Er konnte sich noch so gegen die Reichen und Privilegierten ereifern und musste doch zugeben, dass das Heer ihn aus der Gosse aufgelesen und ihm eine Offiziersschärpe um den Leib geschlungen hatte, und Sharpe konnte sich keinen anderen Beruf denken, der einem Bastard niederer Herkunft, der noch dazu auf der Flucht vor dem Gesetz war, die Chance zu Aufstieg und verantwortlicher Tätigkeit geboten hätte. Aber Sharpe hatte außerdem Glück gehabt. In den sechzehn Jahren hatte er kaum einmal zu kämpfen aufgehört, und es war ihm zugute gekommen, dass die Schlachten in Flandern, Indien und Portugal nach Männern seines Schlages verlangt hatten, die auf Gefahr reagierten wie ein Glücksspieler auf einen Pack Karten. Sharpe hatte den Verdacht, dass er das Heer in Friedenszeiten hassen würde, mit seinen Sonntagsparaden und sinnlosen Drills, seinen unbedeutenden Eifersüchteleien und endlosem Wichs, und im Regiment von South Essex sah er das Friedensheer, das er nicht mochte. »Ich nehme an, er ist ein Auspeitscher?«

Hogan verzog das Gesicht. »Auspeitschungen, Strafmärsche, zusätzliche Drills. Was man sich nur denken kann, Sir Henry wendet es an. Er will, sagt er, nur das Allerbeste. Und das sind sie. Was hältst du von ihnen?«

Sharpe lachte grimmig. »Gott halte mich vom South Essex fern. Das ist doch wohl nicht zu viel verlangt, oder?«

Hogan lächelte. »Ich fürchte doch.«

Sharpe sah ihn an, ein beklommenes Gefühl in der Magengegend. Hogan zuckte mit den Schultern. »Ich sagte dir doch, dahinter steckt mehr. Wenn ein spanisches Regiment nach Valdelacasa marschiert, dann soll nach Sir Arthurs Ansicht aus diplomatischen Erwägungen auch ein britisches dabei sein. Die Flagge zeigen, etwas in der Art.« Er warf einen Blick auf die geschniegelten Reihen und wandte sich erneut an Sharpe. »Sir Henry Simmerson und seine prächtigen Mannen kommen mit uns.«

Der Lieutenant stöhnte. »Heißt das, wir müssen von ihm Befehle entgegennehmen?«

Hogan spitzte die Lippen. »Nicht unbedingt. Genau genommen werdet ihr eure Befehle von mir erhalten.« Er hatte sich mit Absicht gedrechselt ausgedrückt, wie ein Advokat, und Sharpe beobachtete ihn misstrauisch. Es konnte nur einen Grund geben, warum Wellesley ihn, Sharpe, und seine Scharfschützen Captain Hogan unterstellt hatte und nicht Simmerson, und dieser Grund war, dass er Sir Henry nicht über den Weg traute. Sharpe fragte sich nach wie vor, warum er gebraucht wurde, schließlich hatte Hogan den Schutz gleich zweier Bataillone zu erwarten, von mindestens fünfzehnhundert Mann. »Rechnet der General mit einem Kampf?«

Hogan zuckte wieder mit den Schultern. »Er weiß es nicht. Die Spanier behaupten, die Franzosen hätten ein ganzes Regiment am Südufer postiert, samt berittener Artillerie, das seit dem Frühjahr die Guerilleros flussauf und flussab gejagt habe. Wer weiß? Er denkt, sie könnten uns daran zu hindern versuchen, die Brücke zu sprengen.«

»Ich verstehe immer noch nicht, warum Sie uns brauchen.«

Hogan lächelte. »Vielleicht brauche ich euch nicht. Aber es wird noch einen Monat lang zu keinerlei Aktionen kommen. Die Franzosen werden uns weit nach Spanien eindringen lassen, ehe sie kämpfen, daher bietet Valdelacasa zumindest die Chance zu einer kleinen Prügelei. Und ich will jemanden dabeihaben, dem ich vertrauen kann. Vielleicht will ich euch nur dabeihaben, um euch zu begünstigen?«

Sharpe lächelte ebenfalls. Eine schöne Begünstigung, die Amme für einen Colonel der Miliz spielen zu müssen, der meinte, alles zu wissen. Aber Sharpe verbarg seine Gefühle. »Für Sie, Sir, wird es uns ein Vergnügen sein.«

Hogan erwiderte das Lächeln. »Wer weiß? Vielleicht wird es das wirklich. Sie kommt übrigens auch mit.«

Sharpe folgte Hogans Blick zum Fenster hinaus, und er sah das schwarz gekleidete Mädchen einem Offizier des South Essex zuwinken. Es war ein blonder Mann in makelloser Uniform, der auf einem Pferd saß, das vermutlich noch mehr gekostet hatte als der Rang seines Reiters. Das Mädchen spornte seine Stute an und schloss sich, gefolgt von dem Bediensteten und seinem Maultier, der Nachhut des Bataillons an, das die Straße nach Castelo Branco entlangmarschierte. Der Platz leerte sich wieder, in der brütenden Hitze legte sich der Staub, und Sharpe lehnte sich zurück und begann zu lachen.

»Was ist daran so komisch?«, erkundigte sich Hogan.

Der Lieutenant deutete mit dem Branntweinbecher auf Harpers zerlumpte Jacke und seine aufgeschlitzte Hose. »Sir Henry wird über seine neuen Verbündeten nicht gerade erbaut sein.«

Das Gesicht des Sergeants wollte sich nicht aufheitern. »Gott schütze Irland.«

Hogan hob seine Tasse. »Darauf sag ich amen.«

KAPITEL 2

Die Trommelschläge klangen fern und gedämpft und wurden immer von den anderen Geräuschen der Stadt übertönt, waren jedoch so eindringlich und unheilvoll, dass Sharpe froh war, als sie verstummten.

Endlich hatten er und die Rifles Castelo Branco erreicht, vierundzwanzig Stunden nach dem South Essex Regiment und nach anstrengender Reise, die vor allem darin bestanden hatte, Hogans Maultiere eine Straße entlangzutreiben, deren tiefe, gezackte Furchen anzeigten, wo zuvor die Feldartillerie vorbeigekommen war. Mit Pulverfässern, in Öltuch gewickelten Zündpaketen, Spitzhacken, Stemmeisen und Schaufeln beladen, folgten die Maultiere nun geduldig den Schützen und Hogans Sprengtrupp, die sich durch die überfüllten Straßen zum Marktplatz vorarbeiteten. Als sie ins grelle Sonnenlicht hinaustraten, fand Sharpe seinen Verdacht bezüglich der Trommelschläge bestätigt.

Hier war jemand ausgepeitscht worden. Alles war schon vorbei, das Opfer fort, und während er die Halbkreisformation des South Essex beobachtete, erinnerte sich Sharpe an seine eigene Auspeitschung vor vielen Jahren, an die Verbissenheit, mit der er alle Schmerzensschreie unterdrückt hatte, um den Offizieren nicht zu zeigen, welche Qualen die Schläge ihm bereiteten. Sharpe würde die Narben seiner Auspeitschung mit ins Grab nehmen, aber er bezweifelte, ob Simmerson sich darüber im Klaren war, wie schrecklich die Strafe war, die er soeben seinem Bataillon zugemessen hatte.

Hogan zügelte im Schatten des Bischofspalastes sein Pferd. »Dies scheint nicht der geeignete Moment zu sein, mit dem guten Colonel zu sprechen.«

Soldaten waren damit beschäftigt, vier hölzerne Dreiecke abzubauen, die an der gegenüberliegenden Ummauerung des Platzes aufgestellt waren. Vier Männer waren geprügelt worden. Lieber Gott, dachte Sharpe, vier Männer!

Hogan riss sein Pferd herum, sodass er dem Bataillon den Rücken zukehrte. »Ich muss das Pulver wegschließen, Richard. Sonst wird mir noch jedes verdammte Pulverkorn gestohlen. Wir treffen uns hier wieder.«

Sharpe nickte. »Ich brauche ohnehin Wasser. Zehn Minuten?«

Sharpes Männer ließen sich am Fuß der Mauer zu Boden fallen und warfen Tornister und Gewehre von sich. Die Konfrontation mit einer Disziplin, wie sie das Scharfschützenregiment praktisch ganz abgelegt hatte, war ihrer Laune nicht bekommen. Sir Henry dagegen lenkte sein Pferd behutsam zur Mitte des Platzes, und seine Stimme war für Sharpe und seine Männer deutlich zu hören.

»Ich habe vier Mann auspeitschen lassen, weil vier Mann desertiert sind.« Sharpe blickte überrascht auf. Deserteure, jetzt schon? Er musterte das Bataillon, die ausdruckslosen Gesichter, und fragte sich, wie viele andere wohl in Versuchung waren, aus Simmersons Reihen zu fliehen. Der Colonel war halb im Sattel aufgestanden. »Einige unter euch wissen, wie diese Männer ihr Verbrechen geplant haben. Einige unter euch haben ihnen geholfen. Aber ihr habt es vorgezogen zu schweigen, daher habe ich vier Mann auspeitschen lassen, um euch an eure Pflicht zu erinnern.« Seine Stimme klang merkwürdig schrill. Ohne die Aura der Macht, die diesen Mann umgab, hätte sie nur komisch gewirkt. Er hatte beherrscht gesprochen, beinahe im Plauderton, doch auf einmal wandte sich Sir Henry nach links und ließ den Arm schweifen, wie um auf jeden Mann unter seinem Kommando zu zeigen. »Ihr sollt die Besten sein!« Seine Stimme schwoll so plötzlich an, dass die Tauben erschrocken von den Brüstungen des Klosters aufflogen.

Sharpe wartete auf eine Fortführung der Ansprache, doch es kam nichts mehr. Der Colonel machte kehrt, ritt von dannen und ließ seinen Schlachtruf wie eine Drohung in der Luft hängen.

Sharpe begegnete Harpers Blick, und der Sergeant zuckte mit den Schultern. Es gab nichts zu sagen, die Gesichter des South Essex verrieten Simmersons Versagen. Sie wussten einfach nicht, wie sie die Besten werden sollten. Als die Soldaten vom Platz marschierten, stand in ihren Gesichtern nichts als Trotz und Unmut geschrieben.

Sharpe glaubte an Disziplin. Zum Feind überzugehen verdiente den Tod, andere Vergehen verdienten die Auspeitschung, und wenn ein Mann wegen dreisten Plünderns gehängt wurde, war das seine eigene Schuld, denn die Regeln waren simpel. Und für Sharpe war das der Schlüssel: die Regeln simpel zu halten. Er verlangte von seinen Männern dreierlei. Dass sie kämpften, wie er es tat, mit erbarmungsloser Tüchtigkeit. Dass sie nur den Feind bestahlen und die Toten, es sei denn, sie drohten zu verhungern. Und dass sie sich niemals ohne seine Genehmigung betranken. Das war ein simpler Kodex – einsichtig für Männer, die vor allem deswegen ins Heer eingetreten waren, weil sie anderswo versagt hatten –, und er funktionierte. Er wurde durch Strafen untermauert, und Sharpe wusste, dass seine Männer, obwohl sie ihn gern hatten und ihm willig folgten, seinen Zorn fürchteten, der heftig auflodern konnte, wenn sie sein Vertrauen missbrauchten. Sharpe war eben durch und durch ein Soldat.

Er ging über den Platz auf eine Seitenstraße zu, hielt nach einem Brunnen Ausschau und bemerkte einen Lieutenant der Leichten Kompanie des South Essex, der sein Pferd zur selben dunkel umschatteten Lücke zwischen den Gebäuden lenkte.

Es war der Mann, dem zuvor das schwarz gekleidete Mädchen zugewinkt hatte, und Sharpe empfand einen Anflug von Gereiztheit, während er als Erster die Gasse betrat. Die Uniform des Lieutenants war elegant geschneidert, der gebogene Säbel der Leichten Infanterie kostspielig und der Rappe, den er ritt, vermutlich allein schon den Rang eines Lieutenants wert. Sharpe verübelte dem Mann seinen Reichtum, seine Privilegien, die mühelose Überlegenheit eines in den Kreisen des Landadels geborenen Mannes, aber gleichzeitig machte sich Sharpe auch Selbstvorwürfe wegen seines Neidgefühls.

Er drängte sich an den Rand der Gasse, um den Reiter vorbeizulassen, blickte auf, nickte freundlich und sah ein schmales, gut geschnittenes, von blondem Haar eingerahmtes Gesicht. Er hoffte, der Lieutenant würde ihn ignorieren. Sharpe verstand sich nicht auf höfliches Geplauder und hatte nicht den Wunsch, sich in einer engen Gasse auf gestelzte Konversation einzulassen, wo er doch zweifellos im Laufe des Tages den Offizieren des Bataillons vorgestellt werden würde.

Sharpe wurde enttäuscht. Der Lieutenant zügelte sein Pferd und blickte auf den Schützen hinab. »Bringt man euch bei den Rifles nicht bei, dass man zu grüßen hat?« Die Stimme des Lieutenants war glatt und üppig wie seine Uniform.

Sharpe gab keine Antwort. Da ihm das Rangabzeichen in den Kämpfen des Winters abgerissen worden war, hielt ihn der blonde Lieutenant wohl für einen einfachen Soldaten. Das war nicht weiter verwunderlich. Die Gasse war tief verschattet, und Sharpes Aussehen trug dazu bei, das Versehen des Lieutenants zu entschuldigen.

Sharpe blickte auf in das schmale blauäugige Gesicht und wollte zu einer Erklärung ansetzen, als der Lieutenant auch schon mit der Peitsche schnippte, sodass sie Sharpe ins Gesicht schlug.

»Verflucht, Mann, antworte gefälligst!«

Sharpe fühlte, wie die Wut in ihm hochstieg, doch er verhielt sich still und wartete seine Zeit ab. Der Lieutenant zog die Peitsche zurück.

»Welches Bataillon? Welche Kompanie?«

»Zweites Bataillon, Vierte Kompanie.« Sharpe sprach mit gewollter Anmaßung und erinnerte sich der Tage, als er sich gegen Offiziere wie diesen noch nicht hatte schützen können.

Der Lieutenant lächelte maliziös.

»Du wirst ›Sir‹ zu mir sagen, verstehst du? Ich werde dir das schon beibringen. Wer ist dein Offizier?«

»Lieutenant Sharpe.«

»Ah!« Der Lieutenant hielt weiterhin die Peitsche erhoben. »Lieutenant Sharpe, von dem man uns allen schon erzählt hat. Ist vom einfachen Soldaten aufgestiegen, nicht wahr?«

Sharpe nickte, und der Lieutenant zog die Peitsche ein Stück zurück.

»Ist das der Grund, warum du nicht ›Sir‹ sagst? Verbreitet Mister Sharpe vielleicht merkwürdige Ansichten über Disziplin? Nun, ich werde eine Begegnung mit Lieutenant Sharpe herbeiführen müssen und dafür sorgen, dass du wegen deiner Frechheit bestraft wirst.« Er ließ die Peitsche auf Sharpes Kopf niedersausen.

Sharpe hatte keine Ausweichmöglichkeit, aber das war auch nicht nötig. Er griff mit beiden Händen unter den Steigbügel des Mannes und stieß ihn mit aller Kraft nach oben. Die Peitsche verhielt mitten in der Luft, der Mann setzte zu einem Schrei an, und im nächsten Augenblick lag er auf der anderen

Seite seines Pferdes flach auf dem Rücken, genau dort, wo zuvor ein anderes Pferd Dung abgelassen hatte.

»Sie werden Ihre Uniform waschen müssen, Lieutenant.« Sharpe lächelte.

Das Pferd des Mannes war wiehernd einige Schritte vorwärtsgestürmt, und der wütende Lieutenant rappelte sich mühsam auf und legte die Hand an den Griff seines Säbels.

»Hallo da!« Hogan spähte in die Gasse. »Ich dachte schon, ich hätte dich verloren!« Der Pionier lenkte sein Pferd zu den beiden Männern und blickte vergnügt auf den Schützen hinab. »Alle Maultiere im Stall, Pulverfässer eingeschlossen.« Er wandte sich an den fremden Lieutenant. »Tag. Glaube, wir kennen uns nicht. Ich heiße Hogan.«

Der Lieutenant ließ seinen Säbel los. »Gibbons, Sir, Lieutenant Christian Gibbons.«

Hogan grinste. »Wie ich sehe, haben Sie Sharpe bereits kennengelernt. Lieutenant Richard Sharpe von den 95th Rifles.«

Gibbons starrte Sharpe ungläubig an und seine Augen weiteten sich, als ihm zum ersten Mal Sharpes Waffe auffiel. Nicht das übliche Schwertbajonett, das die Scharfschützen trugen, sondern eine lange, schwere Klinge. Er hob nervös den Blick und sah Sharpe ins Gesicht. Hogan fuhr fröhlich fort: »Natürlich haben Sie von Sharpe gehört, das hat schließlich jeder. Er ist der Kerl, der den Tippu Sultan getötet hat. Dann, lassen Sie mich sehen, dann war da noch die haarsträubende Angelegenheit in Assaye. Niemand weiß, wie viele er dort getötet hat. Weißt du selbst es, Sharpe?« Hogan kam einer möglichen Antwort zuvor und plauderte munter weiter. »Schrecklicher Bursche, unser Lieutenant Sharpe, mit seinem Degen genauso gefährlich wie mit dem Gewehr.«

Gibbons konnte kaum umhin, mitzubekommen, was Hogan ihm zu verstehen gab. Der Captain hatte das Handgemenge gesehen und warnte Gibbons bezüglich der wahrscheinlichen Konsequenzen eines formellen Duells. Der Lieutenant nahm den gebotenen Ausweg an. Er bückte sich und hob den Tschako der Leichten Kompanie auf, dann nickte er Sharpe zu.

»War mein Fehler, Sharpe.«

»War mir ein Vergnügen, Lieutenant.«

Hogan sah zu, wie Gibbons sein Pferd einfing und aus der Gasse verschwand. »Du verstehst dich nicht gerade darauf, eine Entschuldigung wohlwollend entgegenzunehmen.«

»Sie wurde auch nicht gerade wohlwollend gegeben.« Sharpe rieb sich die Wange. »Außerdem hat mich der Dreckskerl geschlagen.«

Hogan lachte ungläubig. »Was hat er?«

»Mich geschlagen, mit seiner Peitsche. Wieso, glauben Sie, hab ich ihn auf den Mist befördert?«

Hogan schüttelte den Kopf. »Nichts ist erfreulicher als ein freundschaftliches und sachliches Verhältnis zu seinen Mitoffizieren, mein lieber Sharpe. Ich sehe schon, dieser Auftrag wird ein Vergnügen. Was wollte er denn?«

»Wollte, dass ich ihn grüße. Hat mich für einen einfachen Soldaten gehalten.«

Hogan lachte wieder. »Gott weiß, was Simmerson von dir halten wird. Gehen wir und finden es heraus.«

Sie wurden in Simmersons Zimmer geleitet und fanden den Colonel des South Essex Regiments auf seinem Bett sitzend vor, unbekleidet bis auf eine Hose. Neben ihm kniete ein Arzt, der nervös aufblickte, als die beiden Offiziere den Raum betraten. Diese Bewegung löste einen ungeduldigen Klaps von Simmersons Hand aus. »Komm schon, Mann, ich habe nicht den ganzen Tag Zeit!«

In der Hand hielt der Arzt einen Gegenstand, der aussah wie ein Metallkasten, auf dessen Deckel ein Abzug befestigt war.

Er hielt ihn über Sir Henrys Arm, und Sharpe sah, dass er versuchte, eine Hautstelle zu finden, die noch nicht mit seltsam regelmäßigen Narben bedeckt war.

»Skarifikation!«, bellte Sir Henry, an Hogan gewandt. »Bluten Sie auch, Captain?«

»Nein, Sir.«

»Sollten Sie aber. Hält jedermann gesund. Alle Soldaten sollten bluten.« Er wandte sich wieder an den Arzt, der noch immer über dem vernarbten Unterarm zögerte. »Komm schon, du Idiot!«

In seiner Nervosität drückte der Arzt versehentlich auf den Auslöser, und es erklang ein scharfes Klicken. Aus der Tiefe des Kastens sah Sharpe eine Ansammlung bösartiger kleiner Klingen hervorschnellen wie stählerne Zungen. Der Arzt zuckte zurück. »Tut mir leid, Sir. Einen Augenblick.«

Der Arzt schob die Messer zurück in den Kasten, und Sharpe war plötzlich klar, dass es sich um eine Aderlassmaschine handelte. Anstelle der altmodischen Lanzette in der Armvene bevorzugte Sir Henry den modernen Skarifikator, der angeblich schneller und wirksamer war. Der Arzt legte den Kasten an den Arm des Colonels, warf noch einen nervösen Blick auf seinen Patienten und drückte dann den Auslöser.

»Ah! Schon besser!« Sir Henry schloss die Augen und lächelte. Ein Blutrinnsal lief über seinen Arm und entkam dem Handtuch, mit dem der Arzt den Ausfluss abtupfte.

»Noch einmal, Parton, noch einmal!«

Der Arzt schüttelte den Kopf. »Aber, Sir Henry ...«

Simmerson versetzte dem Arzt mit der freien Hand eine Ohrfeige. »Widersprich mir nicht! Verdammt, Mann, zur Ader sollst du mich lassen!« Er sah Hogan an. »Immer so viel Verdruss nach einer Auspeitschung, Captain.«

»Das ist durchaus verständlich, Sir«, sagte Hogan mit seinem ausgeprägten irischen Akzent, und Simmerson beäugte ihn misstrauisch. Der Kasten klickte erneut, die Klingen bohrten sich in den feisten Arm, und wieder rann Blut auf die Laken. Hogan begegnete Sharpes Blick, und es kam zur Andeutung eines Lächelns, das sich nur allzu leicht in Gelächter hätte verwandeln können. Sharpe sah wieder Sir Henry Simmerson an, der soeben sein Hemd überzog.

»Sie müssen Captain Hogan sein?«

»Ja, Sir.« Hogan nickte liebenswürdig.

Simmerson wandte sich an Sharpe. »Und wer, zum Teufel, sind Sie?«

»Lieutenant Sharpe, Sir. 95th Rifles.«

»Nein, das sind Sie nicht. Sie sind eine verdammte Schande, das sind Sie!«

Sharpe sagte nichts. Er starrte an dem Colonel vorbei aus dem Fenster, hinaus auf die fernen blauen Hügel, wo die Franzosen ihre Kräfte sammelten.

»Forrest!« Simmerson war aufgestanden. »Forrest!«

Die Tür ging auf, und der Major, der auf diesen Ruf gewartet haben musste, kam herein. Er schenkte Sharpe und Hogan ein furchtsames Lächeln, dann wandte er sich an Simmerson. »Colonel?«

»Dieser Offizier braucht eine neue Uniform. Geben Sie sie ihm bitte und lassen Sie das Geld von seinem Sold abziehen.«

»Nein.« Sharpe sagte es mit tonloser Stimme.

Simmerson und Forrest drehten sich um und starrten ihn an. Einen Augenblick lang sagte Sir Henry nichts. Er war es nicht gewohnt, dass ihm widersprochen wurde.

Sharpe fuhr fort: »Ich bin Offizier der 95th Rifles, und ich werde deren Uniform tragen, solange mir diese Ehre zuteilwird.«

Simmerson begann rot anzulaufen und seine Finger flatterten. »Verdammt, Sharpe! Sie sind eine Schande! Sie sind kein Soldat, Sie sind ein Straßenkehrer! Sie unterstehen jetzt meinem Kommando, und ich befehle Ihnen, in fünfzehn Minuten wieder hier zu sein ...«

»Nein, Sir.« Diesmal hatte Hogan gesprochen. Seine Worte brachen mitten in Simmersons Redefluss ein, doch der Captain ließ dem Colonel keine Zeit, sich davon zu erholen. Er wandte all seinen irischen Charme auf, begann mit einem Lächeln, das von so viel liebenswerter Vernünftigkeit zeugte, dass es einen Stein hätte erweichen können. »Sehen Sie, Sir Henry, Sharpe untersteht meinem Befehl. Der General hat sich diesbezüglich sehr klar ausgedrückt. Wie ich es verstehe, Sir Henry, reisen wir miteinander nach Valdelacasa, aber Sharpe begleitet *mich*.«

»Aber ...«

Hogan hob die Hand gegen Simmersons Protest. »Sie haben recht, Sir, so recht. Aber Sie verstehen sicherlich, dass sich die Bedingungen im Felde anders darstellen könnten, als es uns gefällt, und dass es durchaus anstünde, Sir, das brauche ich Ihnen kaum zu sagen, dass ich Verfügungsgewalt über die Scharfschützen habe.«

Simmerson starrte Hogan an. Der Colonel hatte von Hogans Unsinn kein Wort verstanden, aber er hatte alles mit derartiger Selbstverständlichkeit vorgebracht, so sehr von Soldat zu Soldat gesprochen, dass Simmerson verzweifelt nach einer Antwort suchte, die ihn nicht als Idioten dastehen ließ. Er blickte Hogan noch einen Moment an. »Aber das wäre dann meine Entscheidung!«

»Wie recht Sie haben, Sir, wie recht!« Hogan sagte es mit Nachdruck und Wärme. »Das heißt, im Normalfall. Aber ich denke, der General hat es sich in den Kopf gesetzt, Sir, dass Sie mit den Problemen des Umgangs mit unseren spanischen Verbündeten stark belastet sein würden, und dann, Sir, gibt es da noch die Erfordernisse der Sprengtechnik, auf die sich Lieutenant Sharpe versteht.« Er beugte sich in verschwörerischer Manier vor. »Ich brauche Männer, die mir aufs Wort gehorchen, Sir. Sie verstehen das doch.«

Simmerson lächelte, dann brach er in wieherndes Gelächter aus. Hogan hatte ihn besänftigt. Er zeigte auf Sharpe. »Er kleidet sich wie ein gewöhnlicher Handlanger, wie, Forrest? Wie ein Handlanger!« Er war beglückt über seinen Scherz und wiederholte ihn leise, während er sich eine weite scharlachrot-gelbe Jacke überzog. »Ein Handlanger! Wie, Forrest?« Der Major lächelte pflichtschuldigst. Er hatte etwas von einem viel geplagten Vikar, der ständig unter den Sünden seiner verstockten Gemeinde zu leiden hat, und als Simmerson ihnen den Rücken zukehrte, warf er Sharpe einen Entschuldigung heischenden Blick zu. Simmerson legte seinen Gürtel um und wandte sich noch einmal an Sharpe. »Lange Soldat gewesen, Sharpe? Mal abgesehen von Ihrer Tätigkeit als Handlanger?«

»Ziemlich lange, Sir.«

Simmerson kicherte. »Wie alt sind Sie?«

»Zweiunddreißig, Sir.« Sharpe blickte starr geradeaus.

»Zweiunddreißig, wie? Und immer noch bloß Lieutenant? Was ist los, Sharpe? Mangelnde Tüchtigkeit?«

Sharpe sah, saß Forrest dem Colonel ein Zeichen gab, doch er ignorierte die Geste. »Ich habe als einfacher Soldat angefangen, Sir.«

Forrest ließ die Hand sinken. Der Colonel bekam den Mund nicht wieder zu. Es gab nicht viele Männer, die den Sprung vom Sergeant zum Ensign schafften, und unter denen, die es schafften, waren nicht viele, denen man mangelnde Tüchtigkeit vorwerfen konnte. Es gab nur drei Qualifikationen, die ein gewöhnlicher Soldat besitzen musste, um zum Offizier befördert zu werden. Erstens musste er lesen und schreiben können, und Sharpe hatte im Kerker von Tippu Sultan zur Begleitmusik der Schreie anderer britischer Gefangener, die dort gefoltert wurden, das Alphabet gelernt. Zweitens musste der Mann eine Tat von geradezu selbstmörderischer Tapferkeit begehen, und Sharpe wusste, dass Simmerson sich nun fragen würde, was er vollbracht hatte. Die dritte Qualifikation schließlich war außerordentliches Glück, und Sharpe war sich gelegentlich unsicher, ob das nicht ein zweischneidiges Schwert war.

Simmerson schnaubte.

»Demnach sind Sie kein Gentleman, Sharpe?«

»Nein, Sir.«

»Nun, Sie könnten zumindest versuchen, sich wie einer zu kleiden, wie? Dass Sie in einem Schweinestall aufgewachsen sind, heißt doch nicht, dass Sie sich wie ein Schwein anziehen müssen!«

»Nein, Sir.« Gegen dieses Argument war nichts einzuwenden.

Simmerson band sich den Säbel um den mächtigen Bauch. »Wer hat Sie befördert, Lieutenant?«

»Sir Arthur Wellesley, Sir.«

Sir Henry wieherte triumphierend.

»Wusst ich's doch! Keine Maßstäbe, keinerlei Maßstäbe! Ich habe seine Soldaten gesehen, ihre äußere Erscheinung ist eine Schande! Von meinen Männern kann man das nicht behaupten, wie? Ohne Disziplin kann man nicht kämpfen!« Er sah dem Lieutenant direkt in die Augen. »Was macht einen guten Soldaten aus, Sharpe?«

»Die Fähigkeit, bei feuchter Witterung drei Schuss pro Minute zu feuern.« Sharpe hatte seiner Antwort einen Anflug von Unverschämtheit verliehen. Er war sich darüber im Klaren, dass sie Simmerson ärgern würde. Das South Essex war ein neu aufgestelltes Bataillon, und er bezweifelte, dass seine Musketiere den Standard anderer, älterer Bataillone erreichten. Als Einziges unter den europäischen Heeren übte das britische mit scharfer Munition, aber es dauerte Wochen, manchmal Monate, bis ein Soldat den komplizierten Ablauf des raschen Ladens und Abfeuerns einer Muskete gelernt hatte, bis er die Angst ignorieren und sich ganz darauf konzentrieren konnte, schneller als der Feind zu schießen.

Sir Henry hatte mit dieser Antwort nicht gerechnet, und er starrte den narbigen Scharfschützen nachdenklich an. Wenn er ehrlich war, und Sir Henry gefiel es gar nicht, ehrlich mit sich zu sein, fürchtete er sich vor dem Heer, dem er in Portugal begegnet war. Bisher war Sir Henry davon ausgegangen, dass Soldatentum eine glorreiche Angelegenheit sei, mit gehorsamen Männern in parademäßig ausgerichteten Reihen, deren scharlachrote Uniformen in der Sonne leuchteten. Aber stattdessen waren ihm lässige, ungepflegte Offiziere begegnet, die sich über seine Milizausbildung lustig machten. Sir Henry hatte davon geträumt, sein Bataillon in die Schlacht zu führen, hoch zu Ross und mit erhobenem Säbel, und sich so unsterblichen Ruhm zu erwerben.

Während er Sharpe anstarrte, der für so viele Offiziere typisch war, denen er während seines kurzen Aufenthalts in Portugal begegnet war, konnte er nicht umhin, sich zu fragen, ob es wohl auch französische Offiziere gab, die wie Sharpe aussahen. Er hatte sich Napoleons Heer als Herde unwissender Soldaten vorgestellt, angetrieben von geckenhaften Offizieren, und er erschauerte innerlich bei dem Gedanken, es könne sich herausstellen, dass sie hagere, abgehärtete Männer wie Sharpe waren, die ihn aus dem Sattel zu hauen vermochten, noch ehe er Gelegenheit bekam, sich als siegreicher Held in Öl malen zu lassen. Sir Henry fürchtete sich bereits, ohne auch nur einen einzigen Feind zu Gesicht bekommen zu haben, doch zunächst musste er scharfsinnig Rache nehmen an diesem Schützen, der ihn so verblüfft hatte.

»Drei Schuss die Minute?«

»Ja, Sir.«

»Und wie bringen Sie den Männern bei, drei Schuss pro Minute abzufeuern?«

»Geduld, Sir, Übung. Eine richtige Schlacht wirkt Wunder.« Simmerson lachte höhnisch. »Geduld! Übung! Das sind doch keine Kinder, Sharpe. Trunkenbolde und Diebe sind sie! Der Gosse entsprungen!« Seine Stimme begann sich wieder zu heben. »Einprügeln müssen Sie es ihnen, Sharpe, einprügeln! Das ist die einzige Methode! Ihnen eine Lehre erteilen, die sie nicht vergessen. Hab ich nicht recht?«

Die Antwort war Schweigen. Simmerson wandte sich an Forrest. »Hab ich nicht recht, Major?«

»Ja, Sir.«

Forrests Entgegnung fehlte es an Überzeugungskraft. Simmerson wandte sich wieder an Sharpe. »Sharpe?«

»Das ist der letzte Ausweg, Sir.«

»Der letzte Ausweg, Sir.« Simmerson äffte Sharpe nach, doch insgeheim freute er sich. Dies war die Antwort, die er sich gewünscht hatte. »Sie sind weich, Sharpe! Könnten Sie den Männern beibringen, drei Schuss pro Minute abzufeuern?«

Der Lieutenant nahm die Herausforderung wahr, die da auf ihn zukam, doch es gab keinen Rückzug. »Ja, Sir.«

»Gut!« Simmerson rieb sich die Hände. »Dann heute Nachmittag. Forrest?«

»Sir?«

»Teilen Sie Mister Sharpe eine Kompanie zu. Die Leichte genügt. Mister Sharpe wird ihre Schießtechnik verbessern!« Simmerson drehte sich um und verneigte sich mit deutlicher Ironie vor Hogan. »Das heißt, wenn Captain Hogan einverstanden ist, uns die Dienste seines Lieutenants zur Verfügung zu stellen.«

Hogan zuckte mit den Schultern und warf Sharpe einen bedauernden Blick zu. »Selbstverständlich, Sir.«

Simmerson lächelte. »Ausgezeichnet! So, Mister Sharpe, Sie werden also meiner Leichten Kompanie beibringen, wie man drei Schuss pro Minute abgibt?«

Sharpe sah aus dem Fenster. Es war ein heißer, trockener Tag, und es gab keinen Grund, warum ein guter Mann bei diesem Wetter nicht pro Minute drei Schuss abfeuern sollte. Natürlich hing das davon ab, wie der Leistungsstand der Leichten Kompanie derzeit war. Wenn sie jetzt nur zwei Schüsse pro Minute zustande brachten, war es praktisch unmöglich, sie an einem Nachmittag zu Könnern ihres Fachs zu machen, aber ein Versuch konnte nicht schaden.

Er wandte sich wieder an Simmerson. »Ich will es versuchen, Sir.«

»Oh, das werden Sie, Mister Sharpe, das werden Sie. Und Sie können ihnen von mir ausrichten, dass ich, wenn sie versagen, jeweils einen von zehn Mann auspeitschen lasse. Haben Sie verstanden, Mister Sharpe? Einen von zehn.«

Der Lieutenant verstand durchaus. Simmerson hatte ihn zu einer Aufgabe verleitet, die zu lösen vermutlich unmöglich war, und das Ende vom Lied würde sein, dass der Colonel seine Prügelorgie bekam und ihm, Sharpe, die Schuld in die Schuhe schieben konnte. Und wenn es Sharpe doch gelang, die Leistung der Soldaten zu verbessern? Dann konnte Simmerson behaupten, entscheidend dafür sei die Drohung mit der Prügelstrafe gewesen. Er sah den Triumph in Simmersons kleinen geröteten Augen und lächelte den Colonel an. »Ich werde ihnen nichts von der Auspeitschung sagen, Colonel. Sie wollen doch nicht, dass Ihre Leute abgelenkt werden, oder?«

Simmerson erwiderte das Lächeln. »Gehen Sie getrost nach Ihren Methoden vor, Mister Sharpe. Aber ich lasse das Dreiecksgestell, wo es ist. Ich denke, ich werde es noch brauchen.«

Sharpe setzte seinen missgestalteten Tschako auf und grüßte den Colonel mit einem Salut von absoluter Präzision. »Machen Sie sich nicht die Mühe, Sir. Sie werden kein Dreiecksgestell brauchen. Guten Tag, Sir.«

Nun musst du es schaffen, dachte er.

KAPITEL 3

»Ich kann's, verdammt noch mal, nicht glauben, Sir.« Sergeant Patrick Harper stand neben Sharpe und schüttelte den Kopf, als er die Leichte Kompanie des South Essex auf Befehl eines Lieutenants zwei Salven abfeuern sah. »Schicken Sie dieses Bataillon nach Irland, Sir. Innerhalb von zwei Wochen wären wir ein freies Land! Die könnten ja nicht mal einen Kirchenchor besiegen!«

Sharpe stimmte ihm verdrießlich zu. Es lag nicht etwa daran, dass die Männer nicht wussten, wie sie ihre Musketen laden und abfeuern mussten, nur taten sie es mit einer geradezu schmerzhaft aufreizenden Langsamkeit und einer sklavischen Hingabe an die Drillvorschriften, deren Einhaltung die Sergeants rigoros durchsetzten.

Es gab offiziell zwanzig Drillbewegungen, die das Laden und Schießen einer Muskete regelten, darunter allein fünf, die sich damit befassten, wie der stählerne Ladestock eingesetzt zu werden hatte, um Kugel und Pulverfüllung im Lauf zu versenken, und die Tatsache, dass das Regiment darauf bestand, sie buchstabengetreu zu befolgen, hatte zur Folge, dass Sharpe für ihre beiden Demonstrationssalven jeweils dreißig Sekunden maß. Ihm blieben bestenfalls drei Stunden, um sie auf zwanzig Sekunden pro Schuss zu beschleunigen, und er fand Harpers Reaktion auf dieses Unterfangen verständlich.

Der Sergeant zeigte offen seine Verachtung.

»Gott sei uns gnädig, wenn wir je Seite an Seite mit diesem Haufen kämpfen müssen! Die Franzosen werden sie zum Frühstück vernaschen!«

Er hatte recht. Die Kompanie war nicht einmal gut genug ausgebildet, um in der Linie standzuhalten, geschweige denn, zusammen mit den Leichtbewaffneten draußen an der Front vor dem Feind. Sharpe brachte Harper zum Schweigen, als ein berittener Captain auf sie zuhielt. Es handelte sich um Lennox, Captain der Leichten Kompanie, und er grinste zu Sharpe herab.

»Entsetzlich, nicht wahr?«

Der Lieutenant war sich nicht sicher, was er darauf erwidern sollte. Wenn er einfach zur Bestätigung nickte, konnte der Eindruck entstehen, er wolle den ergrauten, scheinbar halbwegs freundlichen Schotten kritisieren. Sharpe entschied sich also für eine unverbindliche Antwort, und Lennox schwang sich aus dem Sattel, um neben ihm Stellung zu beziehen.

»Keine Sorge, Sharpe. Ich weiß, wie schlecht die Jungs sind, aber Seine Eminenz will nun mal den eigenen Kopf durchsetzen. Wenn er die Sache mir überließe, würde ich dafür sorgen, dass die Hunde es richtig machen, aber sobald wir auch nur eine winzige Regel missachten, setzt es drei Stunden Drill mit vollen Tornistern.« Er blickte Sharpe fragend an. »Sie waren in Assaye dabei?« Der Lieutenant nickte, und Lennox grinste wieder. »Jawohl, ich erinnere mich an Sie, Sie haben sich an jenem Tag einen Namen gemacht. Ich war bei den 78th.«

»Die haben sich damals auch einen Namen gemacht.«

Lennox war erfreut über das Kompliment. Sharpe erinnerte sich an das indische Schlachtfeld und an den Anblick des Highland-Regiments, wie es in perfekter Marschordnung zum Angriff auf die Marathen-Linien losgezogen war. Großmächtige Breschen waren in die kiltbewehrten Reihen der Schotten geschlagen worden, die seelenruhig dem Artilleriefeuer entgegenmarschiert waren, und doch hatten sie ihre Aufgabe erfüllt, hatten die Kanoniere niedergemetzelt und kühn im Angesicht einer ungeheuren Masse feindlicher Infanterie nachgeladen, die nicht den Mut besaß, einen Gegenangriff auf das scheinbar unbezwingbare Regiment einzuleiten.

»Ich weiß, was Sie denken, Sharpe: Wie, zum Teufel, ist der denn bei diesem Haufen gelandet?« Er wartete nicht auf eine Antwort. »Ich bin ein alter Mann, ich war im Ruhestand, aber meine Frau ist gestorben, der halbe Sold hat hinten und vorn nicht gereicht, und man brauchte Offiziere für Sir Henry Simmerson. Da bin ich also. Kennen Sie Leroy?«

»Leroy?«

»Thomas Leroy. Er ist hier ebenfalls Captain. Er ist gut. Forrest ist ein anständiger Kerl. Aber der Rest! Nur weil sie eine schmucke Uniform anhaben, halten sie sich für Krieger. Sehen Sie sich den an!«

Er zeigte auf Christian Gibbons, der soeben seinen Rappen auf das Exerzierfeld lenkte. »Lieutenant Gibbons?«, fragte Sharpe.

»Sie haben ihn schon kennengelernt?« Lennox lachte. »Dann werde ich mich nicht weiter über ihn äußern, außer dass er Simmersons Neffe ist, sich für nichts anderes als Frauen interessiert und ein arroganter kleiner Mistkerl ist. Diese verdammten Engländer! Pardon, Sharpe.«

Sharpe lachte. »Wir sind nicht allesamt so schlimm.«

Gibbons hatte sein Pferd vorsichtig bis auf wenige Schritte herangelenkt und blieb nun stehen und starrte die beiden Offiziere geringschätzig an.

So, dachte Sharpe, das ist also Simmersons Neffe.

»Werden wir hier gebraucht, Sir?«, fragte Gibbons.

Lennox schüttelte den Kopf. »Nein, Mister Gibbons, werden wir nicht. Ich lasse Knowles und Denny bei Lieutenant Sharpe zurück, während er das Wunder vollbringt.«

Gibbons legte die Hand an den Tschako und gab seinem Pferd die Sporen.

Lennox beobachtete seinen Abgang. »Kann nichts falsch machen, der da. Der Liebling des Colonels.« Er drehte sich um und winkte der Kompanie. »Ich lasse Ihnen Lieutenant Knowles und Ensign Denny da, beides gute Kerle, aber sie haben das Falsche von Simmerson gelernt. Sie haben ein paar altgediente Soldaten dabei, das hilft, und viel Glück, Sharpe, Sie werden es brauchen!« Mit einem Grunzen hievte er sich in den Sattel. »Willkommen im Irrenhaus, Sharpe!«

Der Lieutenant blieb mit der Kompanie zurück, mit ihren niederen Offizieren und mit den Reihen dumpfer Gesichter, die ihn anstarrten, als befürchteten sie eine neue Quälerei, die sich ihr Colonel ausgedacht hatte.

Sharpe trat vor die Kompanie, nahm Haltung an, studierte die roten Gesichter, die über die engen Krägen quollen und in der unbarmherzigen Hitze vor Schweiß glitzerten. Seine eigene Jacke war aufgeknöpft, das Hemd stand offen, und er trug keine Kopfbedeckung. Den Männern des South Essex kam er wie ein Besucher von einem anderen Kontinent vor. »Ihr seid jetzt im Krieg. Wenn ihr auf die Franzosen trefft, werden viele von euch fallen. Die meisten von euch.« Sie waren über seine Worte entsetzt. »Ich will euch sagen, warum.«

Er deutete zum östlichen Horizont. »Dort drüben sind die Franzosen, sie warten auf euch.« Einige der Männer folgten seinem Blick, als rechneten sie damit, dass Napoleon persönlich zwischen den Olivenbäumen am Stadtrand von Castelo Branco hervortreten würde. »Sie haben Musketen und sie können allesamt drei bis vier Schuss pro Minute abgeben. Das Ziel seid ihr. Und sie werden euch töten, weil ihr so verdammt langsam seid. Wenn ihr sie nicht zuerst tötet, töten sie euch. So einfach ist das. Du!« Er zeigte auf einen Mann in der vorderen Reihe. »Bring mir deine Muskete!«

Zumindest hatte er ihre Aufmerksamkeit auf sich gelenkt,

und der eine oder andere würde die simple Tatsache begreifen, dass die Seite, welche die meisten Kugeln abfeuerte, die besten Siegeschancen hatte. Er nahm die Muskete des Mannes, dazu eine Hand voll Munition, und legte sein Gewehr ab. Er hielt die Muskete hoch über seinen Kopf, und er fing ganz von vorn an in seiner Lektion.

»Seht sie euch an! Eine India-Pattern-Muskete. Fünfundfünfzig und ein Viertel Zoll lang mit einem Lauf von neunundreißig Zoll. Sie feuert eine Dreiviertelzoll-Kugel ab, beinahe so breit wie ein Daumen, und sie tötet Franzosen!«

Nervöses Gelächter erhob sich, aber die Männer hörten Sharpe weiterhin zu.

»Nur, dass ihr damit keine Franzosen töten werdet. Ihr seid zu langsam! In der Zeit, die ihr braucht, um zwei Schüsse abzugeben, schafft der Feind aller Wahrscheinlichkeit nach drei. Und ihr könnt mir glauben, die Franzosen sind langsam. Heute Nachmittag werdet ihr lernen, drei Schuss pro Minute abzufeuern. Irgendwann werdet ihr so weit sein, vier Schuss pro Minute abzugeben, und wenn ihr euch wirklich anstrengt, bringt ihr es vielleicht gar auf fünf!«

Die Kompanie sah zu, wie er die Muskete lud. Es war Jahre her, seit er eine Muskete mit glattem Lauf abgefeuert hatte, aber verglichen mit dem Baker-Gewehr war das lächerlich einfach. Da gab es keine Kerben im Rohr, in denen die Kugeln stecken geblieben wären, und es bestand keine Notwendigkeit, den Ladestock mit brutaler Gewalt hineinzuzwängen oder zu rammen. Eine Muskete ließ sich rasch laden, weshalb ein Großteil des Heeres sie statt des langsamer zu handhabenden, aber wesentlich treffsichereren Gewehrs mit gezogenem Lauf benützte. Er überprüfte den Feuerstein, der neu war und fest in seiner Zwinge saß, dann füllte er Zündpulver ein und spannte den Hahn. »Lieutenant Knowles?«

Ein junger Lieutenant nahm Haltung an. »Sir!«

»Haben Sie eine Uhr?«

»Jawohl, Sir.«

»Kann man damit eine Minute abstoppen?«

Knowles zog eine riesige goldene Doppelkapseluhr heraus und klappte den Deckel auf. »Jawohl, Sir.«

»Wenn ich jetzt schieße, behalten Sie die Uhr im Auge und sagen Bescheid, wenn eine Minute um ist. Verstanden?«

»Jawohl, Sir.«

Er wandte der Kompanie den Rücken zu und richtete die Muskete auf eine Steinmauer am anderen Ende des Feldes. O Gott, betete er, bewahre mich vor einer Fehlzündung, und dann drückte er ab. Der Schwanenhals mit dem Feuerstein schnappte vor, das Pulver in der Pfanne entzündete sich, gleich darauf explodierte die Pulverladung, und er spürte den heftigen Rückschlag, als die Bleikugel, umgeben von einer dicken weißen Qualmwolke, aus dem Lauf geschossen kam.

Nun walteten nur noch der Instinkt, die vor vielen Jahren verinnerlichten Bewegungsabläufe: Rechte Hand vom Abzug nehmen, die Waffe in die Linke fallen lassen, und wenn der Gewehrkolben den Boden berührt, muss die Rechte schon die nächste Patrone gegriffen haben. Mit den Zähnen die Kugel herauslösen. Pulver einschütten, aber daran denken, dass man eine Prise für die Pfanne übrig behält. Die Kugel in den Lauf spucken. Ladestock fassen, anheben und hinunter damit in den Lauf. Ein rascher Stoß, dann heißt es heraus damit, die Waffe nehmen, den Hahn spannen, die Pfanne befüllen und hineinfeuern in den trägen Qualm des ersten Schusses.

Und noch einmal und noch einmal und noch einmal, erfüllt von Erinnerungen. Neben schwitzenden Kameraden mit irrem Blick stehen und wie im Albtraum die Bewegungen ausführen. Die Qualmwölkchen ignorieren und die Schreie, nach rechts oder links in die Breschen springen, die von den Gefallenen hinterlassen werden, nachladen und schießen, immer nur nachladen und schießen, Flammen und bleierne Kugeln in den Nebel des Pulverdampfes jagen, auf einen unsichtbaren Feind, und hoffen, dass er den Rückzug angetreten hat. Dann kommt der Befehl, das Feuer einzustellen, und du hörst auf. Dein Gesicht ist schwarz und brennt vom Pulver, das wenige Zoll neben deiner rechten Wange explodiert ist, deine Augen tränen vom Qualm und von den Pulverkörnern, und die Wolke treibt ab und lässt die Toten und Verwundeten vor dir zurück, und du lehnst dich auf die Muskete und betest, die Waffe möge beim nächsten Mal nicht zu spät zünden oder den Feuerstein verlieren oder sich einfach weigern, überhaupt zu schießen.

Er schoss zum fünften Mal, die Kugel sauste über das Feld, und die Muskete war schon wieder unten, das Pulver im Lauf, ehe Knowles rief: »Die Zeit ist um!«

Die Männer jubelten, lachten und klatschten, weil ein Offizier alle Regeln gebrochen und ihnen gezeigt hatte, dass er es schaffen konnte. Harper grinste breit. Er zumindest wusste, wie schwierig es war, innerhalb einer Minute fünf Schüsse abzugeben, und Sharpe war sich darüber im Klaren, dass der Sergeant bemerkt hatte, wie er listig den ersten Schuss geladen hatte, bevor die gestoppte Minute begann.

Sharpe machte dem Lärm ein Ende. »So werdet Ihr mit der Muskete umgehen. Tempo! Nun werdet Ihr es versuchen.«

Sie schwiegen. Sharpe empfand einen Anflug von Mutwillen. Hatte Simmerson ihm nicht befohlen, nach seiner eigenen Methode vorzugehen? »Nehmt eure Krägen ab!« Einen Augenblick lang rührte sich niemand. Die Männer starrten ihn an. »Kommt schon! Beeilung! Nehmt eure Krägen ab!«

Knowles, Denny und die Sergeants sahen verblüfft zu, wie die Männer ihre Musketen zwischen die Knie klemmten und beide Hände einsetzten, um die steifen Lederkrägen auseinanderzuzerren.

»Sergeants! Sammelt die Krägen ein. Bringt sie hierher.«

Das Bataillon war allzu sehr geschunden worden. Es gab keine Möglichkeit, schnell schießende Soldaten aus ihnen zu machen, es sei denn, er bot ihnen Gelegenheit, sich an dem System zu rächen, das sie zum Dienst im Bataillon eines Sadisten verurteilt hatte. Die Sergeants traten zu ihm, mit skeptischen Gesichtern, in den Armen stapelweise die verhassten Krägen.

»Legt sie dort ab.« Sharpe veranlasste sie, die ungefähr siebzig Krägen etwa vierzig Schritt vor der Kompanie aufzuhäufen. Er deutete auf den schweißglänzenden Haufen. »Das ist euer Ziel! Jeder von euch erhält für drei Runden Munition. Nur drei. Und ihr habt eine Minute, um sie abzufeuern! Wem das zweimal hintereinander gelingt, darf aufhören und sich einen faulen Nachmittag gönnen. Die Übrigen versuchen es noch einmal und dann noch einmal, bis sich der Erfolg einstellt.«

Er betraute die beiden Offiziere mit der Organisation des Drills. Die Männer grinsten breit, und aus ihren Reihen erhob sich Geflüster, das er gar nicht erst einzudämmen versuchte. Die Sergeants musterten ihn, als würde er Hochverrat begehen, doch keiner wagte es, mit dem hoch gewachsenen, dunkelhaarigen Schützen die Klingen zu kreuzen. Als alles bereit war, gab er den Befehl aus, und es begann Kugeln auf den Haufen Leder zu hageln. Die Männer vergaßen ihren alten Drill und konzentrierten sich darauf, ihren Hass an den ledernen Krägen auszulassen, die ihnen die Hälse wund gescheuert hatten und die Simmerson und all seine Tyrannei repräsentierten. Am Ende der ersten zwei Runden hatten nur zwanzig Mann es geschafft, beinahe ausnahmslos altgediente Soldaten, die sich für das neue Bataillon hatten anwerben lassen, aber fast zwei Stunden später, als sich die Sonne hinter ihm rötlich verfärbte, feuerte der letzte Mann seinen letzten Schuss in die Fetzen steifen Leders, die über das Gras verstreut waren.

Sharpe stellte die gesamte Kompanie in zwei Reihen auf und sah befriedigt zu, wie sie auf Harpers Befehl hin drei Salven abgaben. Er blickte durch den weißen Qualm, der vor dem östlichen Horizont in der windstillen Luft hing. Dort drüben, in der Estremadura, warteten die Franzosen, sammelten sich ihre Adler zur Schlacht, die da kommen musste, während hinter ihm, auf dem Weg, der von der Stadt hierherführte, Sir Henry Simmerson erschien, durchdrungen von der Gewissheit, dass er recht behalten hatte und sich nun seine Opfer für die Auspeitschung aussuchen konnte.

»Gott steh mir bei, denn jetzt steht uns was bevor!«, sagte Harper leise.

»Ruhig! Lass sie nachladen. Wir werden dem Mann eine Demonstration geben.« Sharpe beobachtete Simmersons Augen, während in dessen Gehirn die allmähliche Erkenntnis ablief, was die aufgeknöpften Krägen seiner Männer und die Lederfetzen auf dem Gras zu bedeuten hatten. Sharpe sah, wie der Colonel tief Luft holte. »Jetzt!«

»Feuer!« Harpers Kommando löste eine volle Salve aus, die wie Donner im Tal nachhallte. Falls Simmerson losbrüllte, würden seine Worte im Lärm untergehen, und der Colonel konnte nur staunend verfolgen, wie seine Männer wie Veteranen mit ihren Musketen umgingen. Und das auf Befehl eines Sergeants der Rifles, der mit seinem breiten, fröhlichen Gesicht und seiner riesigen Statur genau der Typ von Mann war, der ihn oftmals provoziert hatte, von der ungepolsterten Richterbank in Chelmsford herab seine strengsten Urteile zu fällen.

Die letzte Salve prallte gegen die Steinmauer, und Forrest steckte seine Uhr wieder ein. »Zwei Sekunden unter einer Minute, Sir Henry, und vier Schüsse.«

»Zählen kann ich selber, Forrest.« Vier Schüsse? Simmerson war beeindruckt, weil er insgeheim längst über die Aufgabe verzweifelt war, seinen Männern, die immer nur nervös herumhantierten, das schnelle Schießen beizubringen. Aber die Krägen einer ganzen Kompanie? Zwei Shilling und drei Pence das Stück? Und das an einem Tag, da sein Neffe wie ein Stallbursche riechend angekommen war? »Gott verfluche Ihre Augen, Sharpe!«

»Jawohl, Sir.«

In dem scharfen Pulverdampf warf Sir Henrys Pferd den Kopf herum, und der Colonel streckte die Hand aus, um es zu beruhigen. Sharpe beobachtete die Geste und wusste, dass er den Colonel vor dessen eigenen Männern lächerlich gemacht hatte, und er wusste darüber hinaus, dass dies ein Fehler gewesen war. Er hatte einen kleinen Sieg errungen, hatte sich jedoch dadurch einen Mann zum Feind gemacht, der über Macht und Einfluss verfügte.

Der Colonel lenkte sein Pferd näher an Sharpe heran, und seine Stimme war überraschend ruhig. »Das ist mein Bataillon, Mister Sharpe. Mein Bataillon. Merken Sie sich das.« Er sah einen Moment so aus, als wolle seine Wut aus ihm herausbrechen. Er beherrschte sich jedoch und brüllte stattdessen Forrest an, er möge ihm folgen.

Sharpe wandte sich ab. Harper grinste ihm zu, die Männer sahen zufrieden aus, und nur Sharpe empfand die böse Vorahnung wie einen unsichtbaren, von allen Seiten vordringenden Feind. Er schüttelte sie ab. Es gab Musketen zu reinigen, Verpflegung auszuteilen und, jenseits der Hügel an der Grenze, genügend Feinde für jedermann.

KAPITEL 4

Patrick Harper marschierte mit langen unbeschwerten Schritten dahin und war froh, die Straße unter seinen Füßen zu spüren, froh, dass sie endlich die unbefestigte Grenze überschritten hatten und irgendwohin, egal wohin, unterwegs waren. Sie waren schon in den frühen Morgenstunden aufgebrochen, um einen Großteil des Marsches hinter sich zu bringen, ehe die Sonne am heißesten brannte. Harper freute sich auf einen Nachmittag der Muße und hoffte, dass sich das Feldlager, das zu finden Major Forrest vorausgeritten war, in der Nähe eines Wasserlaufs befinden würde, wo er eine Angelschnur im Wasser treiben lassen könnte, an deren Haken eine seiner Maden aufgespießt war.

Die vom South Essex befanden sich irgendwo hinter ihnen. Sharpe war den Tagesmarsch im Eiltempo des Schützenregiments angegangen, drei Schritte gehen, drei Schritte laufen, und Harper war froh, dass sie die Atmosphäre des Misstrauens los waren, die im Bataillon vorherrschte. Er grinste, als er an die Krägen dachte. Es ging das Gerücht um, der Colonel habe Sharpe angewiesen, für jeden einzelnen der neunundsiebzig ruinierten Krägen zu bezahlen, und das war nach Harpers Ansicht ein entsetzlich hoher Preis. Er hatte Sharpe nicht nach dem Wahrheitsgehalt dieses Gerüchts gefragt, hätte er es getan, wäre ihm nur bedeutet worden, sich um die eigenen Angelegenheiten zu kümmern, obwohl in Harpers Augen Sharpe sehr wohl zu seinen Angelegenheiten gehörte. Der Lieutenant mochte launisch sein und reizbar, er mochte dazu neigen, als eine Art

Ventil für seine Erbitterung den Sergeant anzufahren, aber Harper hätte, danach befragt, Sharpe als seinen Freund bezeichnet. Das war kein Wort, wie es ein Sergeant im Zusammenhang mit einem Offizier gebrauchen durfte, doch Harper wäre kein anderes eingefallen. Sharpe war der beste Soldat, den der Ire jemals auf dem Schlachtfeld gesehen hatte. Er besaß den Blick eines Landbewohners für die Beschaffenheit eines bestimmten Geländes und den Instinkt eines Jägers, es sich zunutze zu machen. Und Sharpe ließ sich in einer Schlacht nur von einem Mann beraten, von Sergeant Harper. Es war eine unbeschwerte Beziehung, voller Vertrauen und Respekt, und Patrick Harper sah seine Aufgabe darin, Richard Sharpe am Leben zu erhalten und bei Laune.

Er war gern Soldat, selbst im Heer jener Nation, die das Land seiner Familie an sich gerissen und ihre Religion mit Füßen getreten hatte. Er war mit Erzählungen über die großen irischen Helden aufgewachsen. Er konnte auswendig die Geschichte Cuchulains hersagen, der ganz allein die Streitmacht von Connaught besiegt hatte, und welcher Engländer konnte neben diesem großen Helden bestehen? Aber Irland war nun einmal Irland, und der Hunger trieb die Männer in die Fremde. Wäre Harper seinem Herzen gefolgt, hätte er gegen die Engländer gekämpft, nicht für sie, aber wie so viele seiner Landsleute hatte er in den Reihen des Feindes Schutz vor Armut und Verfolgung gefunden. Die Heimat vergaß er dabei nie. Er trug in seinem Kopf ein Bild von Donegal mit sich herum, einer Provinz der Felsen und des dünnen Ackerbodens, der Berge, Seen und weiten Moore, und der Pachtbauern, deren Familien auf ihrem kleinen Stück Land einem mühsamen Broterwerb nachgingen. Und was für Familien!

Harper war das vierte von elf Kindern seiner Mutter, die das Säuglingsalter überlebt hatten, und sie hatte immer behauptet, nicht zu wissen, wie sie es geschafft hatte, so einen »großen Kleinen« auszutragen. »Patrick satt zu bekommen ist, als würde man drei der anderen füttern«, pflegte sie zu sagen, und er blieb des Öfteren hungrig. Dann kam der Tag, an dem er loszog, um sein Glück zu machen. Von den Blue Stack Mountains war er bis in die ummauerten Straßen von Derry marschiert, er hatte sich betrunken und war, ohne zu wissen, wie ihm geschah, angeworben worden. Nun, acht Jahre später und vierundzwanzig Jahre alt, war er Sergeant. Daheim in Tangaveane würden sie das niemals glauben!

Es fiel ihm inzwischen schwer, die Engländer als Feinde zu betrachten. Der Umgang mit ihnen hatte zu viele Freundschaften entstehen lassen. Das Heer war ein Ort, wo sich starke Männer bewähren konnten, und Patrick Harper gefiel die Verantwortung, die er hatte übernehmen dürfen, und er genoss den Respekt, den andere starke Männer wie Sharpe ihm entgegenbrachten. Er entsann sich der Geschichten seiner Landsleute, die in den Hügeln und auf den Feldern Irlands gegen die Rotröcke gekämpft hatten, und manchmal fragte er sich, wie seine Zukunft aussehen würde, wenn er zurückkehren und in Donegal leben wollte.

Dieses Loyalitätsproblem war ihm zu schwierig, sodass er es in den Hintergrund seines Bewusstseins verdrängte, wo auch die Überbleibsel seiner Religiosität im Verborgenen lagen. Möglicherweise würde der Krieg ewig weitergehen. Oder vielleicht würde St. Patrick wiederkommen und die Engländer zum wahren Glauben bekehren. Wer weiß? Im Augenblick jedoch war er es zufrieden, Soldat zu sein, und er holte sich seine Freuden, wo sie zu finden waren.

Am Tag zuvor hatte er hoch über seinem Kopf einen Wanderfalken entdeckt, und Patrick Harper war es vorgekommen, als habe sich seine Seele zu dem Vogel emporgeschwungen. In

Ulster kannte er alle Vögel, er liebte sie samt und sonders, und unterwegs suchte er das Land und den Himmel nach neuen Arten ab, denn der Sergeant wurde es nie müde, sie zu beobachten. In den Hügeln nördlich von Oporto hatte er einen flüchtigen Blick auf eine unbekannte Elsternart erhascht, mit langem blauem Schwanz, anders als alle, die er je gesehen hatte, und er war darauf erpicht, ein zweites Exemplar zu entdecken. Die Vorfreude und das Warten gehörten mit zu seiner Befriedigung und zu seinem Vergnügen.

Neben der Straße sprang ein Hase übers Feld. Eine Stimme rief: »Meiner!« Die Soldaten blieben stehen, und der Mann kniete sich hin, zielte rasch und feuerte. Er schoss daneben, und die Schützen verspotteten ihn, während der Hase einen Haken schlug und zwischen den Felsbrocken verschwand. Daniel Hagman verfehlte nicht oft sein Ziel, er hatte von seinem Vater, einem Wilderer, das Schießen gelernt, und die Schützen waren insgeheim stolz auf das Geschick des Mannes aus Cheshire im Umgang mit dem Gewehr. Während er nachlud, schüttelte er sorgenvoll den Kopf. »Tut mir leid, Sir. Werde alt.«

Sharpe lachte. Hagman war vierzig, doch im Schießen konnte er es immer noch mit dem Rest der Kompanie aufnehmen. Der Hase hatte sich in zweihundert Yards Entfernung in vollem Lauf befunden, und es wäre ein Wunder gewesen, wenn er an jenem Abend im Kochtopf gelandet wäre.

»Wir legen eine Rast ein«, sagte Sharpe. »Zehn Minuten.« Er teilte zwei Mann zum Wachdienst ein. Die Franzosen waren noch meilenweit entfernt, vor ihnen befand sich britische Kavallerie auf der Straße, aber Soldaten blieben nun einmal am Leben, indem sie Vorsichtsmaßnahmen ergriffen, und dies war ein fremdes Land, daher stellte Sharpe Wachen auf, und die Männer marschierten mit geladenen Waffen. Er nahm seinen

Tornister und die Umhängetaschen ab, froh, die achtzig Pfund Gewicht los zu sein, und ließ sich neben Harper nieder, der sich zurückgelehnt hatte und in den wolkenlosen Himmel starrte. »Ein heißer Tag für einen Marsch, Sergeant.«

»Heiß wird er, Sir, heiß in der Tat. Aber immer noch besser als dieser letzte verdammt kalte Winter.«

Sharpe grinste. »Dir ist es recht gut gelungen, dich warm zu halten.«

»Wir haben getan, was wir konnten, Sir, was wir konnten. Erinnern Sie sich doch noch an den Pater im Mönchskloster?« Sharpe stimmte zu, doch es gab für Patrick Harper kein Halten mehr, wenn er erst mit einer guten Geschichte begonnen hatte. »Uns gegenüber hat er behauptet, es gäbe dort nichts zu trinken! Nichts zu trinken, und uns war so kalt wie dem Meer im Winter! Schrecklich war das, einen Mann Gottes so lügen zu sehen.«

»Sie haben ihm eine Lehre erteilt, Sir!« Pendleton, der Jüngste der Kompanie, gerade siebzehn Jahre alt und ein Dieb aus den Straßen von Bristol, grinste dem Iren von der anderen Straßenseite aus zu. Harper nickte. »So ist es, Kleiner. Du erinnerst dich? Einem Priester geht doch nicht das Getränk aus, und wir haben es gefunden. Mein Gott, ein Fass, groß genug, um den Durst eines ganzen Heeres zu löschen, und das hat es an jenem Abend getan. Und wir haben den Pater kopfüber in den Wein getaucht, um ihm einzubläuen, dass Lügen eine Todsünde ist.« Er lachte bei der Vorstellung. »Im Augenblick wäre mir ein Tropfen ganz recht.« Er sah sich mit unschuldigem Blick unter den Männern um, die am Straßenrand lagerten. »Ob wohl jemand einen Tropfen für mich hätte?«

Niemand sagte etwas. Sharpe lehnte sich zurück und verbarg sein Lächeln. Er wusste, was Harper vorhatte, und er konnte sich denken, was als Nächstes passieren würde. Die

Rifles waren eines von wenigen Regimentern, die wählerisch sein und sich ihre Rekruten aussuchen und bis auf die Besten jeden zurückweisen konnten, doch es blieb nicht von der Gewohnheitssünde des gesamten Heeres verschont, der Trunksucht. Sharpe vermutete, dass sich im engeren Umkreis mindestens ein halbes Dutzend Flaschen Wein befinden mussten, und Harper würde sie aufspüren. »Na gut! Inspektion.«

»Sergeant!«, meldete sich Gataker zu Wort, zu schlau, als dass es ihm gutgetan hätte. »Sie haben doch heute Morgen die Wasserflaschen inspiziert! Sie wissen doch, dass wir nichts dabeihaben.«

»Ich weiß, dass ihr nichts in euren Wasserflaschen habt, aber das hat hiermit nichts zu tun, oder?« Immer noch keine Reaktion. »Legt eure Munition heraus! Auf Kommando!«

Sie murrten. Portugiesen wie auch Spanier waren gern bereit, einem Mann im Austausch für eine Hand voll Patronen mit britischem Pulver, dem besten der Welt, ihren Wein zu verkaufen, und es war anzunehmen, dass Harper, wenn einer der Männer weniger als seine achtzig Patronen vorwies, tief in dessen Tornister vergraben eine Flasche finden würde. Er öffnete die Augen und sah, dass wie durch ein Wunder sieben Flaschen erschienen waren. Harper beugte sich triumphierend über sie. »Die teilen wir heute Abend aus. Gut gemacht, Leute, wusst ich's doch, dass ihr mich nicht im Stich lasst.« Er wandte sich an Sharpe. »Soll ich die Patronen durchzählen lassen, Sir?«

»Nein, wir kommen schon hin.« Er wusste, dass den Männern zu trauen war und dass sie nicht mehr als eine Hand voll Patronen verkaufen würden. Er blickte den riesenhaften Iren an. »Übrigens, wie viele Patronen haben Sie, Sergeant?«

Harpers Gesicht blieb grundehrlich. »Achtzig, Sir.«

»Zeigen Sie mir Ihr Pulverhorn.«

Harper lächelte. »Ich dachte, heute Abend wäre Ihnen ein Tropfen recht, Sir?«

»Dann wollen wir mal aufbrechen.« Sharpe grinste über Harpers Niederlage. Zusätzlich zu den achtzig Patronen, zwanzig mehr, als das übrige Heer mit sich trug, hatten die Scharfschützen außerdem ein Horn mit feinem Pulver dabei, mit dem sich besser schießen ließ, wenn die Zeit es erlaubte, es zu benutzen. »Gut, Sergeant. Zehn Minuten im Eiltempo, dann marschieren wir langsam weiter.«

Um die Mittagszeit trafen sie auf Major Forrest mit seiner kleinen berittenen Vorhut, der ihnen von einer Baumgruppe zwischen der Straße und dem Wasserlauf aus zuwinkte. Der Major führte die Schützen zu der Stelle, die er für sie ausgesucht hatte. »Ich dachte, Sharpe, es wäre am besten, wenn Sie dem Colonel nicht zu nahe kommen.«

»Machen Sie sich keine Sorgen, Sir.« Sharpe lächelte den nervösen Major an. »Ich halte das für eine ausgezeichnete Idee.«

Forrest war immer noch besorgt. Er beobachtete Sharpes Männer, die bereits begonnen hatten, auf die Äste einzuhacken. »Sir Henry besteht darauf, dass die Feuer in geraden Linien errichtet werden, Sharpe.«

Sharpe hob die Hände. »Nicht ein Flämmchen außer Reih und Glied, Sir, ich verspreche es Ihnen.«

Eine Stunde später traf das Bataillon ein, und die Männer warfen sich zu Boden und legten die Köpfe auf ihre Tornister. Einige begaben sich an den Bach, ließen sich dort nieder und steckten die mit Blasen bedeckten, geschwollenen Füße ins Wasser. Wachen wurden postiert, die Waffen gegeneinandergestellt. Tabakgeruch breitete sich zwischen den Bäumen aus, und in gebührender Entfernung von einem Gepäckstapel, der den Standort der provisorischen Offiziersmesse markierte, nahm ein planloses Fußballspiel seinen Lauf. Als Letzte trafen die Frauen und

Kinder ein, dazu die portugiesischen Maultiertreiber und ihre Tiere, Hogan und seine Maultiere sowie unter der Obhut eines Tagelöhners die Rinderherde, die täglich für das abendliche Mahl sorgen würde, bis das letzte Tier geschlachtet war.

Im Verlauf dieses schläfrigen Nachmittags wurde Sharpe rastlos. Er hatte keine Familie, der er hätte schreiben können, und kein Verlangen, sich Harpers vergeblichen Versuchen anzuschließen, mit seinen Maden nicht vorhandene Fische anzulocken. Hogan schlief und schnarchte leise an einem schattigen Plätzchen, daher stand Sharpe auf, nahm sein Gewehr und machte sich auf den Weg zur Postenlinie. Es war ein wunderschöner Tag. Nicht eine Wolke trübte den Himmel, das Wasser des Bachs strömte klar, eine leise Brise regte sich im Gras und ließ die fahlen Blätter der Olivenbäume erzittern. Er ging zwischen dem Bach und einem Kornfeld dahin, sprang über einen grob geflochtenen Damm, der einen Bewässerungskanal aufhielt, und erreichte ein mit Felsbrocken übersätes Feld voller verkrüppelter Olivenbäume. Nichts regte sich. Insekten summten und zirpten, drüben im Lager wieherte ein Pferd, hinter ihm klangen die Geräusche des Wasserlaufs ab.

Jemand hatte ihm gesagt, es sei Juli. Vielleicht war heute sein Geburtstag. Er wusste nicht, an welchem Tag er geboren war, doch er erinnerte sich, dass seine Mutter ihn vor ihrem Tod ein Julikind genannt hatte, oder war es Juni? Sonst erinnerte er sich kaum an sie. Dunkles Haar und eine Stimme in der Dunkelheit. Sie war gestorben, als er noch ein kleines Kind war, und andere Familienangehörige gab es nicht.

Das Land duckte sich unter der Hitze, still und leise, und das Bataillon wurde von der Landschaft verschluckt, als sei es nicht vorhanden. Er blickte zurück die Straße entlang, auf der das Bataillon herangemarschiert war, und in weiter Ferne, zu weit, um es richtig erkennen zu können, deutete eine Staubwolke an, wo der Hauptteil des Heeres derzeit noch unterwegs war.

Er ließ sich an einem knorrigen Baumstamm nieder, legte das Gewehr über seine Knie und starrte in den Hitzedunst. Eine Eidechse huschte über den Boden, verharrte, sah ihn an, eilte dann einen Baumstamm hinauf und erstarrte, als müsse er sie, wenn sie nur reglos blieb, aus den Augen verlieren. Ein beweglicher Punkt am Himmel ließ ihn aufblicken. Hoch droben im Blau glitt geräuschlos mit ausgebreiteten Schwingen ein Habicht dahin, der den Boden nach Beute absuchte. Patrick hätte sofort gewusst, worum es sich handelte, doch für Sharpe war dies einer unter vielen Jagdvögeln. Er dachte: Heute gibt es für uns Jäger nichts zu holen, und wie zur Antwort schlug der Vogel mit den Flügeln und war einen Augenblick später nicht mehr zu sehen.

Sharpe fühlte sich entspannt und schläfrig, eins mit der Welt, froh, ein Scharfschütze in Spanien zu sein. Er betrachtete die verkrüppelten Olivenbäume, die eine magere Ernte versprachen, und fragte sich, was für eine Familie wohl im Herbst die Äste schütteln würde, Menschen, deren Leben innerhalb der Grenzen des Wasserlaufs, der dürren Felder und der hohen, ansteigenden Straße ablief, die er vermutlich nie wieder zu sehen bekommen würde.

Dann ein Geräusch. Zu zaudernd und weit entfernt, um in seinem Kopf Alarm auszulösen, aber merkwürdig und beharrlich genug, um seine Aufmerksamkeit zu erregen, sodass sich seine rechte Hand unbewusst um das schmale Ende des Gewehrlaufs schloss. Es waren Pferde auf der Straße, dem Klang ihrer Hufe nach nur zwei, aber sie bewegten sich langsam und unsicher, und dieses Geräusch legte nahe, dass etwas nicht in Ordnung war. Er bezweifelte, dass die Franzosen in diesem Teil Spaniens Kavalleriepatrouillen einsetzen würden, aber er stand dennoch auf und glitt lautlos durch die Baumgruppe, wobei er instinktiv einen Weg wählte, der seine grüne Uniform verbarg und ihm Deckung gab, bis er im grellen Sonnenlicht stand und den Reisenden überraschte.

Es handelte sich um die schöne junge Frau. Sie war immer noch wie ein Mann gekleidet, trug schwarze Hosen und Stiefel und denselben breitkrempigen Hut, der ihre Schönheit überschattete. Sie war zu Fuß, oder vielmehr lahmte sie – wie ihr Pferd. Beim Anblick Sharpes blieb sie stehen und sah ihn wütend an, als sei sie darüber verärgert, unerwartet fremden Blicken ausgesetzt zu sein.

Ihr Bediensteter, ein schmächtiger, dunkelhäutiger Mann, der das schwer beladene Maultier führte, verhielt zehn Schritte hinter ihr und starrte stumm auf den hoch gewachsenen, narbigen Schützen. Die Stute richtete ebenfalls den Blick auf Sharpe, schlug mit dem Schwanz nach den Fliegen und stand, ein Hinterbein schonend, geduldig da. Das Hufeisen hing herab, von einem einzigen Nagel gehalten, und das Tier musste auf dem heißen Felsboden der Straße Qualen ausgestanden haben. Sharpe wies mit einem Nicken auf das Bein. »Warum haben Sie das Eisen nicht abgenommen?«

Ihre Stimme war überraschend sanft. »Können Sie es tun?« Sie lächelte ihm zu, die Wut verschwand aus ihrem Gesicht, und eine Sekunde lang sagte Sharpe nichts. Er schätzte sie auf Anfang zwanzig, doch sie setzte ihre äußere Erscheinung mit der Selbstsicherheit einer Frau ein, die wusste, dass Schönheit ein besseres Erbe sein konnte als Geld oder Landbesitz. Sie schien sich über sein Zögern zu amüsieren, als sei sie es gewohnt, auf Männer eine bestimmte Wirkung auszuüben. Spöttisch zog sie eine Augenbraue hoch. »Können Sie?«

Sharpe nickte und trat hinter das Pferd. Er zog den Huf zu sich heran, indem er das Bein an der Fessel packte. Die Stute zitterte, verhielt sich jedoch ruhig. Das Eisen wäre wenige Schritte weiter ohnehin abgefallen, und er riss es mit einem leichten Ruck ab und ließ das Bein los. Das Hufeisen hielt er dem Mädchen hin. »Sie haben Glück.«

Ihre Augen waren groß und dunkel. »Warum?«

»Es wird sich vermutlich wieder verwenden lassen, genau weiß ich es auch nicht.« Er kam sich in ihrer Gegenwart plump und ungeschickt vor, war sich ununterbrochen ihrer Schönheit bewusst und konnte sich plötzlich nicht mehr klar ausdrücken, so sehr ging ihm ihr Anblick ins Blut. Sie machte keinerlei Anstalten, das Hufeisen entgegenzunehmen, also schob er es unter den Gurt einer vollgestopften Satteltasche. »Dort vorn wird jemand sein, der weiß, wie man ein Pferd beschlägt. Er wies mit dem Kopf die Straße entlang. »Dort hat ein Bataillon sein Lager aufgeschlagen.«

»Das South Essex?« Ihr Englisch war flüssig, mit leichtem portugiesischen Akzent.

»Ja.«

Sie nickte. »Gut. Ich bin ihm gefolgt, und dabei hat sich das Eisen gelöst.« Sie sah sich nach ihrem Bediensteten um und lächelte. »Der arme Agostino. Er fürchtet sich vor Pferden.«

»Und Sie, Madam?« Sharpe wollte das Gespräch in Gang halten. Es war nicht ungewöhnlich, dass Frauen dem Heer folgten. Sir Arthur Wellesleys Truppe hatte bereits englische, irische, spanische und portugiesische Ehefrauen, Geliebte und Huren um sich geschart, doch ein schönes Mädchen, gut beritten, von einem Bediensteten umsorgt, war ein ungewöhnlicher Anblick, und Sharpes Neugier war geweckt. Mehr als nur seine Neugier. Er begehrte dieses Mädchen. Obwohl ihm klar war, dass eine so gut aussehende Frau nicht auf einen schäbigen Lieutenant ohne Privatvermögen angewiesen war. Sie konnte frei unter den begüterten Offizieren wählen, aber das hielt

Sharpe nicht davon ab, sie anzustarren und zu begehren. Sie schien seine Gedanken zu lesen.

»Sie denken, ich hätte Grund, mich zu fürchten?«

Sharpe zuckte mit den Schultern, warf einen Blick die Straße entlang dorthin, wo der Rauch des Bataillons in den Abendhimmel aufstieg. »Soldaten sind nicht zimperlich, Madam.«

»Danke für die Warnung.« Sie machte sich über ihn lustig. Nun blickte sie auf seine verblichene rote Schärpe. »Lieutenant?«

»Lieutenant Sharpe, Madam.«

»Lieutenant Sharpe.« Sie lächelte wieder, und ihre Schönheit blendete ihn. »Sie kennen sicher Christian Gibbons?«

Er nickte und verfluchte die Ungerechtigkeit des Lebens. Mit Geld konnte man alles kaufen: den Offiziersrang, Beförderung, einen Säbel, welcher der Körpergröße und Kraft des Trägers angepasst war, ja sogar eine solche Frau. »Ich kenne ihn.«

»Und Sie können ihn nicht leiden!« Sie lachte, weil sie wusste, dass ihr Instinkt sie nicht täuschte. »Ich schon.« Sie spornte ihr Pferd mit einem Zungenschnalzen an und zog die Zügel fester. »Ich rechne damit, dass wir uns wiedersehen. Ich reise mit Ihnen nach Madrid.«

Sharpe wollte sie nicht gehen lassen. »Sie sind fern von der Heimat.«

Sie drehte sich nach ihm um, verspottete ihn mit einem Lächeln. »Sie auch, Lieutenant, Sie auch.«

Sie führte die lahmende Stute, gefolgt von ihrem stummen Diener, auf die Baumgruppe und die ersten Schwaden bläulichen Rauchs zu, wo die Feuer zum Kochen entfacht wurden. Sharpe blickte ihr nach, gestattete seinen Augen, die schlanke Gestalt unter ihren Männerkleidern wahrzunehmen, und verspürte Eifersucht und die Heftigkeit seines Verlangens. Dann begab er sich wieder in den Olivenhain, so als könne er sie, indem er die Straße verließ, aus seinem Gedächtnis verbannen und erneut den Frieden dieses Nachmittags einfangen.

Verflucht sei Gibbons mit seinem Geld, verflucht alle Offiziere, die sich die Schönen leisten konnten, die auf ihren Vollblutstuten dem Heer folgten. Er genoss die bitteren Gedanken, ließ sie in seinem Kopf umherwirbeln und versuchte, sich selbst zu überreden, dass er sie nicht haben wolle; doch während er sich zwischen den Bäumen bewegte, spürte er den Hufnagel, den er immer noch in der rechten Hand hielt. Er betrachtete ihn, einen kurzen gebogenen Nagel, und brachte ihn dann sorgfältig in seiner Munitionstasche unter. Er sagte sich, dass er ihn sicher irgendwann brauchen würde. Man benötigte zum Beispiel einen Nagel, um die Hauptfeder des Gewehrs zu blockieren, wenn er das Steinschloss zum Reinigen auseinandernahm. Doch gab es geeignetere Nägel im Überfluss, und er wusste, dass er diesen hier behielt, weil er dem Mädchen gehört hatte. Ärgerlich fischte er zwischen den dicken Patronen nach ihm und warf den Nagel weit fort.

Aus Richtung des Bataillons erklang Musketenfeuer, und er wusste, dass man zwei junge Bullen zum Abendmahl geschlachtet hatte. Zu dem Schmorgericht würde es Wein geben und danach Hogans Branntwein und Geschichten über alte Freunde und vergessene Schlachten. Er hatte sich auf die Mahlzeit gefreut, auf den Abend, doch plötzlich war alles anders. Die Schöne befand sich im Lager, sein Gelächter würde den Frieden brechen, und während er am Bach entlang zurückging, fiel ihm ein, dass er nicht einmal ihren Namen wusste.

KAPITEL 5

Wenn es nur nach großen Worten und einer entsprechenden Aufmachung ginge, hätte das Regiment de la Santa Maria die Welt erobert. Pünktlichkeit jedoch gehörte augenscheinlich nicht zu seinen militärischen Tugenden.

Das South Essex war vier Tage stramm marschiert, um den Treffpunkt in Plasencia zu erreichen, doch in der ganzen Stadt gab es keine spanischen Truppen. Störche schwangen sich träge von ihren Nestern auf den steilen Dächern, die zur uralten Kathedrale aufstiegen, welche sowohl die Stadt als auch die umliegende Ebene beherrschte, doch vom Santa-Maria-Regiment war weit und breit nichts zu sehen.

Das Bataillon wartete. Simmerson hatte außerhalb der Mauern sein Lager aufgeschlagen, und die Männer sahen neidisch zu, wie andere Einheiten eintrafen und in die verlockenden Straßen mit ihren Weinhandlungen und Frauen einmarschierten. Drei Männer widersetzten sich dem Dauerbefehl, sich von der Stadt fernzuhalten, wurden hilflos betrunken vom Profos aufgegriffen und nahmen unter den Augen des Bataillons, das am Ufer des Flusses Jerte aufmarschierte, die Prügelstrafe entgegen.

Endlich traf mit zwei Tagen Verspätung das spanische Regiment ein, und das South Essex versammelte sich um fünf Uhr morgens, um den Marsch gen Süden nach Valdelacasa anzutreten. Die Luft war von einer Kälte, die erst die aufgehende Sonne vertreiben würde. Der Abmarsch war für halb sechs vorgesehen, aber um diese Zeit war das Santa-Maria-Regiment immer noch nicht angetreten. Die Männer stampften mit den Füßen und rieben sich die Hände, um die Kälte abzuwehren. Von den Glockentürmen der Stadt schlug die sechste Stunde. Die Kinder, die mit ihren Müttern darauf warteten, den Abmarsch des Bataillons zu verfolgen, begannen sich zu langweilen und rannten ungeachtet des Gebrülls, das bei Simmerson begann und sich über die Offiziersränge bis zu den Sergeants und Corporals fortpflanzte, zwischen den Reihen umher.

Das Bataillon hatte neben der römischen Brücke Stellung bezogen, die den Fluss überspannte, und Sharpe folgte einem murrenden Captain Hogan auf die antiken Bögen. Er starrte hinab ins Wasser, das um die riesigen Granitbrocken toste, die eine längst vergangene Erdverwerfung im Flussbett hinterlassen hatte.

Hogan war ungeduldig. »Verflucht sollen sie sein! Warum können wir nicht einfach losmarschieren und es den Kerlen überlassen, uns einzuholen?« Er wusste sehr wohl, warum das unmöglich war. Die Antwort lautete: Diplomatie! Es gehörte nun einmal zu dem Preis, den es für die Kooperation mit den überempfindlichen spanischen Streitkräften zu zahlen galt, dass das einheimische Regiment als Erstes losmarschieren musste.

Sharpe schwieg betreten. Er starrte ins Wasser auf die langen Stängel der Pflanzen, die sich geschmeidig in der Strömung wiegten. Er fröstelte im Morgenwind. Er teilte Hogans Ungeduld, und sie vermengte sich mit Gefühlen der Enttäuschung, die sich in ihm regten wie die trägen Flusspflanzen.

Er blickte zur Kathedrale auf, die von der aufgehenden Sonne angestrahlt wurde, und versuchte sich Klarheit über seine Befürchtungen zur Operation in Valdelacasa zu verschaffen. Es hörte sich so einfach an. Ein Tagesmarsch zur Brücke, ein Tag für Hogan, um die bereits verfallenen Bögen zu zerstören, und ein Tagesmarsch zurück nach Plasencia, wo Wellesley seine Truppe zum nächsten Stadium des Vormarschs auf Spanien sammelte. Aber da war eine dunkle Ahnung, die so schwer zu fassen war wie die grauen Schatten, die in der Morgendämmerung zurückwichen und die Sharpe sagten, dass es nicht einfach werden würde.

Es waren nicht die Spanier, die ihm Sorgen bereiteten. Genau wie Hogan wusste er, dass ihre Gegenwart politisch unumgänglich war und militärisch eine Farce. Wenn sie sich als so nutzlos erwiesen, wie ihr Ruf besagte, war das nicht weiter schlimm. Das South Essex Regiment war stark genug, um mit allem fertig zu werden, was auf sie zukommen mochte. Allerdings: Simmerson hatte noch nie Feindberührung gehabt, und Sharpe hatte wenig Vertrauen in die Entscheidungsfähigkeit des Colonels. Wenn es am Südufer des Tejo tatsächlich Franzosen gab und wenn das South Essex einen Angriff auf die Brücke vereiteln musste, während Hogan seine Sprengsätze legte, dann wäre es Sharpe lieber gewesen, ein altgedienter Soldat hätte die Entscheidungen getroffen und nicht dieser Colonel der Miliz, dessen Kopf vollgestopft war mit Theorien über Schlachten und Taktik, die er in der Sicherheit der Ländereien von Essex gelernt hatte.

Aber es ging nicht allein um Simmerson. Er blickte auf die Straße, die zur Stadt führte, wo eine nicht deutlich erkennbare Gruppe von Frauen stand, die Frauen des Bataillons, und er fragte sich, ob die junge Frau, Josefina Lacosta, sich ebenfalls dort befand. Zumindest hatte er ihren Namen erfahren und sie ein Dutzend Mal zu Gesicht bekommen, auf ihrer zierlichen schwarzen Stute, umgeben von einer Schar von Simmersons Lieutenants, die mit ihr lachten und scherzten. Er hatte den Gerüchten über sie gelauscht, dass sie die Witwe eines reichen portugiesischen Offiziers sei, dass sie dem portugiesischen Offizier davongelaufen sei, genau wusste es offenbar niemand. Nur eines war sicher, nämlich dass sie Gibbons auf einem Ball im American Hotel in Lissabon kennengelernt und innerhalb von Stunden entschieden hatte, mit ihm in den Krieg zu ziehen. Man sagte, sie hätten vor zu heiraten, sobald das Heer Madrid erreichte, und Gibbons habe ihr ein Haus und ein Leben voller Tanz und Lustbarkeiten versprochen.

Wie auch immer die Wahrheit über Josefina aussehen mochte, ihre Gegenwart hatte schon Wirkung gezeigt. Sie bezauberte das gesamte Bataillon und kokettierte sogar mit Sir Henry, der darauf mit schwerfälliger Galanterie reagierte und seinen Offizieren versicherte, man sei eben nur einmal jung. »Christian soll sich austoben, nicht wahr?« Simmerson wiederholte seinen Scherz ein ums andere Mal und lachte jedes Mal darüber. Seine Nachsicht ging so weit, dass er seinem Neffen erlaubte, den Dauerbefehl zu missachten und sich in der Stadt eine Zimmerflucht zu nehmen, wo er mit Josefina lebte und an den langen warmen Abenden Freunde empfing. Sämtliche Offiziere beneideten Gibbons. Josefina war das Juwel in seiner Krone.

Sharpe stand fröstelnd auf der Brücke und fragte sich, ob sie es jemals bis zu den Ebenen von Essex bringen würde und zu einem großen, mit den Profiten aus dem Pökelfischhandel erbauten Haus.

Es schlug sieben, und Erregung machte sich breit, als eine Gruppe von Reitern zwischen den Häusern hervorkam und auf das wartende Bataillon zuhielt. Es stellte sich jedoch heraus, dass die Reiter Engländer waren, und in den Offiziersrängen legte sich die Spannung.

Hogan und Sharpe begaben sich wieder zu ihren Männern, die neben Lennox' Leichter Kompanie zur Linken des Bataillons angetreten waren, und beobachteten, wie sich die Neuankömmlinge Simmerson anschlossen. Alle Reiter bis auf einen waren in Uniform. Die Ausnahme trug blaue Hosen unter einem grauen Umhang und auf dem Kopf einen schlichten Zweispitz. Ensign Denny, sechzehn Jahre alt und voller kaum verhüllter Aufregung, stand in der Nähe der Schützen, und Sharpe fragte ihn, ob er wisse, wer dieser scheinbare Zivilist sei.

»Nein, Sir.«

»Sergeant Harper! Sagen Sie Mister Denny, wer der Gentleman im grauen Mantel ist.«

»Das ist der General, Mister Denny. Sir Arthur Wellesley persönlich. Geboren in Irland, wie jeder gute Soldat!«

Gelächter durchlief die Reihen, doch sie nahmen allesamt Haltung an und blickten gespannt auf den Mann, der sie nach Madrid führen würde. Sie sahen, wie er eine Uhr hervorzog und in Richtung Stadt sah, woher die Spanier hätten kommen müssen, doch vom *regimiento* war nach wie vor nichts zu sehen, obwohl die Sonne bereits hoch über dem Horizont stand und der Tau rasch vom Gras verschwand. Einer der Stabsoffiziere in Wellesleys Nähe löste sich aus der Gruppe und trabte auf Hogan zu. Sharpe nahm an, er wolle mit dem Pionier sprechen, und entfernte sich auf die Brücke, um Hogan nicht zu stören.

»Sharpe! Richard!«

Die Stimme war ihm vertraut, aus der Vergangenheit. Er drehte sich um und sah, dass der Stabsoffizier, ein Lieutenant Colonel, ihm zuwinkte, doch das Gesicht war unter dem reich verzierten Zweispitz verborgen.

»Richard! Sie haben mich wohl vergessen!«

Lawford! Sharpes Gesicht verzog sich zu einem Lächeln. »Sir! Ich wusste nicht einmal, dass Sie hier sind!«

Lawford schwang sich lässig aus dem Sattel, nahm den Hut ab und schüttelte den Kopf. »Sie sehen ja schlimm aus! Demnächst müssen Sie sich wirklich eine Uniform kaufen.« Er lächelte und schüttelte Sharpe die Hand. »Freut mich, Sie zu sehen, Richard.«

»Mich auch, Sir. Lieutenant Colonel? Sie machen gute Fortschritte!«

»Hat mich dreitausendfünfhundert Pfund gekostet, Richard, und das wissen Sie wohl. Gott sei gedankt fürs Geld.«

Sharpe erinnerte sich an die Zeit, als der ehrenwerte William Lawford noch ein furchtsamer Lieutenant war und ein Sergeant namens Sharpe ihn sicher durch die Hitze Indiens geleitet hatte. Dann hatte Lawford seine Schuld beglichen. In einer Gefängniszelle in Seringapatam hatte der Aristokrat dem Sergeant Lesen und Schreiben beigebracht. Die Übung hatte sie alle beide daran gehindert, in der dumpffeuchten Hölle von Tippu Sultans Verliesen den Verstand zu verlieren.

»Ich habe Sie nicht mehr gesehen, seit ...«

»Es ist Monate her. Viel zu lange. Wie geht es Ihnen?«

Sharpe grinste. »Das müsste man mir eigentlich ansehen.«

»Unordentlich?« Lawford lächelte. Er war im selben Alter wie Sharpe, doch da hörte die Ähnlichkeit schon auf. Lawford war ein Dandy, immer in feinstes Tuch und Spitze gekleidet, und Sharpe hatte erlebt, wie er einem Regimentsschneider sieben Guineas gezahlt hatte, nur damit ihm eine bereits tadellos geschneiderte Jacke noch besser saß. Er breitete die Arme aus.

»Sie können aufhören, sich Sorgen zu machen, Richard. Lawford ist da! Die Franzosen werden sich vermutlich ergeben, wenn sie davon hören. Gott! Ich habe Monate gebraucht, um diesen Auftrag zu bekommen! Ich saß in Dublin Castle fest, verflucht soll sie sein, die feierliche Wachablösung, und ich musste hundert Fäden ziehen, um in Wellesleys Stab aufgenommen zu werden. Da bin ich nun! Vor zwei Wochen eingetroffen!« Die Worte sprudelten aus ihm hervor.

Sharpe war über dieses unverhoffte Wiedersehen froh. Zwar war Lawford, ähnlich wie Gibbons, die Summe all dessen, was ihm am Heer am meisten missfiel, die Tatsache nämlich, dass sich einige mit Geld und Einfluss die Beförderung erkaufen konnten, während andere, wie Sharpe, in Armut dahinvegetierten. Dennoch mochte Sharpe diesen Lawford, und er nahm an, es lag daran, dass der Aristokrat, seiner hohen Geburt zum Trotz, für Sharpe ganz ähnlich empfand. Und Lawford war trotz seiner Neigung zu Putz und seiner vorgetäuschten Lässigkeit ein kämpfender Soldat.

Sharpe hob die Hand, um den Strom von Neuigkeiten aufzuhalten. »Was geht vor, Sir? Wo sind die Spanier?«

Lawford entgegnete. »Noch im Bett. Waren sie zumindest, aber die Hörner sind erklungen, die Krieger haben ihre Hosen übergezogen, und man sagt uns, sie kämen jetzt.« Er lehnte sich näher zu Sharpe herüber und senkte die Stimme. »Wie kommen Sie mit Simmerson aus?«

»Ich muss nicht mit ihm auskommen. Ich arbeite für Hogan.«

Lawford schien die Antwort nicht zu hören. »Er ist ein außergewöhnlicher Mann. Wussten Sie, was er für die Aufstellung dieses Regiments bezahlt hat? Wissen Sie, was ihn das gekostet hat, Richard? Unvorstellbar!«

»Also ist er ein reicher Mann. Aber das macht ihn noch lange nicht zum Soldaten.« Sharpe war die Verärgerung deutlich anzuhören.

Lawford zuckte mit den Schultern. »Er will einer sein. Ja, er will der Beste sein. Auf dem Herweg bin ich mit demselben Schiff gesegelt, und er hat jeden Tag nichts anderes getan, als dazusitzen und die Regeln und Vorschriften des Heeres seiner Majestät zu lesen!« Er schüttelte den Kopf. »Vielleicht lernt er's noch. Aber Sie beneide ich überhaupt nicht.« Er drehte sich um und blickte zu Wellesley hinüber. »Nun, ich kann nicht den ganzen Tag bleiben. Hören Sie zu. Wenn Sie von diesem Auftrag zurück sind, müssen Sie unbedingt mit mir essen gehen. Wollen Sie das tun?«

»Mit Vergnügen.«

»Gut!« Lawford schwang sich in den Sattel. »Sie haben einen schweren Brocken Arbeit vor sich. Wir haben die Leichten Dragoner nach Süden geschickt, und die berichten, dass sich dort ein beachtlicher Haufen Franzosen befindet, einschließlich berittener Artillerie. Sie haben versucht, die Guerilleros aus den Bergen zu vertreiben, aber gegenwärtig ziehen sie, genau wie wir, wieder gen Osten, also viel Glück!« Er lenkte sein Pferd herum, dann warf er einen Blick zurück. »Und, Richard ...«

»Sir?«

»Sir Arthur hat gebeten, Sie von ihm zu grüßen.«

»Hat er das?«

Lawford sah auf Sharpe herab. »Sie sind ein Idiot«, sagte er fröhlich. »Soll ich Sie beim General in Erinnerung bringen? Das ist so üblich, müssen Sie wissen.« Er grinste, zog den Hut und wandte sich ab. Sharpe blickte ihm nach, und die Ängste und Ahnungen dieser kühlen Morgendämmerung verflogen unter dem Ansturm freundschaftlicher Gefühle.

Hogan gesellte sich zu ihm. »Einflussreiche Freunde?«

»Ein alter Freund. Wir waren zusammen in Indien.«

Hogan sagte nichts. Er starrte, den Mund vor lauter Staunen geöffnet, hinüber aufs Feld, und Sharpe folgte seinem Blick. »Mein Gott!«

Das *regimiento* war eingetroffen. Zwei Trompeter in gepuderten Perücken führten den Aufmarsch an. Sie saßen auf glänzenden Rappen, gekleidet in Uniformen, die vor Gold und Silber strotzten, und ihre Trompeten waren mit Bändern, Troddeln und Wimpeln geschmückt.

»Himmel und Hölle!« Die Stimme erhob sich aus den Reihen. »Die Halbseidenen sind auf unserer Seite.«

Als Nächstes folgten die Regimentsfarben, zwei wappen-geschmückte Flaggen, mit Goldfäden durchzogen, mit Quasten und Schleifen versehen, bekränzt, gerafft, bemalt, getragen von Reitern, deren Rosse behutsam einen Huf vor den anderen setzten, als sei die Erde kaum tauglich, derartige Herrlichkeiten zu tragen. Dann kamen die Offiziere. Sie mussten Sir Henry Simmersons Herz höher schlagen lassen, denn alles an ihnen, was sich polieren ließ, war mit solcher Intensität gewichst, dass es den Augen wehtat, ob Leder, Bronze, Silber oder Gold. Ihre Epauletten aus gewundenen goldenen Strängen waren mit Halbedelsteinen übersät, ihre Jacken waren mit Silberfäden paspeliert, mit Besätzen, Federbüschen und Schärpen verziert und glänzten. Ein blendendes Bild. Als Nächstes kamen die Mannschaften, eine unordentliche Horde, aufs Feld getrieben von energischen, aber rhythmisch wenig begabten Trommlern.

Sharpe war empört. Alles, was er über das spanische Heer gehört hatte, schien auf das *regimiento* zuzutreffen. Ihre Waffen sahen stumpf und ungepflegt aus und ihre Haltung ließ jeden Ausdruck von Kampfgeist vermissen. Wenn dies der Standard der Verbündeten war, die ihnen helfen sollten, den Weg nach Madrid freizukämpfen, dann war Spaniens Hauptstadt plötzlich in weite Ferne gerückt.

Die spanischen Trommler rafften sich noch einmal zu einem lauten Trommelwirbel auf, als die beiden Trompeter eine klangvolle Fanfare gen Himmel schickten. Dann herrschte Stille.

Wellesley, der sich in den Gepflogenheiten der Diplomatie auskannte, zog sich zurück, als sich der spanische Colonel anschickte, dem South Essex eine Ansprache zu halten. Es gab keinen offiziellen Übersetzer, doch Hogan, der das Spanische recht gut beherrschte, teilte Sharpe mit, der Colonel biete den Engländern soeben die Chance an, die geringfügige Chance, am glorreichen Triumph der spanischen Krieger über ihren Feind teilzuhaben. Diese glorreichen spanischen Krieger zollten auf Veranlassung ihrer Corporals dieser Rede den gebührenden Beifall, und das South Essex tat es ihnen auf Veranlassung Simmersons nach. Man tauschte Ehrenbezeigungen aus, präsentierte die Waffen. Abermals erklangen Fanfaren, unterstützt von Trommelwirbel. Der Höhepunkt aber war das Erscheinen eines Priesters, der, von einem kleinen grauen Esel herab den Soldaten mithilfe einer Schar kleiner Buben in weißen Chorhemden seinen Segen erteilte. Geradezu demonstrativ wurden die heidnischen Briten von den Gebeten zum Allmächtigen ausgeschlossen.

Hogan zog seine Schnupftabaksdose hervor. »Meinst du, sie werden kämpfen?«

»Das weiß Gott allein.« Im vergangenen Jahr, so war Sharpe erzählt worden, hatte ein spanisches Heer die Kapitulation von zwanzigtausend Franzosen erzwungen, also bestand kein Zweifel, dass die Spanier kämpfen konnten, wenn sie gut geführt wurden. Doch für Sharpe deutete der Anblick dieses *regimiento* darauf hin, dass die Stärke seiner gegenwärtigen Verbündeten wohl darin bestand, bombastische Reden zu halten.

Um halb elf, mit fünf Stunden Verspätung, streifte das Bataillon endlich die Tornister über und folgte dem Santa Maria über die alte Brücke. Sharpe und Hogan zogen dem South Essex voraus, direkt hinter einer alles andere als kriegerischen spanischen Nachhut. Eine Herde von Maultieren wurde dort vorangetrieben, beladen mit Luxusgegenständen, um es den spanischen Offizieren im Felde bequem zu machen, und mitten zwischen den Tieren ritt der Priester, der sich ständig umblickte und nervös den Heiden zulächelte, die ihm auf den Fersen waren. Am seltsamsten muteten jedoch drei weiß gekleidete junge Frauen an, die auf vollblütigen Pferden ritten und gerüschte Schirme aufgespannt hatten. Sie kicherten ununterbrochen, drehten sich um und warfen den Schützen verstohlene Blicke zu. Sie boten den denkbar unpassenden Anblick dreier Bräute zu Pferde.

Was für eine Art, in den Krieg zu ziehen!, dachte Sharpe.

Gegen Mittag hatte die Marschreihe ganze fünf Meilen zurückgelegt und war dann endgültig zum Stillstand gekommen. An der Spitze des *regimiento* erklangen die Trompeten, Offiziere wirbelten Staubwolken auf, als sie vor den niederen Rängen auf und ab galoppierten, und die Soldaten ließen einfach ihre Waffen und Tornister fallen und setzten sich auf die Straße. Jeder, der Rang und Namen hatte, begann sich zu beschweren, der Priester, der zwischen den Maultieren festsaß, schrie hysterisch auf einen berittenen Offizier ein, während die drei Frauen sichtbar dahinwelkten und sich mit ihren weiß behandschuhten Händen Kühlung zufächelten. Christian Gibbons kam auf seinem Pferd im Schritt an die Spitze der britischen Marschsäule, wo er dasaß und die drei Frauen anstarrte. Sharpe blickte zu ihm auf.

»Die in der Mitte ist die Hübscheste.«

»Danke.« Gibbons sprach mit unüberhörbarer Ironie. »Sehr anständig von Ihnen, Sharpe.« Er wollte schon sein Pferd anspornen, da griff Sharpe ihm in die Zügel.

»Spanische Offiziere, höre ich, lieben es, sich zu duellieren.«

»Ah.« Gibbons starrte kalt auf Sharpe hinab. »Da mögen Sie recht haben.« Er riss sein Pferd herum und ritt zurück, die Straße entlang.

Hogan hatte es sich zur Aufgabe gemacht, den Priester auf Spanisch anzuschreien, um herauszufinden, warum sie angehalten hatten. Der Priester entblößte seine angeschwärzten Zähne zu einem verkrampften Lächeln und hob die Augen gen

Himmel, wie um zu sagen, alles sei Gottes Wille und man könne nichts dagegen unternehmen.

»Verdammt noch mal!« Hogan sah sich verzweifelt um. »Verdammt! Wissen die denn nicht, wie viel Zeit wir verloren haben? Wo ist der Colonel?«

Simmerson war nicht weit. Er und Forrest trafen unter lautem Hufgeklapper ein. »Was, zum Teufel, geht hier vor?«

»Ich weiß nicht, Sir. Die Spanier haben sich hingesetzt.«

Simmerson leckte sich die Lippen. »Wissen die denn nicht, dass wir es eilig haben?« Niemand sagte etwas. Der Colonel sah sich unter den Offizieren um, als könne einer von ihnen eine Antwort parat haben. »Also los. Sehen wir nach, worum es geht. Hogan, wären Sie bereit zu übersetzen?«

Sharpe ließ seine Männer abtreten, während die Offiziere zu Pferde die Marschlinie entlang nach vorn ritten, und die Schützen ließen sich neben ihren Tornistern am Wegrand nieder. Die Spanier schienen eingeschlafen zu sein. Die Sonne stand hoch und die Straßendecke reflektierte sengende Hitze. Sharpe berührte versehentlich den Lauf seines Gewehrs und verzog das Gesicht, so heiß war das Metall. Der Schweiß rann ihm über den Nacken, und sie hatten noch fünfzehn Meilen vor sich.

Die drei Frauen ritten langsam an die Spitze des spanischen Regiments. Eine von ihnen drehte sich mit einem koketten Winken zu den Schützen um, und Harper warf ihr eine Kusshand zu. Als sie fort waren, legte sich langsam der Staub auf das dünne Gras am Straßenrand.

Fünfzehn ruhige Minuten vergingen, ehe Simmerson, Forrest und Hogan von ihrer Besprechung mit dem spanischen Colonel zurückgaloppiert kamen. Sir Henry war alles andere als entzückt. »Verflucht sollen sie sein! Sie haben für heute angehalten.«

Sharpe blickte fragend auf Hogan. Der Pionier nickte. »Stimmt. Dort vorn ist ein Gasthof, und die Offiziere haben sich dort einquartiert.«

»Verdammt! Verdammt! Verdammt!« Simmerson hämmerte gegen seinen Sattelknauf. »Was sollen wir nur machen?«

Die berittenen Offiziere tauschten fragende Blicke aus. Simmerson war der Mann, der die Entscheidung zu treffen hatte, und keiner von ihnen antwortete auf seine Frage, aber es gab ohnehin nur eines, was man tun konnte. Sharpe sah Harper an.

»Antreten, Sergeant.«

Harper bellte seine Befehle. Die spanischen Maultiertreiber, deren Ruhe dadurch gestört wurde, blickten neugierig auf, als die Schützen ihre Tornister aufluden und in Reihen antraten.

»Bajonette, Sergeant!«

Der Befehl wurde erteilt, und die langen Schwertbajonette mit den Messinggriffen fuhren aus ihren Scheiden. Jede Klinge war dreiundzwanzig Zoll lang, jede war scharf und glänzte in der Sonne. Simmerson beäugte nervös die Waffen. »Was, zum Teufel, machen Sie da, Sharpe?«

»Das Einzige, was man tun kann, Sir.«

Simmerson blickte sich links und rechts nach Forrest und Hogan um, doch die waren ihm keine Hilfe. »Wollen Sie etwa vorschlagen, einfach weiterzumarschieren, Sharpe?«

Du hättest diesen Vorschlag machen müssen, dachte Sharpe, doch er nickte nur. »Entspricht das nicht Ihren Absichten, Sir?«

Simmerson war sich nicht sicher. Wellesley hatte ihm eingebläut, dass Eile nottat, aber da war außerdem die Pflicht zu bedenken, dass ein empfindlicher Verbündeter nicht beleidigt werden durfte. Aber wie, wenn die Brücke dann bereits von den Franzosen besetzt war? Er sah zu den Schützen hinüber, die in ihren dunklen Uniformen finster entschlossen wirkten, und dann zu den Spaniern, die sich Zigaretten paffend auf der Straße rekelten. »Also gut.«

»Sir.« Sharpe wandte sich an Harper. »Vier Reihen, Sergeant.« Harper holte tief Luft. »Kompanie! In Doppelreihen angetreten, kehrt nach rechts!«

Es gab Zeiten, da wussten Sharpes Männer trotz ihrer abgerissenen Uniformen, wie man auf einen Colonel der Miliz Eindruck machte. Mit einer Zackigkeit und Präzision, die selbst der Königlichen Garde Ehre gemacht hätte, trat jeder zweite Soldat einen Schritt zurück, die gesamte Kompanie wandte sich ohne ein weiteres Befehlswort nach rechts, und statt der zwei standen nun vier Reihen den Spaniern gegenüber. Harper hatte eine Sekunde lang innegehalten, während diese Bewegung ausgeführt wurde. »Im Eilmarsch!«

Sie marschierten. Ihre Stiefel polterten auf der Straße und ließen vor sich Maultiere und Maultiertreiber auseinanderstieben. Der Priester warf einen Blick zurück, dann spornte er sein Reittier an, und der Esel ging mit ihm durch, quer übers Feld.

»Los, ihr Lumpen!«, brüllte Harper. »Jetzt wird ernsthaft marschiert!«

Sie gehorchten. Sie steigerten ihr Tempo bis auf den Eilmarsch der Leichten Infanterie und stampften mit den Stiefeln auf, dass der Staub aufwirbelte. Hinter ihnen hatte sich das South Essex formiert und folgte ihnen, vor ihnen wich das *regimiento* auf die Felder aus, und die Offiziere kamen aus dem weiß getünchten Gasthof gerannt und schrien die Schützen an. Sharpe ignorierte sie. Der spanische Colonel, in seinem goldenen Spitzengewand ein märchenhafter Anblick, erschien an der Tür des Gasthofs, um sein Regiment in alle Winde verstreut vorzufinden. Die Männer hatten sich auf die Felder verzogen, und die Briten waren unterwegs zur Brücke. Der Colonel hatte keine Stiefel an, und in der Hand hielt er ein Glas Wein. Als sie auf gleicher Höhe mit dem Gasthof waren, wandte sich Sharpe an seine Männer.

»Kompanie! Rechts kehrt! Salut!«

Er zog die lange Klinge, erhob sie zum feierlichen Salut, und seine Männer grinsten, als sie vor dem Colonel ihre Waffen präsentierten. Der konnte nicht viel tun. Er hätte gern protestiert, aber Ehre war nun einmal Ehre, und der Salut musste erwidert werden. Der Spanier befand sich in einer verzwickten Lage. Den Wein in einer Hand, in der anderen eine lange Zigarre. Sharpe beobachtete die widerstreitenden Gefühle im Gesicht des spanischen Colonels, während er von einer Hand auf die andere sah und zu entscheiden versuchte, was davon er loslassen sollte, aber am Ende stand der Colonel des Santa Maria auf Socken stramm und streckte Weinglas und Zigarre in pflichtbewusst feierlicher Haltung von sich.

»Augen nach vorn!«

Hogan lachte laut auf. »Gut gemacht, Sharpe!« Er sah auf die Uhr. »Wir erreichen noch vor Einbruch der Dunkelheit die Brücke. Wollen hoffen, dass die Franzosen das nicht auch schaffen.«

Wollen hoffen, dass die Franzosen es überhaupt nicht schaffen, dachte Sharpe. Einen Verbündeten zu besiegen war eines, aber mit einem Regiment wie dem South Essex die Franzosen zu besiegen war eine andere Sache. Er blickte auf die helle, staubige Straße, die über die gleichförmige Ebene verlief, und fragte sich einen flüchtigen Schreckensmoment lang, ob er je zurückkehren würde. Er verdrängte den Gedanken und packte den Lauf seines Gewehrs. Mit der anderen Hand betastete er unbewusst die Ausbuchtung über seinem Brustbein. Harper sah die Geste. Sharpe glaubte, es sei ein Geheimnis, dass er um den Hals einen Lederbeutel mit seinen weltlichen Besitztümern trug, doch all seine Männer wussten, dass sie sich dort befanden, und Sergeant Harper wusste, dass der Lieutenant sich Sorgen machte, wenn er den Beutel mit den wenigen, auf den Schlachtfeldern der Vergangenheit erbeuteten Goldmünzen berührte. Und wenn Sharpe sich nun Sorgen machte? Harper wandte sich an seine Schützen. »Los, ihr Lumpen! Das hier ist keine Beerdigung! Schneller!«

KAPITEL 6

Valdelacasa existierte nicht als Ort, an dem Menschen lebten, liebten oder Handel trieben, es bestand nur aus einem verfallenen Gebäude und einer mächtigen Steinbrücke, die gebaut worden war, um den Fluss zu überqueren, zu einer Zeit, als der Rio Tejo breiter war als der Wasserlauf, der nun dunkel zwischen den drei mittleren Bögen des römischen Steinbaus dahinglitt. Und von der Brücke mit ihrem Wachhaus erstreckte sich das Land als weites flaches Tal, das in einer Richtung vom Fluss und in der anderen von der Straße zweigeteilt wurde, die zur Brücke hin und von ihr wegführte. Das Bataillon war die kaum wahrnehmbare Schrägung hinabmarschiert, als die ersten Schatten der Abenddämmerung über das bleiche Grasland krochen. Hier wurde kein Ackerbau getrieben, hier gab es kein Vieh, kein Zeichen von Leben, nur die uralte Ruine, die Brücke und das Wasser, das still dem fernen Meer zuströmte.

»Das gefällt mir nicht, Sir.« Harpers Gesicht ließ echte Besorgnis erkennen.

»Wieso nicht?«

»Keine Vögel, Sir. Nicht einmal ein Geier.«

Sharpe musste zugeben, dass der Ire recht hatte. Nicht ein Vogel war zu sehen oder zu hören an diesem vergessenen Ort, und während sie auf das Gebäude zumarschierten, verhielten sich die Männer in den grünen Jacken unnatürlich still, als habe sie die Trauer aus längst verlassenen Zeiten eingeholt.

»Keine Spur von den Franzosen.« In dem dunkler werdenden Gelände hatte Sharpe nichts gesehen, was sich bewegte.

»Es sind nicht die Franzosen, die mir Sorgen machen«, meinte Harper ernst. »Es ist dieser Ort. Er ist verwunschen.«

»Sie benehmen sich wie ein Ire, Sergeant.«

»Das kann durchaus sein, Sir. Aber sagen Sie mir, warum es hier kein Dorf gibt. Der Boden ist besser als manches von dem Zeug, an dem wir vorbeimarschiert sind. Es gibt eine Brücke, warum also kein Dorf?«

In der Tat schien dieser Platz wie geschaffen für ein Dorf, aber andererseits waren sie während der vergangenen zehn Meilen nur an einem einzigen kleinen Weiler vorbeigekommen, also war es durchaus möglich, dass einfach nicht genug Menschen in der abgeschiedenen Weite der Ebene von Estremadura lebten, um jede geeignete Stelle zu bevölkern. Sharpe versuchte Harpers Beunruhigung zu ignorieren, doch da sie nun einmal mit seinen eigenen düsteren Vorahnungen zusammenfiel, wurde er das Gefühl nicht mehr los, dass an Valdelacasa in der Tat etwas Unheimliches war. Hogan war da keine Hilfe.

»Das ist also die Puente de los Malditos, die Brücke der Verdammten.« Hogan ritt im Schritt neben ihnen und wies mit dem Kopf auf das Gebäude. »Das muss das Kloster gewesen sein. Die Mauren haben jeder einzelnen Nonne den Kopf abgehauen. Es heißt, sie seien auf der Brücke umgebracht worden, man habe ihre Köpfe ins Wasser geworfen, aber die Körper liegen gelassen, damit sie verwesten. Man sagt, dass niemand hier lebt, weil die armen Seelen des Nachts auf der Brücke wandeln und ihre Köpfe suchen.«

Die Schützen hörten ihm schweigend zu. Als Hogan geendet hatte, sah Sharpe zu seiner Überraschung, wie sich sein riesiger Sergeant heimlich bekreuzigte, und er vermutete, dass sie eine unruhige Nacht vor sich hatten. Er sollte recht behalten. Die Finsternis war undurchdringlich, es gab kein Holz auf der

Ebene, sodass die Männer keine Lagerfeuer entfachen konnten, und in den frühen Morgenstunden brachte der Wind Wolken mit sich, die den Mond verdeckten.

Die Schützen bewachten das Südende der Brücke, das Ufer, an dem die Franzosen umherstreiften, und es war eine Nacht voller Nervosität, in der die Schatten ihnen allerlei Streiche spielten und die unterkühlten Wachtposten sich nicht sicher waren, ob sie sich die Geräusche einbildeten, die entweder von enthaupteten Nonnen oder von patrouillierenden Franzosen rühren mussten.

Kurz vor dem Morgengrauen hörte Sharpe den Flügelschlag eines Vogels, gefolgt vom Ruf einer Eule, und er fragte sich, ob er Harper erzählen sollte, dass es hier doch Vögel gab. Er entschied sich dagegen. Immerhin, so fiel ihm ein, gelten Eulen als Todesboten, und das mochte den Iren noch mehr beunruhigen.

Aber der neue Tag brachte, wenn auch nicht das *regimiento*, das sich vermutlich immer noch im und um den Gasthof herum aufhielt, so doch zumindest strahlend blauen Himmel mit vereinzelten, hoch droben dahinziehenden Wolken, die dem nächtlichen Durchzug leichten Regens folgten. Von der Brücke her ertönten laut hallende Schläge, wo Hogans Pioniertruppe um die Stelle herum, die für die Explosion ausgewählt worden war, die Brüstung abtrug, und die Befürchtungen der Nacht wirkten, zumindest im Augenblick, wie ein böser Traum. Die Schützen wurden von Lennox' Leichter Kompanie abgelöst, und Harper, der keine anderen Pflichten hatte, zog sich nackt aus und watete in den Fluss.

»Nicht übel. Einen ganzen Monat lang hab ich mich nicht mehr waschen können.« Er blickte zu Sharpe auf. »Ist da was los, Sir?«

»Nichts zu sehen.« Seit dem Morgengrauen hatte Sharpe an

die fünfzig Mal Richtung Süden gestarrt, aber die Franzosen ließen sich nicht blicken. Harper kletterte tropfnass das Flussufer hinauf und schüttelte sich wie ein Wolfshund. »Vielleicht sind sie gar nicht hier, Sir.«

Sharpe schüttelte den Kopf. »Ich weiß nicht, Sergeant, ich habe das Gefühl, dass sie irgendwo in der Nähe sind.« Er drehte sich um und blickte über den Fluss hinweg auf die Straße, auf der sie am vergangenen Tag hermarschiert waren. »Unsere Spanier lassen immer noch nichts von sich sehen.«

Harper trocknete sich mit seinem Hemd ab. »Vielleicht kommen sie nicht, Sir.«

Die Möglichkeit, dass der ganze Auftrag erledigt sein könnte, ehe das *regimiento* Valdelacasa erreichte, hatte der Lieutenant auch schon erwogen, aber zu seinem eigenen Erstaunen machte er sich immer noch Sorgen um die Erfüllung ihres Auftrags. Simmerson hatte sich zurückgehalten, die Pioniere arbeiteten fieberhaft, und es waren keine Franzosen in Sicht. Was konnte da schiefgehen?

Er begab sich zum Brückenaufgang und nickte Lennox zu. »Irgendwelche Vorkommnisse?«

Der Schotte antwortete. »Alles ruhig. Ich denke, Sir Henry wird heute auf seine Schlacht verzichten müssen.«

»Er war auf eine Schlacht aus?«

Lennox lachte. »Geradezu erpicht war er darauf. Ich habe den Verdacht, er meint, Napoleon lasse sich noch persönlich hier blicken.«

Sharpe drehte sich um und starrte abermals die Straße entlang. Nichts regte sich. »Sie sind nicht weit weg. Ich spüre es.«

Lennox blickte ihn ernst an. »Glauben Sie? Ich dachte, wir Schotten seien es, die das zweite Gesicht haben.« Er drehte sich ebenfalls um, und seine Augen folgten Sharpes Blick. »Vielleicht haben Sie recht, Sharpe. Aber sie kommen zu spät.«

Mit einem zustimmenden Kopfnicken betrat der Lieutenant die Brücke. Er unterhielt sich eine Weile mit Knowles und Denny, und als er sie verließ, um sich zu Hogan zu gesellen, hing er trüben Gedanken über die Atmosphäre in der Offiziersmesse des South Essex nach. Die meisten Offiziere waren Anhänger von Simmerson. Sie hatten ihren Rang bei der Miliz erworben, und zwischen ihnen und den Männern aus dem regulären Heer herrschte böses Blut. Sharpe mochte Lennox, genoss seine Gesellschaft, aber die meisten anderen Offiziere waren der Meinung, dass der Schotte mit seiner Kompanie allzu nachsichtig sei. Leroy war ein anständiger Mann, ein amerikanischer Loyalist, aber er behielt seine Gedanken für sich, genau wie die wenigen anderen, die Zweifel an den Fähigkeiten ihres Colonels hatten. Er bedauerte die jüngeren Offiziere, die in einer solchen Umgebung ihr Handwerk lernten, und war froh, dass seine Schützen, sobald die Brücke zerstört war, dem South Essex entkommen und in angenehmere Gesellschaft zurückkehren würden.

Hogan steckte bis zum Hals in einem Loch in der Brücke. Sharpe spähte hinab und sah inmitten des Geölls das gewölbte Mauerwerk zweier Brückenbögen.

»Wie viel Pulver werden Sie einsetzen?«

»Alles!« Hogan war vergnügt wie ein Mann, dem die Arbeit Spaß macht. »Das wird nicht leicht. Diese Römer haben gut gebaut. Siehst du diese Quader?« Er deutete auf die freigelegten Steine der Brückenbögen. »Die sind allesamt an Ort und Stelle behauen und eingepasst. Wenn ich auf einem dieser Bögen oben eine Sprengladung lege, machte ich die verdammte Brücke wahrscheinlich nur stärker! Und darunter kann ich das Pulver leider nicht platzieren.«

»Warum nicht?«

»Keine Zeit, Sharpe, keine Zeit. Eine Explosion muss man

im geschlossenen Raum herbeiführen. Wenn ich diese Stangen unter den Bögen festmache, erschrecke ich damit nur die Fische. Nein, ich werde die Sache von unten nach oben und von innen nach außen angehen.« Er sprach wie zu sich selbst, den Kopf voller Überlegungen zu Pulverdosierung und Zündschnurlänge.

»Von unten nach oben und von innen nach außen?«

Hogan kratzte sich das verdreckte Gesicht. »Sozusagen. Ich steige hinunter in den Pfeiler, und dann jage ich das verdammte Ding seitwärts in die Luft. Wenn es funktioniert, Sharpe, fallen beide Bögen zusammen und nicht nur einer.«

»Und, wird es funktionieren?«

Hogan grinste fröhlich. »Müsste es eigentlich! Einen höllischen Knall wird es jedenfalls geben, das verspreche ich dir!«

»Wie lange noch?«

»In zwei Stunden bin ich fertig. Vielleicht früher.« Hogan hievte sich aus dem Loch und kam neben Sharpe zu stehen. »Lass uns das Pulver hier heraufbringen.« Er wandte sich in Richtung Kloster, legte die Hände an den Mund – und erstarrte. Die Spanier waren eingetroffen, mit wehenden Fahnen, voran die Trompeter. Die blaublaberockte Infanterie zockelte hinterher. »Halleluja«, sagte Hogan. »Nun kann ich nachts ruhig schlafen.«

Das *regimiento* marschierte zum Kloster, vorbei am South Essex, das auf einem Feld gedrillt wurde. Sharpe wartete auf die Befehle, die die Spanier zum Stehen bringen würden, doch die wurden nicht erteilt. Stattdessen trieben die Trompeter ihre Pferde auf die Brücke, die Regimentsfarben folgten, dann die prächtig uniformierten Offiziere und schließlich die Infanterie selbst.

»Was, zum Teufel, denken die sich eigentlich?« Hogan trat an den Rand der Brücke.

Das spanische Regiment schlängelte sich behutsam an dem verfallenen Abschnitt und an dem Loch vorbei, das Hogan hatte graben lassen. Der Pionier wedelte mit den Armen. »Ich lasse sie hochgehen! Bum! Bum!« Sie ignorierten ihn. Hogan versuchte es auf Spanisch, doch die Menschenflut ergoss sich weiter an ihm vorbei. Selbst der Priester und die drei weiß gekleideten Damen umrundeten auf ihren Reittieren vorsichtig Hogans Loch und ritten weiter ans Südufer, wo Captain Lennox hastig seine Leichte Kompanie aus dem Weg geschafft hatte. Den Spaniern folgte Simmerson, der, einem Schlaganfall nahe, herauszufinden versuchte, was da vorging.

Hogan entgegnete betrübt. »Wenn du und ich allein gewesen wären, Sharpe, wären wir jetzt bereits auf dem Heimweg.« Er winkte seinen Männern zu, die Pulverfässer herbeizuschaffen. »Allmählich komme ich stark in Versuchung, die Brücke hochgehen zu lassen, während dieses Pack auf der falschen Seite ist.«

»Das sind unsere Verbündeten, vergessen Sie das nicht.«

Hogan wischte sich die Stirn. »Simmerson auch.« Er kletterte wieder in die Ausschachtung. »Bin ich froh, wenn das alles vorbei ist.«

Die Pulverfässer wurden herangerollt, und Sharpe überließ es Hogan, das Schießpulver unten am Fuß der Brückenbögen zu verstauen. Er ging zurück ans Südufer, wo seine Schützen warteten, und sah zu, wie das Santa-Maria-Regiment in langer Reihe auf der Straße paradierte, die zum fernen Horizont verlief. Lennox, der auf seinem Pferd saß, grinste breit.

»Was halten Sie davon, Sharpe?« Er wies auf die Spanier, die sich entschlossen einem leeren Horizont entgegenstellten.

»Was machen die nur?«

»Sie haben dem Colonel mitgeteilt, es sei ihre Pflicht, die Brücke zu überqueren! Hat was mit dem Stolz des Spaniers zu tun. Wir waren zuerst da, also müssen sie uns jetzt überholen und weiter vordringen.« Er salutierte Simmerson, der über die Brücke zurückkam. »Sie wissen, was für eine Aktion er sich ausgedacht hat?«

»Was? Simmerson?« Sharpe sah dem entschwindenden Colonel nach, der ihn geflissentlich ignoriert hatte.

»Jawohl. Er gedenkt, das gesamte Bataillon hinüberzuschaffen.«

»Was gedenkt er?«

»Wenn die Spanier rübergehen, gehen wir auch rüber.« Lennox lachte. »Nicht ganz bei Verstand ist der.«

Unter Sharpes Schützen wurden Rufe laut, und seine Augen folgten ihren ausgestreckten Armen, die in die Ferne deuteten. »Sehen Sie etwas, Lennox?«

»Überhaupt nichts.«

Ein Lichtblitz. »Da!«

Sharpe kletterte auf die Brustwehr und suchte in seinem Tornister nach seinem einzigen Besitztum von Wert, einem von Matthew Berge in London angefertigten Fernrohr. Er wusste nicht, was es wirklich wert war, aber er hatte den Verdacht, dass es mindestens dreißig Guineas gekostet haben musste. In das Rohr aus Walnussholz war eine gewölbte Messingplatte eingelassen, und in die Platte eingraviert war eine Inschrift. »In Dankbarkeit, AW, 23. September 1803.« Er erinnerte sich an die stechenden blauen Augen, die ihn eindringlich angeblickt hatten, als ihm das Fernrohr überreicht wurde. »Denken Sie dran, Mister Sharpe, die Augen eines Offiziers sind wertvoller als sein Schwert!«

Er zog das Rohr aus und schob die Messingblende auseinander, die die Linse schützte. Das Bild im Glas tanzte, und er hielt den Atem an, um seine Arme ruhig zu halten, und schwenkte das Rohr seitwärts. Da! Verdammtes Rohr! Es wollte einfach nicht stillhalten.

»Pendleton!«

Der junge Schütze rannte zur Brücke und sprang auf Sharpes Anweisung ebenfalls auf die Brustwehr, wo er sich so bückte, dass der Lieutenant den Feldstecher auf seiner Schulter abstützen konnte. Der Horizont raste auf ihn zu, und er bewegte das Glas langsam nach rechts. Nichts als Gras und verkrüppelte Büsche. Die Hitze brachte die Luft über der sanften Steigung zum Flimmern, während der Feldstecher einen leeren und unschuldigen Horizont einfing.

»Können Sie was erkennen, Sir?«

»Halt still, verdammt noch mal!« Er bewegte das Glas zurück, konzentrierte sich auf die Stelle, wo die helle staubige Straße mit dem Himmel verschmolz. Dann, so plötzlich wie ein Schauspieler, der durch eine Falltür die Bühne betritt, war die Kuppe von Reitern gesäumt. Pendleton keuchte, das Bild wackelte, aber Sharpe bekam es wieder ruhig. Grüne Uniformen, ein einzelner weißer Kreuzgurt. Er schob das Glas zusammen und richtete sich auf.

»Chasseurs.«

Vom *regimiento* her ließ sich ein Raunen vernehmen, und die Männer stießen einander an und deuteten den Hang hinauf. Im Geiste halbierte Sharpe die ferne Front einmal, dann noch einmal, und zählte die Gestalten in Fünfergruppen ab. Lennox war zu ihm herübergeritten.

»Zweihundert, Sharpe?«

»Ich schätze, ja.«

Lennox spielte mit dem Knauf seines Säbels. »Die werden uns nicht belästigen.« Das hörte sich bedauernd an.

Eine zweite Linie von Reitern erschien. Sharpe zog erneut das Rohr aus und legte es Pendleton auf die Schulter. Die Franzosen gestalteten ihren Auftritt hoch dramatisch: zwei Reihen Kavallerie mit je zweihundert Mann, die langsam auf die Brücke zukamen. Durch die Linse konnte Sharpe die Musketen erkennen, die sie um die Schulter geschlungen hatten, und auf jedem Pferd befand sich hinter dem Steigbügel eine unanständig aussehende Ausbuchtung, wo der Reiter ein Netz mit Futter für sein Tier festgeschnallt hatte. Er richtete sich wieder auf und gab Pendleton zu verstehen, er könne von der Brustwehr hinabspringen.

»Werden sie kämpfen, Sir?« Genau wie Lennox war der Junge begierig auf ein Scharmützel mit den Franzosen. Der Lieutenant schüttelte den Kopf.

»Nein, sie wollen uns nur zusehen. Mit einem Angriff können sie nichts erreichen.«

Es war eine typische Pattsituation. Die Franzosen konnten der Infanterie nichts anhaben, und die Infanterie konnte den Franzosen nichts anhaben. Soeben führte Simmerson das übrige Bataillon über die Brücke, vorbei an einem entrüsteten Hogan, aber es kam nicht darauf an, wie viele Männer die Verbündeten zählten. Die französische Kavallerie war einfach zu flink, die Fußsoldaten würden es niemals schaffen, an sie heranzukommen. Und falls die Kavallerie sich einfallen ließ, anzugreifen, würde sie von den auf kurze Entfernung todbringenden Salven vernichtet werden, und alle Pferde, die dem Kugelhagel entgingen, würden seitlich ausbrechen oder stehen bleiben, anstatt in die dicht gedrängten, stahlbewehrten Reihen zu galoppieren. An diesem Tag würde es jedenfalls nicht zum Kampf kommen.

Simmerson dachte anders darüber. Er winkte Lennox munter mit dem gezogenen Säbel zu. »Wir haben sie, Lennox! Wir haben sie!«

»Jawohl, Sir.« Lennox hörte sich niedergeschlagen an. »Ist diesem Narren denn nicht klar, dass sie uns nicht angreifen werden? Meint er etwa, wir würden hier übers Feld rennen wie eine Kuh, die hinter einem Fuchs her ist? Verflucht! Wir haben unsere Aufgabe erfüllt, Sharpe. Wir haben die Brücke vermint, und es wird eine Stunde dauern, bis wir diesen Haufen wieder am anderen Ufer haben.«

»Lennox!« Simmerson war in seinem Element. »Lassen Sie Ihre Kompanie links antreten! Mister Sterritts Kompanie wird die Brücke bewachen, und wenn es Ihnen recht ist, borge ich mir Mister Gibbons von Ihnen aus als persönlichen Adjutanten!«

»Ein großer Verlust für mich, Sir.« Lennox grinste Sharpe an. »Adjutant! Der meint, er ficht die Schlacht von Blenheim aus! Was werden Sie tun, Sharpe?«

Sharpe erwiderte das Grinsen. »Ich bin nicht eingeladen. Ich werde Ihren heldenhaften Bemühungen zusehen. Viel Spaß!«

Die Kavallerie hatte eine halbe Meile entfernt angehalten, stand quer über die Straße aufgereiht, und die Pferde schlugen mit den ungestutzten Schwänzen nach den sommerlichen Fliegen. Sharpe fragte sich, was sie wohl von dem Anblick hielten, der sich ihnen nun bot. Die Spanier rückten unbeholfen in vier Reihen vor, achthundert um ihre Farben versammelte Männer, die gegen vierhundert Franzosen marschierten, während sich an der Brücke weitere achthundert Mann zum Vormarsch bereitmachten.

Simmerson versammelte seine Kompanieführer um sich, und Sharpe hörte zu, wie er seine Befehle erteilte. Das South Essex sollte wie die Spanier in vier Reihen antreten und ihnen folgen. »Wir werden abwarten, was der Feind unternimmt, Gentlemen, und entsprechend Aufstellung nehmen! Enthüllt die Farben!«

Lennox blinzelte Sharpe zu. Es war absurd, dass zwei unbeholfene Regimenter Fußsoldaten glaubten, vierhundert Reiter angreifen zu können, die ihnen einfach ausweichen und sich über ihre Anstrengungen lustig machen würden. Der französische Befehlshaber wusste vermutlich nicht, wie ihm geschah. Aber zumindest würde ihm das Ganze eine amüsante Geschichte liefern, die er erzählen konnte, wenn er zu Marschall Victors Heer zurückkehrte. Sharpe fragte sich, was Simmerson unternehmen würde, wenn ihm endlich dämmerte, dass die Franzosen nicht angriffen. Vermutlich würde der Colonel behaupten, er habe den Feind verjagt.

Die Ensigns zogen die ledernen Hüllen von den Regimentsfarben des South Essex, entfalteten die Fahnen und steckten sie in die Fassungen der Tragstangen. Ein imposanter Anblick, selbst in dieser grotesken Situation, und Sharpe überkam das vertraute Gefühl der Loyalität. Als Erstes wurde die Königsfahne aufgestellt, ein mächtiger Union Jack mit der Regimentszahl in der Mitte, dann die regimentseigene Standarte des South Essex, eine gelbe Flagge mit gesticktem Wappen und einem aufgenähten Union Jack in der oberen Ecke.

Diese Fahnen in der Morgensonne zu sehen und nicht gerührt zu sein war schier unmöglich. Sie waren das Symbol des Regiments, und wenn auf dem Schlachtfeld nur eine Hand voll Männer dem Tod entkommen sollte, solange diese Fahnen im Winde flatterten, hatte das Regiment Bestand. Sie waren ein Sammelpunkt im Qualm und Chaos der Schlacht, und mehr als das, es gab Männer, die hätten kaum für Englands König und Land gekämpft, um der Fahne willen jedoch kämpften sie, für die Ehre ihres Regiments, für die prunkhaften Banner, die bloß ein paar Guineas kosteten und im Zentrum der Frontlinie von den jüngsten Ensigns getragen und von altgedienten Sergeants geschützt wurden, die mit langen scharfen Piken bewaffnet waren. Sharpe hatte schon erlebt, wie im Laufe einer Schlacht mehr als zehn Männer die Farben trugen, indem sie an die Stelle der Gefallenen traten und die Fahnen selbst noch in dem

Bewusstsein aufhoben, dass sie damit zum vorrangigen Ziel des Feindes wurden. Ehre bedeutete alles. Die Fahnen des South Essex waren neu und sauber, die Regimentsflagge noch ohne Ehrenzeichen aus einer Schlacht. Keine von beiden war von Kugeln oder Schrot zerfetzt, aber ihr Anblick erfüllte Sharpe mit Stolz und verwandelte Simmersons Farce in eine ehrenvolle Sache.

Das South Essex folgte dem *regimiento* auf dem Vormarsch gegen die Reiter. Wie die spanische war auch die britische Frontlinie einhundertfünfzig Yards breit, die vier Reihen mit Bajonetten gespickt, während die Kompanieführer mit gezogenen Säbeln ritten oder marschierten. Die Spanier waren etwa vierhundert Yards weiter vorn an der Straße stehen geblieben, und Simmerson hatte keine andere Wahl, als auch dem Bataillon Einhalt zu gebieten, um festzustellen, was die Spanier vorhatten. Hogan gesellte sich zu Sharpe und wies mit dem Kopf auf die beiden Regimenter.

»Willst du dich nicht an der Schlacht beteiligen?«

»Ich denke, es handelt sich um ein Privatvergnügen. Captain Sterritt und ich bewachen die Brücke.«

Sterritt, ein freundlicher Mann, lächelte Sharpe und Hogan nervös zu. Wie sein Colonel war er über das Aussehen dieser altgedienten Soldaten entsetzt.

Hogan wischte sich an einem Lumpen die Hände ab, und Sharpe erkundigte sich bei ihm, ob er mit der Arbeit fertig sei.

»Jawohl. Alles bereit. Zehn Fass Pulver tief drunten eingepasst, die Zündschnüre gelegt und das Loch wieder aufgefüllt. Sobald diese galanten Soldaten, verdammt noch mal, aus dem Weg sind, werde ich feststellen können, ob es funktioniert oder nicht. Was ist denn jetzt schon wieder los?«

Die Spanier traten im Karree an. Ein gutes Bataillon konnte in dreißig Sekunden von Linienformation zur quadratischen

Aufstellung übergehen, aber die Spanier brauchten viermal so lange. Dies war die angebrachte Formation, wenn ein Kavallerieangriff bevorstand, aber da die Franzosen nicht die irrsinnige Neigung zeigten, gegen eine vierfache Übermacht anzureiten, waren die Bemühungen der Spanier ziemlich überflüssig. Sharpe sah, wie die Offiziere und Unteroffiziere ihre Männer so lange quälten und piesackten, bis ein allerdings leicht schiefes Quadrat zustande gekommen war.

Sharpe erinnerte sich an die drei Frauen. In der Nähe des *regimiento* konnte er sie nicht entdecken. Schließlich sah er sie am Flussufer sitzen, von wo sie dem Geschehen sittsam folgten. Eine von ihnen bemerkte seinen Blick und hob die behandschuhte Hand.

»Wie gut, dass die Franzosen nicht über Kanonen verfügen.«

Hogan zog die Augenbrauen hoch. »Dieses Gerücht hatte ich schon wieder ganz vergessen. Das würde die Sache anheizen.«

Für Fußsoldaten gab es keine tödlichere Kombination als die von Kavallerie und Artillerie. In quadratischer Formation war die Infanterie vor jeglicher Kavallerie sicher. Die Reiter konnten nichts anderes tun, als ein ums andere Mal die Formation zu umrunden und sinnlos auf die Bajonette einzudreschen. Wenn die Kavallerie jedoch von Kanonen unterstützt wurde, verwandelte sich das Karree in eine Todesfalle. Die Kartätschen konnten Breschen in die Reihen schießen, in die dann die Kavallerie eindringen konnte. Sharpe beobachtete den Horizont. Es waren keine Kanonen da.

Simmerson beobachtete, wie sich das *regimiento* auf der rechten Straßenseite formierte, und war nun offensichtlich in einiger Verlegenheit. Mittlerweile musste ihm aufgegangen sein, dass er die Franzosen nicht angreifen konnte, also mussten die Franzosen ihn angreifen. Er erteilte seine Befehle, worauf das South Essex mit märchenhafter Präzision demonstrierte, wie ein Bataillon im Karree anzutreten hatte. Selbst auf eine halbe Meile Entfernung konnte Sharpe erkennen, dass die Franzosen höhnischen Beifall spendeten.

Nun gab es also zwei Karrees, die Spanier näher bei den Franzosen, aber die Reiter rührten sich immer noch nicht. Die Zeit verstrich, die Sonne stieg höher, das Grasland erzitterte im Dunst, die französischen Pferde senkten die Hälse und grasten auf dem kargen Boden.

Captain Sterritt, der mit seiner Kompanie die Brücke bewachte, fing zu zetern an. »Warum greifen sie nicht an?«

»Würden Sie an seiner Stelle angreifen?«, fragte Sharpe.

Sterritt schaute verblüfft drein. Sharpe konnte verstehen, warum. Simmerson wirkte zunehmend wie ein Narr, er war mit gezogenem Säbel und entfalteten Bannern in die Schlacht gezogen, und der Feind weigerte sich zu kämpfen. Nun saß er in seiner defensiven Formation fest wie ein an den Strand geworfener Wal. Es war praktisch unmöglich, einen geordneten Marsch durchzuführen, solange man sich im Karree befand. Für die Führungsspitze wäre es einfach, sie könnte vorwärtsmarschieren, aber die Flügelmänner hätten sich im Krebsgang fortbewegen und die hintere Reihe rückwärtsgehen müssen. Unmöglich war es nicht. Sharpe hatte es schon erlebt.

Simmerson wollte abrücken, aber nicht um den Preis, dass sein sauberes ordentliches Karree beim Vormarsch außer Reih und Glied geriet. Er hätte wieder auf lineare Formation übergehen können, aber dann hätte er sich noch mehr damit blamiert, überhaupt ein Karree gebildet zu haben. Daher blieb er, wo er stand, und die Franzosen sahen zu, bass erstaunt über die seltsamen Possen der Feinde.

»Es muss etwas geschehen!« Captain Sterritt zog bestürzt die Stirn kraus. So durfte der Krieg nicht aussehen! Er bedeutete Ruhm und Sieg, nicht solche Erniedrigung.

»Da unternimmt schon jemand was.« Hogan wies nickend auf das South Essex. Ein Reiter kam auf die Brücke zugaloppiert.

»Das ist Lieutenant Gibbons.« Sterritt salutierte Gibbons, der sein Pferd gewaltsam zum Stehen brachte. Seine Züge waren streng, wie es der ernsten Lage angemessen war. Er blickte auf Sharpe hinab.

»Sie haben sich beim Colonel zu melden.«

»Weshalb?«

Gibbons wirkte erstaunt. »Der Colonel will Sie sehen. Augenblicklich!«

Hogan räusperte sich. »Lieutenant Sharpe untersteht meinem Befehl. Warum will der Colonel ihn sehen?«

Gibbons wies mit dem Arm auf die unbeweglichen Franzosen. »Wir brauchen einen Vorstoß, Sharpe, etwas, was den Franzosen Beine macht.«

Sharpe nickte. »Und wie weit vor das Karree soll ich meine Männer führen?« Seine Sprache war die der liebenswürdigen Vernunft.

Gibbons zuckte mit den Schultern. »Nahe genug, um die Kavallerie in Bewegung zu setzen.«

»Ich rühre mich nicht von der Stelle. Das wäre Wahnsinn!«

Gibbons starrte auf Sharpe hinab. »Ich muss mich verhört haben.«

»Ich lasse meine Männer nicht umkommen. Wenn ich mich weiter als fünfzig Yards vor das Karree wage, werden die Franzosen uns niederreiten wie die Hasen. Wissen Sie denn nicht, dass Stoßtrupps vor der Kavallerie zurückweichen müssen?«

»Kommen Sie nun, Sharpe?« Das klang mehr nach einem Ultimatum als nach einer Frage.

»Nein.«

Der Lieutenant wandte sich an Hogan. »Sir? Wollen Sie wohl Lieutenant Sharpe befehlen, zu gehorchen?«

»Hör zu, Freundchen.« Sharpe fiel auf, dass Hogan seinen irischen Akzent verstärkt hatte. »Sag deinem Colonel von mir, je eher er wieder über die Brücke zurückkehrt, desto eher können wir sie mit einem Loch versehen und desto eher können wir wieder heimkehren. Nein, ich werde Lieutenant Sharpe nicht anweisen, Selbstmord zu begehen. Einen guten Tag, Sir.«

Gibbons zwang sein Pferd herum, indem er ihm mit der Trense das Maul aufriss, trat ihm die Sporen in die Hanken, brüllte Sharpe und Hogan etwas Unverständliches zu und galoppierte, begleitet von aufwirbelnden Staubwolken, wieder dem bewegungsunfähigen Karree zu.

»Sie können doch nicht den Befehl verweigern!«, rief Sterritt voller Empörung.

Hogan riss der Geduldsfaden. Sharpe hatte den kleinen Iren noch nie so wütend und aufgebracht erlebt. »Verstehen Sie denn nicht, verdammt noch mal? Wissen Sie, was ein Stoßtrupp ist? Das ist eine Reihe von Männern, die ungeschützt vor dem Feind steht. Sie werden wie die Vogelscheuchen niedergeritten! Jesus Christus! Was denkt er sich eigentlich?«

Sterritt erblasste vor Hogans Zorn. Er versuchte den Pionier zu besänftigen. »Aber jemand muss doch etwas tun.«

»Sie haben völlig recht. Sie müssen zurück über die verfluchte Brücke und aufhören, unsere Zeit zu vergeuden!«

Einige in Sterritts Kompanie begannen zu kichern. Sharpe spürte, wie er selbst allmählich die Geduld verlor.

»Ruhe!«

Verlegenes Schweigen senkte sich über diesen Teil der Brücke. Unterbrochen wurde es nur vom Gekicher der drei spanischen Frauen.

»Mit denen können wir den Anfang machen.« Hogan wandte sich ihnen zu und brüllte etwas auf Spanisch. Die Damen blickten ihn erstaunt an, zögerten, bis er sie erneut anbrüllte. Widerwillig lenkten sie ihre Pferde an den Schützen vorbei, an den Offizieren und dann zurück ans nördliche Ufer.

»Das sind schon drei weniger, die wir über die Brücke bekommen müssen.« Hogan sah zum Himmel auf. »Ist wohl bereits Mittag.«

Die Franzosen mussten sich ebenso langweilen wie alle anderen. Während ein Horn erklang, formierten sie sich zu vier Schwadronen. Sie waren nach wie vor der Brücke zugewandt, die führende Schwadron etwa dreihundert Yards vom spanischen Karree entfernt. Anstatt der üblichen zwei Linien bildeten sie Reihen zu je zehn Mann, dann grüßte ihr Kommandeur mit seinem Säbel spöttisch die beiden quadratischen Formationen und erteilte den Marschbefehl. Die Berittenen verfielen in Trott, hielten im Kreis auf die Spanier zu, umrundeten sie und wandten sich ab, um davonzureiten, den Hügel hinauf und fort nach Osten, wo sie sich wieder Marschall Victor und seinem Heer anschließen würden, das dort auf Wellesleys Vorrücken wartete.

Zur Katastrophe kam es, als die Franzosen an jenem Punkt angelangt waren, wo sie ein weiter Bogen direkt zum Regimiento de la Santa Maria geführt hätte. Aus Enttäuschung oder verletztem Stolz, jedenfalls aus völlig unvernünftigen Gründen, erteilte der spanische Colonel den Schießbefehl. Jede einsatzfähige Muskete spie daraufhin Feuer und Rauch, und die Kugeln schossen ins Leere. Mit einigem Optimismus konnte man eine Muskete auf fünfzig Yards für treffsicher halten, bei zweihundert Yards aber, der Entfernung zwischen den Franzosen und den Spaniern, war jede Salve eine schlichte Verschwendung. Sharpe sah ganze zwei Pferde fallen.

»O Gott!«, rief er aus.

Was nun passieren würde, war einfach auszurechnen. Die Spanier hatten ihre Salve abgefeuert und würden mindestens zwanzig Sekunden zum Nachladen brauchen. Ein galoppierendes Pferd konnte die zweihundert Yards in wesentlich kürzerer Zeit überwinden. Der französische Colonel zögerte nicht. Seine Marschsäule befand sich seitlich neben den Spaniern, er gab seine Befehle aus, das Hornsignal ertönte, und mit wunderbarer Präzision wechselten die Franzosen von einer Marschsäule aus vierzig Reihen zu je zehn Mann über auf zehn Sturmreihen zu je vierzig Mann. Die ersten beiden verfielen mit gezogenen Säbeln augenblicklich in Galopp, während die anderen im Trab oder Schritt hinterherkamen.

Besonderen Erfolg versprach ihr Unternehmen allerdings nicht. Ein Infanteriekarree, selbst ohne geladene Musketen, war für die Kavallerie undurchdringlich. Die Angegriffenen brauchten nichts weiter zu tun, als mit vorgestreckten Bajonetten stillzustehen, dann würden die Pferde ausscheren, an den Seiten des Karrees entlanggaloppieren und von den geladenen Musketen seitlich und im Rücken der Formation niedergeschossen werden.

Sharpe rannte einige Schritte vorwärts. Mit schrecklicher Gewissheit wurde ihm die weitere Entwicklung bewusst. Die spanischen Soldaten standen unter schlechter Führung und waren verängstigt. Sie hatten eine Salve abgefeuert, die mit ihrem Lärm und Rauch Furcht einflößend war, und doch war plötzlich der Feind über sie gekommen, mit Pferden, deren Zähnefletschen durch die Schleier des Musketenrauchs zu erkennen war, und Reitern, die brüllend und mit erhobenen Säbeln direkt auf sie zugaloppiert kamen. Wie Perlen einer gerissenen Schnur stoben die Spanier auseinander. Die Franzosen setzten zwei weitere Einheiten Kavallerie in Marsch, während die erste auf die entsetzte Menge traf. Die Säbel sausten herab, hoben sich blutüberströmt und sausten wieder herab. Die Chasseurs hackten sich buchstäblich den Weg frei, hinein in das dicht gedrängte Karree, da sich ihre Pferde im Gedränge schreiender Männer nicht bewegen konnten.

Die dritte Schlachtreihe der Franzosen schwenkte aus, orientierte sich noch einmal und stürzte sich dann auf jene Spanier, die sich freigekämpft hatten und um ihr Leben rannten. Die Spanier ließen ihre Musketen fallen, versuchten sich in Sicherheit zu bringen, rannten auf das South Essex zu.

Die Franzosen waren mitten unter ihnen, ritten neben den rennenden Männern her und droschen geschickt auf Köpfe und Schultern der Fliehenden ein. Hinter ihnen trotteten weitere Kavallerieeinheiten Knie an Knie in den Kampf. Rechts und links sausten die französischen Säbel herab, immer mehr Spanier brachen aus der Formation aus, die Regimentsfarben gingen zu Boden, und alle rannten sie auf die britische Formation zu, in der verzweifelten Hoffnung, dort außer Gefahr zu sein. Die vom South Essex konnten nicht erkennen, was vorging, sahen im wirbelnden Staub nur die Spanier auf sich zukommen und vereinzelte Reiter.

»Feuer!« Sharpe wiederholte das Wort: »Lass feuern, du Idiot!«

Simmerson blieb nur eine Hoffnung, die Sache zu überstehen. Er musste die Spanier niederschießen, sonst würden die Flüchtlinge in seine Formation einbrechen und die Reiter hinter sich hereinlassen. Doch er unternahm nichts.

Stöhnend musste Sharpe mit ansehen, wie die Spanier die rotberockten Reihen erreichten und die Bajonette beiseitedrängten, um sich in Sicherheit zu bringen. Das South Essex wich zurück, spaltete sich, um die verzweifelten Männer ins unbesetzte Zentrum einzulassen.

Der erste Franzose erreichte die Formation, schlug mit seinem Säbel zu und wurde von Musketenfeuer aus dem Sattel gehoben. Sharpe beobachtete, wie das Pferd unter den Schussverletzungen taumelte und seitwärts in die vorderste Linie des Karrees stürzte, wobei es alle vier Reihen zu Fall brachte. Ein anderer Reiter erreichte die Bresche und hackte nach links und nach rechts, bevor auch er von einer Salve vom Pferd geholt wurde. Und dann war es vorbei. Die Franzosen drangen in die Bresche ein, das Karree brach auseinander, die Männer mischten sich unter die Spanier und rannten davon. Diesmal gab es nur einen Ort, wohin man sich wenden konnte. Die Brücke. Sharpe wandte sich an Sterritt.

»Schaffen Sie Ihre Kompanie aus dem Weg!«

»Was?«

»Bewegung! Kommen Sie, Mann, Bewegung!«

Wenn die Kompanie bei der Brücke blieb, würde sie von Flüchtlingen überrannt werden. Sterritt hockte auf seinem Pferd und starrte Sharpe an, betäubt und überwältigt von der Tragödie, die sich vor ihm abspielte. Sharpe wandte sich an die Männer.

»Hier entlang! Im Laufschritt!«

Harper war da. Der verlässliche Harper. Sharpe führte und die Männer folgten, von Harper angetrieben. Weg von der Straße und die Uferböschung hinab. Sharpe entdeckte Hogan am Wegrand.

»Zurück, Sir!«

»Ich komme mit euch!«

»Das werden Sie nicht tun. Wer soll denn die Brücke sprengen?«

Hogan verschwand. Sharpe ignorierte das Chaos auf seiner Rechten. Er rannte die Böschung hinab und zählte dabei seine Schritte. Nach siebzig Schritten wirbelte er herum und wandte sich an die Männer.

»Halt! Drei Reihen bilden!«

Seine Schützen waren auch da, sie hatten keine Befehle nötig. Hinter sich konnte er Schreie hören, das gelegentliche

Bellen einer Muskete, aber vor allem Hufgetrappel und das Geräusch herabsausender Klingen. Er sah sich nicht um. Die Männer des South Essex starrten an ihm vorbei.

»Seht mich an!«

Sie blickten ihn an. Hoch aufgerichtet und ruhig war er.

»Ihr seid nicht in Gefahr. Tut nur, was ich euch sage. Sergeant!«

»Sir!«

»Feuersteine überprüfen.«

Harper grinste ihm zu. Die Männer von Sterritts Kompanie mussten beruhigt, ihre Hysterie durch etwas Vertrautes gemildert werden, und so schritt der große Ire die Reihen ab und zwang die Männer, die Augen von dem Durcheinander vor ihnen abzuwenden und sich ganz auf ihre Musketen zu konzentrieren. Einer der Männer blickte fahl vor Angst zu dem riesigen Sergeant auf. »Was wird passieren, Sir?«

»Was passieren wird? Ihr werdet euch euren Sold verdienen, Junge. Ihr werdet kämpfen.« Er zog prüfend am Feuerstein des Mannes. »Locker wie eine gute Frau, mein Junge, schraub ihn fest!« Der Sergeant blickte die Linien entlang und lachte.

Sharpe hatte achtzig Musketen und dreißig Gewehre vor dem fluchtartigen Rückzug bewahrt, und die Franzosen, Gott möge sie segnen, durften sich auf einen heißen Kampf gefasst machen.

KAPITEL 7

Es war eine Katastrophe. Ganze vier Minuten zuvor waren noch sechzehnhundert Mann Infanterie auf dem Feld aufgereiht gewesen, mit klaren Führungsstrukturen und wohlgeordnet, aber nun rannten die meisten dieser Männer in Panik auf die Brücke zu. Sie warfen Musketen weg und Tornister, eben alles, was sie bei der Flucht hindern konnte. Der französische Colonel verstand sein Handwerk. Er konzentrierte einige seiner Männer auf die Flüchtlinge. Die Franzosen trieben sie im Trab vor sich her und hieben rechts und links auf sie ein, was so einfach ging wie auf dem Übungsplatz, und hetzten die in Panik geratene Masse dorthin, wo sie am Brückenaufgang abgeschlachtet werden konnte.

Gegen die Überreste des britischen Karrees, ein Häuflein von Männern, die um die Regimentsfarben versammelt einen verzweifelten Kampf ausfochten, waren weitere Reiter ins Feld geschickt worden, aber Sharpe konnte auch zusätzliche Kavallerieeinheiten sehen, die in zwei Reihen bewegungslos verharrten: die französische Reserve, die eingesetzt werden konnte, um entweder den Angriff zu unterstützen oder plötzlichen Widerstand seitens der Infanterie zu brechen.

Es war sinnlos, die Brücke verteidigen zu wollen. Sie war von der turbulenten Masse von Männern, die über sie in Sicherheit gelangen wollten, mehr als nur ausreichend vor den Franzosen geschützt. Sharpe schätzte, dass es etwa tausend Mann sein mussten, die sich auf einem Weg drängten, der gerade breit genug war für einen Ochsenkarren.

Es war ein unglaublicher Anblick, auch für Sharpe, der schon oft Panik auf dem Schlachtfeld hatte ausbrechen sehen, aber niemals so wie hier. Weniger als einhundert Berittene trieben die zehnfache Anzahl in rasender Flucht vor sich her. Die Menge an der Brücke kam nicht vorwärts, der Ansturm der Leiber war zu stark, aber dennoch kämpften und tobten die Spanier und die Briten, ruderten mit den Armen und drängelten und versuchten verzweifelt, den Chasseurs zu entkommen, die am Rand auf die Menge eindroschen. Selbst jene, denen es gelang, sich auf die Brücke zu drängen, waren dort nicht sicher.

Mit einem Seitenblick sah Sharpe Männer ins Wasser stürzen, wo die Brücke beschädigt war und wo Hogan die Brüstung abgetragen hatte. Immer mehr Soldaten ballten sich, von Säbeln verfolgt, vor und auf der Brücke. Die Franzosen hatten keine Chance, sich durch diese immense Barrikade aus Knochen und Fleisch hindurchzuhacken. Sie versuchten auch gar nicht erst, zur Brücke vorzudringen. Stattdessen stifteten die Chasseurs gezielte Verwirrung, damit dem Feind keine Gelegenheit geboten wurde, sich neu zu formieren und mit geladenen Musketen und erhobenen Bajonetten den Verfolgern entgegenzutreten. Die Berittenen hieben mit ihren Säbeln geradezu lasch um sich.

Sharpe sah einen Mann die Flüchtlinge fröhlich mit der flachen Klinge seines Säbels vorantreiben.

Es ist gar nicht so leicht, einen Mann zu töten, der einen Tornister trägt und einem den Rücken zuwendet. Unerfahrene Kavalleristen schwangen ihre Klingen in eindrucksvollen Bögen gegen den Rücken eines Soldaten. Das Opfer kam zwar zu Fall, aber seine Verletzung bestand lediglich darin, dass Tornister und Uniformmantel aufgeschlitzt waren. Die altgedienten Chasseurs warteten, bis sie mit ihrem Angriffsziel auf einer Höhe waren, und hieben dann rückwärts auf das ungeschützte Gesicht ein.

Sharpe wusste, dass es weitaus mehr Verwundete als Tote geben würde, entsetzlich Verwundete, deren Gesichter von den Klingen entstellt, deren Schädel bis auf die Knochen gespalten waren. Er wandte sich der eigenen Front zu.

Hier wurde richtig gekämpft.

Die Fahnen des South Essex wehten noch, obwohl die Männer, die sie umgaben, das Erscheinungsbild einer angemessenen Formation längst aufgegeben hatten. Sie waren gezwungen worden, wenigstens die Andeutung einer Kreisform zu bilden, wurden von den Berittenen wieder zurückgedrängt, wehrten jedoch tapfer mit Klinge und Bajonett die feindlichen Säbel ab. Es war ein verzweifelter Kampf.

Die Franzosen hatten die meisten ihrer Männer gegen die kleine Schar aufgeboten. Sie mochten keine Chance haben, die Brücke einzunehmen, doch innerhalb des Rings verschreckter Männer befand sich ein wertvollerer Preis. Die Regimentsfarben. Mit erbeuteten Fahnen vom Schlachtfeld zu reiten bedeutete für die Franzosen, ruhmreich fortzuziehen. Es würde sie zu Helden machen, von denen man sich in ganz Europa erzählen würde. Der Mann, dem es gelingen würde, die Fahnen zu ergattern, durfte sich seine Belohnung aussuchen, sei es in Form von Geld, Frauen oder einer Beförderung, und die Chasseurs mühten sich mit rasender Wut, den britischen Widerstand zu brechen.

Das South Essex wehrte sich, nicht weniger verzweifelt, von der fanatischen Entschlossenheit beseelt, ihre Fahnen nicht aus der Hand zu geben. Die Farben zu verlieren bedeutete die größte Schande.

Sharpe hatte nur wenige Sekunden gebraucht, um das grauenvolle Chaos in seinem ganzen Ausmaß zu begreifen. Es gab keine andere Wahl, er musste in die Richtung der Regimentsfarben vorstoßen, in der Hoffnung, dass der Kreis der Überlebenden so lange aushielt, bis seine Kompanie ihre Musketen und Bajonette in Reichweite gebracht hatte.

Er wandte sich den Männern zu. Harper hatte seine Sache gut gemacht. Verstreut in den Reihen der Männer von Sterritts Kompanie, deren zerrütteten Kampfgeist es zu stützen galt, hatten seine Schützen Aufstellung genommen. Die Männer in den grünen Röcken lächelten Sharpe zu. Die Männer in Rot blickten entsetzt und nervös.

Sharpe fiel auf, dass Harper zu beiden Seiten der Kompanie eine Reihe von Schützen aufgestellt hatte, also an den verwundbaren Flanken, dem schwächsten Punkt seiner Streitmacht, wo nur starke Nerven und starr ausgerichtete Bajonette die angreifenden Reiter abwehren konnten. Zwei nervöse Lieutenants waren in die hinteren Reihen verbannt worden, und wie bei den anderen Männern aus Sterritts Kompanie richteten sich auch ihre Blicke immer wieder auf die Menschenmenge nahe der Brücke. Sie wollten davonlaufen, sie sehnten sich nach der Sicherheit des anderen Ufers, aber in ihrer Nähe konnte Sharpe zwei gelassene Sergeants erkennen, die über Kampferfahrung verfügten und ruhig auf ihre Befehle warteten.

»Wir rücken vor! Auf die Fahnen zu!« Einige der Gesichter waren bleich vor Angst. »Es gibt nichts zu befürchten, solange ihr in Reih und Glied bleibt. Verstanden? Ihr müsst in Reih und Glied bleiben.« Er sprach schlicht und mit Nachdruck. Einige der Männer konnten sich immer noch nicht vom Anblick der Flüchtlinge und der Brücke losreißen. »Wer aus dem Glied ausschert, wird erschossen.« Nun sahen sie ihn mit großen Augen an, Harper grinste. »Und niemand schießt ohne meinen Befehl! Niemand!« Sie hatten verstanden. Er nahm sein Gewehr von der Schulter, warf es Pendleton zu und zog seine tödliche Klinge. »Vorwärts!«

Er trat ein paar Schritte vor und hörte Harper zu, wie dieser durch Zuruf Reihenfolge und Rhythmus des Vormarschs bestimmte. Er trieb sie zur Eile an. Es blieb wenig Zeit, und er ging davon aus, dass die ersten zweihundert Yards ein Kinderspiel sein würden. Sie marschierten, ungehindert von den Berittenen, über flaches offenes Gelände voran. Die schwierige Strecke waren die letzten einhundert Schritte, wenn die Kompanie zugleich ihre Formation aufrechterhalten und über die Toten und Verwundeten steigen musste, wenn die Franzosen die Gefahr erkennen und ihnen entgegentreten würden.

Er fragte sich, wie viel Zeit seit der fatalen spanischen Salve vergangen sein mochte. Es konnte sich nur um Minuten handeln, und doch hatte Sharpe schon die mit jeder Schlacht verbundenen Empfindungen. Es kam ihm vor, als bewege sich der Boden unter ihm und nicht er sich auf der staubigen, geborstenen Erde des Frühsommers. Unwichtige Details fielen ihm auf. Er nahm jeden kärglich bleichen Grashalm wahr, er sah Ameisen, die um kleine weiße Punkte am Boden herumwirbelten. Der Kampf um die Farben schien weit entfernt zu sein, die Geräusche kaum hörbar, und er hatte den Wunsch, die Lücke zu schließen.

Aufregung, wenn nicht gar Freude ob der bevorstehenden Schlacht begann sich auszubreiten. Manche Männer fanden in der Musik Erfüllung, andere im Geschäftsleben. Es gab Männer, denen es Freude machte, den Boden zu bearbeiten, Sharpes Instinkte jedoch waren auf die Gefahren des Kampfes ausgerichtet.

Man hielt den Franzosen stand. Die Briten, die unversehrt aus der Karreeformation herausgekommen waren, bildeten nun eine kniende Frontlinie, deren Musketen in den Erdboden gerammt waren, sodass die Bajonette aufwärtsgerichtet auf den Brustbereich der Pferde zielten. Die Säbel hieben wirkungslos auf die schräg stehenden Musketen ein, Rufe ertönten, Schreie von Männern und Pferden, ein Schleier aus Pulverdampf hob sich, hinter dem aufblitzendes Feuer und Stahl die Regimentsfarben umgaben. Reiterlose Pferde trabten im Getümmel umher, einige der Franzosen waren zu Fuß, schlugen mit ihren Klingen um sich oder griffen den Feind gar mit bloßen Händen an. Ein Offizier des South Essex drängte sein Pferd aus dem Ring heraus, und hinter ihm schlossen sich augenblicklich die Reihen. Er war ohne Kopfbedeckung, und sein Gesicht war unter der Maske aus Blut nicht zu erkennen. Er spornte sein Pferd zum gestreckten Galopp an und stieß seinen schlanken geraden Degen einem Chasseur in den Leib. Die Klinge blieb hängen. Sharpe sah zu, wie er am Griff zerrte, während sich sein wahnwitziger Fanatismus in Furcht verwandelte, und gleich darauf zeigte ein Franzose ihm, wie man es machte, indem er mit seinem Säbel sauber in die Brust des Engländers eindrang und dann mit einer Drehbewegung die Klinge mühelos herauszog, während der rotberockte Offizier zusammen mit seinem Opfer niedersank. Ein weiterer Chasseur, diesmal ohne Pferd, haute blindlings auf die unbeugsamen Reihen ein. Ein Soldat parierte den Hieb, stieß dann mit dem Bajonett zu, und der Franzose war tot. Gut gemacht, dachte Sharpe, die Spitze besiegt eben immer die Kante.

Ein Hornsignal. Er blickte nach rechts und sah die französische Reserve vorrücken. Sie näherten sich zielstrebig dem Gemetzel rund um die britischen Farben. Sie hatten keine Säbel bei sich, und Sharpe war klar, was der französische Colonel im Sinn hatte. Die britische Formation oder was von ihr übrig war hatte standgehalten, und die leichten Kavalleriesäbel konnten sie nicht aufbrechen. Aber die Chasseurs trugen im Gegensatz zu den meisten Kavallerieeinheiten Karabiner, und sie hatten vor, aus kurzer Entfernung eine Salve auf die rotberockten Reihen abzugeben, die sie auseinandertreiben und den Säbelträgern Einlass gewähren würde.

Sharpe beschleunigte seine Schritte, wusste jedoch zugleich, dass sie die Fahnen nicht vor der frisch hinzugezogenen Kavallerie erreichen konnten. Angewidert beobachtete er, wie mit tadelloser Disziplin einige der säbelbewehrten Reiter ihre Tiere von dem ehemaligen Karree weglenkten, um den Karabinern die Schusslinie freizumachen. Die Reiter bahnten sich vorsichtig ihren Weg durch die Gefallenen und Verwundeten. Sharpe sah, dass die Briten in fieberhafter Eile ihre Musketen nachluden, wobei sie sich die Knöchel an den eigenen Bajonetten aufschürften, als sie die Ladungen in die Läufe rammten. Doch sie waren zu spät dran. Die Franzosen blieben stehen, schossen und machten kehrt, um eine zweite Reihe ihre Salve gegen das South Essex abfeuern zu lassen. Einige wenige Musketen erwiderten das Feuer, ein Chasseur stürzte zu Boden und ein Ladestock wirbelte gefährlich durch die Luft, den ein entsetzter Soldat aus der halb geladenen Muskete geschossen hatte.

Die französischen Salven zerrissen die Frontlinie. Eine riesenhafte Wunde tat sich in der roten Formation auf, und der Feind fuhr mit seinen gebogenen Klingen hinein, um sie offen zu halten und tiefer in die Infanterieeinheit vorzudringen, wo der höchste Preis zu holen und zu gewinnen war, den ein Mann auf dem Schlachtfeld erringen konnte.

Nun waren Sharpes Männer bei den Gefallenen angelangt. Er trat über einen einfachen britischen Soldaten hinweg, dessen Kopf von einem Säbelhieb praktisch ganz abgetrennt war. Hinter ihm das Würgen eines Mannes, der sich erbrach. Er dachte daran, dass die meisten Männer des South Essex noch nie eine Schlacht miterlebt und somit keine Ahnung hatten, was Waffen im Fleisch eines Mannes anrichten konnten.

Die Überlebenden der Gefechtsformation wichen jetzt in seine Richtung aus, zogen sich von der aufgehackten Frontlinie zurück und verloren dabei den Zusammenhalt. Die Fahnen senkten sich und richteten sich wieder auf. Sharpe erhaschte einen Blick auf einen Offizier, der die Männer anschrie und sie drängte, die Pferde abzuwehren, die mit den Hufen ausschlugen und obendrein die schrecklichen Säbel herantrugen. Weitere Franzosen hatten sich zu Fuß in den Kampf eingemischt, versuchten die Bajonette beiseitezuschieben und sich zu den Fahnenstangen vorzuarbeiten und damit zum Ruhm.

Dann bekam Sharpe selbst Probleme. Er sah einen französischen Offizier seine Männer herumzerren. Sharpes Kompanie war entdeckt worden, und dem Franzosen war klar, was einhundert geladene Musketen unter den dicht gedrängten Reitern anrichten konnten, die sich um die Fahnen konzentriert hatten. Er zog einige seiner Soldaten aus dem Kampf ab, ließ sie hastig antreten und schickte sie der neuen Gefahr entgegen. Doch es war ihm nur gelungen, ein Dutzend Mann mit ihren Pferden unter seinen Befehl zu bringen.

Sharpe drehte sich um.

»Halt!«

Er wandte den Berittenen den Rücken zu. Er war sich darüber im Klaren, wie viele Sekunden ihm blieben, und die verängstigten Männer des South Essex, die ihn anstarrten, brauchten dringend eine Demonstration dessen, was gut geführte Infanterie gegen die Kavallerie auszurichten vermochte.

»Rückwärtige Reihe! Macht kehrt!« Er musste die Rückfront schützen, falls es einigen Reitern einfallen sollte, sie zu umrunden. Harper war da.

»Vordere Reihe, kniet nieder!«

Er ging gelassen auf sie zu und stieg über die kniende Frontreihe hinweg, sodass er sich in der Sicherheit der Formation befand. Die Pferde waren noch fünfzig Yards entfernt.

»Nur die mittlere Reihe schießt! Nur die mittlere Reihe! Schützen, haltet das Feuer! Nur die mittlere Reihe! Wartet!

Tief ansetzen! Zielt auf die Bäuche! Wir lassen sie ganz nah herankommen! Wartet! Wartet! Wartet!«

Die Säbel der Franzosen waren bis ans Heft mit Blut besudelt, ihre Pferde waren schweißgebadet, die Gesichter der Reiter verzogen zur starren Grimasse von Männern, die verbissen gekämpft und getötet haben. Doch ihr Sieg über eine vierfache Übermacht war so leicht errungen, dass diese Berittenen glaubten, zu allem fähig zu sein. Das Dutzend Franzosen kam auf Sharpes Kompanie zugeritten, ohne an die Gefahr zu denken, zuversichtlich in ihrer Ekstase, dass sich diese Briten ebenso leicht überrumpeln lassen würden wie die beiden Gefechtskarrees. Sharpe sah sie in rücksichtslosem Galopp näher kommen, sah die Grassoden, die von den Hufen aufgewirbelt wurden, die gefletschten Zähne und wehenden Mähnen der Pferde. Er wartete und redete ununterbrochen mit beherrschter, lauter Stimme.

»Wartet auf sie! Wartet! Wartet!« Vierzig Yards, dreißig. Im letzten Moment wurde dem französischen Offizier klar, in welches Wagnis er sich gestürzt hatte. Sharpe beobachtete, wie er am Mundstück seines Pferdes zerrte, doch es war zu spät.

»Feuer!«

Die Chasseurreihe löste sich auf. Es handelte sich um eine kleine Salve von gerade zwei Dutzend Musketen, aber abgefeuert aus nächster Nähe. Die Pferde stürzten, einige rutschten beinahe bis zur vordersten Reihe heran, und ihre Reiter wurden in einem Wirrwarr aus Hufen, Säbeln und Armen zu Boden geworfen.

»Auf die Beine! Vorwärts!«

Sharpe trat wieder vor seine Männer und führte sie an den blutigen Überresten ihrer Angreifer vorbei. Ein Franzose war noch am Leben, sein stürzendes Pferd hatte ihm das Bein gebrochen, und er stieß von unten mit seinem Säbel auf Sharpe ein. Der Lieutenant machte sich nicht die Mühe, zu parieren. Er trat dem Verwundeten gegen das Handgelenk, sodass ihm die Klinge entglitt.

Die Kompanie stieg über die toten Männer und Pferde hinweg. Sie begannen sich zu beeilen. Der Kampf um die Fahnen drohte zu ihren Ungunsten auszugehen, die Briten wurden immer weiter zurückgedrängt, und die Franzosen schoben sich im Schutze ihrer verheerenden Klingen immer näher heran.

Sharpe sah, wie die langen Hellebarden der Sergeants, welche die Farben zu schützen hatten, zum Einsatz kamen. Einer erhob sich über das Chaos und schlug auf den Kopf eines Pferdes, worauf dieses auf die Hinterhand stieg und seinen Reiter abwarf, während das Blut ihm über die Stirnmähne rann. Unter dem französischen Karabinerfeuer hatte sich die Disziplin der Formation aufgelöst. Sharpe konnte keine Offiziere erkennen, aber irgendwo mussten sie sein.

Die Franzosen waren jetzt dicht bei den Fahnen, und Männer aus der aufgelösten Formation rannten auf Sharpe und die Sicherheit seiner erhobenen Bajonette zu. Er prügelte sie mit seinem Degen beiseite, schrie sie an, ihnen aus dem Weg zu gehen. Doch er musste stehen bleiben, da er gegen die Flüchtlinge nicht ankam, und er schwang die flache Seite seiner Klinge gegen sie. Harper gesellte sich zu ihm und schlug mit dem Gewehrkolben auf die Flüchtlinge ein. Mit seiner riesenhaften Statur zwang der Ire die rennenden Männer auf die Flanken, wo sie sich ungefährdet Sharpes Kompanie anschließen konnten. Dann war der Weg frei, und er marschierte weiter, immer noch die Klinge schwenkend, wobei sein Blut vor Freude kochte. Er hatte keinen Bajonettangriff geplant, aber es war so wenig Zeit. Die Fahnen gerieten ins Wanken, die Hand eines Franzosen an der Stange wurde vom Degen eines Offiziers abgehackt, und dann gingen die Regimentsfarben zu Boden.

Sharpe schrie unverständliche Worte, er rannte, und die Männer hinter ihm stolperten über Leichen und rutschten auf den frischen Blutlachen aus. Ein Chasseur ohne Pferd hielt auf ihn zu und zielte mit einem weit ausholenden Säbelhieb auf ihn. Sharpe hob die Klinge, der Säbel des Franzosen zerbrach, er schlitzte ihm die Kehle auf, spürte, wie der Mann fiel, und stolperte weiter. Pferde nahmen ihm die Sicht auf die Farben, vereinzelt krachten die Gewehre, ein Mann stürzte. Mit einem Seitenblick sah er, wie Harper einen Chasseur vom Pferd riss. Das Gesicht des Sergeants war eine einzige schrecklich verzerrte Maske aus Wut und Kraft. Ein weiterer Reiter kam heran, zerrte am Zügel, um auf Sharpe einschlagen zu können, und verschwand rückwärts in der Versenkung, als der Lieutenant seinen mächtigen Degen in den Kiefer des Pferdes bohrte. Er sah, wie das Pferd mit einem Wehlaut hochstieg. Der Chasseur ließ seinen Säbel los, und Sharpe erhaschte einen Blick auf die mit einem Riemen am Handgelenk befestigte schimmernde Klinge, während Ross und Reiter rückwärts zu Boden fielen. Um die gefallenen Fahnen war immer noch ein Häuflein Rotröcke versammelt, und zwei Franzosen stiegen ab, um mit bloßen Händen die Letzten der Verteidiger anzugreifen.

Dann schienen die Rotberockten ganz zu verschwinden. Es waren nur noch Chasseurs zu sehen, und man hörte französisches Triumphgeschrei, als die Stange unter den herumliegenden Toten hervorgezerrt und die Fahnen wieder aufgerichtet wurden. Sharpe drehte sich um und hob die blutüberströmte Klinge hoch über seinen Kopf.

»Halt! Legt an!« Er stand direkt in ihrer Schusslinie, daher warf er sich flach auf den Boden und zog Harper mit sich, während er den Schießbefehl herausbrüllte. Die Salve sauste über ihre Köpfe hinweg, und schon waren sie wieder aufgestanden und rannten weiter.

Die Musketenkugeln hatten die Franzosen von den Fahnenstangen gerissen, wieder waren die Fahnen auf dem Boden gelandet, diesmal jedoch umgeben von Gefallenen des Feindes wie auch von britischen Toten.

Es waren nur noch wenige Yards zurückzulegen, aber nun stürmten weitere Reiter dem Ort entgegen, wo so viele um des Besitzes der Farben willen gestorben waren. Sharpe warf sich über die Leichen, kletterte über abgetrennte Gliedmaßen, griff nach einer Stange und zog sie zu sich heran. Es handelte sich um die Regimentsfahne, deren leuchtend gelbes Tuch von frischen Löchern zerrissen war, und er rammte seinen Degen mit der Spitze nach unten in einen Leichnam und schwenkte die Fahnenstange wie eine primitive Keule gegen die Berittenen.

Das Königsbanner war zu weit entfernt. Harper versuchte es zu erreichen, doch ein Pferd stieß mit dem Sergeant zusammen und warf ihn zurück. Ein anderes Pferd scheute vor der prächtigen Wolke gelber Seide in Sharpes Hand und wich ihr aus, ein Säbelhieb traf die Stange, und Sharpe sah Splitter des neuen Holzes davonfliegen. Dann prallte das Futternetz, das am Sattel befestigt war, gegen ihn und warf ihn um. Er konnte die Pferde riechen, konnte die Hufe über sich in der Luft sehen und das vom silbernen Tschakoband eingerahmte Gesicht des Franzosen, der sich über ihn beugte, um ihm die Fahne zu entreißen. Er hielt fest. Ein Huf trat neben seinem Gesicht auf, dann wich das Pferd vor dem Fleisch aus, auf das es getreten war. Der Reiter zerrte, dann ließ er plötzlich los. Sharpe sah Harper eine lange Hellebarde schwingen. Die Klinge traf das Rückgrat des Reiters, und der Mann sank sanft auf Sharpe hinab, und sein letzter Atemzug verklang leise im Ohr des Schützen.

Sharpe befreite sich von dem Leichnam. Er ließ die Fahne dort, wo sie so sicher war wie in seinen Händen. Harper schwenkte die

Hellebarde und hielt damit die Berittenen im Zaum. Wo war die Kompanie? Sharpe sah sich um und sah sie auf die Stelle zurennen, wo gekämpft wurde. Sie waren so langsam! Er suchte nach seinem schweren Degen, fand ihn und zog ihn aus dem Körper, in den er ihn versenkt hatte. Immer noch kamen neue Reiter, versuchten verzweifelt, ihre unwilligen Pferde auf die Berge von Toten hinaufzudrängen.

Sharpe schrie wieder, Harper bellte Befehle, doch da war kein Feind in Reichweite ihrer Klingen. Er rückte vor in Richtung Königsbanner. Er konnte es etwa fünf Yards entfernt unter zwei Körpern liegen sehen. Er rutschte auf dem Blut aus, stand wieder auf, doch nun stürmten drei unberittene Franzosen mit gezückten Säbeln auf ihn zu. Harper stand neben ihm. Ein Chasseur kam mit der Schneide der Hellebarde im Bauch zu Fall, der andere fiel unter Sharpes Klinge, die den abwehrend erhobenen Säbel einfach mittendurch gehauen hatte, als sei dieser aus zerbrechlichem Elfenbein. Der Dritte jedoch hatte den Union Jack gepackt, hatte ihn von den Leichen freigezerrt und streckte ihn den Berittenen hinter sich entgegen. Sharpe und Harper stürzten sich nach vorn, die Hellebarde bohrte sich dem Chasseur in den Rücken, aber der hatte seine Aufgabe erfüllt. Ein Reiter hatte den Saum des Banners erfasst und galoppierte davon. Noch mehr Franzosen waren im Anmarsch und schlugen auf die beiden Schützen ein, um die zweite Fahne zu erbeuten, zu viele!

»Halte sie auf, Patrick! Halte sie auf!«

Harper ließ die Hellebarde wirbeln, schrie sie an, verwandelte sich in Cuchulain von der Roten Hand, den Unverwundbaren. Er stand mit gespreizten Beinen da, überragte mit seiner ungeheuren Größe das Kampfgeschehen und schien den grün uniformierten Franzosen zuzurufen, näher zu kommen und sich von ihm töten zu lassen. Sharpe stolperte zurück zur Regimentsfahne, zog sie unter dem Leichnam hervor und warf sie wie einen Speer der heranrückenden Kompanie entgegen. Er beobachtete, wie sie zwischen den Reihen niederging. Sie befand sich in Sicherheit. Harper hatte standgehalten, trotzte knurrend den Feinden, der Kampf war vorbei.

Sharpe stand mit dem Degen in der Hand neben dem Iren, und die Franzosen wandten sich ab, suchten sich Pferde und stiegen auf, um davonzureiten. Einer von ihnen drehte sich um und hob den blutbefleckten Säbel zum feierlichen Salut, worauf Sharpe grüßend die eigene rote Waffe hob.

Jemand klopfte ihm auf den Rücken, die Männer brüllten, als habe er einen Sieg errungen, obwohl er nichts weiter getan hatte, als den Franzosen wenigstens einen Teil ihres Erfolges zu entreißen. Die Kompanie war bei ihnen, stand um die Toten versammelt und sah zu, wie die Chasseurs mit ihrer Beute davontrabten. Es bestand keine Hoffnung, das Königsbanner zurückzuerobern. Es war bereits dreihundert Yards entfernt. Umgeben von triumphierenden Reitern, stand es am Anfang seiner langen Reise über die Pyrenäen, um vom Pariser Mob verhöhnt zu werden, ehe es sich zu den anderen Fahnen gesellte, italienischen, preußischen, österreichischen, russischen und spanischen, die als Symbole französischer Siege in ganz Europa herhalten mussten. Sharpe sah dem Zug nach und empfand Ekel und Scham. Die spanischen Farben waren ebenfalls dort, aber die kümmerten ihn nicht. Seine persönliche Ehre war mit dem erbeuteten Königsbanner verknüpft, sein Ruf als Soldat. Das war eine Frage des Stolzes.

Er berührte Harpers Ellbogen. »Alles in Ordnung?«

»Jawohl, Sir.« Der Sergeant keuchte und hielt nach wie vor die Hellebarde in der Hand, die auf halber Länge blutüberströmt war. »Und Sie?«

»Mir geht es prächtig. Gut gemacht. Und danke.«

Harper wehrte das Kompliment ab, doch er grinste seinen Lieutenant an. »Das war knapp, Sir. Wenigstens haben wir die eine zurückgeholt.«

Sharpe richtete den Blick auf diese Fahne. Sie wehte über der Kompanie, zerrissen und mit Blut befleckt, verloren und zurückerobert. Unter ihr stand ein Offizier, und Sharpe erkannte, dass es Leroy war, der mürrische, einzelgängerische Captain Leroy, den Lennox als den einzigen anderen anständigen Offizier im Bataillon bezeichnet hatte. Sein Gesicht war blutbeschmiert, und Sharpe drängte sich durch die Reihen auf ihn zu.

»Sir?«

»Gut gemacht, Sharpe. Was für eine elende Schweinerei.« Die Stimme des Captains war merkwürdig, der Akzent ungewöhnlich, und Sharpe erinnerte sich, dass er aus Amerika stammte, einer aus der kleinen Schar von Loyalisten, die immer noch für ihr Mutterland kämpften.

»Sind Sie schwer verletzt?«, fragte Sharpe.

»Das am Kopf ist nur ein Kratzer. Aber am Bein habe ich eine Schnittwunde.«

Leroys Schenkel war blutüberströmt. »Wie ist das passiert?«, wollte Sharpe wissen.

»Ich war bei den Farben. Gott sei Dank sind Sie gekommen, obwohl Simmerson es verdient hätte, beide zu verlieren. Der Schweinehund.«

Sharpe blickte in Richtung Brücke. Es war wenig davon zu sehen, weil das dazwischenliegende Feld immer noch voller französischer Reiter war. Man sah Rauchwölkchen und hörte das Krachen von Musketenfeuer, demnach hatte jemand eine provisorische Verteidigung organisiert, aber die Chasseurs hatten zu kämpfen aufgehört. Hornsignale riefen sie vom Ort des Gemetzels zurück, die Straße hinauf zu der Stelle, wo sie um die drei erbeuteten Fahnen herum in Reihen antraten. Sie dürfen stolz auf sich sein, dachte Sharpe, vierhundert Mann Leichte Kavallerie hatten zwei Regimenter überrumpelt und drei Fahnen erbeutet, alles nur wegen Simmersons und des spanischen Colonels Dummheit und Stolz. Er fragte sich, wo Simmerson war. Er hatte sich nicht in der Gruppe um die Regimentsfarben befunden, es sei denn, sein Leichnam lag in einem der Haufen. Sharpe wandte sich an Leroy.

»Haben Sie Simmerson gesehen?«

»Gott weiß, was aus ihm geworden ist. Forrest war da.«

»Tot?«

Leroy zuckte mit den Schultern. »Ich weiß es nicht.«

»Lennox?«

»Ich habe ihn nicht gesehen. Er war ebenfalls im Karree.«

Sharpe sah sich auf dem Feld um. Ein entsetzlicher Anblick. Die Stelle, an der sie standen, wo man um die Fahnen gekämpft hatte, war von Leichen bedeckt. Überall regten sich schreiend die Verwundeten. Pferde, die auf der Seite lagen, spuckten Blut und stampften auf dem Erdboden einen verzweifelten Trommelwirbel. Sharpe entdeckte einen Sergeant.

»Lassen Sie die Pferde erschießen, Sergeant.«

»Sir?« Der Mann starrte Sharpe verdutzt an.

»Erschießen! Beeilung!«

Er konnte den Anblick der verwundeten Tiere nicht ertragen. Nun traten Männer an die Pferde heran und legten ihre Musketen an, und Sharpe wandte sich ab, um seine Schützen durchzuzählen.

»Sie sind alle in Sicherheit, Sir.« Harper hatte bereits gezählt.

»Danke.« Sie waren tatsächlich kaum in Gefahr gewesen, solange sie in Reih und Glied blieben und ihre Bajonette ruhig hielten. Er erinnerte sich, dass er ebenso gedacht hatte, als das

South Essex mit wehenden Fahnen stolz in die Schlacht gezogen war, und nun waren sie besiegt. Er versuchte, das Gemetzel aufzurechnen. Auf dem Feld lagen etwa dreißig bis vierzig tote Franzosen, das war bei insgesamt vierhundert ein recht hoher Preis, aber sie hatten ihrem Regiment Ehre gemacht und hatten den Briten und Spaniern schlimme Verluste zugefügt. Einhundert Gefallene? Er sah die Leichenhaufen an, die Linie von Körpern, die zur Brücke führte. Es war unmöglich, ihre Zahl zu schätzen. Hoch würde sie jedenfalls sein, und darüber hinaus würde es eine noch größere Zahl von Verwundeten geben, Männer, deren Gesichter von den Reitern aufgeschlitzt worden waren, blinde Männer, die man nach Lissabon bringen, in Richtung Heimat verschiffen und der gefühllosen Wohltätigkeit einer Gesellschaft überlassen würde, die längst gegen den Anblick verstümmelter Bettler abgestumpft war. Ihn fröstelte.

Aber es ging nicht nur um die Toten und die Verwundeten. Gleich bei seinem ersten Kampf hatte Simmersons Bataillon seinen ganzen Stolz verloren. Seit sechzehn Jahren kämpfte Sharpe nun schon im Heer, hatte im Schlachtengetümmel die Fahnen verteidigt und mit dem Bajonett zugestoßen, wenn er versuchte, die Standarte des Feindes zu erreichen. Er hatte gesehen, wie erbeutete Banner feierlich durchs Feldlager getragen wurden, und die wilde Begeisterung des Sieges erlebt, aber dies war das erste Mal, dass er mit angesehen hatte, wie eine britische Fahne auf dem Schlachtfeld verloren ging, und er wusste, wie seine Feinde feiern würden, sobald die Trophäe Marschall Victors Truppen erreichte.

Schon bald würde auch Wellesleys Heer kämpfen müssen, kein Scharmützel gegen vier Schwadronen Chasseurs, sondern eine richtige Schlacht, in welcher die Tötungsmaschinen der Artillerie das Überleben dem Spiel des Zufalls überantworteten. Ihre Feinde würden nun guten Mutes in diese Schlacht ziehen, da sie den Briten bereits eine Schlappe beigebracht hatten. Er merkte, wie ein Gedanke in ihm aufstieg, ein Gedanke, der so unerhört war, dass er lächelte, worauf der junge Pendleton, der darauf wartete, sein Gewehr zurückgeben zu können, das Lächeln seines Offiziers erwiderte.

»Wir haben's geschafft, Sir! Wir haben's geschafft!«

»Was haben wir geschafft?« Sharpe hätte sich gern an seinem Einfall geweidet, doch es gab zu viel zu tun.

»Die Fahne gerettet, Sir. Oder etwa nicht?«

Sharpe blickte dem Halbwüchsigen ins Gesicht. Nach einem Leben als Dieb in den Straßen von Bristol war das Gesicht des Jungen verkniffen und hungrig, doch seine Augen leuchteten, und in seinem Ausdruck war die verzweifelte Bitte um Bestätigung zu erkennen. Sharpe lächelte wieder. »Ja, wir haben es geschafft.«

»Ich weiß, wir haben die andere verloren, Sir, aber das war nicht unsere Schuld, oder, Sir?«

»Nein. Wenn wir nicht gewesen wären, hätten sie beide Fahnen verloren. Gut gemacht!«

Der Junge strahlte. »Sie und Sergeant Harper aber auch, Sir.« Der Junge sprudelte die Worte hervor, erfüllt vom dringenden Bedürfnis, seine Aufregung mitzuteilen. »Die hatten grässliche Angst vor Ihnen, Sir!«

Sharpe nahm lachend sein Gewehr entgegen. »Ich kann zwar nicht für Sergeant Harper sprechen, aber ich hatte jedenfalls selbst ganz schön Angst.«

Pendleton lachte auf. »Das sagen Sie nur so, Sir!«

Der Lieutenant lächelte und schritt zwischen den Leichen davon. Es gab so viel zu tun. Die Gefallenen mussten begraben, die Verwundeten zusammengeflickt und verarztet werden. Er blickte zur Brücke hinüber. Sie war inzwischen leer, die Flüchtlinge hatten sie überquert, und Sharpe konnte erkennen, dass sie am anderen Ufer zu Kompanien aufgestellt wurden.

Die Franzosen hatten sich in geordneter Formation eine halbe Meile entfernt und sahen einem Berittenen nach, der im Trab auf Sharpe zugeritten kam. Er nahm an, es handle sich um einen französischen Offizier, der einen Waffenstillstand aushandeln wollte, während sie sich um ihre Verwundeten kümmerten.

Sharpe fühlte sich unendlich müde. Er blickte wieder in Richtung Brücke und fragte sich, warum Simmerson keine Männer herüberschickte, um mit dem Ausheben der Gräber anzufangen, mit dem Verbinden, mit dem Entkleiden der Toten. Es würde einen ganzen Tag in Anspruch nehmen, die Unordnung zu beseitigen. Sharpe schlang sich das Gewehr um und begann auf den französischen Offizier zuzugehen, dessen Pferd sich behutsam zwischen den Leibern vortastete. Er hob die Hand zum Salut.

Und in diesem Augenblick explodierte die Brücke.

KAPITEL 8

Die Brücke widersetzte sich ihrer Zerstörung. Zwei Jahrtausende lang hatte sie über den Wassern des Tejo gestanden, und nun gab das alte Mauerwerk unter den modernen Explosivstoffen nur langsam nach. Der mittlere Pfeiler reagierte mit einem heftigen Beben, das bis hin zu Sharpe und seiner Kompanie zu spüren war. Sie wirbelten herum, um zu sehen, wodurch es verursacht worden war, und der Staub flog nur so aus den Ritzen im Gestein.

Eine Sekunde hatte es den Anschein, als würde die Brücke standhalten, doch die Steine wölbten sich und brachen dann mit entnervender Langsamkeit auseinander, bis das schwarze Pulver schließlich die Überhand gewann und das Mauerwerk in einer obszönen Wolke aus Rauch und Flammen zerbarst. Der Brückenweg erhob sich in die Luft, hing dort einen Augenblick in der Schwebe und stürzte dann ins Wasser. Der Aufgang, zwei der Bögen, ja der gesamte Sinn und Zweck der Brücke, das alles wurde von der donnernden Explosion zerstört, die endlos über das flache Grasland rollte und die Pferde der Franzosen erschreckte. Vor allem die herrenlosen Tiere, deren Besitzer in der Schlacht aus dem Sattel geworfen worden waren, wieherten, vollführten verzweifelte Galoppsprünge und erweckten den Eindruck, als suchten sie menschlichen Trost.

Eine riesige schmutzige Rauchwolke, in welcher der uralte Staub brodelte, erhob sich über den geborstenen Stützen, das Wasser kochte, und bis weithin flussauf und flussab fielen die Steine in die grünen Tiefen. Allmählich erst löste Stille das Donnern ab, fand sich der Fluss mit der neuen Anordnung von Steinen in seinem Bett ab, glitt der schwarze Rauch langsam nach Westen wie eine kleine, tief hängende, bösartige Sturmwolke.

Hogan hätte sich keine Sorgen zu machen brauchen. Vierzig Fuß waren aus der Brücke herausgerissen, und Wellesley war an seiner Südflanke vor marodierenden Reiterscharen geschützt. Sharpe jedoch und seine Männer waren nun am falschen Ufer des Tejo gestrandet.

Captain Leroy brach im Gras zusammen. Sharpe fragte sich, ob ihn ein verirrter und zufällig herübergeschleuderter Steinsplitter von der Brücke getroffen hatte, doch der Captain schüttelte den Kopf.

»Es ist das Bein. Keine Sorge, Sharpe, ich komme schon zurecht.« Leroy wies mit dem Kopf auf die rauchenden Trümmer der Brücke. »Warum, zur Hölle, haben die das getan?«

Sharpe hätte das auch gern gewusst. War es ein Fehler gewesen? Hogan hätte doch sicher gewartet, bis Sharpe und seine verstärkte Kompanie von zweihundert Mann die Sicherheit des anderen Ufers erreicht hatten, ehe er die Zündschnüre in Brand steckte, die in den Sockel der Anlage hinabführten. Er starrte über den Fluss, aber aus den Aktivitäten, die er dort erkennen konnte, ließ sich nichts entnehmen. Die Männer paradierten aufgeteilt nach Kompanien, und er glaubte, Simmerson auf seinem grauen Pferd und umgeben von Offizieren erkennen zu können, wie er mit starrem Blick die Verwüstungen begutachtete, die an der Brücke angerichtet worden waren.

»Sir! Sir!« Gataker, der Scharfschütze, rief nach ihm. Der französische Chasseur war eingetroffen, ein Rittmeister mit sonnengebräuntem Gesicht, das von einem großen schwarzen Schnurrbart in zwei Hälften geteilt wurde. Sharpe ging zu ihm hinüber und salutierte. Der Franzose erwiderte den Gruß und sah sich auf dem Schlachtfeld um.

»Gratuliere zu Ihrem Kampfesmut, Monsieur.« Er sprach perfektes Englisch, höflich, ernst, mit Respekt. Sharpe gab das Kompliment zurück.

»Wir haben Ihnen ebenfalls zu gratulieren. Sie haben einen beachtlichen Sieg errungen, Sir.« Die Worte wirkten gestelzt und unpassend. Es war schon seltsam, wie Männer, die gerade noch wild aufeinander eingedroschen hatten, innerhalb weniger Momente höflich werden konnten, ja geradezu großzügig hinsichtlich des Schadens, den der Feind ihnen zugefügt hatte.

Der französische Rittmeister lächelte kurz. »Danke, M'sieu.« Er hielt einen Augenblick inne, blickte auf die Leichen, die bei der Brücke lagen, und als er sich wieder an Sharpe wandte, hatte sich sein Gesichtsausdruck verändert. Er war weniger förmlich geworden, dafür aber neugieriger. »Warum haben sie den Fluss überquert?«

Sharpe zuckte mit den Schultern. »Ich weiß es nicht.«

Der Franzose stieg ab und schlang sich die Zügel ums Handgelenk. »Sie hatten Pech.« Er lächelte Sharpe zu. »Aber Sie und Ihre Männer haben sich gut geschlagen, und nun dies?« Er wies mit einem Kopfnicken auf die Brücke.

Sharpe zuckte wieder mit den Schultern. Der Rittmeister der Chasseurs mit dem großen Schnurrbart betrachtete ihn einen Moment. »Ich denke mir, vielleicht haben Sie besonderes Pech mit Ihrem Colonel, ja?« Er sprach leise, damit die Männer, die neugierig ihren vormaligen Feind anstarrten, es nicht hörten. Sharpe reagierte nicht, doch der Franzose breitete die Arme aus. »Bei uns kommen solche ebenfalls vor. Mein Beileid, M'sieu.«

Das Gespräch wurde allzu höflich und vertraulich. Sharpe blickte auf die Leichen und Verwundeten, die auf dem Schlachtfeld lagen, ohne dass sich jemand um sie kümmerte. »Sie wünschen sich über die Verwundeten zu unterhalten?«

»Ursprünglich ja, M'sieu, ursprünglich ja. Nicht, dass ich glaube, wir hätten davon zu viele, aber wir brauchen Ihre Erlaubnis, diesen Teil des Feldes abzusuchen. Was den Rest angeht«, er deutete eine Verbeugung an, »da sind wir ohnehin die Herren.«

Es stimmte. Die Chasseurs hatten begonnen, auf dem Schlachtfeld umherzureiten und die herrenlosen Pferde zusammenzutreiben. Dabei wurden sie zusätzlich mit einem halben Dutzend englischer Vollblüter belohnt, die von Offizieren des South Essex verloren worden waren, und Sharpe wusste, dass diese Pferde besser waren als alles, was sich die Franzosen von ihren Einkäufen in Spanien erhoffen konnten. Aber etwas an der Wortwahl des Rittmeisters war merkwürdig gewesen.

»Ursprünglich, Sir? Was meinen Sie damit?« Sharpe blickte in die freundlichen braunen Augen des Franzosen.

»Die Situation, M'sieu, hat sich geändert.« Er deutete auf die zerstörte Brücke. »Ich denke, Sie werden Probleme haben, das andere Ufer zu erreichen. Ja?«

Sharpe nickte, es war nicht zu leugnen.

»Ich denke, M'sieu, mein Colonel wird nach einer angemessenen Pause den Kampf wiederaufnehmen wollen.«

Sharpe lachte. Er zeigte auf die Musketen, die Gewehre, die langen Bajonette. »Sobald Sie so weit sind, Sir, sobald Sie so weit sind.«

Der Franzose lachte ebenfalls. »Ich werde mich erkundigen, M'sieu, und Ihnen rechtzeitig Bescheid geben.« Er zog eine Uhr heraus. »Sollen wir sagen, wir haben eine Stunde, in der wir uns um unsere Verwundeten kümmern können? Danach unterhalten wir uns wieder.«

Sharpe hatte keine Wahl. Eine Stunde würde seinen zweihundert Mann nicht annähernd reichen, um die Verwundeten aufzusammeln, sie trotz ihrer Schmerzen zu transportieren, sie zum Brückenaufgang zu schaffen und einen Weg ausfindig zu machen, wie man sie in Sicherheit bringen konnte. Andererseits war eine Stunde weitaus mehr, als die Franzosen brauchten, und er wusste, dass es zwecklos war, um mehr Zeit zu bitten. Der Rittmeister löste seine Zügel und schickte sich an, wieder aufzusteigen.

»Noch einmal meine Gratulation, Lieutenant.« Sharpe nickte. »Und mein aufrichtiges Bedauern. *Bonne chance!*« Er stieg auf und galoppierte zurück zum Rand des Feldes.

Sharpe führte eine Bestandsaufnahme seiner neuen Kompanie durch. Die Überlebenden aus dem Gefechtskarree hatten seinem kleinen Kommando an die siebzig Mann hinzugefügt. Leroy war der ranghöchste Offizier, doch seine Verwundung zwang ihn, Sharpe die Entscheidungen zu überlassen. Es gab noch zwei andere Lieutenants, Knowles von der Leichten Kompanie und einen Mann namens John Berry. Berry war übergewichtig mit fleischigen Lippen, ein junger Mann, der sich mürrisch nach dem Datum von Sharpes Beförderung erkundigte und sich, als er feststellte, dass Sharpe einen höheren Rang als er hatte, verdrießlich darüber beschwerte, dass man sein Pferd erschossen hatte. Sharpe hatte den Verdacht, dass Berry nur aus diesem Grund bei den Fahnen geblieben war.

Die Arbeitsmannschaften streiften den Toten die Jacken ab, zogen die Ärmel über herumliegende Musketen und schufen so provisorische Tragen, auf denen die Verwundeten zur Brücke transportiert wurden. Die Hälfte der Männer machte sich an den Haufen zu schaffen, die an der Stelle lagen, wo Sharpe und Harper über Blut und Leichen gestiegen waren, um die Fahnen zu retten, die andere Hälfte widmete sich jenen Opfern, die bis zur Brücke hin fächerförmig verstreut lagen.

Die Franzosen waren schnell fertig und begannen, zwischen den blauberockten Leichnamen der Spanier herumzustöbern. Sie zeigten nicht etwa Gnade, sondern waren darauf aus, die Toten und Verwundeten auszuplündern. Die Briten machten es genauso, man konnte sie nicht daran hindern, die Beute aus einem Kampf war die einzige Belohnung der Überlebenden.

Auf Sharpes Befehl hin sammelten die Schützen dutzendweise herrenlose Musketen auf und nahmen den Toten die Munitionsbeutel ab. Für den Fall, dass die Franzosen angriffen, hatte Sharpe vor, jeden Mann mit drei oder vier geladenen Musketen auszurüsten und die Berittenen mit einer ununterbrochenen Salve zu empfangen, welche die Angreifer vernichten würde. Das würde zwar nicht das verlorene Banner zurückbringen. Das war für immer dahin – oder zumindest bis in eine unvorstellbar ferne Zukunft, wenn möglicherweise das Heer in Paris einmarschieren und die Trophäe zurückholen würde.

Während er zwischen den Niedergemetzelten einherschritt und die Arbeit beaufsichtigte, konnte er sich eigentlich nicht vorstellen, dass die Franzosen tatsächlich vorhatten, erneut anzugreifen. Die Verluste, die sie erleiden würden, würden sie vielleicht davon abhalten. Vielleicht hofften sie auch auf seine Kapitulation.

Er half Leroy zur Brücke, stützte ihn an der Brustwehr ab und schnitt ihm die weißen Reithosen auf. Im Schenkel des Amerikaners klaffte eine dunkle, stark blutende Schusswunde, aber die Karabinerkugel war sauber auf der anderen Seite wieder ausgetreten, und Sharpe rief, Leroys offensichtlichem Ekel zum Trotz, Harper herbei, damit dieser Maden an der Wunde ansetzte, ehe er sie mit einem Tuchstreifen verband, den er aus dem Hemd eines Gefallenen herausgerissen hatte.

Forrest hatte ebenfalls überlebt, benommen und blutend hatte man ihn dort gefunden, wo die Regimentsfarben zu Boden gegangen waren, den Degen noch in der Hand. Sharpe lehnte ihn neben Leroy an die Brustwehr. Es würde noch Minuten dauern, bis Forrest sich wieder einigermaßen erholt hatte, und Sharpe bezweifelte, ob der Major, an diesem Tag weitere militärische Aktionen wagen würde.

Er stellte die Regimentsfarben bei den beiden verwundeten Offizieren ab und ließ die mächtige gelbe Fahne als Symbol der Herausforderung an die Franzosen über die Brustwehr hängen. Doch was war mit den übrigen Briten? Zweimal war er vorsichtig an den Rand des zerstörten Übergangs getreten und hatte das ferne Ufer angerufen, aber es war, als lebten die Männer dort in einer anderen Welt, als gingen sie ihren Geschäften nach, ohne das wenige Hundert Fuß entfernt angerichtete Blutbad zu bemerken. Zum dritten Mal trat Sharpe zwischen den zerbrochenen Mauersteinen hindurch auf den Brückenrest.

»Hallo!« Von der Stunde konnten höchstens noch dreißig Minuten übrig sein. Wieder legte er die Hände an den Mund. »Hallo!«

Hogan erschien, winkte ihm zu und trat auf den gegenüberliegenden Teil der zerstörten Brücke. Es war tröstlich, den blauen Rock und Zweispitz des Pioniers zu sehen, aber seine Uniform hatte sich irgendwie verändert. Sharpe konnte die Änderung nicht bestimmen, doch sie war da. Er deutete auf den Abgrund zwischen ihnen.

»Was ist vorgefallen?«

Hogan breitete die Hände aus. »Nicht mein Werk. Simmerson hat den Zünder in Brand gesteckt.«

»Mein Gott, warum?«

»Warum, meinst du? Er hat es mit der Angst bekommen. Hat geglaubt, die Franzosen würden ihn niederreiten. Tut mir leid, ich hab versucht, ihn davon abzuhalten, aber ich stehe unter Arrest.« Das war es! Hogan trug keinen Degen. Der Ire grinste Sharpe fröhlich zu. »Du übrigens auch.«

Der Lieutenant fluchte böse und ausgiebig. Hogan ließ ihn gewähren. »Ich weiß, Sharpe, ich weiß. Es ist einfach idiotisch. Und alles nur, weil wir uns geweigert haben, mit deinen Schützen einen Stoßtrupp zu bilden, erinnerst du dich?«

»Er glaubt, das hätte ihn gerettet?«

»Er muss jemandem die Schuld in die Schuhe schieben. Sich selber macht er nicht verantwortlich, also sind wir die Prügelknaben.« Hogan nahm seinen Hut ab und kratzte sich den kahlen Hinterkopf. »Mir ist es verdammt egal, Richard. Es bedeutet nur, dass wir den Spleen des Mannes ertragen müssen, bis wir wieder beim Heer sind. Danach werden wir nichts mehr davon hören. Der General wird ihn auseinandernehmen! Mach dir nur keine Sorgen!«

Es kam Sharpe lächerlich vor, mit Zurufen über die Lücke, wo sich das Wasser weiß am geborstenen Mauerwerk brach, ihren Arrest zu diskutieren. Er deutete auf die Verwundeten.

»Und was wird aus denen hier? Wir haben Dutzende von Verwundeten, und die Franzosen kommen bald zurück. Wir brauchen Hilfe. Und was tut er?«

»Tun?« Hogan schüttelte den Kopf. »Er ist wie ein Huhn, dem man den Kopf abgehackt hat. Er drillt die Männer, das tut er. Und jeder arme Teufel, der keine Muskete vorweisen kann, wird Glück haben, wenn er nur drei Dutzend Schläge erhält. Der Schweinehund weiß nicht, was er tun soll!«

»Aber um Himmels willen!«

Hogan hob die Hand. »Ich weiß, ich weiß. Ich habe ihm gesagt, dass er Holz besorgen muss und Seile.« Er zeigte auf die vierzig Fuß breite Lücke. »Ich kann zwar nicht auf Balken hoffen, die lang genug wären, um dies hier zu überbrücken, aber wir können Flöße bauen und sie euch hinüberschicken. Aber es ist kein Holz da. Wir müssen danach schicken!«

»Hat er das getan?«

»Nein.« Hogan sagte nichts mehr.

Sharpe konnte sich die Auseinandersetzung vorstellen, die er mit Simmerson geführt hatte, und er wusste, der Pionier würde sein Möglichstes getan haben. Einige Zeit tauschten sie Namen aus, wer tot war und wer verwundet. Hogan fragte nach Lennox, doch Sharpe hatte keine Nachrichten, und er fragte sich, ob der Schotte wohl tot auf dem Schlachtfeld lag. Dann ertönte Hufgetrappel, und Sharpe sah Lieutenant Christian Gibbons hinter Hogan auf die Brücke reiten. Der blonde Lieutenant starrte auf den Pionier hinab.

»Ich dachte, Sie wären unter Arrest, Captain, und nicht auf freiem Fuß?«

Hogan blickte zu dem arroganten Lieutenant auf. »Ich musste austreten.«

Sharpe lachte. Hogan winkte ihm zu, wünschte ihm Glück und begab sich zurück zum Klostergebäude, wobei er Sharpe und Gibbons zurückließ, die einander über das Wasser hinweg ansahen. Die Uniform des Lieutenants war sauber und makellos.

»Sie stehen unter Arrest, Sharpe, und ich habe Befehl, Ihnen mitzuteilen, dass Sir Henry das Kriegsgericht anrufen wird.«

Sharpe lachte. Das war die einzig mögliche Reaktion, und sie erboste den Lieutenant. »Da gibt es nichts zu lachen! Es wird Ihnen befohlen, Ihren Degen an mich zu übergeben.«

Sharpe warf einen Blick auf das Wasser. »Wollen Sie ihn sich holen, Gibbons? Oder soll ich ihn rüberbringen?«

Gibbons ignorierte die Bemerkung. Man hatte ihn auserwählt, eine bestimmte Botschaft zu überbringen, und er war entschlossen, den Auftrag auszuführen, wie immer die Schwierigkeiten aussahen. »Ferner wird Ihnen befohlen, die Regimentsfahne zurückzuerstatten.«

Es war unglaublich. Sharpe wollte kaum seinen Ohren trauen.

Er stand in der sengenden Hitze auf der zerstörten Brücke, während hinter ihm reihenweise verwundete Männer lagen, deren Schreie deutlich zu hören waren, doch Simmerson hatte seinen Neffen geschickt, um von Sharpe zu verlangen, er solle seinen Degen abliefern und die Fahne zurückgeben.

»Warum wurde die Brücke gesprengt?«

»Das geht Sie nichts an, Sharpe.«

»Das geht mich verdammt viel an, Gibbons! Ich befinde mich nämlich am falschen Ufer.« Er sah den eleganten Lieutenant an, dessen Uniform ganz und gar unbefleckt war von Blut oder Erde. Vermutlich war Simmersons Uniform in ähnlich unversehrtem Zustand. »Wollen Sie etwa die Verwundeten im Stich lassen, Gibbons? Ist es das?«

Der Lieutenant betrachtete Sharpe voller Abscheu. »Wollen Sie bitte die Fahne holen, Sharpe, und sie auf diese Seite der Brücke werfen.«

»Hauen Sie ab, Gibbons.« Sharpe sprach mit tiefer Abneigung. »Ich rede nur mit Ihrem teuren Onkel, nicht mit seinem Schoßhündchen. Die Fahne? Die bleibt hier. Ihr habt sie im Stich gelassen, und ich habe um sie gekämpft. Meine Männer haben um sie gekämpft, und sie bleibt bei uns, bis Sie uns zurück über den Fluss schaffen. Haben Sie verstanden?« Seine Stimme hob sich im Zorn. »Also, sagen Sie das Ihrem fetten Schwätzer! Er bekommt seine Fahne, aber nur mit uns als Beigabe. Und sagen Sie ihm, dass die Franzosen zu einem weiteren Angriff zurückkommen werden. Sie wollen die Fahne haben, und deshalb behalte ich meine Waffe, Gibbons, damit ich darum kämpfen kann!« Er zog die fünfunddreißig Zoll edlen Stahls. Es war keine Zeit gewesen, die Klinge zu säubern, und Gibbons konnte kaum die Augen von dem verkrusteten Blut abwenden. »Und Gibbons, wenn Sie sie haben wollen, dann kommen Sie verdammt noch mal rüber und holen Sie sie sich selber.« Er kehrte dem Lieutenant den Rücken zu, wandte sich wieder den Verwundeten und den Toten und Harper zu, der mit besorgtem Gesicht auf ihn wartete.

»Sergeant?«

»Wir haben Captain Lennox gefunden, Sir. Er ist schlimm dran.«

Sharpe folgte Harper durch die Reihen der Verwundeten, die ihn mit trüben Blicken anstarrten. Es gab so wenig, was er tun konnte! Er konnte Wunden verbinden, aber er hatte keine Möglichkeit, die Schmerzen zu lindern. Er brauchte Branntwein, einen Arzt, Hilfe. Und nun Lennox.

Das Gesicht des Schotten war fahl und vor Schmerz verzogen, aber er nickte, als Sharpe neben ihm in die Hocke ging. Sharpe überkamen Schuldgefühle, als er sich der letzten Worte erinnerte, die er nur wenige Fuß von dieser Stelle entfernt an den Captain der Leichten Kompanie gerichtet hatte. »Viel Spaß«, hatte er gesagt.

Lennox überspielte seine Schmerzen mit einem Grinsen. »Ich sagte Ihnen doch, dass er wahnsinnig ist, Richard. Und nun dies. Ich werde sterben.« Er sagte es gleichgültig.

Sharpe schüttelte den Kopf. »Das werden Sie nicht. Sie werden sich wieder erholen. Die anderen bauen Flöße. Wir schaffen Sie heim, zu einem Arzt, Sie werden wieder auf die Beine kommen.«

Darauf schüttelte Lennox den Kopf. Er bewegte ihn mit schmerzlicher Langsamkeit und biss sich auf die Lippen, als ein neuerlicher Schmerzanfall ihn durchzuckte. Die untere Hälfte seines Rumpfes war blutdurchtränkt, und Sharpe wagte es nicht, an der feuchten, zerrissenen Uniform zu ziehen, aus Angst, die Wunde zu vergrößern. Lennox seufzte tief.

»Halten Sie mich nicht zum Narren, Sharpe. Ich sterbe, und ich weiß es.« Sein schottischer Akzent kam jetzt stärker durch.

Er blickte auf, Sharpe direkt ins Gesicht. »Der Idiot hat versucht, mich dazu zu bringen, dass ich einen Stoßtrupp bilde.«

»Mich auch.«

Lennox nickte langsam und runzelte leicht die Stirn. »Ich hab es ziemlich früh abgekriegt. So ein Schweinehund hat mich mit dem Säbel aufgeschlitzt, quer über den Bauch. Ich hätte nichts dagegen tun könne.« Wieder blickte er auf. »Was ist passiert?«

Sharpe erzählte ihm, wie die Spanier die britische Formation aufgebrochen hatten, wie die Überlebenden sich gesammelt und den französischen Angriff zurückgeschlagen hatten. Dann teilte er ihm den Verlust der Farben mit. Als er vom Königsbanner sprach, zuckte Lennox vor Schmerzen zusammen. Die Schande tat mehr weh als die Wunden an seinem Körper, die ihn bald sein Leben kosten würden.

»Sir! Sir!« Ein einfacher Soldat rief nach Sharpe, doch er winkte ihn fort. Lennox versuchte etwas zu sagen, aber der Soldat war hartnäckig. »Sir!«

Sharpe drehte sich um und sah drei Chasseurs auf sich zureiten. Die Stunde musste um sein.

»Neue Probleme?« Lennox schmunzelte geschwächt.

»Ja. Aber das kann warten.«

Lennox' Hand packte die von Sharpe. »Nein. Ich kann warten. Ich werde jetzt noch nicht sterben. Hören Sie, ich habe etwas, das ich Sie fragen will. Sie und den großen Iren. Werden Sie zurückkommen? Versprechen Sie's?« Sharpe nickte. »Versprechen Sie's?«

»Ich verspreche es.« Sharpe stand auf und war überrascht, dass er sich die Augen reiben musste, um klar sehen zu können. Er begab sich zwischen den Verwundeten hindurch zu der Stelle, wo die Franzosen warteten. Der Rittmeister, der das erste Mal gekommen war, befand sich unter ihnen, und bei ihm waren zwei Kavalleristen, die neugierig die Wunden und Verstümmelungen betrachteten, die sie den Engländern mit ihren Säbeln geschlagen hatten. Sharpe salutierte, wobei ihm plötzlich klar wurde, dass er immer noch die Waffe mit der blutverkrusteten Klinge in der Hand hielt. Der französische Rittmeister verzog das Gesicht, als er ihrer ansichtig wurde.

»M'sieu.«

»Sir.«

»Die Stunde ist um.«

»Wir haben immer noch nicht all unsere Verwundeten aufgelesen.«

Der Franzose nickte ernst. Er sah sich auf dem Feld um. Da war noch genügend Arbeit für eine weitere Stunde, bevor man überhaupt daran denken konnte, mit dem Bestatten der Toten zu beginnen. Er wandte sich erneut an Sharpe und sagte leise: »Ich denke, M'sieu, Sie müssen sich als unsere Gefangenen betrachten.« Er winkte ab, als Sharpe protestieren wollte. »Nein, M'sieu, ich verstehe durchaus. Sie können die Fahne ihren Landsleuten zuwerfen, wir haben es nicht auf sie abgesehen. Aber Ihre Position ist hoffnungslos. Sie haben mehr Verwundete als Überlebende. Sie können nicht weiterkämpfen.«

Sharpe dachte an die Musketen, die er gesammelt hatte und die allesamt geladen und überprüft waren. Sie würden die Franzosen vernichten, falls sie dumm genug waren, noch einmal anzugreifen. Er deutete gegenüber dem Chasseur eine Verbeugung an.

»Sie sind zuvorkommend, Sir, aber Sie werden sehen, dass ich nicht dem Regiment angehöre, dessen Standarte Sie erobert haben. Ich bin Scharfschütze. Ich ergebe mich nicht.« Ein wenig Prahlerei, hatte er entschieden, konnte hier nicht fehl am Platze sein. Schließlich musste auch der französische Rittmeister bluffen. Er war sicher erfahren genug, um zu wissen, dass seine Männer außerstande waren, eine ordentlich geführte Infanterieformation aufzubrechen, und er hatte genügend Beweise, dass der hoch gewachsene Schütze mit dem blutigen Degen diese Art der Führung liefern konnte. Der Rittmeister nickte, als habe er diese Antwort erwartet.

»M'sieu. Sie hätten als Franzose geboren werden sollen. Dann wären Sie inzwischen Colonel.«

»Ich habe, Sir, als einfacher Soldat angefangen.«

Der Franzose war offenkundig überrascht. Es war nicht etwa ungewöhnlich, dass Soldaten aus den französischen Mannschaften Offiziere wurden, aber der Rittmeister hatte es eindeutig für unmöglich gehalten, dass so etwas auch im britischen Heer vorkommen konnte. Galant hob er den mit Silberschnüren verzierten Tschako.

»Ich gratuliere Ihnen. Sie sind ein würdiger Gegner.«

Sharpe war der Ansicht, dass die Unterhaltung wieder einmal allzu blumig und höflich wurde. Er wandte betont seine Blicke den Reihen der Verwundeten zu. »Ich muss weitermachen, Sir. Falls Sie den Wunsch haben, erneut anzugreifen, ist das Ihre Angelegenheit.«

Er wandte sich ab, doch der Franzose nahm noch einmal seine Aufmerksamkeit in Anspruch.

»Sie verstehen nicht, Lieutenant.«

Sharpe drehte sich wieder zu ihm um. »Sir, ich verstehe durchaus. Bitte gestatten Sie mir, dass ich weitermache.«

Der Rittmeister schüttelte den Kopf. »M'sieu. Ich spreche nicht von uns Chasseurs. Wir sind nur die ...«, er hielt inne, suchte nach dem passenden Wort, »... die Vorhut? Ihre Position, Lieutenant, ist tatsächlich hoffnungslos.« Er deutete zum fernen Horizont, aber dort war nichts. Der Rittmeister wartete, dann wandte er sich mit einem kläglichen Lächeln aufs Neue an Sharpe. »Mein Sinn für Effekte, Lieutenant, ist nicht besonders ausgeprägt – ich hätte sicherlich einen schrecklichen Schauspieler abgegeben.«

»Es tut mir leid, Sir. Ich verstehe nicht.«

Aber dann verstand er. Der Rittmeister brauchte nichts mehr zu sagen, denn auf dem Hügelkamm entstand plötzlich Bewegung, und Sharpe konnte auch ohne sein Fernrohr deutlich erkennen, was er dort sah. Pferde, reiterlose Pferde, nur ein Dutzend, aber Sharpe wusste, was das bedeutete. Eine Kanone! Die Franzosen hatten eine Kanone herbeigeschafft, eine Feldkanone, die seine kleine Streitmacht ins Verderben stürzen konnte. Er sah den Rittmeister an, der mit den Schultern zuckte.

»Nun verstehen Sie doch, Lieutenant?«

Sharpe starrte zum Horizont. Nur eine Kanone? Es handelte sich vermutlich um einen kleinen Vierpfünder, warum also nur eine? Waren da noch mehr im Anmarsch, oder hatten die Franzosen all ihre Bemühungen darauf konzentriert, eine einzelne Kanone ins Feld zu führen? Falls sie nicht genug Pferde hatten, konnte es sein, dass die übrigen meilenweit zurück waren. Vermutlich hatten die Chasseurs eine Botschaft an ihre Hauptstreitmacht gesandt, sie stünden zwei Infanterieregimentern gegenüber, und die Franzosen hatten so schnell sie konnten die Kanone geschickt, um beim Auseinanderbrechen der Karrees zu helfen. Im Unterbewusstsein kam ihm ein Gedanke. Er blickte den Rittmeister an.

»Das ändert nichts, Sir.« »Sie sind heute schon der Zweite, der nach meiner Waffe verlangt. Ich gebe Ihnen die gleiche Antwort. Sie müssen kommen und sie sich selber holen.«

Der Franzose lächelte, hob den eigenen Säbel und verbeugte sich. »Es wird mir ein Vergnügen sein, M'sieu. Ich vertraue darauf, dass Sie die Begegnung überleben und mir die Ehre machen werden, hinterher mit mir zu dinieren. Das Essen ist allerdings nicht gut.«

»Dann bin ich froh, dass ich nicht die Ehre haben werde, es zu kosten.«

Sharpe grinste vor sich hin, als der Rittmeister nun auf Französisch seine Befehle herunterrasselte und die drei Männer ihre Pferde hügelaufwärts lenkten. Für einen Bastard, der aus dem Mannschaftsstand aufgestiegen ist, sagte sich Sharpe, habe ich das diplomatische Spiel doch meisterhaft bewältigt. Dann fiel ihm Lennox wieder ein, und er eilte zurück, wobei er die ganze Zeit versuchte, den unbewussten Gedanken dingfest zu machen. Es gab so viel zu tun, so viele Vorkehrungen zu treffen und so wenig Zeit. Aber er hatte Lennox sein Ehrenwort gegeben. Er warf einen Blick zurück. Die Kanone rollte langsam auf ihrem Gestell den Hang herab. Ihm blieb eine halbe Stunde.

Lennox war noch am Leben. Er sprach leise und rasch auf Sharpe und Harper ein, die sich erst gegenseitig, dann wieder den Schotten ansahen und versprachen, seinen letzten Wunsch zu erfüllen. Sharpe dachte wieder an jenen Moment auf dem Schlachtfeld, da er mit ansehen musste, wie die Franzosen das Königsbanner wegschleppten. Jetzt fiel ihm auch jener flüchtige Gedanke ein, der sich seinem Zugriff entzogen hatte, und er drückte Lennox die Hand.

»Das hatte ich mir bereits selbst versprochen.«

Lennox lächelte. »Sie werden mich nicht im Stich lassen, das weiß ich. Und Harper und Sie können es schaffen, ich weiß, Sie können es.«

Sie mussten ihn zum Sterben allein lassen, es gab keine andere Wahl, aber die einzige andere Bitte des Schotten hatte darin bestanden, dass er mit einem Degen in der Hand zu sterben wünschte. Sie entfernten sich widerstrebend, und der große Sergeant blickte Sharpe an.

»Können wir es wirklich schaffen, Sir?«

»Wir haben es versprochen, oder etwa nicht?«

»Ja, aber so was hat noch keiner geschafft.«

»Dann werden wir die Ersten sein!«, meinte Sharpe grimmig. »Nun komm, wir haben zu arbeiten!« Er starrte die Kanone an. Sie kam näher gekrochen, immer näher, und er wusste jetzt, dass sein Einfall funktionieren konnte. Er war unausgereift, sicher, einige Fragen blieben bei jedem Plan offen, und Sharpe versuchte sich an die Stelle seiner Feinde zu versetzen, um die Antworten aufzuspüren. Harper nahm die Erregung im Gesicht seines Lieutenants wahr, sah dessen Hand immer wieder nach dem Knauf des Degens greifen und wartete geduldig auf seine Befehle.

Sharpe schätzte Entfernungen, Winkel, Schusslinien ab. Er war aufgeregt, die Begeisterung kehrte zurück. Trotz der Feldkanone hatte er noch Hoffnung. Er rief die Lieutenants zusammen, die Sergeants, bezog vor ihnen Stellung und schlug sich mit der Faust in die offene Handfläche.

»Hört mir zu ...«

KAPITEL 9

Zeit zum Grübeln würden sie später noch genug haben. Zeit, um über das Blutbad zu trauern, Zeit, darüber nachzudenken, was es hieß, am Leben und nicht verwundet zu sein, und vor allen Dingen Zeit, zu bedauern, dass er sich nicht länger mit dem sterbenden Lennox hatte beschäftigen können. Sharpe zog den mächtigen Degen, hob mit der Linken sein Gewehr hoch und wandte sich den einhundertsiebzig Mann zu, die in drei Reihen auf der Straße angetreten waren.

»Vorwärts!«

Während sie marschierten, ließ Sharpe seine Gedanken kurz bei der Unterhaltung mit Lennox verweilen. Hatte er den Sterbenden überzeugt? Er nahm es an. Lennox war Soldat, er begriff, dass Sharpe so wenig Zeit hatte, und der Lieutenant der Rifles war sich sicher, Erleichterung im Gesicht des Schotten erkannt zu haben. Das Versprechen einzuhalten war eine andere Sache. Zunächst musste er die Geschäfte dieses Tages hinter sich bringen.

Forrest marschierte neben ihm, ein paar Schritte vor der einzelnen Fahne, die über der kleinen Formation wehte. Der Major war eindeutig nervös.

»Wird das auch funktionieren, Sharpe?«

Der hoch gewachsene Schütze grinste. »Bisher hat es funktioniert, Major. Die halten uns für verrückt.«

Forrest hatte darauf bestanden, mitzukommen, anstatt mit den Verwundeten bei der Brücke zu bleiben. Er war immer noch ein wenig benommen, beeinträchtigt durch den Schlag auf den

Kopf, und er hatte Sharpes Angebot abgelehnt, im Angesicht des neuerlichen französischen Angriffs die Überlebenden zu befehligen. »Ich habe vor dem heutigen Tag noch nie an einer Schlacht teilgenommen«, hatte Forrest gesagt. »Bis auf die Zerschlagung einer Plünderungsaktion in Chelmsford, in der es um Nahrungsmittel ging, und ich denke nicht, dass das zählt.«

Sharpe konnte die Nervosität des Majors verstehen und war dankbar, dass Forrest einem Vorgehen seinen Segen erteilt hatte, das wie ein absolut törichtes Unterfangen aussah. Doch Sharpes Instinkt sagte ihm, dass sich der Plan umsetzen ließ. Für die beobachtenden und abwartenden Chasseurs hatte es den Anschein, als wolle die kleine britische Streitmacht Selbstmord begehen, indem sie zu einem Himmelfahrtskommando aufbrach, das keinerlei Aussicht auf Erfolg hatte, sie jedoch zumindest vor der zermürbenden Aussicht bewahren würde, von den Schüssen der französischen Kanoniere zerfetzt zu werden. Forrest hatte beinahe kläglich die Frage gestellt, warum der Feind den Kampf fortsetzen wolle, habe er nicht längst einen ausreichend großen Sieg errungen? Aber die Franzosen mussten wissen, wie jämmerlich klein Wellesleys Heer war, kaum mehr als zwanzigtausend Mann. Falls es ihnen gelang, das South Essex endgültig zu vernichten, würden die Franzosen ein Dreißigstel der britischen Infanterie los sein und damit weit größere Chancen haben, Wellesley auszuradieren, wenn die echte Schlacht begann. Davon abgesehen bot Sharpe ihnen nun Gelegenheit, eine zweite britische Fahne zu erobern, die sich durch das französische Feldlager tragen ließ, um die Soldaten von der Schwäche des neuen Feindes zu überzeugen.

»Ist die Zeit gekommen, Sharpe?« Forrest war besorgt.

»Nein, Sir, nein. Noch eine Minute.«

Sie marschierten die Straße entlang, geradewegs auf die dreihundert Yards entfernte Kanone zu. Sharpes Plan hing von zwei

Voraussetzungen ab, und der Feind war so freundlich gewesen, ihm beide Wünsche zu erfüllen. Erstens hatten sie den kleinen Vierpfünder so nahe an die britischen Reihen herangebracht, wie es die Sicherheit erlaubte. Sie würden nicht etwa massive Kanonenkugeln gegen die Infanterie einsetzen wollen. Sharpe wusste, dass sie stattdessen die Kanone mit einer Kartätsche laden würden, jener gefährlichen Ladung, die Musketenkugeln und Eisenteile enthielt und, sobald sie aus dem Kanonenrohr hervortrat, ihre tödliche Mischung in sämtliche Richtungen versprühte wie die krummen Nägel aus der Donnerbüchse eines Kutschers. Zweifellos erwarteten die Franzosen, dass die Briten auf dem unebenen Boden am Ufer in Deckung gehen würden, geschützt von der abfallenden Böschung, doch die Kartätschen hätten sie selbst dort erreicht und sie einen nach dem anderen getötet. Stattdessen marschierten die Briten geradewegs auf die Kanone zu, wie Schafe auf dem Weg zur Schlachtbank, und die französischen Kanoniere würden wohl nicht mehr als drei Schüsse abzufeuern brauchen, um sie zu zerfetzen und es der Kavallerie zu überlassen, mit den umherwankenden Überlebenden fertig zu werden.

Sharpes zweite Erwägung bezog sich auf das Verhalten der Kavallerie. Er hatte enorme Erleichterung empfunden, als sie sich zur rechten Flanke der Briten begeben hatte. Damit hatte er zwar gerechnet, aber wenn sie sich nach links zurückgezogen hätten, hätte sich der Plan niemals in die Tat umsetzen lassen. In diesem Fall hätten sie keine andere Wahl gehabt, als bei der Brücke zu sterben. Zur Rechten war der Boden nur dünn mit Leichen bedeckt, anders als zur Linken, der einen Hinderniskurs aus toten Männern und Pferden darstellte, und Sharpe hatte angenommen, dass der französische Oberst, wenn sie ungeachtet des eigenen Kanonenfeuers angriffen, freie Bahn für seine Berittenen haben wollte, die nun darauf warteten, dass die Kanone das Feuer eröffnete.

Er beobachtete die französischen Kanoniere. Sie hatten es nicht eilig, es bestand keine Notwendigkeit zur Hast, und sie blickten nur unentwegt auf die britische Streitmacht, die auf ihre Kanone zumarschiert kam. Sie zielte direkt auf Sharpe. Er konnte das schmutzige, grün gestrichene Fahrgestell sehen, das stumpf glänzende Messingrohr und die geschwärzte Mündung. Er hatte beobachtet, wie die tüchtige Kanoniersmannschaft das viereinhalb Fuß lange Rohr direkt auf die Straße ausgerichtet hatte. Soeben steckte ein blauberockter Kanonier den Tuchbeutel mit den anderthalb Pfund Schwarzpulver in die Kanone. Ein zweiter Mann rammte ihn hinein, und Sharpe sah, wie sich ein Dritter über das Zündloch beugte und mit einem Dorn zustach, damit der Tuchbeutel zerriss und das Pulver vom Zünder in Brand gesteckt werden konnte. Ein weiterer Kanonier trat mit der Kartätsche hinzu. Nun würde es nur noch Sekunden dauern, bis die Kanone schussbereit war. Er hob das Gewehr in die Luft und drückte ab.

»Jetzt!«

Seine einhundertsiebzig Mann rannten los, ein ungeordneter Lauf in arg ramponierten und ausgetretenen Stiefeln. Jeder Soldat hatte drei geladene Musketen dabei, zwei über die Schulter geschlungen und eine in der Hand. Sie blieben ungefähr auf Linie. Falls die Kavallerie eingriff, konnten sie binnen Sekunden ihre Reihen schließen und eine undurchdringliche Mauer aus Bajonetten bilden. Die französischen Kanoniere hörten den Gewehrschuss und hielten inne, um ihren Feinden bei der beschwerlichen Laufübung zuzusehen. Sie grinsten über das vergebliche Unterfangen der Männer, eine Feldkanone anzugreifen. Doch dann kam alles anders.

In den zwanzig Minuten, die seit dem Besuch des Rittmeisters verstrichen waren, hatten die Briten weiter ihre Verwundeten aufgelesen. Sharpe war sicher, dass den Franzosen nichts

Ungewöhnliches an dem Strom von Männern aufgefallen war, der sich dort, wo er und Harper die Regimentsfahne gerettet hatten, zu den dicht an dicht liegenden Leichen hin bewegte und wieder von ihnen fort. In jenen zwanzig Minuten hatte Sharpe dreißig Mann zwischen den Toten versteckt, zehn Scharfschützen, die in geliehenen roten Jacken schlaff dalagen, und zwanzig Mann vom South Essex. Jeder Schütze trug zwei Gewehre, wobei eines von einem Kameraden geborgt war, und jeder Rotrock lag mit drei geladenen Musketen da. Die Franzosen hatten sie ignoriert. Sie hatten die Kanone aufgestellt, sie auf ihr Ziel ausgerichtet und dabei nicht auf die verstreuten Leichen geachtet, die ganze hundert Schritt entfernt zu ihrer Rechten lagen. Zum Plündern würde später noch Zeit sein. Zunächst hatten sich die Kanoniere vorgenommen, die anmaßenden Briten zu vernichten, die halb rennend, halb gehend auf sie zukamen.

Harper schwitzte in seiner geliehenen Jacke. Sie war ihm viel zu klein und er hatte in beiden Achselhöhlen die Säume aufgerissen, und dennoch rann ihm der Schweiß den Rücken hinab. Die roten Jacken waren unabdingbar. Die Franzosen hatten sich an den Anblick der Toten gewöhnt und wären mit Sicherheit darauf aufmerksam geworden, wenn plötzlich drei grüne Uniformen zwischen den Leichen aufgetaucht wären. Harper hatte am meisten davor Angst gehabt, dass die Franzosen herüberschlendern könnten, um die Leichen zu fleddern, aber man hatte sie nicht beachtet. Er beobachtete, wie Sharpe auf sie zumarschierte, immer noch zweihundertfünfzig Yards entfernt, und hörte Lieutenant Knowles vor Erleichterung aufseufzen, als Sharpe endlich das Gewehr in die Luft hob. Knowles hatte offiziell den Befehl über die dreißig Mann, doch Harper war überzeugt, dass der unerfahrene Lieutenant nichts unternehmen würde, ohne zuerst mit ihm zu sprechen, und er hatte obendrein den Verdacht, dass Sharpe diesem Knowles eindeutig zu verstehen gegeben hatte, er solle die Entscheidungen gefälligst Harper überlassen.

Das Geräusch des Schusses rollte dumpf über das Feld. Erleichtert streckte Harper seine Muskeln und richtete sich in eine kniende Position auf. »Lasst euch Zeit, Freunde, die Schüsse sollen schließlich sitzen.«

Übertriebene Eile könnte ihre Absichten vereiteln. Die Schützen zielten sorgfältig, warteten, bis die Krämpfe in ihren Armen nachließen. Die ersten Schüsse würden die wichtigsten sein. Hagman war der Erste, Harper hatte damit gerechnet, und er sah anerkennend zu, wie der Wilderer aus Cheshire sich grunzend über sein Visier beugte und abdrückte. Der Kanonier, der sich soeben anschickte, den Zünder einzusetzen, drehte sich vom Kanonenrohr weg und stürzte.

Während der nächsten zwei Sekunden schlachteten acht weitere Kugeln noch drei Angehörige der Geschützmannschaft ab, während die vier Überlebenden verzweifelt in die spärliche Deckung zu kriechen versuchten, die ihnen das Hintergestell und die Räder der Kanone bot.

Nun konnte die Kanone nicht mehr abgeschossen werden. Die Kartätsche war immer noch nicht im Rohr, Harper sah sie neben einem toten Kanonier liegen, der neben dem Messingrohr zusammengesunken war, und welcher Mann auch immer den Versuch wagte, das Projektil einzuführen, konnte sicher sein, dass er von den tödlichen Gewehrkugeln niedergemäht werden würde. Die Franzosen hatten aufgehört, Gewehre auf dem Schlachtfeld einzusetzen, sie hatten auf sie verzichtet, weil sie zu langsam nachzuladen waren, diese Kanoniere jedoch lernten, dass jetzt das langsame Gewehr seine Vorteile gegenüber der schnelleren Muskete hatte, mit der niemand auf einhundert Schritt Entfernung treffsicher sein konnte.

»Feuer einstellen!« Die Schützen sahen Harper an. »Hagman!«

»Sir?«

»Halte sie im Zaum, Hagman. Gataker, Sims, Harvey!« Die drei blickten ihn erwartungsvoll an. »Ihr ladet für Hagman, ihr anderen zielt auf die Kavallerieoffiziere.«

Lieutenant Knowles legte einen Spurt ein und kauerte sich neben den Sergeant. »Gibt es für uns etwas zu tun?«

»Noch nicht, Sir. In einer Minute rücken wir vor.«

Knowles und die zwanzig Mann mit ihren Musketen waren dazu da, die Schützen zu verteidigen, falls die französische Kavallerie sie angriff, was mit Sicherheit passieren würde. Harper sah zu den Berittenen hinüber. Sie wirkten so überrascht wie die Kanoniere, saßen auf ihren Pferden und starrten die niedergemetzelten Artilleristen an, als wollten sie ihren Augen nicht trauen. Sie hatten erwartet, dass die Kanone die britische Infanterie in tausend Stücke zerfetzen würde, und nun dämmerte ihnen, dass es keine Kanone gab, keinen leichten Sieg.

Harper hob sein erstes Gewehr, stellte das Visier auf und schätzte, dass die Reiter dreihundert Yards weit weg waren. Das war ein weiter Schuss für ein Gewehr, aber nicht unmöglich, und die Franzosen hatten günstigerweise ihre ranghöchsten Offiziere zu einer kleinen Gruppe vor ihrer vordersten Linie versammelt. Während er abdrückte, hörte er andere Gewehre schießen und sah, wie sich die Gruppe auflöste. Ein Pferd stürzte, zwei Offiziere fielen tot oder verwundet zu Boden. Die Franzosen waren vorübergehend ohne Führung. Die Initiative war, wie Sharpe es geplant hatte, ganz allein auf Seiten der Briten. Harper erhob sich.

»Hagmans Leute! Schießt weiter! Ihr anderen folgt mir!«

Er rannte auf die Kanone zu, wobei er einen weiten Bogen beschrieb, damit Hagmans Schussfeld frei blieb, und die Männer folgten ihm. Der Plan hatte vorgesehen, dass die Schützen die Kanoniere töten und es Sharpes Kompanie überlassen sollten, die Kanone zu erobern, aber Harper konnte sehen, dass sein Lieutenant immer noch einen langen Weg vor sich hatte, und weder er noch Sharpe hatten damit gerechnet, dass die Kanone so zweckdienlich nahe an ihrem Hinterhalt platziert werden würde.

Knowles war von Harpers Ansturm auf die Kanone überrascht worden, doch die Begeisterung des riesenhaften Iren war so ansteckend, dass er schließlich selbst die Rotröcke anspornte, während sie den Leichen auswichen und auf die Kanone zurannten, die immer größer vor ihnen aufragte. Die überlebenden Artilleristen warfen einen Blick auf die Scheintoten, die zum Leben erwacht waren, und ergriffen die Flucht. Während Harper im Sprint die letzten paar Yards überwand, merkte er, dass Hagman das sporadische Feuer ganz eingestellt hatte, und dann war der Ire am Ziel, er legte die Hände auf das Messingrohr, und die Männer umringten ihn.

»Sir?«

»Sergeant?« Knowles keuchte.

»Zwei Reihen zwischen der Kanone und der Kavallerie?« Harper ließ seine Aufforderung wie eine Bitte klingen, aber Knowles nickte, als habe es sich um einen Befehl gehandelt. Der junge Lieutenant war schrecklich nervös. Er hatte mit angesehen, wie sein neues Bataillon durch Kavallerie aufgerieben wurde, hatte beobachtet, wie das Königsbanner vom Feld gezerrt worden war, während er mit dem Degen, den ihm sein Vater für fünfzehn Guineas bei Kerrigan's in Birmingham gekauft hatte, die Säbel abwehrte. Er hatte verfolgt, wie Sharpe und Sergeant Harper die Regimentsfahne zurückgeholt hatten, und war von ihrer Aktion verblüfft gewesen. Nun wollte er den Schützen beweisen, dass seine Männer ebenso tüchtig kämpfen konnten, und er ließ seine kleine Schar antreten und starrte der Kavallerie entgegen, die sich endlich in Bewegung gesetzt hatte. Es hatte den Anschein, als kämen einhundert Berittene direkt auf die Kanone zu, während die Übrigen in Sharpes Richtung ausschwärmten.

Knowles erinnerte sich der Säbel, des Geruchs der Angst, und er schloss die Hand fester um seinen Degen. Er war entschlossen, Sharpe nicht im Stich zu lassen. Er dachte an die Worte, die dieser an ihn gerichtet hatte, an die Hände, die seine Schultern gepackt, an die Augen, die ihn durchbohrend angeblickt hatten. »Warten Sie ab!«, hatte Sharpe gesagt. »Warten Sie, bis sie noch vierzig Schritt entfernt sind, dann schießen Sie die Salve ab. Warten, warten, warten!«

Knowles fand es unglaublich, dass er den gleichen Rang hatte wie Sharpe, er war sich sicher, dass er es nie zu diesem mühelosen Befehlston bringen würde, der bei dem hoch gewachsenen Schützen so natürlich wirkte. Außerdem empfand Knowles Scheu vor den Franzosen, sie waren die Eroberer Europas, während Sharpe in ihnen Männer sah, die überlistet und niedergekämpft werden konnten. Knowles wünschte sich sehnlichst dieses Selbstvertrauen. Doch stattdessen war er nervös. Er wollte seine erste Salve jetzt gleich abfeuern, um die französischen Pferde aufzuhalten, solange sie noch hundert Schritt weit entfernt waren, aber er beherrschte seine Angst und beobachtete den Vormarsch der Berittenen, sah zu, wie einhundert Säbel mit einem schabenden Laut aus den Scheiden fuhren und in Reihen gekrümmten Lichts die Nachmittagssonne einfingen.

Harper kam und stellte sich neben ihn.

»Wir haben den Schweinehunden etwas zu bieten, Sir.«

Er hörte sich so fröhlich an! Knowles schluckte, zwang sich, den Degen unten zu halten. Abwarten, sagte er sich, und er war überrascht, zu hören, dass er es laut gesagt hatte und dass seine Stimme ruhig klang. Er sah seine Männer an. Sie vertrauten ihm!

»Gut gemacht, Sir. Darf ich?« Harper hatte leise gesprochen. Knowles nickte, obwohl er nicht recht wusste, was da vorging.

»Peloton!« Harper stand vor der kurzen Front von Männern. Er deutete auf die zehn Mann zur Rechten. »Seitwärts, vier Schritt. Marsch!« Dann zur Linken der gleiche Befehl.

»Peloton! Rückwärts. Marsch!«

Knowles zog sich mit den anderen zurück. Er sah, dass die Franzosen ihre Pferde antraben ließen, und dann begriff er. Während er dagestanden und auf die Franzosen gestarrt hatte, hatten die Schützen die Kanone bewegt! Sie war nicht mehr auf die Straße ausgerichtet, sondern zielte auf die französische Kavallerie. Irgendwie hatten sie es außerdem geschafft, sie zu laden, und die Kartätsche, ursprünglich dazu bestimmt, die Briten von der Straße zu fegen, wie eine Hausfrau mit dem Besen die Kakerlaken vertreibt, bedrohte nun die französische Kavallerie. Harper stand hinter der Kanone, ein Stück vom Rad entfernt. Die Kanoniere hatten einen Großteil des Ladevorgangs besorgt, und die Schützen hatten die Kartätsche ins Rohr geschoben und den langsam brennenden Zündstock gefunden, an dessen Ende eine rote Flamme züngelte. Die Zündschnur steckte im Zündloch. Es handelte sich um ein Schilfrohr, das mit feinem Pulver gefüllt war, und wenn Harper es berührte, würde das Feuer durch das Rohr nach unten schießen und die Pulverladung in ihrem Tuchbeutel entzünden.

»Noch nicht feuern!« Harper brüllte laut, er wollte verhindert, dass die unerfahrenen Männer des South Essex schossen, wenn die Kanone losging. »Noch nicht feuern!«

Die Kavallerie war noch siebzig Yards entfernt, spornte soeben die Pferde zum Galopp an, zehn Reiter in der vordersten Reihe. Harper schätzte, dass fünfzig Mann es auf die kleine Schar um die Kanone herum abgesehen hatten und dass weitere fünfzig in Reserve waren. Er berührte mit dem Zündstock das Schilfrohr. Es zischte, aus dem Zündloch stieg ein Qualmwölkchen, dann eine enorme Explosion. Grauweißer Rauch quoll aus der Mündung. Die Kanone auf ihren fünf Fuß hohen Rädern fuhr mit einem Ruck ihre gesamten fünfzehn Zentner zurück, sodass sich das Hinterende des Gestells in den Boden bohrte und die Räder hochsprangen.

Die Kartätsche aus dünnem Metall platzte, sobald sie aus dem Rohr war, und Harper konnte durch den Qualm hindurch erkennen, wie die Musketenkugeln und die Metallsplitter die Kavallerie vom Feld fegten. Die ersten drei Reihen waren vernichtet, die beiden hinteren benommen und unfähig, weiter vorzudringen, über die blutigen Leichen und die Verwundeten hinweg, die sich blutend und im Schock taumelnd aufzurichten versuchten. Harper hörte Knowles brüllen.

»Noch nicht feuern! Noch nicht feuern!«

Guter Junge, dachte der Ire. Die Kavallerie war nach beiden Seiten vor dem Blutbad ausgewichen, ein Teil der Reserve galoppierte heran, aber die Berittenen wirkten von der plötzlichen Explosion wie betäubt. Sie kamen weiter auf die Kanone zu, hielten sich jedoch außerhalb ihrer Schusslinie, und Knowles behielt die beiden Flügelreihen der Reiter beim Näherkommen im Auge. Er wartete, wartete, bis sie ihren Pferden die Sporen gaben, um die letzten paar Schritte im Galopp zu überwinden, dann ließ er den erhobenen Degen niedersausen.

»Feuer!«

Die Musketen spien Feuer und Rauch. Die vorderen Pferde stürzten und bildeten für die Nachdrängenden ein Hindernis.

»Musketen wechseln!« In Knowles regten sich Selbstvertrauen und die Erkenntnis, dass er mit der Situation fertig werden konnte!

»Feuer!«

Eine zweite Salve vernichtete die Reiter, die versuchten, die Flanken der Kanone zu erreichen. Weitere Pferde kamen zu Fall, weitere Männer wurden in einem Wirbel aus Armen und Beinen, Säbeln und Säbelscheiden aus den Sätteln gehoben. Die Berittenen hinter ihnen machten weiter, schwenkten zum Hinterende der Kanone, die Gewehre mischten sich mit ihren schärferen Schüssen ins Gefecht, und weitere Pferde fielen ihnen zum Opfer. Knowles war verblüfft, vor der Kanone keine Berittenen mehr entdecken zu können. Er ließ seine Männer kehrtmachen, die auf die dritte Muskete wechselten und über die Köpfe der knienden Scharfschützen hinweg eine dritte Salve abschossen.

»Danke, Sir!«

Harper grinste dem Lieutenant zu. Die Kavallerie war verschwunden, zerfetzt von der Kartätsche, verwundet von den Salven aus nächster Nähe, am Nahkampf mit der Infanterie durch ganze Barrikaden aus toten und verletzten Pferden gehindert.

Knowles veranlasste seine Männer, mit dem Nachladen zu beginnen, und Harper wandte sich wieder der Kanone zu. Es gab so vieles, woran man zu denken hatte. Wischer raus, Spundloch schließen. Er wies die Schützen an, die eroberte Kanone neu zu laden.

Sharpe hatte den Vierpfünder feuern gesehen, hatte beobachtet, wie die Berittenen in Scharen blutend zu Boden gingen, dann hatte er sich den Chasseurs zugewandt, die seine eigene Formation angriffen. Als die Kavallerie näher gekommen war, hatte er die drei Reihen angehalten, hatte sie veranlasst, den Franzosen zugewandt Stellung zu beziehen – bis auf die hinterste Reihe, die kehrtmachte, um sich mit den Reitern zu befassen, welche die kleine Formation umrunden würden.

Die Kavalleristen befanden sich in kriegerischer Stimmung. Man hatte sie um einen leichten Sieg gebracht, die Kanone war ihnen weggenommen worden, aber da war immer noch die vorwitzige Fahne, die über dem kleinen Infanterietrupp wehte. Sie kamen auf Sharpe zugeritten, ihre Disziplin war dahin, ihre Stimmung nur noch von Rachsucht geprägt und von der Entschlossenheit, diese kleine Streitmacht so niederzumachen, wie ein Stiefelabsatz einen Skorpion zertritt. Sharpe sah sie kommen. Forrest warf ihm einen nervösen Blick zu und räusperte sich, doch Sharpe schüttelte den Kopf.

»Abwarten, Major, immer abwarten.«

Er und Forrest standen unter der herausfordernden Fahne. Sie verhöhnte die Franzosen. Sie hielten darauf zu, die Trompete blies markerschütternd zum Angriff, die Chasseurs verlangten brüllend nach Rache, hoben ihre Säbel – und starben einer nach dem andern.

Sharpe hatte sie auf vierzig Yards herankommen lassen, und die Salve vernichtete die vorderste Reihe, die den Briten gegenübertrat. Die zweite Reihe der französischen Reiter spornte ihre Pferde an. Sie waren zuversichtlich. Hatten die Briten nicht gerade ihre Salve abgegeben? Sie sprangen über die zappelnden Überreste der vordersten Linie hinweg und sahen zu ihrem Entsetzen, dass die rotberockten Reihen nicht etwa mit dem Nachladen beschäftigt waren, sondern ruhig erneut ihre Musketen in Anschlag brachten. Einige zerrten verzweifelt an den Zügeln aber es war zu spät. Die Salve aus Sharpes zweitem Satz von Musketen ließ die Pferde neben den Leichen der vordersten Linie zu Boden gehen.

»Musketen wechseln!«

Die hintere Reihe schoss, einmal, dann noch einmal. Sharpe

wirbelte herum, aber die erfahrenen Sergeants hatten ihre Sache gut gemacht. Seine Männer waren von toten oder sterbenden Pferden umgeben. Benommene und verwundete Chasseurs kämpften sich aus dem Gewühl hervor und rannten über das weite Feld davon. Die Franzosen hatten allen Zusammenhalt verloren und damit auch jede Chance auf einen weiteren Angriff.

»Kehrt nach links! Vorwärts!«

Sharpe rannte los. Er konnte Harper und Knowles sehen. Der junge Lieutenant wirkte gelassen, und der Ring toter Franzosen bewies, dass Knowles seine Lektion gelernt hatte. Die Kanone schoss zum zweiten Mal, hüllte die Gruppe in Rauch. Sharpe warf einen Blick zurück und sah weitere Reiter fallen, die sich soeben zu seiner Rechten neu formieren wollten. Einige wenige Berittene galoppierten immer noch um sie herum. Einmal blieb Sharpe stehen und ließ aus zwanzig Musketen eine Salve abfeuern, um eine Schar von sechs Chasseurs zu verscheuchen, die auf ihre Flanke zugaloppiert kamen. Dann erreichten seine Männer die Kanone.

Sharpe packte Harper, klopfte ihm auf den Rücken, grinste zu dem riesenhaften Iren auf und wandte sich ab, um Knowles zu gratulieren. Sie hatten es geschafft! Hatten die Kanone erobert, hatten die Kavallerie zurückgeschlagen, hatten an Männern und Pferden großen Schaden angerichtet, alles, ohne selbst einen einzigen Kratzer abzubekommen.

Und damit war es zu Ende. Sharpe wusste, dass die Franzosen nun, da sich die Kanone in seiner Hand befand, nicht wagen würden, noch einmal anzugreifen. Er beobachtete, wie sie weit außerhalb der Schusslinie ihre Kreise zogen, während sich die Briten zum Karree formierten. Forrest strahlte und sah ganz wie ein Bischof aus, der gerade einen besonders erfreulichen Konfirmationsgottesdienst abgehalten hat.

»Wir haben es geschafft, Sharpe! Wir haben es geschafft!«
Sharpe blickte zu der Fahne, die über dem kleinen Karree
wehte. Ein kleiner Teil ihrer Ehre war wiederhergestellt, zwar
nicht genug, aber ein wenig doch. Eine französische Kanone
war erobert worden, die Chasseurs waren übel zugerichtet
worden, der eine oder andere Angehörige des South Essex
hatte zu kämpfen gelernt. Aber das war nicht alles. Am Hinterende der erbeuteten Kanone waren Seile befestigt und um das
Gestell geschlungen. Lange, dicke, französische Seile, die ebenso gut eine zerstörte Brücke überspannen konnten, wie eine
Kanone steile Hänge hinaufzuziehen. Seile und Holz, alles, was
er brauchte, um damit zu beginnen, die Verwundeten über den
Fluss zu schaffen.

Von der Brücke aus beobachtete Lennox, wie ein Offizier
der Chasseurs im Schritt auf das britische Karree zugeritten
kam. Neue Verhandlungen, aber für ihn war es zu spät. Der
Schotte fror und fühlte sich benommen. Der Schmerz war
vorbei, und er wusste, dass es nicht mehr lange dauern würde.
Instinktiv griff er nach dem Degen, mit dem er nun in einen
besseren Himmel ziehen würde, vielleicht dorthin, wo seine
Frau auf ihn wartete.

Er war zufrieden, träge, aber zufrieden. Er hatte Sharpes
selbstmörderischen Vormarsch beobachtet, hatte sich gefragt,
was er vorhatte, hatte dann das charakteristische Krachen der
Gewehre gehört, hatte die Gestalten auf die Kanone zurennen
gesehen und hatte beobachtet, wie sich die französische Kavallerie an den massierten Salven der Infanterie aufrieb. Nun war
es vorbei. Die Franzosen würden ihre Verwundeten aufsammeln und abziehen, und Sharpe würde zur Brücke zurückkehren. Und er würde das Versprechen einhalten, davon war Lennox nunmehr überzeugt. Ein Mann, der die Eroberung dieser
Kanone planen konnte, musste kühn genug sein, zu tun, was

Lennox verlangt hatte. So konnte das Geschäft dieses Tages von Schande befreit werden.

Das Bild der Fahne, am anderen Ende des rauchverhüllten Feldes, trübte den Blick des Schotten. Die Sonne war heiß, aber zugleich war sie verdammt kalt. Er packte den Degen und schloss seine Augen.

KAPITEL 10

»Verflucht sollen Sie sein, Sharpe! Ich werde Sie kleinkriegen! Ich werde dafür sorgen, dass Sie nie wieder Offizier spielen dürfen! Sie werden in die Gosse zurückwandern, wo Sie hergekommen sind!« Simmersons Gesicht war wutverzerrt. Selbst seine Henkelohren waren vor Zorn gerötet. Er stand neben Gibbons und Forrest, und der Major versuchte ohne Erfolg, Sir Henrys Wut Einhalt zu gebieten. Der Colonel schüttelte Forrests Arm von seinem Ellbogen ab. »Ich stelle Sie vors Kriegsgericht! Ich werde an meinen Vetter schreiben. Sharpe, Sie sind am Ende! Erledigt!«

Sharpe stand auf der anderen Seite des Raums, mit starrem Gesicht, denn er bemühte sich, den eigenen Zorn und Ingrimm zu beherrschen. Er blickte aus dem Fenster. Sie befanden sich wieder in Plasencia, im Mirabel-Palast, der Wellesleys provisorisches Hauptquartier darstellte, und er blickte die Sancho-Polo-Straße entlang auf die geduckten Giebel des ärmeren Viertels, die sich innerhalb der Stadtmauern drängten. Pferdegespanne kamen dort unten vorbei, elegante Equipagen mit uniformierten Kutschern, in denen verschleierte spanische Damen mit unbekanntem Ziel reisten.

Das Bataillon hatte sich am vergangenen Abend mühsam heimgeschleppt, seine Verwundeten in Ochsenkarren mit sich führend, deren massive Radachsen, meinte Harper, kreischten wie Banshees, irische Totengeister. In den ununterbrochenen Lärm mischten sich die Schreie der Verwundeten. Viele waren gestorben, und viele würden in den Tagen, die vor ihnen lagen, im langsamen Würgegriff des Wundbrands sterben. Sharpe war unter Arrest gestellt worden, man hatte ihm seinen Degen abgenommen, und er war in den Reihen seiner ungläubigen Schützen marschiert, die zu dem Schluss kamen, dass die Welt den Verstand verloren hatte, und sich schworen, ihn zu rächen, falls Simmerson seinen Willen durchsetzte.

Die Tür ging auf, und Lieutenant Colonel Lawford betrat den Raum. Sein Gesicht hatte nichts von jener Lebhaftigkeit, die Sharpe bei ihrem Wiedersehen vor gerade fünf Tagen erlebt hatte. Er blickte kaltschnäuzig in die Runde. Wie das übrige Heer empfand auch er die Erniedrigung und die Schande, die der Verlust der Fahne mit sich brachte. »Gentlemen.« Seine Stimme war von eisiger Höflichkeit. »Sir Arthur wird Sie jetzt empfangen. Sie haben zehn Minuten.«

Simmerson stolzierte durch die offene Tür, Gibbons dicht hinterdrein. Forrest bedeutete Sharpe, ihm vorauszugehen, doch Sharpe blieb zurück. Der Major lächelte ihm zu, ein hoffnungsloses Lächeln. Forrest hatte sich in diesem Gespinst von Blutvergießen und Schuld verloren.

Der General saß an einem schlichten Eichentisch, der mit Papieren und handgezeichneten Karten beladen war. Es gab keinen Sitzplatz für Simmerson, daher nahmen die vier Offiziere vor dem Tisch Aufstellung wie Schuljungen, die man zum Rektor zitiert hat. Lawford ging hinter dem General in Position, der sie allesamt ignorierte und mit einem Federkiel auf einem Blatt Papier weiterkritzelte. Schließlich hatte er den Satz zu Ende geschrieben. Wellesleys Gesichtsausdruck war nicht zu deuten.

»Nun, Sir Henry?«

Sir Henry Simmersons Augen schweiften unstet durch den Raum, als könnten ihm die Wände Erleuchtung verschaffen. Der Tonfall des Generals war frostig gewesen. Der Colonel leckte sich die Lippen und räusperte sich.

»Wir haben die Brücke vernichtet, Sir.«

»Und Ihr Bataillon.«

Die Worte wurden leise ausgesprochen. Sharpe hatte Wellesley schon einmal so gesehen, er wusste, dass der General hinter der zur Schau getragenen Gelassenheit seinen maßlosen Zorn verbarg.

Simmerson schnüffelte und warf den Kopf zurück. »Das war wohl kaum meine Schuld, Sir.«

»Ah!« Die Augenbrauen des Generals hoben sich. Er legte die Feder beiseite und lehnte sich zurück. »Wessen Schuld ist es dann, Sir?«

»Ich bedaure, Ihnen mitteilen zu müssen, Sir, dass Lieutenant Sharpe einen Befehl missachtet hat, obwohl er ihm gegenüber mehrfach wiederholt wurde. Major Forrest hat gehört, wie ich den Befehl an Lieutenant Gibbons weitergegeben habe, der ihn daraufhin Sharpe überbracht hat. Mit diesem Verhalten hat Lieutenant Sharpe das Bataillon dem Feind ausgesetzt und es verraten.« Simmerson hatte sein vorher zurechtgelegtes Thema gefunden, und er erwärmte sich für seine Aufgabe. »Ich verlange, Sir, dass Lieutenant Sharpe vor ein Kriegsgericht gestellt wird ...«

Wellesley hob die Hand und brachte Simmersons Redefluss zum Stillstand. Er blickte beinahe beiläufig zu Sharpe hinüber, und es lag etwas Furchteinflößendes in den blauen Augen über der mächtigen Hakennase, jenen Augen, die sahen, urteilten und deren Blick ganz und gar unergründlich war. Nun wandten sie sich Forrest zu.

»Sie haben diesen Befehl gehört, Major?«

»Ja, Sir.«

»Sie, Lieutenant. Was ist vorgefallen?«

Gibbons zog die Augenbrauen hoch und warf einen Blick auf Sharpe. Sein Ton war gelangweilt, überheblich. »Ich habe

Lieutenant Sharpe angewiesen, seine Schützen ausschwärmen zu lassen, Sir. Er hat sich geweigert. Captain Hogan hat sich seiner Weigerung angeschlossen.«

Simmerson machte ein zufriedenes Gesicht. Die Finger des Generals führten einen kurzen Trommelwirbel auf dem Tisch aus. »Ah, Captain Hogan. Ich habe ihn vor einer Stunde gesehen.« Wellesley zog ein Blatt Papier hervor und betrachtete es. Sharpe war klar, dass er eine Vorstellung gab. Wellesley wusste genau, was auf dem Papier stand, aber er machte die Sache spannend. Die blauen Augen richteten sich erneut auf Simmerson, der Ton seiner Stimme war nach wie vor milde. »Ich habe viele Jahre mit Captain Hogan zusammen gedient, Sir Henry. Er war in Indien dabei. Ich habe immer wieder feststellen können, dass er ein vertrauenswürdiger Mann ist.« Er hob fragend die Brauen, als wolle er Simmerson auffordern, ihn zu korrigieren. Simmerson nahm selbstverständlich die Einladung an.

»Hogan, Sir, ist Pionier. Er war nicht fähig, Entscheidungen bezüglich des Einsatzes der kämpfenden Truppe zu treffen.« Er wirkte zufrieden mit sich, ja sogar begierig darauf, Wellesley zu zeigen, dass er es trotz ihrer politischen Differenzen gut mit dem General meinte.

Irgendwo im Palast summte laut eine Uhr, dann schlug sie zehn. Wellesley saß da und klopfte mit den Fingern auf den Tisch, dann hob er den Blick blitzartig zu Simmerson.

»Ihr Ersuchen ist abgelehnt, Sir Henry. Ich werde Lieutenant Sharpe nicht vors Kriegsgericht stellen.« Er hielt eine Sekunde lang inne, blickte auf das Papier, dann wieder zu Simmerson hinüber. »Wir haben bezüglich Ihres Bataillons zu entscheiden, Sir Henry, ich denke, Sie sollten besser dableiben.«

Lawford begab sich zum Ausgang. Wellesleys Stimme hatte hart und kalt geklungen, sein Tonfall entschieden, aber Simmerson explodierte und wurde vor Empörung laut.

»Er hat meine Fahne preisgegeben! Er war ungehorsam!«
Wellesleys Faust schlug krachend auf den Tisch. »Sir! Ich
weiß Bescheid, was für einen Befehl er verweigert hat! Ich hätte
es ebenso gemacht! Sie hatten vor, einen Stoßtrupp gegen die
Kavallerie auszusenden! Stimmt das, Sir?«

Simmerson sagte nichts. Er war bestürzt über den jähen Zorn
in Wellesleys Stimme, die jetzt fortfuhr: »Erstens, Sir Henry,
hatten Sie kein Recht, Ihr Bataillon über die Brücke zu führen.
Das war unnötig, reine Zeitverschwendung und obendrein verdammt idiotisch. Zweitens.« Er zählte es an den Fingern ab.
»Nur ein Narr kommt auf den Gedanken, Stoßtrupps gegen Kavallerie auszusenden. Drittens. Sie haben dem gesamten Heer,
an dessen Aufstellung ich ein ganzes Jahr gearbeitet habe, Schande bereitet, im Angesicht unserer Feinde wie unserer Verbündeten. Viertens.« Wellesleys Stimme war schneidend. »Die einzige
verdienstvolle Tat, die in diesem elenden Scharmützel vollbracht
wurde, verdanken wir Lieutenant Sharpe. Wie ich hörte, Sir, hat
er eine der verlorenen Fahnen zurückerobert und obendrein
eine französische Kanone erbeutet, die er mit einiger Wirkung
gegen die Angreifer eingesetzt hat. Stimmt das?«

Niemand sagte etwas. Sharpe blickte starr geradeaus auf ein
Bild an der Wand hinter dem General. Er hörte Papier rascheln.
Wellesley hatte das Blatt vom Tisch genommen. Seine Stimme
senkte sich.

»Außer Ihrer Fahne, Sir, haben Sie zweihundertvierzig Mann
durch Tod oder Verwundung verloren. Sie haben einen Major
verloren, drei Captains, fünf Lieutenants, vier Ensigns und zehn
Sergeants. Sind meine Zahlen korrekt?« Wieder sagte niemand
etwas. Wellesley erhob sich. »Ihre Befehle, Sir, waren die eines
Narren! Ich schlage vor, Sir Henry, Sie hissen das nächste Mal
gleich die weiße Flagge und ersparen den Franzosen die Mühe,
überhaupt erst die Säbel hervorzuholen! Die Aufgabe, die Sie zu

erledigen hatten, Sir, hätte von einer Kompanie ausgeführt werden können. Ich war aus diplomatischen Gründen gezwungen, ein ganzes Bataillon zu binden, und ich habe das Ihre ausgesandt, Sir, damit Ihre Männer einen Blick und einen Vorgeschmack auf die Franzosen erhalten. Das war mein Fehler! Resultat ist unter anderem, dass sich eine unserer Fahnen nun auf dem Weg nach Paris befindet, um vor dem Pöbel zur Schau gestellt zu werden. Sagen Sie es mir ruhig, wenn ich Ihnen Unrecht tue.«

Simmerson war erbleicht. Sharpe hatte Wellesley noch nie so wütend gesehen. Er schien die Gegenwart der anderen vergessen zu haben und richtete seine Worte mit strafender Gewalt direkt gegen Simmerson.

»Sie haben kein Bataillon mehr, Sir Henry. Es hat zu existieren aufgehört, als Sie Ihre Männer und eine der Fahnen preisgegeben haben! Das South Essex ist ein Regiment in Bataillonsstärke, nicht wahr?« Simmerson nickte und gab zustimmendes Gemurmel von sich. »Demnach können Sie Ihre Mannschaften wohl kaum aus der Heimat aufstocken. Ich wünschte, Sir Henry, ich könnte Sie nach Hause schicken! Aber ich kann es nicht. Mir sind die Hände gebunden, Sir, durch das Parlament, durch die Horse Guards und durch intrigante Politiker wie Ihren Vetter. Deshalb erkläre ich Ihr Bataillon, Sir Henry, zum Sonderbataillon. Ich werde persönlich für die Bestallung neuer Offiziere sorgen und Männer für Ihre Truppe rekrutieren. Sie werden in General Hills Division Dienst tun.«

»Aber, Sir! Sir?« Simmerson war von diesen Neuigkeiten überwältigt. Ein Sonderbataillon? Das war undenkbar! Er erhob stammelnd Protest. Wellesley unterbrach ihn.

»Ich werde Ihnen eine Liste der Offiziere verschaffen. Wollen Sie mir etwa zu verstehen geben, dass Sie bereits Beförderungen zugesagt haben?«

Simmerson nickte. Wellesley sah auf das Blatt Papier, das er in der Hand hielt. »Wem, Sir Henry, haben Sie den Oberbefehl über die Leichte Kompanie gegeben?«

»Lieutenant Gibbons, Sir.«

»Ihrem Neffen?« Wellesley hielt inne, um sicherzugehen, dass Simmerson ihm antwortete. Der Colonel nickte betrübt. Wellesley wandte sich an Gibbons.

»Sie waren mit dem Befehl Ihres Onkels einverstanden, einen Stoßtrupp gegen die Kavallerie auszusenden?«

Gibbons saß in der Falle. Er leckte sich die Lippen, zuckte mit den Schultern und stimmte schließlich zu. Wellesley schüttelte den Kopf.

»Dann sind Sie eindeutig ungeeignet, die Leichte Kompanie zu führen. Nein, Sir Henry, ich gebe Ihnen einen der besten Einzelkämpfer im britischen Heer an die Hand, um Ihre Leichte Truppe anzuführen. Ich habe ihn zum Captain ernannt.«

Simmerson sagte nichts. Gibbons war fahl vor Wut. Lawford grinste Sharpe an, und der Scharfschütze spürte, wie sich in ihm die Hoffnung regte. Der General ließ seine Blicke zwischen Sharpe und Simmerson hin und her schweifen.

»Ich kann mir wenige Männer vorstellen, Sir Henry, die im Kampfeinsatz bessere Führer der Leichten Truppen wären als Captain Sharpe.«

Er war überwältigt, er hatte es geschafft, er hatte es hinter sich! Es kam nicht darauf an, dass er weiter mit Simmerson zusammen sein musste, er war Captain geworden! Captain Sharpe! Er konnte Wellesleys übrige Worte kaum hören, sein Sieg war komplett, der Feind in die Flucht geschlagen! Er war Captain. Was machte es schon, dass seine Ernennung nur eine vorläufige Beförderung darstellte, die von der Zustimmung der Horse Guards abhing? Ihm genügte es vorerst. Captain! Captain Richard Sharpe vom Sonderbataillon.

Wellesley beendete die Audienz. Simmerson schwang sich

zu einem letzten Einwand auf. »Ich werde mich brieflich...«, Simmerson war entrüstet, klammerte sich an jeden Fetzen Würde, den er aus der Sturmflut von Wellesleys Verachtung zu retten vermochte, »...ich werde mich brieflich an Whitehall wenden, Sir, und man wird dort die Wahrheit erfahren!«

»Sie können tun, was Ihnen beliebt, Sir, wenn Sie nur so freundlich sein wollen, mich nicht bei der Kriegsführung zu behindern. Guten Tag.«

Lawford öffnete die Tür. Simmerson setzte seinen Zweispitz auf und die vier Offiziere wandten sich zum Gehen. Wellesley ergriff noch einmal das Wort.

»Captain Sharpe!«

»Sir?« Es war das erste Mal, dass man ihn Captain nannte.

»Auf ein Wort.«

Lawford schloss hinter den drei anderen die Tür. Wellesley blickte Sharpe an, und sein Gesicht hatte nach wie vor einen grimmigen Ausdruck. »Sie haben sich einem Befehl widersetzt.«

»Ja, Sir.«

Wellesley schloss die Augen. Er wirkte müde. »Ich habe dennoch keinerlei Zweifel, dass Sie sich den Rang eines Captains verdient haben.« Er öffnete die Augen. »Ob Sie ihn behalten werden, Sharpe, ist eine andere Sache. Ich habe in diesen Dingen keine Verfügungsgewalt, und es ist denkbar, wenn nicht gar wahrscheinlich, dass die Horse Guards meine diesbezüglichen Entscheidungen rückgängig machen werden. Ist Ihnen das klar?«

»Jawohl, Sir!« Sharpe glaubte, verstanden zu haben. Wellesleys Feinden war es erst im vergangenen Jahr gelungen, ihn vor einen Untersuchungsausschuss zu zerren, und eben diese Feinde wünschten ihm nun ausschließlich Niederlagen an den Hals. Sir Henry gehörte zu ihnen, und der Colonel hatte sich bestimmt längst darangemacht, den Brief zu entwerfen, der nach London gesandt werden würde. Dieser Brief würde Sharpe die Schuld zuschieben und, weil dieser für ihn Partei ergriffen hatte, auch für Wellesley gefährlich sein. »Danke, Sir.«

»Bedanken Sie sich nicht bei mir. Ich habe Ihnen vermutlich keinen Gefallen getan.« Er blickte mit spöttischem Widerwillen zu Sharpe auf. »Sie haben die Angewohnheit, Sharpe, sich Dankbarkeit durch Methoden zu verdienen, die es verdient hätten, verdammt zu werden. Habe ich mich klar ausgedrückt?«

»Jawohl, Sir.« Sollte das eine Strafpredigt sein? Sharpe verzog keine Miene.

In Wellesleys Gesicht blitzte Ärger auf, doch er beherrschte sich und ersetzte ihn recht übergangslos durch ein wehmütiges Lächeln. »Ich freue mich, Sie wohlbehalten zu sehen.« Er lehnte sich zurück. »Ihre Laufbahn zu beobachten ist immer wieder interessant, Sharpe, obwohl ich ununterbrochen die Befürchtung habe, dass sie ein jähes Ende nehmen wird. Guten Tag, Captain.«

Der Federkiel wurde wieder aufgenommen und begann über das Papier zu kratzen. Es gab echte Probleme zu bewältigen. Die Spanier hatten die versprochenen Nahrungsmittel nicht geliefert, der Heeressold war nicht eingetroffen, die Kavallerie brauchte Hufeisen und Nägel, und es bestand Bedarf an Ochsenkarren, immer mehr Ochsenkarren. Außerdem hatten sich die Spanier als unschlüssig erwiesen. An einem Tag waren sie ganz auf Angriff und Ruhm eingestellt, am nächsten predigten sie Vorsicht und Rückzug.

Sharpe verließ den Raum.

Lawford folgte ihm in den leeren Vorraum und streckte die Hand aus. »Gratuliere.«

»Danke, Sir. Ein Sonderbataillon, wie?«

Lawford lachte. »Das wird Sir Henry nicht gefallen.«

Das entsprach der Wahrheit. In jedem Feldzug gab es kleine Trupps von Männern wie Sharpe und seine Schützen, die von ihren Einheiten getrennt wurden. Sie waren das Treibgut des Heeres, und die einfachste Lösung, wenn es genug von ihnen gab, bestand darin, dass der General sie zeitweise als Sonderbataillon zusammenfasste. Das gab dem General darüber hinaus Gelegenheit, wenn auch nur vorübergehend, Männer aus den Reihen des neuen Bataillons zu befördern, aber das war nicht etwa der Grund für Simmersons Unzufriedenheit. Indem er das zerschlagene South Essex Regiment zu einem Sonderbataillon machte, löschte Wellesley buchstäblich die Bezeichnung »South Essex« von seiner Heeresliste. Das war eine Strafmaßnahme, die gegen Simmersons Stolz gerichtet war, obwohl Sharpe bezweifelte, dass ein Mann, der den Verlust seines Königsbanners scheinbar mit bemerkenswertem Gleichmut hinnahm, sich die Degradierung seines Bataillons sehr zu Herzen nehmen würde. Sein Gesicht verriet seine Gedanken, und Lawford mischte sich ein.

»Sie machen sich Sorgen wegen Simmerson?«

»Ja.« Es hatte keinen Sinn, diese Tatsache zu leugnen.

»Sie tun recht daran. Sir Arthur hat für Sie getan, was er kann, er hat Sie befördert, und Sie werden mir sicher glauben, wenn ich Ihnen sage, dass er Sie in seinem Bericht an die Heimat bereits in den höchsten Tönen gelobt hat.«

Sharpe nickte. »Aber?«

Lawford zuckte mit den Schultern. Er ging zum Fenster hinüber und spähte zwischen den schweren Samtvorhängen hinaus auf die Ebene hinter den Mauern. Die gesamte Szenerie brütete unter der erbarmungslosen Sonne vor sich hin. Er drehte sich wieder um. »Ja. Es gibt ein Aber.«

»Sprechen Sie.«

Lawford wirkte verlegen. »Simmerson ist zu mächtig. Er hat einflussreiche Freunde.« Wieder ein Schulterzucken. »Richard, ich befürchte, dass er Ihnen schaden wird. Sie sind eine Spielfigur im Machtkampf der Politiker. Er ist ein Dummkopf, zugegeben, aber seine Freunde in London werden nicht wollen, dass er wie ein Dummkopf dasteht! Sie werden nach einem Prügelknaben verlangen. Er ist sozusagen ihr Sprachrohr, verstehen Sie das?« Sharpe nickte. »Wenn er aus Spanien schreibt und behauptet, der Krieg hier werde falsch geführt, wird es Leute geben, die zuhören, wenn sein Brief im Parlament verlesen wird! Es kommt nicht darauf an, dass der Mann so verrückt ist wie ein Truthahn! Er ist ihre Stimme aus dem Krieg, und wenn sie ihn verlieren, verlieren sie ihre Glaubwürdigkeit!«

Sharpe entgegnete bekümmert. »Sie wollen also damit sagen, dass man Druck ausüben wird, mich zu opfern, damit Simmerson überleben kann?«

Lawford antwortete. »Ich fürchte, ja. Und Sir Arthurs Verteidigung Ihrer Person wird als bloße Parteipolitik gesehen werden.«

»Aber um Himmels willen! Ich war doch in keinerlei Hinsicht verantwortlich!«

»Ich weiß, ich weiß«, versuchte Lawford ihn zu beruhigen. »Aber darauf kommt es nicht an. Er hat Sie als seinen Prügelknaben auserwählt.«

Sharpe wusste, dass er die Wahrheit sprach. Wenige Wochen lang war er in Sicherheit, während Wellesley weiter nach Spanien einmarschierte und die Franzosen in Kämpfe verwickelte, aber danach würde ein Brief der Horse Guards eintreffen, ein kurzes und einfaches Schreiben, welches das Ende seiner Laufbahn im Heer bedeuten würde. Er war sich darüber im Klaren, dass man für ihn sorgen würde. Wellesley selbst brauchte möglicherweise einen Gutsverwalter, oder er würde ihn jemandem empfehlen, der einen brauchte. Doch wie auch immer, er würde sein Leben lang darunter zu leiden haben, dass er der Mann war, der offiziell für den Verlust von Simmersons Fahne verantwortlich war. Er dachte an seine letzte Unterredung mit Lennox. Hatte der Schotte alles vorausgesehen?

»Es gibt einen Ausweg.« Er sprach ruhig.

Lawford sah ihn an. »Welchen?«

»Als ich gesehen habe, wie die Fahne preisgegeben wurde, habe ich einen Entschluss gefasst. Außerdem habe ich einem Sterbenden mein Ehrenwort gegeben.« Das hörte sich schrecklich melodramatisch an, entsprach jedoch der Wahrheit. »Ich habe versprochen, die Fahne durch einen Adler zu ersetzen.«

Einen Moment herrschte Stille. Lawford pfiff leise. »Das hat noch keiner geschafft.«

»Es ist nicht anders, als eine Fahne zu erbeuten.« Das war leicht gesagt, aber er wusste, dass die Franzosen ihm diese Aufgabe nicht so leicht machen würden wie umgekehrt Simmerson ihnen. In den vergangenen sechs Jahren waren die Franzosen mit neuen Standarten auf dem Schlachtfeld erschienen. Statt der alten Fahnen führten sie nun an Stangen befestigte, vergoldete Adler mit sich. Es ging das Gerücht, jeder dieser Adler sei vom Kaiser persönlich an die Regimenter übergeben worden, weshalb diese Standarten mehr waren als nur ein Symbol des Regiments. Vielmehr symbolisierten sie den Stolz von ganz Frankreich auf seine neue Ordnung. Einen Adler zu erbeuten hieß, Bonaparte persönlich einen Schlag zu versetzen. Sharpe spürte Zorn in sich aufsteigen.

»Es macht mir nichts aus, Simmersons Fahne durch einen Adler zu ersetzen. Aber ich bin verdammt wütend darüber, dass ich gezwungen sein werde, eine ganze Kompanie französischer Grenadiere niederzumähen, nur um im Heer bleiben zu können.«

Lawford sagte nichts. Er wusste, dass Sharpe die Wahrheit sagte. Die Beamten in Whitehall konnten nur dadurch gehindert werden, Sharpe zum Opfer ihrer Strafaktion zu machen, wenn er eine Tat von so eindeutiger Heldenhaftigkeit vollbrachte, dass sie sich lächerlich machen würden, wenn sie ihn zum Prügelknaben erkoren. Insgeheim war Lawford der Ansicht, dass Sharpe mehr als genug vollbracht hatte. Er hatte die Fahne zurückerobert und eine Kanone erbeutet, aber die Schilderung seiner Taten würde in London durch Simmersons Aussagen getrübt werden. Nein, er musste mehr tun, musste weitergehen, musste bei dem Versuch, seine Stellung zu behalten, sein Leben riskieren.

Sharpe lachte spöttisch. Er schlug auf seine leere Degenscheide. »Jemand hat einmal gesagt, dass in diesem Beruf nur die letzte Schlacht zählt, die man gewonnen hat.« Er hielt inne. »Es sei denn, natürlich, man verfügt über Geld oder Einfluss.«

»Ja, Richard, es sei denn, man verfügt über Geld oder Einfluss.«

Sharpe grinste. »Danke, Sir. Ich werde jetzt gehen und mich der fröhlichen Menge anschließen. Ich darf doch davon ausgehen, dass meine Schützen mit mir kommen?«

Lawford nickte. »Viel Glück.« Er blickte Sharpe nach. Wenn überhaupt ein Mann den Franzosen einen Adler abnehmen kann, dachte er, dann war es dieser Mann, der neu ernannte Captain Richard Sharpe. Lawford stand am Fenster und blickte hinab auf die Straße. Er sah Sharpe ins Sonnenlicht hinaustreten und den verbeulten Tschako aufsetzen. Ein riesenhafter Sergeant stand wartend im Schatten, die Sorte Mann, auf die Lawford in einem Faustkampf mit Freuden einhundert Guineas verwettet hätte, und er beobachtete, wie der Sergeant auf Sharpe zukam. Die beiden Männer unterhielten sich einen Moment lang, dann klopfte der große Sergeant dem Offizier auf den Rücken und stieß einen Freudenschrei hervor, den Lawford noch zwei Stockwerke hoch droben hören konnte.

»Lawford!«

»Sir?« Lawford trat in den Nebenraum und nahm von Wellesleys Hand die Depesche entgegen. Der General rührte mit dem Federkiel im Tintenfass.

»Haben Sie es ihm erklärt?«

»Jawohl, Sir.«

Wellesley schüttelte den Kopf. »Armer Teufel. Was hat er gesagt?«

»Er hat gesagt, er wolle seine Chance beim Schopf packen, Sir.«

Wellesley grunzte. »Das müssen wir alle.« Er nahm ein weiteres Blatt Papier zur Hand. »Mein Gott! Sie haben uns vier Kisten Gummiammoniak geschickt, drei mit Glaubersalz und zweihundert Amputationsstumpfkappen in verschiedenen Größen! Die meinen wohl, ich würde ein verdammtes Krankenhaus betreiben anstatt eines Heeres!«

KAPITEL 11

Die Stiefel der Coldstream Guards knallten auf die Pflaster-
steine, hallten hohl in der Dunkelheit, entfernten sich die steile
Straße hinab, um den führenden Kompanien der 3rd Guards
Platz zu machen. Ihnen folgten das erste Bataillon des 61st Regiments, das zweite Bataillon des 83rd und dann vier volle Bataillone der Eliteeinheit King's German Legion. Sharpe, der
in einem Kirchenportal stand, sah die Deutschen vorbeimar-
schieren.

»Das sind gute Soldaten, Sir.«

Forrest spähte trotz Uniformmantel fröstelnd in die Dunkelheit hinaus. »Welches Regiment ist das?«

»King's German Legion.«

Forrest versenkte die Hände tiefer in seinen Taschen. »Die
hab ich noch nie zu Gesicht bekommen.«

»Das ist kein Wunder, Sir.« Die Deutschen waren ein Frem-
dencorps des Heeres, und das Gesetz besagte, dass sie britischem Boden nicht näher kommen durften als bis auf die Isle of
Wight. Über ihnen schlug die Kirchglocke dreimal. Drei Uhr
morgens am Montag, dem 17. Juli 1809, und das britische Heer
verließ Plasencia. Eine Kompanie des 60th Regiments kam
vorbei, dann eine weitere deutsche Einheit mit der unpassenden Bezeichnung Royal American Rifles. Forrest sah Sharpe
wehmütig zu den marschierenden Scharfschützen mit ihren
grünen Jacken und schwarzen Koppeln hinüberstarren.

»Heimweh, Sharpe?«

Sharpe grinste in der Dunkelheit. »Es wäre mir lieber, ich

hätte es mit dem anderen Schützenregiment zu tun, Sir.« Er sehnte sich nach der Vernunft, die im 95th regierte, im Gegensatz zu dem immer schlimmer werdenden Misstrauen und der Feindseligkeit, die sich in Simmersons Bataillon breitmachten.

Forrest schüttelte den Kopf. »Es tut mir leid, Sharpe.«

»Es braucht Ihnen nicht leidzutun, Sir. Wenigstens bin ich Captain.«

Forrest ignorierte die Bemerkung. »Er hat mir den Brief gezeigt, wissen Sie.« Sharpe wusste es. Forrest hörte nicht auf, sich zu entschuldigen, und hatte den Brief bereits zweimal erwähnt. Pflichtverletzung, grober Ungehorsam, ja selbst das Wort »Verrat« hatte Eingang gefunden in Simmersons vernichtende Schilderung des Verhaltens von Sharpe in Valdelacasa. Aber das war auch nicht weiter überraschend. Wirklich beunruhigt hatte Sharpe Simmersons letzte Bitte: Sharpe solle als Lieutenant zu einem Bataillon in Westindien versetzt werden. Niemand erstand je einen Offiziersrang in einem dieser Bataillone, obwohl man dort schneller befördert wurde als irgendwo sonst im Heer, und Sharpe hatte sogar erlebt, dass Männer lieber den Dienst quittiert hatten, als auf die sonnigen Inseln mit ihrem gemächlichen Garnisonsdienst zu gehen.

»Vielleicht kommt es nicht dazu, Sharpe.« Forrests Ton verriet, dass er Sharpes Schicksal für besiegelt hielt.

»Nein, Sir.« Nicht wenn's nach mir geht, dachte Sharpe, und er stellte sich vor, wie es wäre, einen Adler in Händen zu halten. Nur ein Adler konnte ihn vor den Inseln bewahren, wo das Fieber die Lebenserwartung eines Mannes auf weniger als ein Jahr reduzierte, vor der entsetzlichen, beschwerlichen Krankheit, die aus Simmersons Bitte praktisch einen Hinrichtungsbefehl machte, es sei denn, Sharpe verzichtete auf sein hart erkämpftes Offizierspatent.

Beinahe sämtliche anderen Einheiten marschierten vor

ihnen ab. Fünf Dragonerregimentern und den Husaren der Kings German Legion, insgesamt über dreitausend Kavalleriesoldaten, folgte eine Schar von Maultieren, die das Futter für die kostbaren Pferde schleppten. Die schwerfällige Artillerie mit ihren Lafetten, Protzen und tragbaren Schmieden fügte weitere Maultiere hinzu, weitere Vorräte. Doch es war hauptsächlich Infanterie, welche die stillen Straßen mit Lärm erfüllte. Fünfundzwanzig Bataillone gemeiner Infanterie, mit fleckigen Uniformen und abgetragenen Stiefeln, das waren die Männer, die gezwungen sein würden, den besten Artilleristen und Kavalleristen der Welt entgegenzutreten. Mit ihnen marschierten noch mehr Maultiere, und dazwischen die Frauen und Kinder der Soldaten.

Das Bataillon nahm schließlich lange nach Sonnenaufgang den Weg über den Fluss, und wenn schon die vergangenen Tage heiß gewesen waren, so hatte es nun den Anschein, als habe sich die Natur vorgenommen, das ganze Land zu einer einzigen harten Terrakottafläche zu brennen. Das Heer kroch über die endlose ausgetrocknete Ebene und wirbelte dabei feinen Staub auf, der in der Luft hing und in Münder und Kehlen der durstigen Infanteristen eindrang. Weit und breit kein Wind, nur der Staub, die Hitze und Grelle, der Schweiß, der in den Augen brannte, und das ununterbrochene Geräusch der Stiefel, das von der hellen Straße widerhallte. In einem Dorf befand sich ein Teich, den die Kavallerie zu übel riechendem, klebrigem Schlamm ausgetreten hatte, aber selbst das wurde von den Männern willkommen geheißen, die längst ihre Feldflaschen geleert hatten und nun das verdorbene Wasser von der Oberfläche des klebrigen Schlamms abschöpften.

Sonst gab es nicht viel, wofür man dankbar sein konnte. Das übrige Heer mied das neue Sonderbataillon, als seien die Männer von einer abstoßenden Krankheit befallen. Der Verlust der

Fahne hatte dem Ruf des gesamten Heeres geschadet, und als das Bataillon am ersten Abend seine Zelte aufschlug, wurde es von einem Colonel der Dragoner, der nichts mit einem Regiment zu tun haben wollte, das so schändlich versagt hatte, von einem geräumigen Bauernhof vertrieben. Der Moral des Bataillons half es auch nicht, dass die Nahrung knapp war. Die Viehherde, die damals Portugal verlassen hatte, war längst geschlachtet und verzehrt, die von den Spaniern versprochenen Lebensmittel waren nicht eingetroffen, und die Männer waren hungrig, störrisch und von Simmersons Brutalität eingeschüchtert. Simmerson hatte seine eigenen Gründe für den Verlust der Fahne gefunden, nämlich Sharpes Verhalten und das seiner eigenen Männer, und wenn er schon den einen nicht dafür büßen lassen konnte, stand es doch durchaus in seiner Macht, die anderen zu bestrafen.

Nur die Leichte Kompanie behielt einen letzten Rest ihres Selbstwertgefühls. Die Männer waren stolz auf ihren neuen Captain. Im gesamten Bataillon hielt man Sharpe für einen Zauberer, einen Glückspilz, einen Mann, dem die Säbel und Kugeln des Feindes nichts anhaben konnten. Die Leichte Kompanie glaubte, wie es Soldaten eben tun, dass Sharpe ihnen in der Schlacht Glück bringen und sie am Leben erhalten würde. Als Beweis hierfür wiesen sie auf die Aktion bei der Brücke hin.

Sharpes Schützen waren der gleichen Meinung, sie hatten immer gewusst, dass ihr Offizier ein Glückspilz war, und sie schwelgten in Gedanken an seinen neuen Rang. Ihre Begeisterung hatte ihn in Verlegenheit versetzt, er war errötet, als sie ihm aus gehorteten Flaschen mit spanischem Branntwein zu trinken anboten, und hatte seine Verwirrung damit kaschiert, dass er vorgab, anderswo zu tun zu haben.

Am ersten Abend des Marsches aus Plasencia lag er, in seinen Uniformmantel gehüllt, in einem Feld und dachte an den

Jungen, der sich voller Angst vor sechzehn Jahren zum Heer gemeldet hatte. Was hätte dieser ängstliche Sechzehnjährige, auf der Flucht vor den Gerichten, wohl gesagt, wenn man ihm prophezeit hätte, dass er eines Tages Captain sein würde?

Am zweiten Abend hatte das Bataillon mehr Glück. Sie kampierten in der Nähe eines anderen namenlosen Dorfes, und der Wald dort war von Soldaten erfüllt, die Äste abhackten, um die Feuerstellen zu errichten, an denen sie die Teeblätter aufbrühen konnten, die sie lose in ihren Taschen bei sich trugen. Militärpolizei bewachte die Olivenhaine, denn nichts machte die Soldaten so unbeliebt wie die Angewohnheit der Franzosen, die Olivenbäume eines Dorfes zu fällen und es auf Jahre hinaus seiner Ernte zu berauben. Wellesley hatte strikten Befehl erteilt, dass die Oliven nicht angetastet werden durften.

Die Offiziere des South Essex – das Bataillon bezeichnete sich nach wie vor so – waren im Dorfgasthof untergebracht. Es handelte sich um ein großes Gebäude, offenbar eine Wegestation zwischen Plasencia und Talavera, und dahinter befand sich ein Hof mit mächtigen Zypressen, unter denen Tische und Bänke standen. Der dreiseitige Innenhof öffnete sich zu einem Bach hin, und am anderen Ufer errichteten die Männer des Bataillons in einem Wäldchen aus Korkeichen Lagerfeuer und Schlafstellen. In diesem Wäldchen hatten sie Schweine vorgefunden, und während Sharpe seine Uniform auszog, um die Säume nach Läusen abzusuchen, konnte er das Schweinefleisch riechen, das auf unzähligen kleinen Feuern brutzelte, die durch das Laubwerk zu erkennen waren.

Derartige Plünderungsaktionen wurden mit sofortigem Tod durch den Strang bestraft, doch sie waren durch nichts zu verhindern. Die Offiziere, die Militärpolizisten, jedermann litt unter der Nahrungsknappheit, und das kaum verhüllte Angebot an die Militärpolizisten, doch auch ein wenig vom gestohlenen Schweinefleisch zu kosten, würde sicherstellen, dass die Ordnungshüter nicht dagegen einschritten.

Der Hof füllte sich nach und nach mit Offizieren der zwölf im Dorf kampierenden Bataillone. Die Hitze des Tages klang in einen warmen, klaren Abend aus und die Sterne kamen hervor wie die Lagerfeuer eines aus der Ferne betrachteten grenzenlosen Heeres. Aus dem Hauptschankraum des Gasthofs drangen Musik und Hochrufe, als die Offiziere die spanischen Tänzerinnen anfeuerten, ihre Röcke höher zu raffen. Sharpe drängte sich durch den überfüllten Raum und erspähte Simmerson und seine Vertrauten, die an einem Ecktisch saßen und Karten spielten. Gibbons war dabei, er gehörte nun permanent zu Simmersons »Stab«, ebenso der unerfreuliche Lieutenant Berry.

Eine Sekunde lang dachte Sharpe an die junge Frau. Er hatte sie seit seiner Rückkehr von der Brücke ein- oder zweimal gesehen und jedes Mal rasende Eifersucht empfunden. Er verdrängte den Gedanken. Die Offiziere des Bataillons waren auch so schon zerstritten genug. Da gab es Simmersons Anhänger, die dem Colonel schmeichelten und ihm versicherten, dass der Verlust der Fahne nicht seine Schuld gewesen war, und es gab jene, die Sharpe offen unterstützt hatten. Die Stimmung war vergiftet, und es gab keine Aussicht auf Besserung. Der Captain trat aus dem Schankraum auf den Hof und entdeckte Forrest, Leroy und eine Gruppe von Subalternen unter einer der Zypressen. Forrest machte ihm auf der Bank Platz.

»Legen Sie denn nie dieses Gewehr ab?«

»Um es mir stehlen zu lassen?«, fragte Sharpe. »Man würde es mir in Rechnung stellen.«

Forrest lächelte. »Haben Sie die Kragen inzwischen bezahlt?«

»Noch nicht.« Sharpe verzog das Gesicht. »Aber nun, da ich

offiziell auf der Zahlliste des Bataillons stehe, wird man sie mir wohl vom Sold abziehen, wenn der jemals eintrifft.«

Forrest schob ihm eine Weinflasche zu. »Machen Sie sich keine Sorgen. Heute Abend geht der Wein auf meine Rechnung.«

Die Offiziere rund um den Tisch stimmten ein ironisches Hurrageschrei an. Unbewusst tastete Sharpe nach dem Lederbeutel, den er um den Hals trug. Er war dank der Toten auf dem Schlachtfeld von Valdelacasa um sechs Goldstücke schwerer geworden. Er trank von dem Wein.

»Der ist ja abscheulich!«

»Es geht ein Gerücht um«, bemerkte Leroy trocken. »Wie ich höre, machen sie sich, wenn sie die Trauben zertrampeln, nicht die Mühe, eigens aus dem Weinbottich zu steigen, um sich zu erleichtern.«

Einen Moment herrschte Stille, dann erhob sich ein Chor entrüsteter Stimmen. Forrest blickte misstrauisch in seinen Becher. »Das glaub ich nicht.«

»In Indien«, sagte Sharpe, »halten es manche Eingeborene für ausgesprochen gesund, den eigenen Urin zu trinken.«

Forrest machte große Augen. »Das kann doch nicht wahr sein.«

Leroy mischte sich ein. »Absolut wahr, Major, ich habe zugesehen, wie sie es machen. Jeden Tag einen Becher. Prost!«

Alle am Tisch protestierten, doch Sharpe und Leroy hielten an ihrer Geschichte fest. Das Gespräch verweilte bei Indien, drehte sich um Schlachten und Belagerungen, um seltsame Tiere, um Paläste, die unermessliche Reichtümer beherbergten. Man bestellte noch mehr Wein und Essen aus der Küche, nicht das Schweinefleisch, dessen Duft so verlockend aus dem Feldlager herüberwehte, sondern einen Eintopf, der hauptsächlich aus Gemüse zu bestehen schien. Es war angenehm, so dazusitzen.

Sharpe streckte unter dem Tisch die Beine aus, lehnte sich gegen den Stamm der Zypresse und ließ der Müdigkeit nach einem anstrengenden Tag freien Lauf. Trotz der lärmenden Gespräche und des Gelächters konnte er Tausende von Insekten hören, die mit ihrem Summen und Zirpen die spanische Nacht durchdrangen. Später gedachte er den Bach zu überqueren und seine Kompanie aufzusuchen, vorerst jedoch ließ er seine Gedanken schweifen, gar nicht so viele Meilen entfernt dorthin, wo eine Gruppe französischer Offiziere genauso dasaß und wo deren Männer an Feuern wie denen jenseits des Baches ihr Essen kochten. Und irgendwo, vielleicht in einer Zimmerecke in einem Gasthof wie diesem abgestellt, würde es einen Adler geben. In diesem Augenblick klopfte ihm eine Hand auf den Rücken.

»Man hat dich also zum Captain gemacht! Dieses Heer hat einfach keine Maßstäbe!« Es war Hogan.

Sharpe hatte ihn seit dem Tag nicht mehr gesehen, als sie von der Brücke zurückmarschiert waren. Er stand auf und ergriff die Hand des Pioniers.

Hogan strahlte ihn an. »Ich freue mich! Bin natürlich schockiert, aber ich freue mich. Gratuliere!«

Sharpe errötete und zuckte mit den Schultern. »Wo sind Sie gewesen?«

»Oh, hab mich umgesehen.«

Sharpe wusste, dass Hogan für Wellesley die Gegend erkundet hatte und mit Berichten darüber zurückgekehrt war, welche Brücken das Gewicht der schweren Artilleriegeschütze aushalten würden und welche Straßen breit genug waren, dass das Heer sie benutzen konnte. Der Captain war offensichtlich bis Oropesa vorgedrungen, wenn nicht noch weiter. Forrest lud ihn ein, sich zu setzen, und erkundigte sich nach Neuigkeiten.

»Die Franzosen sind am anderen Ende des Tals. Viele Franzosen.« Hogan goss sich vom Wein ein. »Ich schätze, innerhalb einer Woche wird es zum Kampf kommen.«

»Eine Woche?« Forrest wirkte verblüfft.

»Jawohl, Major. In einem Ort namens Talavera wimmelt es von ihnen.« Hogan sprach es »Tally-verra« aus, wodurch der Eindruck entstand, es handle sich um ein irisches Dorf. »Aber sobald ihr euch mit Cuestas Heer zusammengeschlossen habt, seid ihr ihnen zahlenmäßig weitaus überlegen.«

»Sie haben also Cuestas Aufgebot gesehen?«, fragte Sharpe.

»Jawohl.« Der Ire grinste. »Die sind auch nicht besser als das Santa Maria. Die Kavallerie ist möglicherweise besser, aber die Infanterie...« Hogan ließ den Satz unbeendet. Er wandte sich wieder an Sharpe und grinste erneut. »Das letzte Mal, als ich dich gesehen habe, hast du unter Arrest gestanden! Und nun sieh, was aus dir geworden ist. Wie geht's dem guten Sir Henry?« Rund um den Tisch erhob sich Gelächter. Hogan wartete nicht auf Antwort, sondern fuhr mit gesenkter Stimme fort: »Ich habe mit Sir Arthur gesprochen.«

»Ich weiß. Danke.«

»Dafür, dass ich die Wahrheit gesagt habe? Und, was passiert jetzt?«

»Ich weiß es nicht.« Auch Sharpe sprach leise. Nur Hogan konnte ihn hören. »Simmerson hat in die Heimat geschrieben. Man hat mir gesagt, er habe die Macht, zu verhindern, dass die Horse Guards die Ernennungsurkunde ratifizieren, daher werde ich in sechs Wochen wieder Lieutenant sein, vermutlich für immer, und mit an Sicherheit grenzender Wahrscheinlichkeit werde ich auf die Fieberinseln versetzt oder ganz aus dem Heer ausgeschlossen.«

Hogan sah ihn eindringlich an. »Meinst du das im Ernst?«

»Ja. Ein Angehöriger von Sir Arthurs Stab hat es mir beinahe wörtlich so hinterbracht.«

»Wegen Simmerson?« Hogan runzelte ungläubig die Stirn.

Sharpe seufzte. »Es hat damit zu tun, dass Simmerson seine Glaubwürdigkeit im Parlament bei den Leuten behalten muss, die gegen Wellesley opponieren. Ich werde geopfert. Fragen Sie mich nicht, es übersteigt mein Begriffsvermögen. Wie steht es mit Ihnen? Sie standen doch auch unter Arrest.«

Hogan zuckte mit den Schultern. »Sir Henry hat mir verziehen. Er nimmt mich nicht ernst, ich bin bloß ein Pionier. Nein, abgesehen hat er es allein auf dich. Du bist ein Emporkömmling, ein Schütze, du bist kein Gentleman, aber du bist ein besserer Soldat, als er es je sein wird, deswegen.« Er presste Daumen und Zeigefinger gegeneinander. »Er will dich loswerden. Hör zu.« Hogan beugte sich noch näher zu ihm. »Es wird bald zu einer Schlacht kommen, das ist unvermeidlich. Der Idiot wird vermutlich ein ebenso großes Chaos stiften wie beim letzten Mal. Die können ihn doch nicht ewig decken. Das ist eine schlimme Sache, Gott weiß, aber du solltest darum beten, dass er diesmal einen ebenso großen Fehler macht.«

Sharpe lächelte. »Ich bezweifle, dass wir darum beten müssen.«

Aus einem der oberen Fenster, die auf die Balkons hinausgingen, welche rings um den Hof herum angeordnet waren, erklang der Schrei einer Frau, schrecklich und durchdringend, und ließ die Gespräche unter den Bäumen allesamt verstummen. Die Männer erstarrten mit halb zum Mund geführten Bechern und schauten zu den dunklen Türöffnungen hinüber, die zu den Schlafräumen führten. Sharpe erhob sich und griff instinktiv nach seinem Gewehr. Forrest legte ihm die Hand auf den Arm. »Das geht dich nichts an, Sharpe.«

Im Hof herrschte einen Augenblick Stille, dann nervöses Gelächter, worauf sich die Gespräche fortsetzten. Sharpe fühlte sich unbehaglich. Es konnte alles Mögliche gewesen sein. Eine der Frauen, die im Gasthof lebten, konnte krank sein, sogar eine schwierige Geburt war denkbar, aber er hatte das sichere Gefühl, dass es sich um etwas anderes handelte. Eine Vergewaltigung? Er schämte sich, dass er nichts unternommen hatte.

Forrest zupfte wieder an seinem Ärmel. »Setzen Sie sich. Das hat sicher nichts weiter zu bedeuten.«

Ehe Sharpe sich rühren konnte, ertönte ein zweiter Schrei, diesmal der eines Mannes, und er ging in wütendes Gebrüll über. Im oberen Stockwerk sprang eine Tür auf und warf gelbliches Kerzenlicht auf den Balkon. Eine Frau kam aus dem Zimmer gerannt und eilte auf die Treppe zu. Eine Stimme rief: »Haltet sie!«

Die junge Frau stürmte die Treppe herab, als wären sämtliche Geister der Hölle hinter ihr her. Die Offiziere auf dem Hof feuerten sie an und bedachten die beiden Gestalten, die hinter ihr auftauchten, nämlich Gibbons und Berry, mit Schimpfworten. Sie hatten keinerlei Chance, sie einzufangen. Beide Männer wirkten betrunken, und als sie aus dem Zimmer geeilt waren, blieben sie ruckartig stehen und sahen sich blinzelnd auf dem Hof um.

»Das ist Josefina«, sagte Forrest.

Sharpe beobachtete, wie die junge Frau die Treppe herunterstürzte, bis sie die von seinem Tisch aus zu sehende gegenüberliegende Seite des Hofes erreichte. Ein zweites Mal blickte sie verzweifelt in die Runde, als sehe sie sich nach Hilfe um. Sie hatte eine Tasche dabei, und Sharpe erhaschte einen flüchtigen Blick auf einen Gegenstand in ihrer Hand, bei dem es sich um ein Messer handeln konnte. Dann drehte sich die junge Frau um und rannte hinaus in die Dunkelheit, über den Bach, auf die Lichter der Bataillonsfeuer zu. Gibbons blieb auf halbem Wege die Treppe hinab stehen. Er trug Hose und Hemd und hielt mit einer Hand das offene Hemd über dem Bauch zusammen, während die andere eine Pistole umklammerte. »Komm zurück, du lausiges Biest!«

Er übersprang die letzten paar Stufen und fummelte am Zündschloss seiner Pistole herum.

»Was ist los, Gibbons? Hat das Mädel dir deine Fahnen abgenommen?« Die Stimme kam von einem der Tische auf dem Hof. Gibbons ignorierte mit wütender Miene die Sticheleien und das Gelächter und rannte zusammen mit Berry in Richtung Bach.

»Das wird Probleme geben.« Sharpe stieg von der Bank. »Ich gehe.«

Er schlängelte sich zwischen den Tischen durch, gefolgt von Forrest und Hogan. Er verließ den Lichtkegel des Innenhofs und planschte durch den Bach. Von dem Mädchen oder seinen Verfolgern war nichts zu sehen, nur die Lichter im Korkeichenhain und gelegentlich die Silhouette eines Mannes, der vor den Flammen vorbeihuschte. Sharpe blieb stehen, um seine Augen an die Dunkelheit zu gewöhnen. Forrest holte ihn ein.

»Wird es wirklich Schwierigkeiten geben, Sharpe?«

»Nicht, wenn ich es verhindern kann, Sir. Aber Sie haben ihn ja gesehen, er hat eine Pistole.« Links von ihnen ertönten Rufe, kam Unruhe auf. »Kommen Sie!«

Er schlug ein schnelleres Tempo an als die beiden anderen. Mit dem Gewehr in der Hand rannte er los, die silberne Spur des Bachs immer zu seiner Linken.

»Was geht da vor? Wer, zum Teufel, ist das?« Im Licht eines Feuers sah er einen erbosten Soldaten. Der Mann wirkte überrascht, als er Sharpe ansichtig wurde, und salutierte hastig. »Sind Sie hinter den beiden her, Sir?«

»Hatten sie ein Mädchen dabei?«

»Da entlang, Sir.« Er deutete stromabwärts, fort von den Feuern des Bataillons, hinaus auf das finstere Grasland.

Sharpe rannte weiter, und Forrest und Hogan waren jetzt dicht hinter ihm. Vor sich hörte er ein »Hallo«, dann einen Schrei. Sie hatten das Mädchen eingefangen. Er rannte noch schneller, achtete nicht auf die Unebenheiten des Bodens, fürchtete das Geräusch eines Schusses. Seine Augen hatten sich allmählich an die Dunkelheit gewöhnt. Plötzlich sah er sie. Berry stand mit einer Flasche in der Hand neben Gibbons, der die junge Frau auf die Knie gezwungen hatte und versuchte, ihr die Tasche zu entreißen. Gibbons schrie wie von Sinnen Josefina an: »Lass los, du Biest!«

Sharpe rannte weiter. Gibbons blickte verblüfft hoch, aber schon hatte der Captain ihm einen wuchtigen Schlag versetzt. Der Lieutenant wurde rückwärts umgeworfen, die Pistole flog ihm aus der Hand und platschte ins Wasser, und Sharpe sah, wie Josefina die Tasche entglitt und leuchtendes Gold auf dem dunklen Gras verstreute. Gibbons versuchte sich aufzurichten, doch Sharpe stieß ihn mit dem Gewehrkolben. »Keine Bewegung.« Das Mondlicht reichte aus, dass der Lieutenant den Ausdruck auf Sharpes Gesicht erkennen konnte, und er sank auf die Ellbogen gestützt zurück. Sharpe wandte sich an Berry. »Was geht hier vor?«

Berry leckte sich die wulstigen Lippen und grinste töricht. Sharpe trat einen Schritt näher und hob die Stimme. »Was geht hier vor?«

»Das Mädchen ist fortgelaufen, Sir. Wir wollten es halt zurückholen.« In seiner Trunkenheit sprach Berry noch affektierter als sonst, und als er sich abwandte, um die Ankunft Forrests und Hogans zu beobachten, schwankte er leicht.

»Ist ihr nichts zugestoßen?«, erkundigte sich Forrest.

Sharpe drehte sich um und blickte Josefina an. Ihm fiel die unerhebliche Tatsache auf, dass dies das erste Mal war, dass er sie nicht in Reithosen gekleidet sah, und sein Puls erhöhte sich beim Anblick ihrer nackten Schultern und des umschatteten Versprechens, das ihr weit ausgeschnittenes Kleid darbot. Ihr Kopf war gesenkt. Zuerst nahm er an, dass sie weinte, doch dann sah er, dass sie verzweifelt dabei war, die verstreuten Goldmünzen aufzusammeln. Es kam ihm zum Bewusstsein, dass da ein kleines Vermögen auf dem Boden herumlag, und dann versperrte ihm Forrest die Sicht, als der Major neben dem Mädchen in die Knie ging.

»Sind Sie unversehrt?« Forrests Stimme klang väterlich, gütig.

Josefina nickte, dann schüttelte sie den Kopf, und Sharpe sah, wie sich ihre Schultern hoben wie zu einem Schluchzen. Mit den Händen tastete sie nach wie vor nach den Goldstücken im Gras.

Der Major stand wieder auf. »Was soll das alles?« Er bemühte sich ohne Erfolg, seiner Stimme einen Anflug von Autorität zu verleihen. Niemand sagte etwas. Sharpe nahm das Gewehr in die linke Hand und trat dicht an Berry heran. Er entriss ihm die Flasche und warf sie in den Bach.

»Ich muss schon sagen! Nun aber gemach!« Berry sprach so undeutlich, dass seine Worte kaum zu verstehen waren.

»Was ist vorgefallen?«

»Nur eine Auseinandersetzung. Kein Grund zur Sorge.« Berry blinzelte Sharpe fröhlich an und winkte jedem aus der kleinen Gruppe der Versammelten freundlich zu. Der Schütze versetzte ihm einen heftigen Schlag in die Magengegend, und Berry blieb der Mund offen wie der eines Fischs. Er klappte zusammen und erbrach sich auf dem Gras. Sharpe zerrte ihn hoch. »Was ist vorgefallen?«

Berry starrte ihn verwundert an. »Sie haben mich geschlagen!«

»Ich werde dich, verflucht noch mal, kreuzigen, wenn du nicht antwortest.«

»Wir haben Karten gespielt. Ich habe gewonnen.«

»Und?«

»Es kam zum Streit.« Sharpe wartete. Berry strich sich eine dünne Haarsträhne von der Stirn, als versuche er, noch einen Rest von Würde zu retten. »Sie hat sich geweigert, ihre Schulden zu bezahlen.«

Josefina hatte beobachtet, wie der Captain Berry schlug, und Hogan, der schweigend dabeistand, hatte ihr erregtes Lächeln beobachtet, als der Lieutenant zusammenbrach.

»Das ist nicht wahr!« Das Mädchen war wütend. »Ihr habt falschgespielt! Ich war dabei, zu gewinnen!« Sie war aufgestanden und zwei Schritte auf Berry zugegangen.

Hogan sah ihr Gesicht und wusste, dass sie dem Lieutenant die Augen auskratzen würde, wenn man sie gewähren ließ. Er nahm ihren Ellbogen, hielt sie zurück. Ihm zumindest war klar, dass die Wahrheit, wer nun gewonnen oder verloren oder falschgespielt hatte, niemals ans Licht kommen würde.

»Was ist also passiert?«, fragte er.

Josefina zeigte auf Berry. »Er wollte mich vergewaltigen! Christian hat mich geschlagen!«

Sharpe wandte sich an Gibbons. Der blonde Lieutenant hatte sich hochgerappelt und sah Sharpe auf sich zukommen. Auf seinem weißen Hemd zeichnete sich ein Blutfleck ab, und Sharpe entsann sich des Messers. Josefina hatte offensichtlich zugestochen, aber wenig Schaden angerichtet.

»Stimmt das?«, fragte Sharpe.

»Stimmt was?« Gibbons Stimme hatte einen Hauch von Verachtung.

»Dass Sie sie geschlagen haben und dass Lieutenant Berry versucht hat, sie zu vergewaltigen?«

Gibbons lachte. »Josefina Lacosta zu vergewaltigen, das ist, als versuche man, einem Bettler Geld aufzudrängen. Wenn Sie verstehen, was ich damit sagen will.«

Hogan wusste, dass er hätte einschreiten müssen, dass die Anspannung zu groß war, aber Sharpe brach das Schweigen, das Gibbons hämischer Bemerkung gefolgt war. »Sagen Sie das noch einmal.« Sharpe sprach unendlich leise.

Gibbons warf dem Schützen einen geringschätzigen Blick zu, und als er sprach, kam in seiner Stimme alle Verachtung zum Ausdruck, die er für die niederen Klassen hegte. »Geben Sie sich gefälligst Mühe, mich zu verstehen. Wir haben Karten gespielt. Miss Lacosta hat ihr Geld verloren und stattdessen ihren Körper eingesetzt. Sie weigerte sich, den Preis zu zahlen, und ist stattdessen mit unserem Geld abgezogen. Das ist alles.«

»Das ist nicht wahr!« Josefina weinte. Sie ließ Hogan stehen und trat zu Sharpe, blickte mit tränenfeuchten Augen zu ihm auf und umklammerte die Tasche mit beiden Händen. »Das ist nicht wahr. Wir haben Karten gespielt. Ich habe gewonnen. Die haben versucht, mir alles zu stehlen! Und ich hatte sie für Gentlemen gehalten!«

Gibbons lachte. Sharpe wandte sich gegen ihn. »Sie haben sie geschlagen?« Er hatte einen Striemen auf ihrer Wange entdeckt.

»Das würden Sie ja doch nicht verstehen.« Gibbons Ton war gelangweilt.

»Was würde ich nicht verstehen?« Sharpe trat dichter an den Lieutenant heran.

Gibbons entfernte lässig einen Grashalm von seinem Ärmel. »Wie ein Gentleman sich benimmt, Sharpe. Sie glauben ihr, weil sie eine Hure ist, und Sie sind Huren gewöhnt. Gentlemen sind sie nicht gewöhnt.«

»Sprechen Sie mich gefälligst mit ›Sir‹ an!«

Wut flackerte in Gibbons' Gesicht auf. »Zur Hölle mit Ihnen!«

Sharpes Faust traf ihn auf den Solarplexus, und als Gibbons'
Gesicht ihm entgegenkam, senkte Sharpe seinen Kopf und
rammte ihn dem Lieutenant in die Partie zwischen die Augen.
Gibbons schwankte, aus seiner Nase tropfte Blut, und Sharpe
ließ das Gewehr fallen, um erneut zuzuschlagen. Einmal, zweimal, dann ein letzter wuchtiger Hieb in den Magen. Wie kurz
zuvor Berry klappte nun auch Gibbons auf der Stelle zusammen und erbrach sich. Er sank in die Knie, hielt sich den Bauch,
und Sharpe trat verächtlich mit der Stiefelspitze nach ihm,
worauf Gibbons vornüber in den Schlamm fiel.

»Lieutenant Berry?«

»Sir?«

»Mister Gibbons hat sich beim Trinken ein wenig übernommen. Schaffen Sie ihn weg und bringen Sie ihn auf Vorder-
mann.«

»Jawohl, Sir.« Berry hatte nicht vor, sich mit Sharpe zu strei-
ten. Unsicher verhalf er Gibbons auf die Beine. Der Neffe des
Colonels schnappte nach Luft und würgte heftig, dann stieß er
Berry zurück und wandte sich, immer noch keuchend und
stammelnd, an Forrest. »Sie haben es gesehen. Er hat mich geschlagen!«

Hogan trat vor, und seine Stimme klang entschieden und
bestimmt. »Unsinn, Lieutenant. Sie waren betrunken und sind
hingefallen. Gehen Sie heim, ins Bett.«

Die beiden Lieutenants stolperten in die Dunkelheit davon. Sharpe sah ihnen nach. »Schweinehunde! Man kann doch
nicht um eine Frau Karten spielen.«

Hogan lächelte traurig. »Sie wissen sicher, warum man Sie
zum Offizier gemacht hat, Richard?«

»Warum?«

»Sie sind zu sehr Gentleman, um in den Reihen der einfachen Soldaten zu bleiben. Männer haben um Frauen gespielt,

seit man das Kartenspiel erfunden hat, beziehungsweise die Frauen.« Er wandte sich an das Mädchen. »Und was werden Sie jetzt unternehmen?«

»Unternehmen?« Sie blickte Hogan an, dann Sharpe. »Ich kann nicht wieder zurück. Die haben versucht, mich zu vergewaltigen!«

»So, so.« Hogans Stimme war tonlos.

Josefina nickte, wobei sie immer noch die Tasche umklammerte, und rückte näher an Sharpe heran.

»Meine Kleider«, sagte sie. »Ich muss meine Kleider holen. All meine Sachen! Sie sind dort in dem Zimmer!«

Forrest trat mit besorgter Miene hinzu. »Ihre Kleider?«

»All meine Sachen! Die werden mich umbringen!«

Hogans kluge Augen wandten sich von dem Mädchen ab und Forrest zu. »Wenn Sie vornherum gehen, Major, und sich beeilen, werden Sie vor den beiden anderen da sein. Die brauchen noch zehn Minuten, bis sie den ganzen Branntwein erbrochen haben.«

Forrest wirkte erschrocken, aber Hogan hatte die Initiative ergriffen, und der Major wusste nicht, wie er dagegen angehen sollte. Hogan nahm Josefina beim Ellbogen und übergab sie an Forrest. »Gehen Sie mit Major Forrest und retten Sie Ihre Sachen. Beeilen Sie sich!«

Sie trat neben Forrest, drehte sich jedoch noch einmal nach Sharpe um. »Aber wo soll ich die Nacht verbringen?«

Sharpe räusperte sich. »Sie kann mein Zimmer benutzen. Ich kann bei Hogan nächtigen.«

Forrest zupfte sie am Ellbogen. »Kommen Sie, meine Liebe, wir müssen uns beeilen.« Die beiden überquerten den Bach und hasteten auf die Lichter des Gasthofs zu. Hogan beobachtete ihren Abgang, dann wandte er sich an Sharpe. »Du willst also bei mir nächtigen?«

»So wäre es am besten, nicht wahr?«

»Heuchler. In Wahrheit willst du bei ihr nächtigen.«

Sharpe sagte nichts. Er hatte den Verdacht, dass Hogan das Mädchen mit dem Major losgeschickt hatte, weil er mit Sharpe unter vier Augen sprechen wollte, aber der Schütze hatte nicht die Absicht, seinem Freund das Leben leicht zu machen, indem er selbst das Thema anschnitt. Er bückte sich, hob sein Gewehr auf und betastete das Schloss, um festzustellen, ob Feuchtigkeit oder Schlamm in die Pulverpfanne gelangt war. Das Licht der Bataillonsfeuer überzog die Anhöhe mit einem allmählich verblassenden roten Glühen.

»Du weißt doch, was du tust, Richard?« Hogans Stimme war zurückhaltend.

»Was meinen Sie damit?«

Der Ire lächelte. »Sie ist schön. Es gibt nicht viele, die so aussehen wie sie, wenigstens nicht außerhalb von Cork.« Dieser kleine Scherz war dazu gedacht, seiner traurigen Stimme einen unbeschwerten Ton zu verleihen. »Nun, du hast sie gerettet, deshalb gehört sie im Augenblick dir. Wirst du sie heim nach Lissabon schicken?« Sharpe begann am Bach entlangzugehen und sagte nichts. Hogan holte ihn ein. »Bist du in sie verliebt?«

»Um Himmels willen!«

»Und was wäre daran verkehrt?« Sie legten schweigend ein paar Yards zurück, ehe Hogan eine Goldmünze aus der Tasche zog und sie hochhielt. »Ich wette die hier gegen zehn von deinen, dass du heute Abend nicht bei mir schläfst.«

Sharpe lächelte in der Dunkelheit. »Ich wette nicht, und ich habe kein Geld.«

»Ich weiß. Aber du wirst es brauchen, Richard. Frauen sind teuer.« Hogan sprach nach wie vor leise. Er kramte in seiner Tasche und holte eine Hand voll Guineas hervor. »Ich setze die hier, Richard, gegen eine einzige Gewehrkugel, dass du heute Abend nicht bei mir schlafen wirst.«

Sharpe starrte hinab in Hogans freundliches, besorgtes Gesicht. Es würde so einfach sein, diese Wette zu gewinnen. Er musste nichts weiter tun, als Josefina in seinem Zimmer unterzubringen, sich dann zu Hogans Quartier zu begeben und die Hand voll Gold zu kassieren. Das waren sechs Monate Sold, nur damit er sich von dem Mädchen fernhielt. Sharpe wies das Geld von sich. »Ich brauche alle meine Kugeln.«

Hogan lachte. »Das ist wahr. Aber sage hinterher nicht, ich hätte dich nicht gewarnt.« Er legte Hand an Sharpes Koppel, öffnete den Munitionsbeutel und ließ das Gold hineinfallen. Sharpe protestierte und wich zurück, aber Hogan zwängte das Gold hinein. »Du wirst es brauchen, Richard. Sie wird in Oropesa ein anständiges Zimmer erwarten, ebenso in Talavera, und Gott weiß, wie viel dich das alles kosten wird. Mach dir keine Sorgen. Bald wird es eine Schlacht geben, und du wirst einen reichen Mann erschießen und mir dann das Geld zurückgeben.«

Schweigend gingen sie weiter. Hogan konnte die Erregung spüren, die Sharpe gepackt hatte, und er wusste, dass er den Schützen selbst dann, wenn er ihm zehn mal zehn Guineas geboten hätte, nicht hätte davon abhalten können, in dieser Nacht mit dem Mädchen zu schlafen oder, falls Josefina nein sagte, mit dem Bakergewehr über den Knien als ihr treuer Beschützer im Zimmer zu wachen.

Sie machten einen Bogen um Berry und Gibbons, von denen einer sich soeben stöhnend vorbeugte, planschten über den Bach und traten wieder ins Licht auf dem Hof des Gasthauses. Hogan blickte zu Sharpe auf, dessen Augen in freudiger Erwartung leuchteten, und versetzte ihm einen freundschaftlichen Schlag auf den Arm. »Schlaf gut, Richard.«

Sharpe grinste ihn an. »Keine Sorge.« Er nahm drei Stufen auf einmal, die Stiefel quietschten auf der hölzernen Treppe, und Hogan blickte ihm nach. »'s ist kurz, mein Prinz«, deklamierte er vor sich hin. »Wie Frauenliebe.«

»Was war das, Sir?« Lieutenant Knowles stand neben ihm.

»Liest du denn niemals Shakespeare, Junge?«

»Shakespeare, Sir?«

»Ein berühmter irischer Dichter«, sagte Hogan.

Knowles lachte. »Und aus welchem Stück war das, Sir?«

»Hamlet.«

»Ach, der.« Knowles grinste. »Der berühmte irische Prinz?«

Hogan grinste zurück. »O nein. Hamlet war kein Ire. Er war ein Narr. Gute Nacht, Lieutenant. Zeit, ins Bett zu gehen.«

Hogan blickte hinauf zu Sharpes Zimmer. Er hätte Sharpe sein Leben anvertraut, hätte dem Schützen in allen Lebenslagen vertraut, aber mit einer Frau? Er würde entwaffnet werden, besiegt. Ein Mädchen konnte vollbringen, was ein ganzes Bataillon von Franzosen niemals erreichen konnte.

Murmelnd schritt Hogan über den inzwischen leeren Innenhof, und mit gesenkter Stimmte wiederholte er ein ums andere Mal dieselbe Verszeile, so als könne die Wiederholung sie ihres Wahrheitsgehalts berauben. »Schönheit lockt Narren schneller noch als Gold.«

KAPITEL 12

»Diensthabender Offizier?«

Sharpe reagierte. »Kommen Sie herein.«

Der Intendanturoffizier, ein beleibter Lieutenant, grinste fröhlich und schloss die Tür hinter sich. »Guten Tag, Sir. Ihre Unterschrift?«

»Wofür?«

Der Lieutenant tat so, als sei er überrascht. Er sah auf das Blatt Papier, das er Sharpe hingehalten hatte. »Drittes Sonderbataillon? Richtig?« Sharpe nickte. »Ihre Rationen, Sir.« Wieder streckte er ihm die Liste hin. »Wollen Sie bitte unterschreiben, Sir?«

»Warten Sie.« Sharpe nahm die Liste. »Siebenhundertfünfzig Pfund Rindfleisch? Das ist sehr großzügig, oder etwa nicht?«

Der Lieutenant setzte sein dienstliches Lächeln auf. »Ich fürchte, das ist nicht nur für heute, Sir. Es handelt sich um die Gesamtration für die nächsten drei Tage.«

»Was! Drei Tage? Das ist, verdammt noch mal, halbe Ration!«

Der Lieutenant breitete die Arme aus. »Ich weiß, Sir, ich weiß, aber wir tun wirklich, was wir können. Wollen Sie bitte unterschreiben?«

Sharpe nahm seinen Hut und die Waffen vom Tisch. »Wo sind sie?«

Der Lieutenant seufzte. »Sicher wollen Sie doch nichts ...«

»Wo sind sie?« Sharpes Stimme dröhnte durch den kleinen Raum. Der Lieutenant öffnete die Tür und winkte Sharpe hinaus auf den Hof, wo die Arbeitsmannschaft des Lieutenants in der Nähe der Packtiere angetreten war. Der Lieutenant nahm den Deckel von einem Fässchen frisch geschlachteten Rindfleischs. »Sir?«

Sharpe hob den obersten Brocken an und ließ ihn vor dem beleibten Verpflegungsoffizier in der Luft baumeln. »Ziehen Sie Schnürsenkel ein, und Sie können darin marschieren.« Der Lieutenant hatte das alles schon einmal gehört. Sharpe entnahm dem Fässchen ein Stück Knorpel. »Das ist ungenießbar! Wie viele Fässer?«

Der Lieutenant zeigte auf die Maultiere. »Das alles, Sir.«

Sharpe blickte vom Hof auf die sonnige Straße hinaus. Ein weiteres Maultier stand dort geduldig im spät nachmittäglichen Licht. »Was ist das?«

»Ein Maultier, Sir.« Der Lieutenant strahlte. Dann bemerkte er Sharpes Gesichtsausdruck. »Tut mit leid, Sir. Ein kleiner Scherz von mir.« Er wurde ernst. »Das ist die Lieferung für die Burg, Sir. Für Sir Arthur. Sie verstehen schon.«

»Tue ich das?« Sharpe ging durch den Torbogen auf das Tier zu, der Lieutenant nebenher, und winkte den Maultiertreiber beiseite. »Zufällig habe ich mit angesehen, wie heute Morgen die Vorräte auf die Burg geliefert wurden, Lieutenant, und dabei ist nichts verloren gegangen.«

Der Lieutenant lächelte hilflos. Sharpe log, sie wussten es beide, aber das traf auch auf den Lieutenant zu, und auch das war beiden klar. Sharpe entfernte den Deckel von dem Fass, das ihm am nächsten war. »Also das, Lieutenant, ist Rindfleisch. Ich nehme diese beiden Fässer anstelle von zwei der anderen.«

»Aber, Sir! Das ist für ...«

»Ihr Abendessen, Lieutenant? Und Sie und Ihre Offiziersgenossen werden den Rest verkaufen. Richtig? Ich nehme es.«

Der Lieutenant schloss das Fass wieder. »Wie wär's, wenn ich Ihnen ein feines Hühnchen gebe, das wir zufällig gefunden haben, Captain, natürlich als Geschenk.«

Sharpe legte die Hand auf das Maultier. »Sie wollen, dass ich unterschreibe, Lieutenant? Ich denke, ich werde das Rindfleisch zunächst auf die Waage legen.«

Der Lieutenant gab sich geschlagen und überreichte Sharpe die Liste. »Ich möchte nicht, dass Sie sich unnütz Mühe machen, Sir. Sagen wir einfach, Sie nehmen sämtliche Fässer, einschließlich dieser beiden?«

Sharpe nickte. Für heute war der Handel abgeschlossen, und seine eigene Arbeitsmannschaft entlud die Maultiere und brachte das Rindfleisch hinunter in die Außenbezirke von Oropesa, wo die Männer des Bataillons untergebracht waren. Die Versorgungslage war hoffnungslos und wurde immer schlimmer. Das spanische Heer hatte in Oropesa gewartet, und seine Soldaten hatten längst alle Überschüsse des umgebenden Landes verzehrt. In den steilen Straßen der Stadt wimmelte es von Truppen, Spaniern, Briten, Deutschen aus der Legion, und es gab bereits Spannungen zwischen den Verbündeten. Britische und deutsche Patrouillen hatten spanischen Versorgungskarren aufgelauert und sogar ihre Bewacher umgebracht, nur um der Nahrungsmittel habhaft zu werden, die Cuesta Wellesley versprochen, aber nie geliefert hatte. Die Hoffnungen des Heeres, Mitte August bis Madrid vorzudringen, hatten sich verflüchtigt, als sie die wartenden spanischen Truppen sahen. Das *regimiento* de la Santa Maria war ebenfalls in Oropesa und paradierte dort unter zwei riesigen, nagelneuen Fahnen. Sharpe fragte sich, ob General Cuesta wohl endlose Vorräte angelegt hatte, um die Trophäen zu ersetzen, die in Paris landeten. Während er die steile Straße hinabging, beobachtete er zwei Offiziere, die sich ihre langen Säbel nach einem seltsamen spanischen Brauch in die

Achselhöhlen geklemmt hatten, und nichts an ihnen, von den prächtigen Uniformen bis hin zu den dünnen Zigarren, konnte dem Schützen auch nur ein Quäntchen Vertrauen zum spanischen Heer einflößen.

Er ging weiter, und Hungergefühle stiegen in ihm auf. Josefinas Bediensteter hatte Lebensmittel aufgetrieben, für eine stattliche Geldsumme, und heute Abend zumindest würden sie ihren Appetit stillen können, wenn auch jeder Bissen so viel kostete wie ein Tagessold. Allein die beiden Räume, die sie gemietet hatten, kosteten täglich den Sold von vierzehn Tagen, aber Sharpe scherte sich nicht darum. Wenn es zum Schlimmsten kommen und er gezwungen sein würde, zwischen einer Versetzung nach Westindien und dem Zivilleben zu wählen, dann mochte das Geld doch zum Teufel gehen, er jedenfalls würde es genießen. Die Zimmer mieten, tüchtig zahlen für ein mageres Huhn, das sich beim Kochen in graue Fetzen auflösen würde, und ins Fieberlazarett die Erinnerung an Josefinas Körper mitnehmen und an den außergewöhnlichen Luxus eines breiten gemeinsamen Bettes. Bisher gab es nur die Erinnerung an die eine Nacht im Gasthof, und dann war sie vorausgeritten und ließ sich widerwillig von Hogan begleiten, während Sharpe mit dem Bataillon zwei Tage lang durch Staub und Hitze marschiert war. Gegen Mittag hatte er sie kurz gesehen, hatte sich von ihrem Willkommenslächeln blenden lassen, und nun lag der ganze Abend vor ihnen, eine lange Nacht und kein Marsch am folgenden Tag.

»Sir!«

Sharpe drehte sich um.

Sergeant Harper kam auf ihn zugerannt. Ein zweiter Mann, einer von der Leichten Kompanie des South Essex, war bei ihm. »Sir!«

»Was ist?« Harper sah aufgeregt und beunruhigt aus wie selten zuvor, dennoch erwiderte Sharpe seinen Gruß nur gereizt und voller Ungeduld. Zur Hölle mit ihnen! Er wollte mit Josefina zusammen sein. »Nun?«

»Es geht um die Deserteure, Sir.« Harper wand sich geradezu vor Verlegenheit.

»Deserteure?«

»Sie wissen schon, Sir. Die in Castelo ausgebüxt sind.«

Damals, an dem Tag, als sie zum South Essex gestoßen waren. Sharpe erinnerte sich, dass die Männer ausgepeitscht worden waren, weil in der Nacht vier Deserteure an den Wachtposten vorbeigeschlüpft waren. Er blickte Harper streng ins Gesicht. »Woher hast du deine Information?«

»Kirby hier ist ihr Kamerad, Sir.« Er zeigte auf den Mann neben sich. Sharpe betrachtete ihn: ein kleiner Mann, der fast alle Zähne verloren hatte. »Nun, Kirby?«

»Weiß nichts, Sir.«

»Willst du etwa ausgepeitscht werden, Kirby?«

Der unstete Blick des Mannes blieb verblüfft an ihm haften. »Was, Sir?«

»Wenn du mir nicht alles erzählst, muss ich davon ausgehen, dass du ihnen zur Flucht verholfen hast.«

Harper und Kirby schwiegen. Schließlich richtete der Sergeant das Wort an Sharpe. »Kirby hat einen von ihnen auf der Straße gesehen, Sir. Er ist mit ihm gegangen. Zwei der Männer sind verwundet, Sir. Kirby hat sich an mich gewandt.«

»Und du hast dich an mich gewandt.« Sharpe achtete darauf, dass seine Stimme möglichst barsch klang. »Und was erwartest du von mir?«

Wieder sagten sie nichts. Sharpe wusste, dass sie hofften, er könne ein Wunder geschehen lassen, dass Captain Sharpe, der Glückspilz, einen Weg finden würde, die vier Männer vor der unbarmherzigen Bestrafung bewahren konnte, die das Heer

Deserteuren zuteil werden ließ. Er spürte eine große Wut in sich aufsteigen, vermischt mit Ungeduld. Wofür hielten sie ihn?

»Schaffen Sie sechs Mann herbei, Sergeant. Drei Schützen und drei andere. Wir treffen uns hier in fünf Minuten. Kirby, du bleibst da.«

Harper stand stramm. »Aber, Sir . . .«

»Los!«

Die Luft hatte etwas Durchscheinendes, Lichtverhältnisse, wie sie kurz vor Einbruch der Dämmerung herrschen, wenn die Sonne aussieht, als sei sie in farbige Flüssigkeit getaucht. Eine Mücke summte um Sharpes Gesicht, und er schlug danach. Die Kirchenglocken läuteten zum Abendgebet. Eine Frau, die die Straße herabgeeilt kam, bekreuzigte sich, und Sharpe fluchte innerlich, weil er Josefina versprochen hatte, kurz nach sechs bei ihr zu sein. Verflucht sollten sie sein, diese elenden Deserteure! Verflucht auch Harper, weil er ein Wunder von ihm erwartete! Glaubte der Sergeant etwa, dass Sharpe Fahnenflucht gutheißen würde?

Hinter ihm stand Kirby ängstlich und nervös zappelnd mitten auf der Straße, und Sharpe dachte verdrossen darüber nach, wie sich die Fahnenflucht auf die Moral des Bataillons auswirken konnte. Das ganze Heer war unzufrieden, aber die anderen konnten zumindest mit einer Mischung aus Angst und Eifer der unvermeidlichen Schlacht entgegensehen, die ihrer derzeitigen beschwerlichen Lage einen Sinn verlieh. Das South Essex teilte diese Erwartungshaltung nicht. Es hatte sich bei Valdelacasa blamiert, schändlich seine Fahne verloren, und die Männer des Bataillons hatten keinen Appetit auf eine weitere Auseinandersetzung. Das South Essex war niedergeschlagen und verbittert. Jedermann würde den Deserteuren mit Wohlwollen begegnen.

Harper erschien wieder mit seinen Männern, die allesamt bewaffnet waren und Sharpe sorgenvoll anblickten. Einer von ihnen erkundigte sich nervös, ob die Deserteure erschossen werden sollten.

»Weiß ich noch nicht«, knurrte Sharpe. »Voran, Kirby!«

Sie begaben sich den Hügel hinab in das ärmste Viertel der Stadt, ein Gewirr von Gassen, in denen halb nackte Kinder in dem Dreck spielten, der sich aus den Nachttöpfen auf die Straße ergoss. Zwischen den hohen Balkonen hing Wäsche, die das Licht abschirmte, und die Enge der Mauern schien den Gestank zu verstärken. Ein Gestank, dem die Männer erstmals in Lissabon begegnet waren und an den sie sich gewöhnt hatten. Die Männer waren wortkarg und verstimmt und folgten Sharpe nur widerwillig.

»Hier, Sir.« Kirby zeigte auf ein Gebäude, einen besseren Schuppen, der zu einem großen Teil bereits verfallen war und jeden Moment ganz in sich zusammenzustürzen drohte.

Sharpe wandte sich an seine Leute. »Sie warten hier, Sergeant. Peters, Sie kommen mit mir.«

Peters gehörte zum South Essex und war älter als die meisten übrigen Soldaten. Sharpe hatte ihn immer für einen vernünftigen Mann gehalten, und er brauchte jemanden aus dem eigenen Bataillon der Deserteure, damit es nicht so aussah, als hätten sich die grünberockten Schützen gegen das South Essex verschworen.

Er stieß die Tür auf. Eigentlich hatte er damit gerechnet, dass dort jemand mit einem Gewehr in der Hand wartete, doch stattdessen blickte er in einen Raum, der unvorstellbar verwahrlost war. Die vier Männer hatten sich auf dem Fußboden niedergelassen, zwei von ihnen liegend, die anderen beiden kauerten an einem schwachen Feuer. Nur spärlich brach das Sonnenlicht durch das ramponierte Dach und die Löcher herein, die einmal Fenster gewesen waren. Die Männer waren in Lumpen gekleidet.

Sharpe trat zu den beiden Kranken. Ihre Gesichter waren blass, und sie zitterten am ganzen Leib. Ihr Pulsschlag war kaum mehr spürbar. Er wandte sich an die anderen.

»Wer seid ihr?«

»Corporal Moss, Sir.« Der Mann hatte einen zwei Wochen alten Bart, und seine Wangen waren eingesunken. Sie hatten offensichtlich nichts zu essen bekommen. »Das ist Soldat Ibbotson«, er deutete auf seinen Kameraden. »Und das sind Campbell und Trapper, Sir.« Moss gab sich förmlich und höflich, als könnte ihn das vor seinem Schicksal retten. Der Staub lag schwer in der Luft, der Raum stank nach Krankheit und Kot.

»Warum seid ihr in Oropesa?«

»Sind gekommen, um uns wieder dem Regiment anzuschließen, Sir«, sagte Moss, aber er hatte es zu eilfertig gesagt. Alle schwiegen. Ibbotson hockte am erloschenen Feuer und starrte zwischen seine Knie auf den Boden. Er war der Einzige mit einer Waffe, einem Bajonett, das er in der linken Hand hielt, und Sharpe hatte den Eindruck, dass ihm nicht gefiel, was hier ablief.

»Wo sind eure Waffen?«

»Die haben wir verloren, Sir. Die Uniformen ebenso.« Moss war sichtlich bemüht, Eindruck zu schinden.

»Du meinst, ihr habt sie verkauft.«

Moss zuckte mit den Schultern. »Jawohl, Sir.«

»Und ihr habt das Geld versoffen?«

»Jawohl, Sir.«

Plötzlich wurde aus dem Nebenzimmer ein Geräusch laut, und Sharpe wirbelte herum, mit dem Gesicht zur Tür. Doch da war nichts. Moss schüttelte den Kopf. »Ratten, Sir. Ganze Heerscharen von diesen Biestern.«

Sharpe sah sich nach den Deserteuren um. Ibbotson starrte ihn jetzt direkt an, mit den Augen eines besessenen Fanatikers. Einen Augenblick fragte sich Sharpe, ob er wohl vorhabe, von seinem Bajonett Gebrauch zu machen.

»Was hast du hier zu suchen, Ibbotson? Du willst dich doch nicht wieder dem Bataillon anschließen.«

Keine Antwort. Der Mann hob nur den rechten Arm an, den er bisher hinter seinem Körper verborgen hatte. Die Hand fehlte, da war nur der Stumpf, in blutdurchtränkte Lumpen gewickelt.

»Ibbs ist in eine Rauferei geraten, Sir«, sagte Moss. »Hat seine Hand verloren. Er ist zu nichts mehr zu gebrauchen, Sir. Er war Rechtshänder, müssen Sie wissen«, fügte er mit seiner verdächtigen Beflissenheit hinzu.

»Du meinst wohl, er ist für die Franzosen nicht zu gebrauchen.«

Wieder herrschte Stille. Der Staub hing dick in der Luft. »So ist es.« Ibbotson hatte sich zu Wort gemeldet. Sein Tonfall war der eines gebildeten Mannes. Moss versuchte ihn zum Schweigen zu bringen, doch Ibbotson ignorierte den Corporal. »Wir wären schon vor einer Woche bei den Franzosen gewesen, aber diese Idioten haben es sich in den Kopf gesetzt zu trinken.«

Sharpe starrte ihn an. Es war merkwürdig, aus diesem Haufen Lumpen, Bartstoppeln und blutgetränkter Bandagen eine so feine und kultivierte Stimme hervorkommen zu hören. Der Mann war krank, vermutlich hatte er eine Blutvergiftung, aber darauf kam es jetzt kaum noch an. Indem er zugegeben hatte, dass sie zum Feind unterwegs gewesen waren, hatte Ibbotson sie alle vier zum Tode verurteilt. Wären sie bei dem Versuch, neutralen Boden zu erreichen, gefangen genommen worden, hätte die Möglichkeit bestanden, sie, wie es Sharpe vielleicht auch irgendwann widerfahren konnte, zur Garnison in Westindien zu verfrachten, wo das Fieber sie dann doch umbringen würde, aber für Männer, die zum Feind überliefen, gab es nur eine Strafe. Corporal Moss wusste das. Er blickte zu Sharpe auf und flehte ihn an: »Ehrlich, Sir, wir wussten nicht, was wir taten. Wir haben hier gewartet, Sir ...«

»Halt die Schnauze, Moss!« Ibbotson glotzte ihn wütend an, dann wandte er sich an Sharpe, wobei er das Bajonett in seiner Hand leicht anhob, als wolle er seinen Bemerkungen mehr Nachdruck verleihen. »Wir werden diesen Krieg verlieren. Jeder Narr kann sich das an allen Fingern abzählen. Die Franzosen haben mehr Soldaten, als Britannien in hundert Jahren aufstellen könnte. Sehen Sie sich doch an!« Seine Stimme war voller Verachtung. »Sie können vielleicht einen General schlagen, dann einen zweiten, aber es werden immer neue nachrücken! Und sie werden siegen! Und wissen Sie, warum? Weil sie einer Idee folgen. Und die heißt Freiheit, Gerechtigkeit und Gleichheit!« Er hielt abrupt inne, und seine Augen funkelten.

»Was sind Sie, Ibbotson?«, fragte Sharpe.

»Ein Mann.«

Sharpe lächelte angesichts der dramatischen Herausforderung, die hinter dieser lakonischen Entgegnung stand. Die Argumentation war nicht neu, aber der Captain war doch neugierig, was einen gebildeten Mann wie Ibbotson veranlasste, sich unter die einfachen Soldaten des Heeres zu mischen und die französischen Schlagworte der Freiheit zu predigen.

»Sie sind gebildet, Ibbotson. Wo kommen Sie her?«

Ibbotson starrte Sharpe schweigend an und umklammerte sein Bajonett. Die Stille wurde unheimlich. Hinter seinem Rücken hörte Sharpe die Sergeants Harper und Peters mit den Füßen auf dem harten Erdboden scharren. Moss räusperte sich und zeigte auf Ibbotson. »Er ist ein Pfarrerssohn, Sir.« Er sagte das, als sei damit alles erklärt.

Sharpe blickte Ibbotson an. Sohn aus einem Pfarrhaus? Vielleicht war der Vater gestorben, oder die Familie war zu groß. Beide Wege konnten direkt ins Elend führen. Aber welcher Schicksalsschlag hatte Ibbotson ins Heer getrieben? Ibbotson erwiderte seinen Blick, dann begann er zu weinen. Er ließ das Bajonett fallen und vergrub das Gesicht in der Beuge seines linken Ellbogens, und Sharpe fragte sich, ob er sich wohl plötzlich an einen blühenden Pfarreigarten und an eine lang verlorene Mutter erinnert hatte, die im englischen Hochsommer Brot backte. Er wandte sich an Harper.

»Die vier stehen unter Arrest, Sergeant. Die beiden da werden Sie wohl tragen müssen.«

Er trat vor die Hütte in die stinkende Gasse. »Kirby?«

»Sir?«

»Sie können gehen.« Der Mann rannte davon. Sharpe wollte vermeiden, dass er den vier Deserteuren gegenübertreten musste, deren Verhaftung er herbeigeführt hatte. »Ihr anderen. Nach drinnen.«

Zwischen den aufeinander zulaufenden Mauern spähte er zu dem freien Himmelsstück auf. Schwalben flogen in die hereinbrechende Nacht. Morgen würde es Hinrichtungen geben. Doch zuerst kam Josefina.

Harper trat in die Tür. »Wir sind so weit, Sir.«

»Dann lass uns gehen.«

KAPITEL 13

Sharpe schreckte hoch, setzte sich auf, griff instinktiv nach seiner Waffe und sank dann, als ihm klar wurde, wo er sich befand, in die Kissen zurück. Er war in Schweiß gebadet, obwohl die Nacht kühl war und eine leichte Brise die Vorhänge zu beiden Seiten des offenen Fensters bauschte, durch das er den Vollmond sehen konnte. Josefina saß neben dem Bett und beobachtete ihn, ein Glas Wein in der Hand. »Du hast geträumt.«

»Ja.«

»Wovon?«

»Von meiner ersten Schlacht.« Er sagte nichts weiter, aber in seinem Traum war er unfähig gewesen, die Brown-Bess-Flinte zu laden, das Bajonett wollte sich nicht aufsetzen lassen, und die Franzosen waren in Scharen gekommen und hatten den verängstigten Knaben auf den regennassen Wiesen Flanderns ausgelacht. Boxtel hatte man den Ort genannt, und er dachte heute nur noch selten an diese chaotische Schlacht. Er blickte das Mädchen an. »Wie steht es mit dir?« Er klopfte auf die Matratze. »Warum bist du schon auf?«

Sie zuckte mit den Schultern. »Ich konnte nicht schlafen.« Sie hatte eine Art dunkler Robe angelegt, und nur ihr Gesicht und die Hand, die das Glas hielt, waren im unbeleuchteten Zimmer zu erkennen.

»Wieso konntest du nicht schlafen?«

»Ich habe nachgedacht. Darüber, was du gesagt hast.«

»Vielleicht kommt es anders.«

Sie lächelte ihn an. »Nein.«

Irgendwo in der Stadt bellte ein Hund, sonst war nichts zu hören. Sharpe dachte an die Gefangenen und fragte sich, ob sie ihre letzte Nacht wach verbrachten und auch dem Hund lauschten. Er dachte an den Abend, nachdem er die Wachstube verlassen hatte, und an das lange Gespräch mit Josefina. Sie wollte nach Madrid, war geradezu versessen darauf, Madrid zu erreichen, und Sharpe hatte ihr gesagt, er halte es für unwahrscheinlich, dass die Verbündeten bis in die spanische Hauptstadt vordringen würden. Der Captain ging davon aus, dass Josefina selbst kaum wusste, warum sie Madrid erreichen wollte, vermutlich war es für sie eine Traumstadt, der Topf mit Gold am Ende des verblassenden Regenbogens, und er beneidete sie um den Wunsch, dorthin zu gelangen. »Warum gehst du nicht wieder nach Lissabon?«

»Die Familie meines Mannes wird mich dort nicht willkommen heißen, nicht mehr.«

»Ah, Edward.«

»Duarte«, hatte sie ihn automatisch korrigiert.

»Dann geh heim.« Mit dieser Aufforderung versuchte er Josefina nach und nach dazu zu bringen, alle Möglichkeiten, irgendwo unterzukommen, auszuschließen, bis auf die, in seiner Nähe zu bleiben. Dabei war er sich nicht einmal sicher, ob er sich ihre Anwesenheit auf Dauer leisten konnte.

»Heim? Du verstehst das nicht. Sie werden mich zwingen, auf ihn zu warten, genau wie seine Eltern. In einem Kloster oder in einem abgedunkelten Raum, was macht das schon?« In ihrer Stimme klang Verzweiflung an. Sie war in Oporto aufgewachsen, als Tochter eines Kaufmanns, der reich genug war, um bei den bedeutenden englischen Familien der Stadt zu verkehren, die den Portweinhandel beherrschten. Sie hatte als Kind Englisch gelernt, weil dies die Sprache der Reichen und Mächtigen in ihrer Heimatstadt war. Dann hatte sie Duarte geheiratet, der zehn Jahre älter war als sie und Hüter der Königlichen Falken in Lissabon. Seine Arbeit war die eines Höflings und hatte mit Falken nicht das Mindeste zu tun. Josefina hatte die Pracht des Palastes genossen, die Bälle, das elegante Leben. Dann, vor zwei Jahren, als die Königliche Familie nach Brasilien geflohen war, hatte Duarte sich eine Geliebte zugelegt, und sie war in dem großen Haus mit seinen Eltern und Schwestern zurückgeblieben. »Sie wollten, dass ich in ein Kloster gehe. Kannst du das glauben? Dass ich in einem Kloster auf ihn warten solle, ein pflichtbewusstes Weib, während er mit dieser Frau Bastarde zeugt?«

Sharpe rollte sich vom Bett hinunter und trat ans Fenster. Er lehnte sich auf das Geländer aus schwarzem Gusseisen – dass er nackt war, wurde ihm gar nicht bewusst – und starrte gen Osten, als könne er dort am nächtlichen Himmel den Widerschein der französischen Lagerfeuer entdecken. Sie befanden sich dort, einen langen Tagesmarsch entfernt, doch es war nichts zu sehen als das Mondlicht über dem Land und die abfallenden Dächer der Stadt. Josefina kam, stellte sich neben ihn und ließ ihre Finger über die Narben auf seinem Rücken gleiten. »Was wird morgen passieren?«

Sharpe drehte sich um und blickte auf sie hinab. »Sie werden erschossen.«

»Geht das schnell?«

»Ja.« Es hatte keinen Sinn, ihr zu verraten, dass die Kugeln manchmal ihr Ziel verfehlten und die Offiziere hingehen und den Verurteilten mit der Pistole die Schädel sprengen mussten. Er legte den Arm um sie, zog sie an sich und roch an ihrem Haar. Sie legte den Kopf an seine Brust, während ihre Finger immer noch die Narben erkundeten. »Ich habe Angst.« Ihre Stimme war kleinlaut.

»Vor den beiden?«

»Ja.«

Gibbons und Berry hatten sich in der Wachstube aufgehalten, als die Deserteure hereingebracht wurden. Sir Henry war ebenfalls erschienen, hatte sich die Hände gerieben, ja, in seiner Freude über die Gefangennahme der Flüchtlinge hatte er auf einmal alle Feindseligkeit abgelegt und sich überschwänglich bei Sharpe bedankt. Das Kriegsgericht war eine Formalität, eine Sache von Minuten, dann war das Papier zur Unterschrift durch den General entfernt worden, womit das Schicksal der vier Männer besiegelt war. Sharpe war ein paar Augenblicke mit den beiden Lieutenants allein geblieben, aber sie hatten nichts zu ihm gesagt. Sie hatten sich ruhig unterhalten, gelegentlich gelacht und ihn angesehen, als wollten sie seine Wut herausfordern, aber sie hatten dafür die falsche Zeit und den falschen Ort gewählt. Irgendwann würde es so weit sein. Er hob Josefinas Gesicht an. »Würdest du mich auch brauchen, wenn sie nicht hier wären?«

Sie nickte. »Du verstehst offenbar immer noch nicht. Ich bin eine verheiratete Frau, und ich bin davongerannt. Oh, ich weiß, er hat viel Schlimmeres getan, aber das wird nicht gegen ihn ausgelegt. Von dem Tag an, als ich Duartes Eltern verließ, war ich auf mich allein gestellt. Begreifst du das? Ich kann nicht zurück, meine Eltern werden mir nie verzeihen. Ich dachte, in Madrid...« Sie verstummte und brachte den Satz nicht zu Ende.

»Und Christian Gibbons hat gesagt, er würde in Madrid für dich sorgen?«

Wieder nickte sie. »Es sind noch andere Mädchen mitgekommen, das weißt du. Es gibt so viele Offiziere. Aber nun...« Wieder unterbrach sie sich. Er wusste, woran sie dachte.

»Nun machst du dir Sorgen. Madrid ist weit, und du bist mit jemandem zusammen, der kein Geld hat, und du denkst an all die Nächte auf dem Feld oder in verlausten Hütten.«

Sie warf ihm ein Lächeln zu, und Sharpe wurde sich ihrer makellosen Schönheit geradezu schmerzhaft bewusst. »Eines Tages, Richard, wirst du ein Colonel sein, mit einem großen Pferd und einem Haufen Geld, und du wirst sämtliche Captains und Lieutenants schikanieren.«

Er lachte. »Aber nicht schnell genug für dich?« Er hatte den entscheidenden Punkt getroffen, das wusste er, aber ihr war damit nicht geholfen. Es gab noch andere Mädchen, Mädchen aus gutem Haus wie Josefina, die alles aufs Spiel gesetzt hatten und zu den Soldaten übergelaufen waren. Aber in der Regel waren sie noch nicht verheiratet gewesen und konnten sich dann rasch in eine Ehe flüchten, und ihren Angehörigen blieb nichts übrig, als sich damit abzufinden. Aber Josefina? Sharpe wusste, sie würde einen Mann finden, der mehr Geld hatte als er, einen Kavallerieoffizier, und über dem Bedürfnis nach Komfort und Sicherheit würde ihre Zuneigung zu Sharpe langsam schwinden. Er spürte die Kühle der Nachtluft auf seiner Haut und zog Josefina fest an seine Brust. »Ich werde für dich sorgen.«

»Ehrenwort?« Sie sprach so leise, dass sie kaum zu verstehen war.

»Mein Ehrenwort.«

»Dann will ich keine Angst mehr haben.« Sie zog sich ein wenig von ihm zurück. »Ist dir kalt?«

»Macht nichts.«

»Komm.« Sie führte ihn zurück ins dunkle Zimmer. Er wusste, dass sie ihm für kurze Zeit gehörte, nur für kurze Zeit, und er war traurig darüber. Draußen bellte der Hund weiter den leeren Himmel an.

KAPITEL 14

Das Bataillon trat in Kompanien an und formierte sich an drei Seiten eines innen hohlen Quadrats. Die vierte Seite bildeten statt der üblichen Auspeitschungsgestelle zwei gebeugte Pappeln, die neben einem flachen Teich wuchsen. Die Ufer des Teichs waren von der Kavallerie zertrampelt worden, und der Schlamm in ockerfarbenen, von grünlichem Schaum durchzogenen Klumpen getrocknet. Zwischen den Bäumen stand die große Trommel des Bataillons und auf ihrem grauen, gespannten Fell lagen eine offene Bibel und ein Gebetbuch. Da war kein Windzug, der die Seiten umgeblättert hätte, nur die Sonne, die ihre unbarmherzige Attacke auf die Ebene fortsetzte, und auf die Männer, die schwitzend in voller Uniform strammstanden.

Sharpe hatte vor der Leichten Kompanie an der linken Seite der Frontlinie Aufstellung genommen und starrte über die Köpfe der Grenadiere auf die Burg von Oropesa. Sie beherrschte meilenweit die Ebene und ihre kahlen Mauern erhoben sich Felsbrocken gleich über die Dächer der Stadt.

Sharpe versuchte sich vorzustellen, wie es gewesen sein mochte, in voller Ritterrüstung einherzureiten, damals in jenen Tagen, als die Burg noch ein echtes Hindernis darstellte. Schweiß stach ihm in die Augen, tropfte auf seine grüne Jacke, rann ihm den Rücken hinab. Er fühlte sich seltsam beschwingt, ganz und gar nicht der Gemütszustand, in dem man zusieht, wie Deserteure in die Ewigkeit geschickt werden.

Während er zur Burg hinüberstarrte, dachte er an Josefina, und im Sonnenlicht dieses Morgens kam ihm der Handel gar nicht mehr so übel vor. Sie gehörte ihm nur, solange sie ihn brauchte, aber dafür konnte er auch ihre Unbekümmertheit und ihr Temperament in vollen Zügen genießen. Und wenn die Vereinbarung ausläuft? Ein guter Soldat, das war ihm klar, machte immer schon Pläne für die übernächste Schlacht. Aber er konnte keine Pläne schmieden für den Moment, da Josefina ihm ihre Gegenwart entziehen würde.

Gibbons war mit der Leichten Kompanie zusammen angetreten. Simmerson saß in der Platzmitte zu Pferd, neben General »Daddy« Hill, der mit seinem Stab gekommen war, um seine Pflicht zu erfüllen und der Hinrichtung beizuwohnen. Gibbons starrte mit steinerner Miene geradeaus. Sharpe wusste, dass er sich, sobald dieser Aufmarsch vorbei war, wieder an der Seite seines Onkels in Sicherheit bringen würde. Der Lieutenant hatte Sharpe gegenüber kein Wort verloren, war nur zur Kompanie hinübergeritten, hatte kehrtgemacht und seither stillgestanden. Es gab nichts zu sagen. Für Sharpe war der Hass, der von diesem Mann ausging, beinahe körperlich spürbar, genau wie seine Entschlossenheit, sich zu rächen, denn Sharpe hatte nicht nur die Beförderung erlangt, die Gibbons anstrebte, nein, schlimmer noch, der Schütze hatte obendrein sein Mädchen erobert. Ihm war klar, dass die Angelegenheit noch nicht erledigt war.

Vierzehn Männer, allesamt kleinerer Vergehen schuldig, marschierten auf den Platz und wurden so aufgestellt, dass sie den Bäumen zugewandt waren. Ihre Bestrafung bestand darin, dass sie als Erschießungskommando antreten mussten, und als die Männer so dastanden, die Musketen aufgestützt, starrten sie fasziniert auf die beiden frisch ausgehobenen Gräber und die rohen Holzsärge, die auf Ibbotson und Moss warteten. Die beiden anderen Gefangenen waren während der Nacht gestorben. Sharpe war sich keineswegs sicher, ob Parton, der

Bataillonsarzt, ihnen nicht dabei behilflich gewesen war, um zu vermeiden, dass das Bataillon mit ansehen musste, wie zwei Schwerkranke an die Bäume gebunden und zusammengeschossen wurden.

Der Captain hatte schon zahlreichen Hinrichtungen beigewohnt. Er war noch ein Kind gewesen, als er die Erregung der Menge gespürt hatte, während die Opfer an den Galgen zuckten und zappelten. Er hatte gesehen, wie Männer vor die Mündungen verzierter Messingkanonen gefesselt und diese dann abgefeuert wurden, sodass die Körper zerfetzt und über die indische Landschaft verstreut wurden, er hatte beobachtet, wie seine Kameraden von Tippu Sultans Frauen gefoltert oder wilden Tieren zum Fraß vorgeworfen wurden. Er selbst hatte schon einmal irgendwo am Wegrand Männer aufgeknüpft, doch am häufigsten hatte er miterlebt, wie Männer mit dem bei einer rituellen Hinrichtung üblichen Drum und Dran erschossen wurden. Er hatte diesem Spektakel nie etwas abgewinnen können, doch er wusste, dass es notwendig war.

Diese Hinrichtung jedoch war auf subtile Weise anders als alle, die er bisher erlebt hatte. Das lag nicht etwa daran, dass Moss und Ibbotson den Tod nicht verdient hätten, schließlich waren sie desertiert, wollten zum Feind überlaufen, und es konnte für sie kein anderes Ende geben als das vor einem Erschießungskommando. Aber nach der aberwitzigen Schlacht bei der Brücke, nach Simmersons Auspeitschungen, nach seiner wiederholten Verurteilung der Männer wegen des Verlusts der Fahne wurde diese Exekution vom Bataillon als Bestätigung dafür betrachtet, wie sehr Simmerson seine Leute verachtete und hasste. Sharpe hatte selten einen solch finsteren Unmut bei Soldaten erlebt.

In der Ferne tauchte die Abteilung des Generalprofos auf, samt Gefangenen und ihren Bewachern, und bahnte sich ihren

Weg durch die Menge der britischen und spanischen Zuschauer. Forrest brachte sein Pferd vor Simmerson zum Stehen.

»Bataillon! Bajonette aufsetzen!«

Mit einem Kratzgeräusch fuhren die Klingen aus ihren Hüllen, und in den Reihen der Kompanie blitzte Stahl auf. Die Deserteure sollten unter angemessenem Zeremoniell hingerichtet werden. Sharpe beobachtete, wie Gibbons sich hinabbeugte und etwas zu dem sechzehnjährigen Ensign Denny sagte.

»Ihre erste Hinrichtung, Mister Denny?«

Der Junge nickte. Er war blass und bekümmert wie die anderen jüngeren Soldaten in den Reihen. Gibbons kicherte. »Die beste Übung im Zielschießen, die die Männer kriegen können!«

»Ruhe!« Sharpe bedachte sie mit einem strengen Blick. Gibbons lächelte heimlich.

»Bataillon!« Forrests Pferd brach seitlich aus. Der Major beruhigte es. »Schultert das Gewehr!«

Über den Reihen der Männer ragten die Bajonette auf. Schweigen breitete sich aus. Die Gefangenen waren in Hose und Hemd gekleidet, ohne Jacken, und Sharpe nahm an, dass sie halb abgefüllt waren mit scharfem Branntwein oder Rum. Ein Kaplan schritt stetig murmelnd neben ihnen her, aber die Gefangenen schienen ihm keine Beachtung zu schenken, während sie auf die Bäume zumarschierten.

Das Drama nahm seinen unvermeidlichen Lauf. Moss und Ibbotson wurden an die Stämme gefesselt und mit Augenbinden versehen, und Forrest ließ das Erschießungskommando strammstehen. Ibbotson, der Pfarrerssohn, war Sharpe am nächsten, und er konnte sehen, dass sich die Lippen des Mannes bewegten, als spreche er ununterbrochen zu sich selbst. Betete er? Sharpe konnte die Worte nicht verstehen.

Forrest gab keine weiteren Befehle. Die Exekutionseinheit

war darauf gedrillt worden, auf Signale, nicht auf Befehle zu reagieren, und sie präsentierte nach ruckartigen Bewegungen, die der Major mit seinem Säbel ausführte, die Musketen und legte an.

Plötzlich ertönte laut und deutlich Ibbotsons Stimme, von Verzweiflung erfüllt, und Sharpe kannte diese Worte: »Wir haben gefehlt und sind abgekommen von Deinem Wege wie verlorene Schafe ...« Forrest ließ den Säbel niedersausen, die Musketen krachten, die beiden Körper zuckten krampfhaft, und eine Schar von Vögeln erhob sich kreischend aus den Zweigen. Zwei Lieutenants eilten mit gezogenen Pistolen herbei, doch die Musketenkugeln hatten ihre Arbeit getan, und die Körper hingen mit aufgerissener, blutüberströmter Brust vor dem trägen weißen Musketenqualm.

Ein kaum hörbares Raunen durchlief die Reihen des Bataillons. Sharpe wandte sich an seine Männer.

»Ruhe!«

Die Leichte Kompanie stand schweigend da. Der Pulverdampf des Exekutionskommandos erfüllte die Luft mit seinem scharfen Geruch. Das Raunen verstärkte sich. Offiziere und Sergeants brüllten Befehle, doch die Männer des South Essex hatten eine Möglichkeit entdeckt, ihren Protest loszuwerden, und das Gemurmel wurde eindringlicher.

Sharpe hielt seine eigene Kompanie ruhig, indem er seine Leute mit dem blanken Degen in der Hand finster anstarrte, aber er konnte nichts an der Verachtung ändern, die sich in ihren Gesichtern zeigte. Sie war nicht gegen ihn gerichtet, sie galt Simmerson, dem Colonel in der Mitte des Platzes, der an den Zügeln zerrte und versuchte, sich brüllend Gehör zu verschaffen.

Die Unruhe unter den Soldaten wuchs. Sergeants rannten in die Reihen und prügelten auf jene Männer ein, von denen sie glaubten, dass sie einen Laut von sich gegeben hätten. Offiziere schrien ihre Kompanien an, und hinter dem Bataillon erklangen die Schmähworte britischer Soldaten aus anderen Einheiten, die aus der Stadt herübergewandert waren, um die Hinrichtung zu beobachten.

Nach und nach erstarb das Gemurmel und Raunen, ebenso zögernd, wie sich der Pulverqualm verflüchtigt hatte, und das Bataillon stand wieder schweigend und reglos da.

»Daddy« Hill, der sich die ganze Zeit über weder bewegt noch etwas gesagt hatte, winkte seinem Adjutanten zu, und die kleine Schar ritt an den Männern des Erschießungskommandos vorbei, die nun die Leichname in die Särge hoben, zurück nach Oropesa. Hills Gesicht war ausdruckslos. Sharpe war »Daddy« Hill zuvor noch nie begegnet, aber er wusste wie das übrige Heer, dass der General in dem Ruf stand, ein gütiger und rücksichtsvoller Offizier zu sein, und er fragte sich, was Hill wohl von Simmerson und seinen Methoden hielt. General Rowland Hill hatte den Oberbefehl über sechs Bataillone, aber Sharpe war sich sicher, dass keines ihm so viele Probleme bereiten würde wie das South Essex.

Simmerson lenkte sein Pferd an die Gräber, riss das Tier herum und erhob sich in den Steigbügeln. Sein Gesicht war vor Wut gerötet und seine Stimme durchschnitt schrill die Stille. »Um sechs Uhr heute Abend wird strafexerziert! In voller Montur! Für dieses Theater werdet ihr mir büßen!« Die Männer schwiegen. Simmerson ließ sich in den Sattel zurücksinken. »Major Forrest! Weitermachen!«

Das Bataillon marschierte an den offenen Särgen vorbei, eine Kompanie nach der anderen, und die Männer waren gezwungen, die verstümmelten Leichname anzusehen. Die Botschaft an jeden einzelnen Soldaten war eindeutig: Das wird auch dir passieren, wenn du davonläufst – und mehr als das, denn die

Namen der Toten wurden in die Heimat weitergeleitet, um am Anschlagbrett ihrer Gemeinden verkündet zu werden, damit sich die Schande auch auf ihre Familien ausdehnte. Der Vorbeimarsch der Kompanien ging wortlos vonstatten.

Als das Bataillon abgezogen war und die übrigen Zuschauer die sterblichen Überreste angegafft hatten, versenkte eine Arbeitsmannschaft die Särge in den Gräbern. Erde wurde in die Gruben geschaufelt, die Grasnarben wurden sorgfältig zurückgelegt und alle Spuren der Grablegungen beseitigt. Dass die Gräber nicht gekennzeichnet wurden, stellte eine letzte Schmähung der Deserteure dar, aber als die Soldaten abgezogen waren, fanden spanische Bauern die Gräber und hämmerten hölzerne Kreuze in den Grasboden. Das war keine Respektsbezeugung, nur die Vorsichtsmaßnahme vernünftiger Menschen. Die Toten waren Protestanten, begraben in ungeweihtem Boden, und die grob behauenen Kreuze standen dort, um die nicht zur Ruhe gekommenen Seelen unter der Erde festzuhalten.

Das Volk von Spanien hatte ohnehin genug Probleme mit dem Krieg. Unablässig zogen die Heere Frankreichs, Spaniens und nun Britanniens durch sein Land. Es gab wenig, was ein Bauer dagegen unternehmen konnte, auch nicht gegen die Guerillakämpfer, jene Männer, die den »kleinen Krieg« ausfochten. Aber die Seelen der heidnischen Engländer waren eine andere Sache. Wer konnte wollen, dass sie das Vieh erschreckten und des Nachts durch die Felder streunten? Die Bauern schlugen die Kreuze tief ein, um ruhig schlafen zu können.

KAPITEL 15

Jeder zehnte Mann sollte ausgepeitscht werden. Sechzig Angehörige des Bataillons, sechs aus jeder Kompanie, und der Captain einer jeden Kompanie hatte seine sechs Mann abzuliefern, die ihre Brust entblößten und bereit waren, sich an die dreieckigen Auspeitschungsgestelle binden zu lassen, die Simmerson von ortsansässigen Zimmerleuten herstellen ließ. Der Colonel hatte es verkündet und dann mit seinen kleinen, blutunterlaufenen Augen in die Runde der versammelten Offiziere geblickt. Irgendwelche Kommentare?

Sharpe holte tief Luft. Etwas zu sagen war sinnlos, nichts zu sagen feige.

»Ich halte das für keine gute Idee, Sir.«

»Captain Sharpe hält es für keine gute Idee.« Simmerson ließ Gift und Galle von jedem seiner Worte tropfen. »Captain Sharpe, meine Herren, kann uns sagen, wie man Soldaten befehligt. Warum ist das keine gute Idee, Captain Sharpe?«

»Am Morgen zwei Mann zu erschießen und am Nachmittag sechzig auszupeitschen macht auf mich den Eindruck, als solle die Arbeit der Franzosen für sie erledigt werden, Sir.«

»Macht es das? Nun, zur Hölle mit Ihnen, Sharpe, und zur Hölle mit Ihren Eindrücken. Wenn die Einhaltung der Disziplin in diesem Bataillon von den Captains so streng gehandhabt würde, wie ich es verlange, wäre diese Strafaktion überflüssig. Ich werde die Auspeitschung durchführen! Und Ihre kostbaren Schützen sind davon nicht ausgenommen, Sharpe! Ich erwarte drei von ihnen unter Ihren sechs. Begünstigungen gibt es nicht.«

Es blieb nichts zu sagen oder zu tun. Die Captains meldeten es an ihre Kompanien und schnitten, wie Sharpe, Strohhalme zurecht, um auszulosen, wer Simmersons Opfer sein sollten. Je drei Dutzend Schläge für sechzig Mann.

Gegen zwei Uhr waren die Opfer damit beschäftigt, Schnaps zu organisieren, der möglicherweise helfen würde, ihr Fleisch unempfindlich zu machen, und ihre verdrossenen Kameraden verbrachten den langen Nachmittag damit, ihre Ausrüstung für die bevorstehende Inspektion Simmersons zu reinigen und zu polieren.

Sharpe überließ sie ihrer Arbeit und ging zurück zu dem Haus, das dem Bataillon als Hauptquartier diente. Ärger lag in der Luft, eine Stimmung, drückend wie vor einem Gewitter, und die Glückseligkeit, die Sharpe noch am Morgen empfunden hatte, wich bösen Vorahnungen. Er ertappte sich bei der Frage, was wohl noch alles passieren würde, ehe er in das Haus zurückkehrte, wo Josefina auf ihn wartete und von Madrid träumte.

Den Nachmittag verwandte der Captain darauf, die Bücher der Kompanie gewissenhaft auf den neuesten Stand zu bringen. Jeden Monat musste das Tagebuch ins Hauptbuch übertragen werden, und das Hauptbuch war in einer Woche zur Inspektion durch Simmerson fällig. Sharpe trieb Tinte auf, spitzte einen Federkiel an und begann mit der Zunge zwischen den Zähnen die Einzelheiten niederzuschreiben. Er hätte diese Aufgabe an den Sergeant delegieren können, der sich um die Bücher kümmerte, doch er zog es vor, die Arbeit selbst zu erledigen. So konnte niemand dem Sergeant Begünstigung vorwerfen. Thomas Cresacre, Soldat, wurden die Kosten einer neuen Schuhbürste in Rechnung gestellt. Fünf Pence. Sharpe seufzte. Hinter dieser Eintragung in die Rubriken verbarg sich eine kleinere Tragödie. Cresacre hatte mit der Bürste nach seiner Frau geworfen, und der hölzerne Griff war beim Aufprall gegen die Steinmauer geborsten. Sergeant McGivern hatte gesehen, wie es passierte, und den Mann gemeldet, und so kam es, dass Thomas Cresacre nun zusätzlich zu seinen ehelichen Problemen auch noch fünf der zwölf Pence Tagessold verlor.

Der nächste Eintrag in dem kleinen Tagebuch, das gewöhnlich in Sharpes Tasche untergebracht war, betraf ein Paar Schuhe für Jebediah Horrell. Der Captain zögerte einen Moment. Horrell hatte behauptet, die Schuhe seien ihm gestohlen worden, und Sharpe war geneigt, ihm zu glauben, denn Horrell war ein anständiger Mann, ein kräftiger Arbeiter aus den Midlands, dessen Muskete immer gepflegt und dessen Ausrüstung immer in ordentlichem Zustand war. Abgesehen davon hatte Horrell seine Strafe bereits abgebüßt. Zwei Tage lang war er in geliehenen Stiefeln marschiert, und seine Füße waren voller Blasen und Aufschürfungen. Sharpe strich die Eintragung aus seinem Tagebuch und schrieb ins Hauptbuch: »Im Einsatz verloren gegangen.« Damit ersparte er dem Soldaten Horrell sechs Shilling und sechs Pence.

Als Nächstes zog er das Ausstattungsbuch zu sich heran und übertrug sorgsam die Information aus dem Hauptbuch. Es amüsierte ihn, dass Lennox längst für sämtliche Angehörigen der Kompanie einen Stehkragen als »im Einsatz« verloren gegangen eingetragen hatte. Dadurch war es Sache der Regierung, nicht des Einzelnen, dem der Gegenstand abhanden gekommen war, die Kosten zu tragen.

Eine Stunde brachte Sharpe damit zu, die kleinen Beträge, die im Soldatenalltag anfielen, aus seinem Tagebuch ins Hauptbuch und von da ins Ausstattungsbuch zu übertragen. Als er fertig war, zog er das Messebuch zu sich heran. Das war leichte Arbeit. Sergeant Read, der die Bücher führte, hatte bereits die Namen der Männer gestrichen, die in Valdelacasa gefallen waren. Er hatte die neuen Namen hineingeschrieben, Sharpes Schützen und die sechs Männer, die für die Leichte Kompanie rekrutiert worden waren, als Wellesley sie zum neuen Sonderbataillon ernannt hatte. Neben jeden der Namen trug Sharpe nun den Betrag von drei Shilling und sechs Pence ein, die Summe, die ihnen wöchentlich für Verpflegung abgezogen wurde. Ihm war klar, dass das ungerecht war, weil die Männer bereits auf halbe Ration gesetzt waren. Obendrein ging das Gerücht um, dass sich die Versorgungslage noch verschlechtern würde. Die Furiere grasten das Tal des Tejo ab, und es kam häufig zu Zwischenfällen mit britischen und französischen Patrouillen, in denen es darum ging, welche Seite ein bestimmtes Dorf nach versteckten Lebensmitteln absuchen durfte. Es gab sogar regelrechte Schlachten zwischen den Briten und ihren spanischen Verbündeten, die es nicht einmal so weit gebracht hatten, den hundertsten Teil der versprochenen Vorräte zu liefern, dafür aber täglich ganze Herden von Schweinen, Schafen, Rindern und Ziegen für ihre eigenen Männer herantrieben. Doch es stand nicht in Sharpes Macht, den Betrag zu reduzieren, den die Männer zahlen mussten, selbst wenn die Rationen nicht vollständig ausgeteilt wurden. Immerhin vermerkte er am Ende der Seite, dass die Summe doppelt so hoch wie der Wert des ausgelieferten Essens sei, und hoffte, irgendwann später die Anweisung zum Ausgleich der Bilanz zu erhalten.

In der nächsten Spalte trug er in jede Zeile vier Pence ein, so viel kostete es, die Montur der Männer durch die auf der Soldliste stehenden Ehefrauen waschen zu lassen. Für Wäsche hatte jeder Mann im Jahr siebzehn Shilling und vier Pence zu entrichten, für die Verpflegung über acht Pfund. Ein einfacher Soldat verdiente einen Shilling pro Tag, siebzehn Pfund und sechzehn Shilling im Jahr, doch nach Abzug der Beträge für

Nahrung, Wäsche, Wichse und Stiefelschwärze, für neue Sohlen und Absätze blieb jedem nur die dreifache Sieben: sieben Pfund, sieben Shilling und sieben Pence. Sharpe wusste aus bitterer Erfahrung, dass man noch von Glück reden konnte, wenn man wenigstens diesen kümmerlichen Lohn wirklich ausgezahlt bekam. Den meisten Männern gingen weitere Summen für den Ersatz fehlender Ausrüstungsteile verloren, und die Wahrheit sah so aus, dass jedem einfachen Soldaten am Tag etwa viereinhalb Pence dafür bezahlt wurden, dass er gegen die Franzosen kämpfte.

Als Captain erhielt Sharpe täglich zehn Shilling und sechs Pence. Das kam ihm wie ein Vermögen vor, aber mehr als die Hälfte wurde ihm für Verpflegung abgezogen, und dann verlangte die Offiziersmesse noch einen Aufschlag von zwei Shilling und acht Pence, um Wein, Genussmittel und die Messebediensteten zu finanzieren. Er bezahlte höhere Reinigungskosten, mehr für die Lazarette, und er kannte die Summen auswendig. Sie waren einfach zu hoch. Und nun hatte er für Josefina zu sorgen. Hogan hatte ihm Geld geliehen, hinzu kam der Inhalt seines Lederbeutels. Er hatte genug für die nächsten vierzehn Tage, aber danach? Seine einzige Hoffnung bestand darin, eines Tages unter den Gefallenen auf dem Schlachtfeld einen begüterten Mann zu finden. Einen außerordentlich begüterten.

Sharpe klappte die Bücher zu, legte den Federkiel auf den Tisch ab und gähnte, als eine Uhr irgendwo in der Stadt vier schlug. Er öffnete erneut das wöchentliche Messebuch, besah sich die Namen und stellte sich die Frage, wie viele davon in einer Woche noch übrig sein würden. Neben wie vielen Namen würde man das Wort »gefallen« eintragen müssen? Würde man seinen Namen streichen? Würde ein anderer Offizier das Hauptbuch durchsehen und sich fragen, wer da »fünf Pence, eine

Schuhbürste« neben den Namen Thomas Cresacre geschrieben hatte? Er schloss das Buch wieder. Diese ganze Buchführung war zu einer akademischen Übung verkommen. Das Heer hatte seit einem Monat keinen Sold mehr erhalten, und man war ohnehin mit den Zahlungen im Rückstand. Er hatte vor, die Bücher an Sergeant Read zu übergeben, der sie auf dem Maultier der Kompanie verstauen würde, und wenn irgendwann der Sold eintraf, würde Read die Abzüge aus den Büchern vornehmen und den Männern ihre Hand voll Münzen auszahlen. Es klopfte an der Tür.

»Wer da?«

»Ich, Sir.« Das war Harpers Stimme.

»Komm herein.«

Harpers Gesicht war freudlos, sein Benehmen förmlich. »Nun, Sergeant?«

»Schwierigkeiten, Sir. Ernsthafte. Die Männer weigern sich anzutreten.«

Sharpe erinnerte sich an seine bösen Vorahnungen. »Welche Männer?«

»Das ganze verdammte Bataillon, Sir. Selbst unsere Jungs haben sich angeschlossen.« Wenn Patrick Harper von »unseren Jungs«, sprach, meinte er damit die Scharfschützen. Sharpe stand auf und schlang sich den mächtigen Degen um. »Wer weiß darüber Bescheid?«

»Der Colonel, Sir. Die Männer haben ihm einen Brief übersandt.«

Sharpe fluchte leise. »Sie haben ihm einen Brief geschickt? Wer hat ihn unterschrieben?«

Harper schüttelte den Kopf. »Niemand, Sir. Es wird ihm darin nur mitgeteilt, dass sie nicht zum Drill antreten und dass sie ihm, wenn er sich in ihre Nähe wagt, seinen verdammten Kopf wegpusten wollen.«

Sharpe griff nach dem Gewehr. Es gab ein Wort für das, was hier vorging, und das Wort lautete »Meuterei«. Simmersons Vorhaben, einen von je zehn Männern auspeitschen zu lassen, konnte nur dahingehend abgeändert werden, dass man die Männer an die Bäume stellte und erschoss. Er blickte Harper an. »Was genau geht vor?«

»Es wird viel geredet, Sir. Sie verbarrikadieren sich auf dem Holzplatz.«

»Alle Mann?«

Harper schüttelte wieder den Kopf. »Nein, Sir. Ungefähr zweihundert halten sich noch im Obstgarten auf. Ihre Kompanie ist dabei, Sir, aber die Burschen auf dem Hof versuchen, sie zum Mitmachen zu überreden.«

Sharpe nickte. Das Bataillon hatte in einem Olivenhain seine Zelte aufgeschlagen, den die Männer als Obstgarten bezeichneten, einfach weil die Bäume dort ordentlich aufgereiht standen. Der Hain befand sich hinter dem Holzplatz, einem ummauerten Platz mit nur einem Zugang. »Wer hat den Brief abgeliefert?«

»Weiß nicht, Sir. Er wurde unter der Tür von Simmersons Haus durchgeschoben.«

Sharpe eilte zur Tür hinaus. Der Innenhof des Hauses war schattig und still, die meisten Offiziere nahmen die Gelegenheit wahr, sich noch einmal die Stadt anzusehen, ehe sie am folgenden Tag gegen die Franzosen marschierten. »Sind auf dem Holzplatz irgendwelche Offiziere?«

»Nein, Sir.«

»Wie steht es mit den Sergeants?«

Harpers Gesicht blieb ausdruckslos. Sharpe nahm an, dass viele der Sergeants dem Protest wohlwollend gegenüberstanden, sich jedoch genau wie der große Ire darüber im Klaren waren, wie die Konsequenzen aussehen würden, wenn sich das Bataillon anzutreten weigerte. »Warte hier.«

Sharpe eilte zurück ins Haus. Die Räume waren kühl und leer. Von der Küche her beäugte ihn eine Frau mit einem Bündel Pfefferschoten in der Hand, und als sie sein Gesicht sah, machte sie hastig die Tür zu. Sharpe nahm zwei Stufen auf einmal und stieß die Tür zu dem Raum auf, wo die jüngeren Offiziere der Leichten Kompanie untergebracht waren. Ensign Denny war der einzige Anwesende, und der Sechzehnjährige lag in tiefem Schlaf auf einer Strohmatratze.

»Denny!«

Der Junge wachte erschrocken auf. »Sir!«

»Wo ist Knowles?«

»Weiß nicht, Sir. In der Stadt, glaub ich.«

Sharpe dachte einen Augenblick nach. Von der Matratze her starrte der Junge ihn mit weit aufgerissenen Augen an. Sharpes Faust schloss sich um den Degengriff. »Komm zu mir in den Hof, sobald du angezogen bist. Beeilung.«

Harper wartete auf der Straße, wo die Sonnenglut die Steine so sehr erhitzt hatte, dass Sharpe das Brennen durch die Sohlen seiner Stiefel spüren konnte. »Sergeant, ich erwarte, dass die Leichte Kompanie in fünf Minuten auf dem Pfad hinter dem Obstgarten angetreten ist. In voller Montur.«

Der Sergeant machte den Mund auf, um eine Frage zu stellen, aber als er den Gesichtsausdruck des Captains sah, hob er nur noch die Hand zum Salut. Er eilte davon.

Denny trat aus dem Hof, noch damit beschäftigt, seinen Degen umzuschnallen, den er über das Pflaster hinter sich herschleppte. Er blickte besorgt drein, als Sharpe sich ihm zuwandte.

»Hör mir gut zu. Du sollst für mich herausfinden, wo Colonel Simmerson ist und was er gerade macht. Verstanden?« Der Junge nickte. »Und du darfst ihm gegenüber deinen Auftrag nicht verraten. Versuch es auf der Burg. Dann kommst du und suchst mich. Ich bin entweder auf dem Pfad hinter dem Obstgarten oder vor dem Holzplatz. Falls ich nicht an einem dieser Orte bin, treibst du Sergeant Harper auf und wartest bei ihm. Verstanden?« Denny nickte erneut. »Wiederhole die Anweisung.«

Der Junge ging seine Befehle durch. Er hätte Sharpe zu gern gefragt, was die ganze Aufregung bedeutete, traute sich jedoch nicht. »Noch eines, Christopher.« Sharpe benutzte absichtlich Dennys Vornamen, um den Jungen zu beruhigen. »Du hast nicht, unter keinen Umständen, auf den Holzplatz zu gehen. Nun los. Falls du Lieutenant Knowles siehst oder Major Forrest oder Captain Leroy, bittest du sie, zu mir zu kommen. Beeil dich!«

Denny umklammerte seinen Degen und rannte los. Sharpe mochte ihn. Eines Tages würde aus ihm ein guter Offizier werden, wenn er nicht vorher vom Bajonett eines französischen Grenadiers aufgespießt wurde. Sharpe wandte sich dorthin, wo der Holzplatz und die Quartiere der Männer lagen. Es gab nur eine Chance, die Katastrophe zu verhindern, und die bestand darin, das Bataillon so bald wie möglich aufmarschieren zu lassen, ehe Simmerson Zeit hatte, auf die drohende Meuterei zu reagieren. Hinter ihm ertönte Hufgetrappel, und als er sich umdrehte, sah er einen Reiter, der ihm zuwinkte. Es handelte sich um Captain Sterritt, den diensthabenden Offizier, und er wirkte verständlicherweise nervös.

»Sharpe!«

»Sterritt?«

Sterritt brachte seine Pferd zum Stehen. »Auf der Burg findet ein Offiziersappell statt. Jetzt gleich. Ohne Ausnahme.«

»Was geht vor?«

Sterritt sah sich gehetzt auf der verlassenen Straße um, als fürchte er, ein Lauscher könnte in der Nähe sein und etwas von dem neuerlichen Desaster in Simmersons Bataillon mitbekommen. Sharpe hatte Sterritt seit der Auseinandersetzung bei der Brücke kaum gesehen. Der Mann hatte ganz eindeutig Angst vor Simmerson, vor den Männern, vor Sharpe, vor jedermann, und er machte sich absichtlich klein, wohl um zu vermeiden, dass man auf ihn aufmerksam wurde. Er schilderte kurz die Ereignisse auf dem Holzplatz. Der Captain unterbrach ihn. »Darüber weiß ich Bescheid. Was tut sich auf der Burg?«

»Der Colonel hat um eine Audienz bei General Hill nachgesucht.«

Demnach war noch Zeit. Er blickte zu dem ängstlichen Sterritt auf. »Hören Sie zu. Sie haben mich nicht gesehen. Verstanden, Sterritt? Sie haben mich nicht gesehen.«

»Aber ...«

»Kein Aber. Wollen Sie, dass sechzig Mann erschossen werden?«

Sterritt blieb der Mund offen. Wieder sah er sich auf der Straße um, dann wandte er sich an Sharpe. »Die Befehle des Colonels lauten, dass niemand auch nur in die Nähe des Holzplatzes darf.«

»Sie haben mich nicht gesehen, wie sollte ich also von diesem Befehl erfahren haben?«

»Ach so.« Sterritt wusste nicht, wie er reagieren sollte. Er beobachtete Sharpe, wie der die Straße hinabging, und wünschte sich wieder einmal, vier Jahre früher geboren zu sein, dann wäre er der Älteste und inzwischen Gutsbesitzer. In der derzeitigen Situation kam er sich vor wie eine Stoffpuppe, die von einer Sturmflut erfasst und fortgeschwemmt wird. Traurig machte er kehrt in Richtung Burg und fragte sich, was aus alledem noch werden sollte.

Vor dem Holzplatz befand sich ein weiterer offener Platz, ähnlich einem englischen Dorfanger, nur dass hier auf der dünnen Erdschicht nur spärlich ein gelb getöntes Gras wuchs. Der Platz wurde für einen Wochenmarkt benutzt, heute jedoch diente er den Soldaten aus einem Dutzend Bataillonen als Fußballplatz. Sharpe konnte Einheiten der 48th, der 29th und der Royal American Rifles sehen, deren grüne Jacken ihn an glücklichere Tage gemahnten. Die Männer feuerten die Spieler an. Bald, dachte Sharpe, bekommen sie ein noch interessanteres Spektakel zu sehen.

Er wandte sich nach links, schritt an einer der Mauern des Holzplatzes entlang und dann hinunter in Richtung Obstgarten. Wie er erwartet hatte, war niemand auf dem Pfad, doch er rief im Näherkommen lauthals nach Harper und wurde damit belohnt, dass er eine Serie von Kommandos zu hören bekam, mit denen die Sergeants der Leichten Kompanie die Männer auf den Pfad beorderten. Vermutlich gefiel es den Soldaten überhaupt nicht, jetzt antreten zu müssen, aber er bezweifelte, dass sie es wagen würden, sich ihm zu widersetzen. Er blieb stehen und sah zu, wie Harper die Kompanie in vier Reihen aufmarschieren ließ.

»Kompanie angetreten, Sir!«

»Danke, Sergeant.«

Sharpe stellte sich vor die Kompanie, mit dem Rücken zu den Bäumen und der Zuschauermenge, die sich aus den Frauen des Bataillons und Soldaten anderer Einheiten zusammensetzte, welche von jenseits der Hofmauer herangekommen waren.

»Wir beginnen früh mit dem Exerzieren.« Sie rührten sich nicht. Ihre Augen blickten starr geradeaus. »Die sechs Männer, die zur Bestrafung vorgesehen sind, einen Schritt vortreten.«

Den Bruchteil einer Sekunde zögerten sie. Die sechs Männer, drei Schützen und drei aus der ursprünglichen Leichten Kompanie, sahen sich nach rechts und links um, doch sie traten vor. Ein Raunen lief durch die Reihen.

»Ruhe!«

Die Männer schwiegen, doch von hinten, aus dem Obstgarten, begann eine Gruppe von Frauen, Schimpfworte zu rufen und ihre Männer aufzufordern, sie sollten sich das nicht gefallen lassen. Sharpe wirbelte herum.

»Hütet eure Zungen! Frauen können ebenso gut ausgepeitscht werden!«

Er ließ die Kompanie auf den Marktplatz marschieren und vertrieb die Fußballspieler von dem dünnen Rasen. Die sechs Männer, die geprügelt werden sollten, standen nur mit Hose und Hemd bekleidet in der vordersten Reihe. Sie fügten sich ohne Weiteres. Sharpe konnte ihren Mienen entnehmen, dass sie erleichtert waren, weil er das Kommando übernommen und sie gezwungen hatte, anzutreten. Was für harte Worte auch in der Hitze des spanischen Nachmittags gefallen sein mochten, Sharpe wusste, dass keiner der Männer das hoffnungslose Unterfangen wirklich durchziehen wollte, es mit der vollen Autorität des Heeres aufzunehmen. Wie einfach das klingt, dachte er, und nun müssen die neun anderen Kompanien überzeugt werden. Er trat dicht an die sechs Mann in der vordersten Reihe heran und blickte sie eindringlich an.

»Ich weiß, es ist ungerecht.« Er sprach leise. »Ihr hattet mit dem Gemurmel heute Morgen nichts zu tun.« Er hielt inne. Er war sich nicht sicher, was er sagen sollte, und er durfte nicht allzu viel Sympathie für ihren Protest durchblicken lassen. Gataker, einer der Schützen, die das Los getroffen hatte, grinste fröhlich.

»Schon in Ordnung, Sir. Ist ja nicht Ihre Schuld. Und wir haben die Trommlerjungen bestochen.«

Sharpe erwiderte das Lächeln. Die Bestechung würde wenig Zweck haben, dafür würde Simmerson sorgen, aber er war für Gatakers Worte dankbar. Er trat fünf Schritt zurück und erhob seine Stimme.

»Wartet hier! Sobald ein Mann sich rührt, tritt er an die Stelle eines dieser sechs!«

Er schritt über den Rasen auf das doppelflügelige Tor des Holzplatzes zu. Um seine eigenen Männer hatte er sich eigentlich nie Sorgen gemacht, er hatte gewusst, dass sie ihm folgen würden, doch als er nun auf das geschlossene Tor zuging, fragte er sich, was sich dort drinnen wohl für Probleme zusammenbrauten. Und wichtiger noch, was sich wohl hinter den kahlen Mauern der Burg abspielte. Er tastete nach dem Degen und setzte seinen Weg fort.

KAPITEL 16

»Sir! Captain! Sir!«

Ensign Denny rannte auf ihn zu, seinen Degen hinter sich herziehend, das Gesicht schweißüberströmt. »Sir!«

»Was hast du herausgefunden?«

»Der Colonel ist auf der Burg, Sir. Ich glaube, er ist beim General. Ich bin Captain Leroy und Major Forrest begegnet. Captain Leroy bittet, auf ihn zu warten.«

Über Dennys Schulter hinweg sah Sharpe Captain Leroy auf seinem Pferd die steile Straße herabkommen, die zur Burg führte. Der Amerikaner ließ Gott sei Dank keine Eile erkennen und ritt im Schritttempo. Wenn die Männer auf dem Holzplatz nämlich Panik und Besorgnis unter den Offizieren sahen, würden sie mit einem Sieg rechnen und nur noch widerspenstiger werden.

Die letzten paar Yards legte Leroys Pferd beinahe im Schneckentempo zurück. Der Amerikaner nickte Sharpe zu, ließ die Zügel fallen und zündete sich einen langen schwarzen Stumpen an. »Sharpe.«

Sharpe grinste. »Leroy.«

Leroy glitt vom Pferd und blickte Denny an. »Sie wissen mit Pferden umzugehen, junger Mann?«

»O ja, Sir!«

»Dann steigen Sie mal eben auf dieses hier und halten es für mich ruhig. So.« Leroy verschränkte die Hände und hob den Ensign in den Sattel.

»Warte bei der Kompanie auf uns«, sagte Sharpe.

Denny ritt davon. Leroy wandte sich an Sharpe. »Dort oben herrscht eine verdammte Panik. Simmerson ist grün angelaufen und schreit nach der Artillerie. ›Daddy‹ Hill versucht ihn zu beruhigen.«

»Sie waren dort?«

Leroy nickte. »Bin Sterritt begegnet. Der hat die Hosen voll, meint, es sei alles seine Schuld, weil er diensthabender Offizier ist. Simmerson schreit Meuterei. Was geht eigentlich vor?«

Sie gingen weiter in Richtung Holzplatz. Sharpe lehnte die angebotene Zigarre ab. »Sie haben gesagt, sie treten nicht zum Drill an. Aber niemand hat ihnen bisher tatsächlich den Befehl dazu erteilt. Meine Jungs haben ohne Weiteres gehorcht. Wie ich es sehe, müssen wir die Übrigen schnell dort rausholen.«

Leroy blies eine dünne Rauchfahne in die Luft. »Simmerson holt die Kavallerie.«

»Was?«

»Daddy ist praktisch nichts anderes übrig geblieben, oder? Der Colonel kommt zu ihm und sagt, die Soldaten sind Meuterer. Also hat der General das KGL hier heruntergeordert. Aber die brauchen eine Weile, hatten noch nicht mal gesattelt.«

King's German Legion. Das waren die besten Kavalleristen in Wellesleys Heer, flink, tüchtig, tapfer und eine gute Wahl, wenn es darum ging, eine Meuterei zu zerschlagen. Sharpe entsetzte der Gedanke, die deutschen Reiter könnten mit ihren Säbeln auf dem Holzplatz aufräumen.

»Wo ist Forrest?«

Leroy winkte in Richtung Burg. »Er kommt auch hier runter. Er hat sich auf die Suche nach dem Sergeant Major gemacht. Ich denke nicht, dass er auf Sir Henry und seine Schwere Reiterei warten wird.« Leroy grinste. Sie standen am Tor, das einen Spaltbreit geöffnet war. Harper hatte von Barrikaden gesprochen, aber Sharpe konnte keine entdecken. Leroy winkte ihm.

»Gehen Sie voraus, Sharpe, ich überlasse Ihnen das Reden. Die halten Sie für einen verdammten Zauberer.«

Sharpes erster Eindruck war der eines Hofes voller Männer, die herumlagen, -standen oder -saßen, ihre Waffen auf einen Haufen geworfen und Jacken und Ausrüstung abgelegt hatten. Im Zentrum des Platzes brannte ein Feuer, was ihm angesichts der Hitze des Tages merkwürdig vorkam, aber dann erinnerte er sich an die zusätzlichen Gestelle, die Simmerson für die Massenauspeitschung bestellt hatte. Der Colonel musste angeordnet haben, dass die Arbeit auf diesem Holzplatz ausgeführt wurde, und die Männer hatten wohl die Bretter verbrannt, die man für die Bestrafungsaktion grob zusammengenagelt hatte.

Als die beiden Offiziere zum Tor hereinkamen, verstummten die Männer, dann folgte das Summen aufgeregter Unterhaltungen. Leroy lehnte sich gegen das Tor, während Sharpe langsam zwischen den einzelnen Gruppen auf das Feuer zuging, das den Brennpunkt des Geschehens im Hof darzustellen schien. Einige der Männer waren bereits betrunken. Sharpe schnappte feindselige Blicke und Kommentare auf, einer hielt ihm spöttisch die Flasche hin. Sharpe ignorierte den Burschen, stieß ihm im Vorbeigehen mit dem Knie an den Arm und hörte die Flasche am Boden zerschellen. Er gelangte zu der freien Stelle vor dem Feuer, und als er sich der Menge zuwandte, erstarb das Raunen. Er traute diesen Leuten nicht viel Kampfgeist zu, kein Rädelsführer hatte Protest erhoben, und er war lediglich verdrossenem Murren begegnet.

»Sergeants!«

Niemand rührte sich. Es mussten sich Sergeants auf dem Hof befinden. Wieder erhob er die Stimme.

»Sergeants! Los! Hierher!«

Immer noch rührte sich niemand, aber aus dem Augenwinkel meinte er eine Gruppe von Männern in Hemden und Hosen zu erkennen, in der sich Unsicherheit breitmachte. Er deutete auf sie.

»Kommt schon. Beeilung! Legt eure Ausrüstung an!«

Sie zögerten. Einen Moment lang fragte er sich, ob die Sergeants wohl die Rädelsführer waren, aber dann wurde ihm klar, dass sie vermutlich Angst vor den Männern hatten. Dessen ungeachtet hoben sie ihre Jacken und Koppeln auf. Zwar wurden sie von einigen der anderen angeschrien, aber niemand machte Anstalten, sie zurückzuhalten. Sharpe seufzte erleichtert.

»Nein!« Links von ihm hatte sich ein Mann erhoben. Die Gespräche verstummten, jede Bewegung hörte auf, die Sergeants blickten den Mann an, der gesprochen hatte. Er war groß und hatte ein intelligentes Gesicht. Er wandte sich an die Männer auf dem Hof, und er sprach besonnen, aber mit großem Nachdruck.

»Wir gehen nicht. Das haben wir beschlossen, und daran müssen wir uns halten!« Sein Tonfall war gebildet – wie der des toten Ibbotson. Er richtete das Wort an Sharpe. »Die Sergeants können gehen, Sir, aber wir gehen nicht. Hier geht es nicht gerecht zu.«

Sharpe ignorierte ihn. Dies war nicht der Zeitpunkt, darüber zu diskutieren, ob Simmersons Disziplin nun gerecht war oder ungerecht. Er wandte sich wieder den Sergeants zu.

»Kommt schon! Bewegung!«

Die Sergeants, es handelte sich um ein Dutzend, traten schüchtern an das Feuer, das die drückende Hitze in dem von Sonnenlicht durchfluteten Hof noch drückender machte, sodass Sharpe jetzt der Schweiß auf dem Rücken ausbrach. Die Sergeants blieben unsicher stehen. Sharpe sprach mit lauter Stimme. »Ihr habt zwei Minuten. Ich will jedermann antreten sehen, hier auf dem Hof, ordnungsgemäß angezogen. Die Männer, die ausgepeitscht werden sollen, nur in Hemd und Hose. Die Grenadiere am Tor, die Übrigen nach ihnen ausgerichtet. Bewegung!«

Die Sergeants zögerten. Sharpe trat einen Schritt auf sie zu, und plötzlich spurten sie. Er drehte sich um und ging zwischen den dicht gedrängten Männern umher. »Auf die Beine! Jetzt wird exerziert! Beeilung!«

Der kräftige Mann wagte einen letzten Einwand, und Sharpe wirbelte zu ihm herum. »Willst du etwa noch mehr verdammte Exekutionen? Bewegung!«

Damit war alles vorbei. Einigen der betrunkeneren Männer musste zwar mit Tritten auf die Beine geholfen werden, aber ihr Widerstand war längst gebrochen.

Leroy schloss sich Sharpe an, und gemeinsam mit den Sergeants richteten sie die Kompanie aus, die keinen besonders disziplinierten Eindruck machte. Ihre Uniformen waren ungebürstet, voller Sägespäne, ihre Koppel fleckig und ihre Musketen verschmutzt. Einige Soldaten waren vor lauter Trunkenheit ganz blass. Nicht gerade ein Vorzeigebataillon, aber immer noch besser als ein meuternder, von der tüchtigen deutschen Kavallerie zerhackter Pöbelhaufen.

Leroy stieß das Tor ganz auf, und auf Sharpes Befehl marschierte das Bataillon in Formation hinaus, um draußen an der Leichten Kompanie ausgerichtet in Stellung zu gehen.

Inzwischen war Forrest eingetroffen. Als der erste Trupp zum Vorschein kam, stand ihm der Mund vor Staunen offen. Er hatte eine Hand voll Offiziere und weitere Sergeants dabei, die nun zu ihren Abteilungen rannten und Befehle brüllten.

Das Bataillon schlug eine frischere Gangart an, und der Sergeant Major hämmerte sie in Reih und Glied, ließ sie bequem stehen. Sharpe marschierte auf Forrests Pferd zu, stand vor ihm stramm und salutierte.

»Bataillon angetreten, Sir!«

Forrest sah zu ihm hinab. »Was war denn passiert?«

»Passiert, Sir? Nichts.«

»Aber mir wurde gesagt, sie hätten sich anzutreten geweigert.«

Sharpe zeigte auf das Bataillon. Die Männer zogen ihre Uniformen gerade, wischten den ärgsten Staub von ihren Jacken, brachten mit Fausthieben ihre Tschakos in Form. Forrest starrte erst sie, dann wieder Sharpe an. »Das wird ihm gar nicht gefallen.«

»Dem Colonel, Sir?«

Forrest grinste. »Er ist mit der Kavallerie hierher unterwegs, Sharpe. Und mit General Hill.« Forrest verkniff sich das Grinsen wieder, es war unziemlich, doch Sharpe verstand sein Amüsement. Simmerson würde außer sich sein. Er hatte einen General gestört, ein Kavallerieregiment aufgescheucht, und alles nur wegen einer Meuterei, die nicht stattgefunden hatte. Diese Aussicht gefiel Sharpe immer besser.

In der Stadt schlugen die Glocken erst fünf, dann Viertel nach fünf, und die Soldaten staubten weiter so gut sie konnten ihre Uniformen ab. Als die Uhr halb schlug, hörte man donnernde Hufe, eine Staubwolke wirbelte auf, und die blau uniformierten Dragoner der King's German Legion galoppierten auf den Marktplatz, grimmig entschlossen, die vermeintlichen Meuterer zu demoralisieren. Sie waren prachtvoll herausgeputzt in ihren blauen Jacken, pelzbesetzten Mänteln und braunen Pelzmützen auf den Köpfen. Sie hatten die Säbel blankgezogen und hielten geradewegs auf den Holzplatz zu. Nur langsam dämmerte ihnen, dass er leer war und dass die Männer, die einzuschüchtern man sie geschickt hatte, in Reih und Glied dastanden.

Befehle wurden gebrüllt, Pferde machten kehrt. Dann verfiel die Kavallerie in verlegenes Schweigen und beobachtete die Schar rotberockter Reiter, die ihnen auf den Marktplatz folgte: Colonel Sir Henry Simmerson und Major General Rowland Hill, die Adjutanten, Offiziere aus dem Bataillon wie Gibbons und Berry und dahinter ein weiteres Häuflein berittener Offiziere, die mitgekommen waren, um sich die Aufregung anzusehen. Sie blieben allesamt stehen und glotzten. Simmerson warf zunächst einen Blick zum Holzplatz hinüber, dann auf die Formation, dann noch einmal auf den Platz. Der Sergeant Major erhielt von Forrest sein Stichwort.

»Bataillon! Rührt euch!«

Das Sonderbataillon stand stramm. Der Sergeant Major blähte Atem holend die Brust.

»Bataillon! Schultert das Gewehr!«

Die zeitliche Abfolge der drei Bewegungen war perfekt. Nichts war zu hören als das Geräusch, mit dem sechshundert Handflächen im Gleichklang an sechshundert Musketen klatschten.

»Bataillon zum Generalssalut!« Immerhin war ein General anwesend. »Präsentiert das Gewehr!«

Sharpe hob grüßend seinen Degen. Hinter ihm stampften die Abteilungen mit dem rechten Fuß auf, die Musketen senkten sich mit herrlicher Präzision, die Formation bebte vor Stolz. »Daddy« Hill erwiderte den Gruß. Der Sergeant Major ließ das Bataillon wiederum die Gewehre schultern, richtete die Männer aus und ließ sie bequem stehen.

Sharpe beobachtete, wie Forrest auf Simmerson zuritt und salutierte. Er konnte erkennen, dass viel gestikuliert wurde, aber zu hören war nichts. Hill schien es zu sein, der die Fragen stellte, und Sharpe sah, wie sich Forrest im Sattel umdrehte und auf die Leichte Kompanie zeigte. Aus dem Zeigen wurde ein Winken. »Captain Sharpe!«

Sharpe marschierte über den Exerzierplatz, als sei er der Sergeant Major eines Regiments bei der Königlichen Parade. Dieser verfluchte Simmerson! Ebenso gut hätte er sich gleich vor ihm in den Staub werfen können. Sharpe blieb ruckartig stehen, salutierte und wartete ab. Hill sah auf ihn hinab. Sein rundes Gesicht lag im Schatten seines großen Zweispitzes.

»Captain Sharpe?«

»Sir!«

»Sie haben das Bataillon antreten lassen? Stimmt das?«

»Sir!« In seiner Zeit als Sergeant hatte Sharpe gelernt, dass die Wiederholung des Wortes »Sir« mit der nötigen Lautstärke und Präzision einem Soldaten helfen konnte, die meisten Begegnungen mit höhergestellten Offizieren zu überstehen. Hill war das ebenfalls klar. »Der Aufmarsch kommt dreißig Minuten zu früh. Warum?«

»Die Männer schienen sich zu langweilen, Sir. Ich dachte, ein wenig Drill würde ihnen guttun, deshalb haben Captain Leroy und ich sie auf Trab gebracht.«

Hill lächelte, die Antwort gefiel ihm. Er blickte auf die Reihen, die bewegungslos in der Sonne standen. »Sagen Sie mir doch, Captain, hat irgendjemand sich geweigert, anzutreten?«

»Geweigert, Sir?« Sharpe wirkte überrascht. »Nein, Sir.«

Hill sah ihn durchdringend an. »Nicht ein Mann, Captain?«

»Nein, Sir. Nicht einer.« Sharpe wagte es nicht, einen Blick auf Simmerson zu werfen. Der Colonel stand wieder einmal als Idiot da. Er hatte vor einem Divisionsgeneral »Meuterei« geschrien, nur um festzustellen, dass ein neu ernannter Captain die Männer hatte aufmarschieren lassen. Sharpe entging nicht, dass Simmerson unbehaglich im Sattel zappelte, während Hill schelmisch auf ihn hinabblickte. »Sie überraschen mich, Captain.«

»Überraschen, Sir?«

Hill lächelte. Er hatte es in seinem Leben mit genügend Sergeants zu tun gehabt, um zu wissen, welches Spiel Sharpe da trieb. »Jawohl, Captain. Wissen Sie, Ihr Colonel hat einen Brief erhalten, in dem stand, dass sich die Männer anzutreten weigern. Das nennt man Meuterei.«

Sharpe wandte sich mit unschuldigem Blick an Simmerson. »Ein Brief, Sir? Anzutreten weigern?« Simmerson stierte ihn an, als wolle er ihn auf der Stelle umbringen. Sharpe sah wiederum Hill an und ließ den Ausdruck seines Gesichts von unschuldiger Überraschung auf langsam dämmernde Erkenntnis umschlagen. »Ich glaube, da muss es sich um einen Schelmenstreich handeln, Sir. Sie wissen ja, wie mutwillig die Jungs werden, wenn sie reif sind für eine Schlacht.«

Hill lachte. Er war von genügend Sergeants genasführt worden, um zu wissen, wann er das Spiel abbrechen musste. »Gut! Also, was für ein Lärm um nichts! Heute scheint der Tag des South Essex zu sein! Dies ist der zweite Aufmarsch, dem ich innerhalb von zwölf Stunden beiwohne. Ich denke, es ist an der Zeit, dass ich Ihre Männer inspiziere, Sir Henry.« Simmerson sagte nichts. Hill wandte sich wieder an Sharpe. »Danke, Captain. Vom 95th, wie?«

»Jawohl, Sir.«

»Von Ihnen hab ich doch schon einmal gehört, oder? Sharpe, lassen Sie mich nachdenken.« Er beäugte den Schützen, dann schnippte er mit den Fingern. »Natürlich! Ich bin geehrt, Ihre Bekanntschaft zu machen, Richard Sharpe! Wussten Sie, dass sich die Rifles auf dem Weg zurück befinden?«

Sharpe hüpfte vor Aufregung das Herz. »Hierher, Sir?«

»Vielleicht sind sie inzwischen gar schon in Lissabon. Ist nicht auszukommen ohne die Rifles, nicht wahr, Simmerson?« Er erhielt keine Antwort. »Welchem Bataillon gehören Sie an, Sharpe?«

»Dem Zweiten, Sir.«

»Dann werden Sie enttäuscht sein. Das Erste ist im Anmarsch. Aber immerhin, es wird gut sein, alte Freunde wiederzusehen, nicht wahr?«

»Jawohl, Sir.«

Hill schien dieses Geplauder wahrhaft zu genießen. Über die Schulter des Generals hinweg erhaschte Sharpe einen Blick auf Gibbons, der mit freudloser Miene auf seinem Pferd saß. Der General schlug nach einer Fliege. »Wie sagt man doch von den Rifles, Captain?«

»Die Ersten im Feld und die Letzten, die es verlassen, Sir.«

Hill nickte. »Das lob ich mir! Sie sind also dem South Essex zugeteilt, nicht wahr?«

»Jawohl, Sir.«

»Nun, ich bin froh, Sie in meiner Division zu haben, sehr froh. Weitermachen!«

»Danke, Sir.« Sharpe salutierte, machte kehrt und marschierte zur Leichten Kompanie zurück. Im Gehen hörte er, wie Hill dem kommandierenden Offizier der Kavalleristen zurief: »Sie können abziehen! Nichts zu tun heute!«

Der General schritt zu Pferde die Reihen des Bataillons ab und unterhielt sich liebenswürdig mit den Männern. Sharpe hatte schon viel von »Daddy« Hill gehört und begriff nun, warum man ihm den Spitznamen verpasst hatte. Der General wusste genau, wie man jedem Mann das Gefühl gab, dass man sich um ihn kümmerte. Er schien echt um ihr Wohlergehen besorgt zu sein und wollte, dass sie zufrieden waren.

Der Zustand des Bataillons konnte ihm nicht entgangen sein. Selbst bei Berücksichtigung des dreiwöchigen Marsches und der Schlacht an der Brücke sahen die Männer in aller Hast zurechtgemacht und nachlässig angezogen aus, aber Hill übersah es geflissentlich.

Als er die Leichte Kompanie erreichte, bedachte er Sharpe mit einem vertraulichen Lächeln, ging scherzhaft auf Harpers Körpergröße ein und brachte die Männer zum Lachen. Er verließ die Kompanie immer noch grinsend und ritt mit Simmerson und seinem Gefolge in die Mitte des Exerzierplatzes.

»Ihr wart böse, Jungs! Enttäuscht habt ihr mich heute Morgen!« Er sprach langsam und deutlich, sodass die Kompanien an der Flanke, wie die von Sharpe, ihn ohne Weiteres hören konnten. »Ihr habt die Strafe verdient, die Sir Henry angeordnet hat!« Er hielt inne. »Heute Nachmittag jedoch habt ihr eure Sache wirklich gut gemacht! Zu früh angetreten!« Gelächter durchlief die Reihen. »Ihr scheint sehr erpicht zu sein, eure Bestrafung entgegenzunehmen!« Das Gelächter erstarb. »Nun, ich muss euch enttäuschen. Wegen eures Betragens heute Nachmittag hat mich Sir Henry nämlich gebeten, die Strafaktion abzublasen. Ich bin zwar nicht seiner Meinung, aber ich muss ihm wohl seinen Willen lassen. Es werden also keine Auspeitschungen stattfinden.« Allgemeines Seufzen der Erleichterung. Hill holte noch einmal tief Luft. »Morgen marschieren wir mit unseren spanischen Verbündeten gegen die Franzosen! Wir begeben uns nach Talavera, und es wird zur Schlacht kommen! Ich bin stolz, euch in meiner Division zu haben. Gemeinsam werden wir den Franzosen zeigen, was es heißt, Soldat zu sein!« Er winkte ihnen wohlwollend zu. »Viel Glück, Jungs, viel Glück!«

Sie ließen ihn hochleben, bis sie heiser waren, nahmen ihre Tschakos ab und winkten damit dem General zu, der sie anstrahlte wie ein nachsichtiger Vater. Als sich der Radau legte, wandte er sich an Simmerson.

»Lassen Sie sie abtreten, Colonel, abtreten. Sie haben ihre Sache gut gemacht!«

Simmerson hatte keine andere Wahl, als zu gehorchen. Die

Parade wurde aufgehoben, und die Männer strömten unter summenden Gesprächen und Gelächter vom Platz. Hill trabte in Richtung Burg davon, und Sharpe sah zu, wie Simmerson und seine Gruppe von Offizieren hinter ihm herritten. Der Mann hatte wie ein Idiot dagestanden, und ihn, Sharpe, würde man dafür verantwortlich machen.

Der hoch gewachsene Schütze ging langsam zurück in die Stadt, mit gesenktem Kopf, um zu vermeiden, dass er angesprochen wurde. Sicher, er hatte es genossen, Simmerson aus der Fassung zu bringen, aber der Colonel hatte es auch geradezu herausgefordert. Er hatte sich nicht einmal die Mühe gemacht, nachzuprüfen, ob die Männer sich einem Befehl widersetzen würden, er hatte schlicht nach der Kavallerie geschrien.

Sharpe wusste, dass er dem Colonel und seinem Neffen zu viel zugemutet hatte. Er hatte so seine Zweifel, dass Simmerson sich mit dem Brief zufriedengeben würde, der wohl inzwischen in Lissabon angekommen war und dort auf ein Schiff wartete und auf günstigen Wind, der die Post nach London tragen würde. Der Brief würde Sharpes Laufbahn ein Ende machen, und wenn es ihm nicht gelang, in der Schlacht, die stündlich näher rückte, ein Wunder zu vollbringen, würde Simmerson die Genugtuung haben, Sharpe als gebrochenen Mann zu sehen.

Nun jedoch ging es um mehr. Es ging um Ehre und Stolz und um eine Frau. Er bezweifelte, dass Gibbons eine ehrenvolle Lösung anstreben würde, er bezweifelte, dass sich der Lieutenant mit dem Brief zufriedengeben würde, den sein Onkel geschrieben hatte, und schaudernd überkam ihn eine Vorahnung dessen, was passieren mochte. Gibbons würde das Mädchen aufs Korn nehmen.

Von hinten rannte ein Mann auf ihn zu.

»Sir?«

Sharpe drehte sich um. Es handelte sich um den kräftigen Mann, der auf dem Holzplatz das Bataillon am Antreten zu hindern versucht hatte. »Ja?«

»Ich wollte mich bei Ihnen bedanken, Sir.«

»Bei mir bedanken? Wofür?« Sharpe schlug einen barschen Ton an.

Der Mann war verlegen. »Wir wären erschossen worden, Sir.«

»Den Befehl dazu hätte ich mit Vergnügen selbst erteilt.«

»Umso mehr muss ich Ihnen danken, Sir.«

Sharpe war beeindruckt. Der Mann hätte den Mund halten können. »Wie heißen Sie?«

»Huckfield, Sir.« Er war gebildet, und das machte Sharpe neugierig.

»Wo haben Sie Ihre Bildung her, Huckfield?«

»Ich war Buchhalter, Sir, in einer Gießerei.«

»Einer Gießerei?«

»Jawohl, Sir. In Shropshire. Wir haben Eisen hergestellt, Sir, Tag und Nacht. Das war ein Tal voller Feuer und Rauch. Ich dachte, dies hier wäre vielleicht interessanter.«

»Sie haben sich freiwillig gemeldet?« Sharpe konnte seine Verblüffung nicht verbergen.

Huckfield grinste. »Jawohl, Sir.«

»Enttäuscht?«

»Die Luft ist sauberer, Sir.« Sharpe starrte ihn an. Er hatte die Männer über die neue »Industrie« sprechen gehört, die sich in Britannien im Aufschwung befand. Sie hatten wie Huckfield geschildert, dass man ganze Landstriche in Backsteinflächen verwandelt und darauf die riesigen Schmelzöfen errichtet hatte, die Eisen und Stahl produzierten. Er hatte Geschichten von Brücken über die Flüsse gehört, Brücken aus nichts als Metall, von Booten und Maschinen, die mit Dampf angetrieben wurden, aber gesehen hatte er nichts davon. Eines Nachts, an einem

Lagerfeuer, hatte jemand behauptet, das sei die Zukunft und die Tage des Menschen zu Fuß und zu Ross seien gezählt. Das war natürlich Fantasterei, hier jedoch war Huckfield, der diese Dinge gesehen hatte, und die Vorstellung von einer Landschaft, die von großen schwarzen Maschinen mit Feuer in den Bäuchen beherrscht wurde, ließ Sharpe unsicher werden. Er nickte dem Mann zu.

»Vergessen Sie den heutigen Nachmittag, Huckfield. Es ist nichts passiert.«

Er ignorierte den Dank des Mannes. Eine ungewisse Zukunft war der Preis, den ein Soldat zu zahlen hatte. Sharpe konnte sich nicht vorstellen, einem Heer anzugehören, das sich nicht im Krieg befand. Er konnte sich nicht vorstellen, was er tun würde, falls plötzlich Frieden geschlossen wurde und er keine Arbeit mehr hatte. Aber bis es so weit war, gab es eine Schlacht zu schlagen und einen Adler zu erbeuten und ein Mädchen, für das er kämpfen musste. Er stieg hinauf in die Straßen von Oropesa.

KAPITEL 17

In sechzehn Jahren als Soldat hatte Sharpe selten mit solcher Gewissheit gespürt, dass eine Schlacht bevorstand, wie jetzt, im Juli 1809. Das spanische und das britische Heer hatten sich in Oropesa zusammengefunden und waren nach Talavera marschiert, einundzwanzigtausend Briten und vierunddreißigtausend Spanier, ein riesiges Aufgebot, das durch Maultiere, Bedienstete, Frauen, Kinder und Priester noch anschwoll und sich gen Osten ergoss, wo die Berge beinahe an den Tejo heranreichten und die weite trockene Ebene in der Stadt Talavera endete.

Die Räder der einhundertzehn Feldhaubitzen mahlten die hellen Straßen zu Staub, die Hufe von über sechstausend Mann Kavallerie wirbelten das feine Pulver hoch in die Luft, wo es an den Infanteristen haften blieb, die sich durch die Hitze schleppten und dem weit entfernten Geknatter lauschten, mit dem die spanische Vorhut den schwachen Widerstand französischer Stoßtrupps beseitigte. Rechts und links konnte Sharpe weitere Staubwolken erkennen, wo Kavalleriepatrouillen parallel zur Marschroute ritten. Auf den Feldern in ihrer Nähe sah das Bataillon kleinere Gruppen spanischer Soldaten, die aus der Linie weggetreten waren und nun scheinbar sorglos dalagen, mit ihren Frauen plauderten, rauchten und den Vorbeimarsch der langen Reihen britischer Infanterie beobachteten.

Die Männer hatten Hunger. Sosehr Wellesley sich auch bemühte, so gründlich die Intendantur auch sein mochte, es gab dennoch einfach nicht genug Lebensmittel für das ganze Heer.

Das Gebiet zwischen Oropesa und Talavera war bereits von den Franzosen ausgeplündert worden, nun wurde es von Spaniern und Briten heimgesucht, und das Bataillon hatte nur »Tommys« zu essen bekommen – aus Mehl und Wasser hergestellte Pfannkuchen –, seit es tags zuvor Oropesa verlassen hatte. Derzeit hieß es also den Gürtel enger schnallen, doch die Aussicht auf einen Kampf hatte die Laune der Männer gehoben, und als das Bataillon an den Leichnamen dreier Angehöriger eines französischen Stoßtrupps vorbeimarschierte, vergaßen sie nun, da sie zum ersten Mal französische Infanterie zu sehen bekommen hatten, ihren Hunger.

Sharpe teilte seiner Leichten Kompanie mit, die Toten mit ihren fransenbesetzten Epauletten seien die berüchtigten französischen Voltigeure, Stoßtruppgrenadiere, eben jene Männer, mit denen die Leichte Kompanie ihren eigenen Privatkrieg zwischen den Fronten auszufechten hatte, ehe die großen Bataillone aneinandergerieten.

Die Männer des South Essex, die noch keine feindliche Infanterie zu Gesicht bekommen hatten, starrten neugierig auf die blauberockten Leichen, die man neben eine Kirchenmauer geworfen hatte. Dunkle Flecken bedeckten ihre Uniformen, ihre Köpfe waren in der eigentümlichen Manier der Toten in den Nacken gelegt. Einem der Männer fehlte ein Finger, der ihm, wie Sharpe annahm, abgehackt worden war, um eines wertvollen Rings habhaft zu werden.

Ensign Denny starrte sie fasziniert an: Das also waren die berühmten französischen Infanteristen, die Europa der Länge wie der Breite nach durchquert hatten. Er blickte in ihre schnurrbärtigen Gesichter und fragte sich, was er wohl empfinden würde, wenn er die gleichen Gesichter in lebendem Zustand sah, wie sie ihn über den brünierten Lauf der französischen Muskete hinweg anstarrten.

Die Franzosen setzten ihnen weder westlich von Talavera noch in der Stadt selbst Widerstand entgegen. Die Heere marschierten durch die Stadt, beziehungsweise an ihr vorbei, und noch eine Meile weiter, bis sie in der Abenddämmerung am Ufer eines kleinen Flusses haltmachten, der sich in den Tejo ergoss. Das Bataillon marschierte in Richtung Norden aus der Stadt hinaus, und Sharpe fragte sich, wie Josefina hier ein Zimmer finden sollte. Hogan hatte versprochen, sich um sie zu kümmern, und Sharpe behielt die Menge im Auge, die sich in die schmalen Straßen drängte, als könne er so vielleicht einen Blick auf sie erhaschen.

Die Männer murrten. Sie waren müde und hungrig und verärgert, weil man ihnen die Freuden der Stadt verweigerte. Sie sahen, dass Offiziere zu Ross auf die alten Mauern zuritten, ihre Frauen und Kinder gingen zu Fuß dorthin, nur die Soldaten zogen weiter an den Rio Alberche und kampierten in den Korkeichenhainen, die zum flachen Flussbett hin abfielen.

Morgen mussten sie in den Kampf. Wenn sie den Tag überlebten, dann würde die Zeit kommen, sich in Talavera etwas zu trinken zu kaufen, doch zunächst mussten sie den Rio Alberche überqueren und das Heer Marschall Victors besiegen.

Unter den Bäumen wurden mehrere Feuer entfacht. Die Bataillone richteten sich rasch für die Nacht ein, wobei sie immer wieder gespannt zum gegenüberliegenden Flussufer spähten, wo über dem französischen Lager Hunderte von Rauchwölkchen ineinandertrieben und waberten. Nun waren die Heere endlich an einem Ort versammelt, Briten, Spanier und Franzosen, und morgen mussten sie kämpfen.

Sharpes Leute hockten an ihren Feuerstellen und dachten an die Männer gleich drüben auf der anderen Flussseite, die sich nun auf ganz ähnliche Art beschäftigen würden und vermutlich die gleichen typischen Soldatenwitze rissen, nur in einer anderen Sprache.

Sharpe und Harper schlenderten ans Ufer, wo sich die Feldwachen des Bataillons soeben auf den nächtlichen Wachdienst vorbereiteten. Zwei in Mäntel gehüllte Soldaten der Leichten Kompanie nickten Sharpe zu und wiesen mit dem Daumen über den Fluss. Dort standen ein französischer Wachtposten, der sie beobachtete, drei Pfeife rauchende Männer und noch ein Franzose, der am Ufer seine Feldflasche füllte. Der Mann blickte auf, sah die Schützen und hob die Hand. Er rief etwas, doch sie verstanden ihn nicht. Sharpe winkte dem Franzosen kurz zu und entfernte sich dann in Richtung Korkeichenhain.

Nun war es Zeit für die Rituale, die zur Vorbereitung auf jede Schlacht gehörten. Sharpe ging zwischen den Bäumen umher und plauderte mit den Männern, die bei ihren Vorbereitungen mit einer gewissen Besessenheit auf jedes Detail achteten, weil sie allesamt der Überzeugung waren, dass sie dadurch im Durcheinander des Kampfes besser geschützt wären. Die Schützen hatten ihre Gewehrschlösser auseinandergenommen, die massiven Hauptfedern mit Nägeln blockiert, und entfernten nun fein säuberlich jedes Staubkorn. Andere Männer versahen ihre Musketen oder Gewehre mit neuen Feuersteinen, drehten sie heraus und setzten sie wieder ein, bis sie so haarscharf passten, dass sie sich niemals lockern, seitlich verschieben oder gar in der Pfanne zerbrechen konnten.

Kochendes Wasser wurde vorsichtig in Töpfen von den Feuern weggetragen und in die Läufe der Schusswaffen gegossen, um auch noch die letzten Pulverrückstände herauszuspülen, denn morgen konnte das Leben eines Mannes davon abhängen, wie schnell er seine Muskete nachladen konnte. In das Summen der Insekten mischte sich das Geräusch, mit dem Hunderte von Steinen ununterbrochen über Bajonette gezogen wurden, denn die Männer schärften ihre Klingen, wie sie es früher mit ihren Sicheln oder breiten Sensen gemacht hatten. Wieder andere Männer setzten Uniformen instand, nähten Knöpfe an, schnitten sich neue Schnürsenkel zurecht.

Sharpe hatte das alles schon hundertmal miterlebt. Einige der Schützen leerten alles feine Pulver aus ihren Hörnern und breiteten die schwarzen Körner auf sauberen weißen Tüchern aus, um sich zu vergewissern, dass keine feuchten Klumpen darunter waren, die in der Schlacht die Dosiertülle verstopfen konnten. Und natürlich machten auch die altbekannten Scherze wieder die Runde: »Ziehen Sie morgen Ihren Hut nicht auf, Sergeant, dann sehen die Franzosen Ihr Gesicht und sterben möglicherweise vor Lachen.« Dieser Spruch löste immer krachendes Gelächter aus, Hauptsache, der verspottete Sergeant bekam nicht mit, wer ihm das aus der Dunkelheit zugerufen hatte. Andere Soldaten wurden aufgefordert, doch bei den Franzosen zu nächtigen, um mit ihrem Schnarchen dem Feind den Schlaf zu rauben.

Sharpe schlenderte vorbei an den Feuern, tauschte Scherzworte aus, nahm Kostproben gehorteten Schnapses an, befühlte die Schneidkanten von Bajonetten und versicherte den Männern, der kommende Tag würde so übel nicht werden. Immerhin: Rein zahlenmäßig waren die Briten und Spanier den Franzosen haushoch überlegen. Die Initiative war aufseiten der Alliierten, die Schlacht versprach kurz und schwungvoll zu werden, und der Sieg war beinahe schon gewiss.

Er hörte zu, wie die Männer sich mit den Heldentaten brüsteten, die sie am nächsten Tag begehen wollten, und wusste, dass die Worte ihre Ängste verbargen. Andere erkundigten sich in aller Stille bei ihm, wie die Schlacht ablaufen würde. Er lächelte und sagte ihnen, das würden sie morgen schon sehen, aber so schlimm, wie sie befürchteten, würde es nicht werden, und tat mit einem Schulterzucken sein Wissen um das Chaos ab, mit dem sie alle fertig werden mussten, wenn die angreifende Infanterie ins Gewitter des Kartätschen- und Musketenfeuers geriet.

Er umrundete die größere Feuerstelle, an der die Offiziersburschen den dünnen Eintopf aus gepökeltem Rindfleisch zubereiteten, das von den gehorteten Vorräten als Letztes übrig war, und verließ die Baumgruppe. Im letzten Licht der Dämmerung konnte er in fünfhundert Yards Entfernung ein Bauernhaus erkennen, wo sich die Männer der 16. Leichten Dragoner einquartiert hatten.

Er ging quer über die Felder und trat auf den Hof. Eine Reihe von Kavalleristen in blauen und scharlachroten Uniformen wartete bei der Waffenschmiede. Sharpe geduldete sich, bis sie fertig waren, dann holte er den mächtigen Degen aus der Scheide und trug ihn zum Schleifstein. Es gehörte zu seinem Ritual, sich den Degen von einem Rüstmeister der Kavallerie schärfen zu lassen, bis die Schneidfläche ganz dünn war.

Mit feinem Grinsen betrachtete der Rüstmeister Sharpes Schützenuniform. Er war ein alter Soldat, zu alt, um selbst noch in die Schlacht zu reiten. Er ließ sich von Sharpe die Klinge überreichen, prüfte sie mit breitem Daumen und legte sie dann an den pedalgetriebenen Stein an. Funken sprühten vom Rad, die Klinge sang, der Mann ließ sie liebevoll auf und ab über die Kante gleiten und schärfte sodann die oberen sechs Zoll der hinteren Schneide. Schließlich wischte er den Degen mit einem geölten Ledertuch ab.

»Besorgen Sie sich einen deutschen, Captain.« Es war ein uralter Streitfall, ob die Säbel aus Klingenthal nun besser seien als die britischen. Sharpe schüttelte den Kopf. »Der hier frisst deutsche Säbel.«

Der Rüstmeister gackerte mit zahnlosem Mund und beäugte

prüfend die Schneide. »Das wär's, Captain. Gut aufpassen darauf.«

Sharpe legte einige Münzen auf den Rahmen des Schleifrads und hielt den Degen ins letzte Licht am westlichen Himmel. Die Schneidkante hatte neuen Glanz erhalten, und er befühlte sie mit dem Daumen und lächelte dem Rüstmeister zu. »Einen Klingenthaler bekommt man niemals so scharf.«

Der Rüstmeister sagte nichts, sondern griff hinter sich und holte einen Säbel hervor, den er Sharpe überreichte. Sharpe betastete die Schneide. Er fühlte sich an, als sei er für ihn gemacht, wunderbar ausbalanciert, so als sei der Stahl nicht vorhanden, obwohl man ihn im rötlichen Licht blitzen sah. Damit konnte man Seide ebenso sauber durchtrennen wie die Brustplatten französischer Kavallerie. »Aus Deutschland?«, erkundigte sich Sharpe.

»Jawohl, Captain. Gehört unserem Colonel.« Der Rüstmeister nahm die Klinge wieder an sich. »Und ich hab noch nicht mal angefangen, sie zu schärfen!«

Sharpe lachte. Der Säbel musste zweihundert Guineas gekostet haben. Eines Tages, versprach er sich, eines Tages würde er so einen Säbel besitzen, nicht einen, den er einem Toten abgenommen hatte, sondern seinen eigenen Säbel, in den sein Name eingraviert war, der nach seiner Körpergröße geschmiedet und auf seinen Griff ausbalanciert war.

Er begab sich wieder unter die Bäume, und am Himmel über dem Fluss konnte er die Glut der feindlichen Feuer sehen, an denen zweitausend Franzosen ebenfalls ihre Klingen schärften und sich Gedanken über den kommenden Tag machten. Die meisten würden die Nacht dösend im Halbschlaf zubringen. Von unruhiger Erwartung wach gehalten, würden sie den östlichen Himmel nach der Morgendämmerung absuchen, die die letzte sein konnte, die sie zu sehen bekamen.

Auch Sharpe fand in dieser Nacht nur wenig Schlaf. Er ging in Gedanken noch einmal den Schlachtplan durch, der recht einfach war. Der Rio Alberche beschrieb einen Bogen, ehe er in den Tejo, den die Spanier Tajo nannten, mündete, und die Franzosen befanden sich auf der Innenseite dieser Kurve. Am Morgen sollten die Trompeten der Spanier erklingen, ihre dreißig Kanonen zum Einsatz gebracht werden, und die Infanterie würde den seichten Fluss überqueren, um die zahlenmäßig unterlegenen Franzosen anzugreifen. Und sobald die Franzosen den Rückzug antraten, was sie mit Bestimmtheit tun würden, sollte Wellesley mit seinen Briten ihre Flanke angreifen. So würden sie Marschall Victor vernichten, sein Heer zwischen dem Hammer der Spanier und dem Amboss der Briten aufreiben, und nachdem die blaue Infanterie zu kämpfen aufgehört hatte, sollte die Kavallerie über das Wasser vorpreschen und den Rückzug in ein Gemetzel verwandeln. Und wenn das vollbracht war, nach Möglichkeit noch ehe die Bürger Talaveras zur sonntäglichen Morgenmesse aufbrachen, würden nur noch König Joseph Bonapartes zwanzigtausend Mann zwischen den Alliierten und Madrid stehen. Es war alles ganz einfach.

Sharpe schlief in seinem Uniformmantel neben der Glut eines Feuers, und in seinen Träumen kam ein goldener Adler vor.

Am Morgen gab es kein Hornsignal zum Wecken, nichts, was die Franzosen auf den Angriff aufmerksam gemacht hätte, der schon im Morgengrauen erfolgen sollte. Sergeants und Corporals rüttelten die Männer wach, und die Soldaten fluchten auf den Tau und auf die kalte Luft, die ihnen die Kehlen rau machte. Jedermann spähte zum Fluss hinüber, doch das gegenüberliegende Ufer lag hinter einem Schleier aus Nebel und Finsternis verborgen. Es war nichts zu sehen, nichts zu hören.

Man hatte ihnen verboten, die Feuer neu zu entfachen, um die Franzosen nicht zu warnen, aber irgendwie schafften die Soldaten es doch, das Wasser so heiß zu machen, dass sie lose Teeblätter hineinwerfen konnten. Sharpe nahm dankbar einen Blechbecher kochend heißer Flüssigkeit von seinem Sergeant entgegen. Harper stieß mit dem Fuß Erde über die Kochstelle. Die Männer hatten lieber ein kleines Feuer riskiert, als auf ihren Tee zu verzichten, und Harper blickte zu Sharpe auf und grinste. »Ist es gestattet, eben noch in die Kirche zu gehen, Sir?«

Sharpe erwiderte das Grinsen. Es war Sonntag. Er versuchte sich auf das Datum zu besinnen. Sie hatten Plasencia am siebzehnten verlassen, und das war ein Montag gewesen. Er zählte die Tage an den Fingern ab. Sonntag, der 23. Juli 1809. Am östlichen Himmel war bisher kein Licht zu erkennen, die Sterne funkelten hell, noch zwei Stunden bis zum Morgengrauen. Hinter ihnen auf einem Pfad, der zwischen dem Korkeichenhain und den Feldern verlief, waren Gerumpel und Rasseln und Flüche zu hören. Eine Batterie Artilleristen ging in Stellung.

Sharpe wandte sich um, beide Hände um den Teebecher gelegt, und beobachtete die undeutlichen Gestalten, wie sie ihre Pferde wegführten und die Feldhaubitzen aufs andere Flussufer ausrichteten. Sie würden die Vorboten des Angriffs sein, indem sie ihre Kugelgeschosse auf die französischen Linien abfeuerten und Breschen in die französischen Bataillone schlugen, während Sharpe noch seine Voraustrupps über den Fluss führte.

Es war kalt, zu kalt, um Aufregung zu empfinden, die würde sich erst später einstellen. Sharpe fröstelte leicht in seinem Mantel, dankte Harper mit einem Kopfnicken, begab sich hinab in den Hain zu seinen Männern, die mit den Füßen aufstampften und mit den Armen ruderten und die erfolgreicheren Späße des vergangenen Abends wiederaufleben ließen. Doch die waren in den frühen Morgenstunden vor Tagesanbruch irgendwie nicht mehr so komisch.

Sharpe trat aus einer Baumgruppe hervor auf den Rasen direkt am Fluss. Das Stampfen seiner Stiefel machte die Wachtposten auf sein Kommen aufmerksam. Er wurde angerufen, gab das Losungswort und wurde gegrüßt, als er hinab auf den Kies am Wasserrand sprang.

»Irgendwelche Vorfälle?«

»Nein, Sir.«

Das Wasser glitt dunkel unter den Nebelschwaden dahin. Gelegentlich drang ein Plätschern und Rauschen herüber, wenn ein Fisch die Oberfläche aufrührte. Sharpe spähte hinüber und blies sich dabei in die aneinandergelegten Hände. Am gegenüberliegenden Ufer erkannte er einen winzigen roten Lichtpunkt, der hin und wieder unvermittelt aufglühte. Der französische Posten rauchte eine Zigarre oder Pfeife. Sharpe blickte nach links. Am östlichen Himmel zeigte sich endlich eine Spur von Farbe, ein fahles Silbergrau, das die Umrisse der Hügel hervortreten ließ, ein erstes Zeichen der Dämmerung. Er klopfte einem der Wachtposten auf die Schulter. »Nun dauert's nicht mehr lange.«

Er kletterte die kurze Böschung zwischen der Kiesfläche und dem Gras empor und ging zurück zu den Bäumen. Von den französischen Linien drang das Gebell eines Hundes herüber, das Wiehern eines Pferdes, dann ein Hornsignal. Nun würden sie allmählich ihre Feuer entfachen, mit der Zubereitung einer Frühmahlzeit beginnen und hoffentlich noch ganz mit dem Essen beschäftigt sein, wenn die spanischen Bajonette sie von Westen her überfielen. Plötzlich bekam er Lust auf scharf gebratene Nieren und Kaffee, auf alles Mögliche, nur nicht den dünnen Eintopf und die Tommys und den alten Schiffszwieback, mit denen das Bataillon seit einer Woche verpflegt wurde. Er dachte an die Knoblauchwurst, die sie in Rolica den gefallenen Feinden abgenommen hatten, und hoffte, davon heute Morgen etwas aufzutreiben – bei den Leichen jener Männer, die sich dort gleich über dem Fluss murrend um ihre Feuerstellen scharten.

Wieder im Hain angekommen, zog er seinen Mantel aus, rollte ihn fest zusammen und schnallte ihn an seinem Tornister fest. Dann entfernte er das Tuch vom Schloss seines Gewehrs, das er vor dem Tau geschützt hatte, und überprüfte mit dem Daumen die Spannung der Feder. Er schlang sich das Gewehr um, tätschelte seinen Degen und machte sich daran, die Leichte Kompanie weiter unten am Rande des Wäldchens in Stellung gehen zu lassen.

Die Voraustrupps würden die Ersten sein, eine spärliche Linie von Schützen und Rotröcken, die den Rio Alberche durchwaten würden, um die Späher zu vertreiben und die französischen Voltigeure zu beschäftigen, damit diese dem folgenden Angriff der massierten britischen Bataillone an der französischen Flanke nicht die Spitze nahmen. Er wies die Männer an, sich wenige Yards vom Rand innerhalb des Hains auf den Boden zu legen, wo sie mit den Schatten der Bäume verschmolzen, während dahinter die anderen neun Kompanien des Bataillons zu erkennen waren, wie sie sich zum Angriff formierten, der nun nicht mehr lange auf sich warten lassen würde.

Die Morgendämmerung kroch über die Berge, tauchte das Tal in silbergraues Licht, ließ die schattigen Bereiche zusammenschmelzen und enthüllte die Formen der Bäume und Büsche am anderen Ufer. Es würde noch einige Augenblicke dauern, meinte Sharpe, bis die Spanier der Stille ein Ende machten und mit dem Angriff begannen. Er ging am Saum der Bäume entlang, nickte dem Captain der Leichten Kompanie des 29th Regiments zu, die sich an seiner rechten Flanke befand, brachte das höfliche Geplauder hinter sich, und nachdem sie einander Glück gewünscht hatten, schlenderte er zurück und stellte sich neben Harper.

Sie sagten nichts, doch Sharpe wusste, dass auch der große Ire an das Versprechen dachte, das Lennox ihnen an der Brücke entlockt hatte. Für Sharpe war die Sache mit dem Adler dringlicher. Gelang es ihm nicht, ihn heute von seiner Stange zu holen, dann konnte es sein, dass sich monatelang keine zweite Chance bot, und das hieß gar keine Chance mehr. Wenn er es nicht schaffte, die Wirkung von Simmersons Brief abzuschwächen, würde er sich möglicherweise in wenigen Wochen auf einem Schiff nach Westindien befinden, unterwegs zu dem unvermeidlichen Fieber, das die Versetzung praktisch zum Todesurteil machte.

Er stellte sich Josefina vor, schlafend drüben in der Stadt, das schwarze Haar auf einem Kissen ausgebreitet, und er fragte sich, warum er sich innerhalb von so kurzer Zeit in so viele Probleme verstrickt hatte.

In der Ferne krachten vereinzelt Musketen. Die Männer spitzten die Ohren, unterhielten sich leise, horchten auf die sporadischen Schüsse, die hier und dort an der französischen Front knatterten.

Lieutenant Knowles trat zu Sharpe und hob fragend die Augenbrauen. Sharpe bemerkte »Sie machen ihre Musketen klar, sonst nichts.« Die französischen Späher waren abgelöst worden und verschossen nun ihre Patronen, die in der nächtlichen Luft feucht geworden sein konnten. Musketenfeuer war jedenfalls nicht das Zeichen zum Angriff. Sharpe wartete auf die roten Blitze, die den westlichen Himmel wie ein sommerliches Gewitter illuminieren und anzeigen würden, dass die spanische Artillerie die Schlacht eröffnet hatte. Lange konnte es nicht mehr dauern.

Vom Fluss her drangen Rufe herüber. Erneut spitzten die Männer die Ohren, lauschten, aber wieder handelte es sich um falschen Alarm. Einige feindliche Soldaten erschienen, die einander jagten, sich dabei derbe Scherzworte zuriefen und mit Eimern ans Ufer traten. Einer hielt seinen Eimer hoch und rief etwas zum britischen Ufer hinüber, worauf seine Kameraden allesamt lachten, nur Sharpe hatte keine Ahnung, was daran so witzig war.

»Um die Pferde zu tränken?«, fragte Knowles.

»Nein.« Sharpe unterdrückte ein Gähnen. »Artillerie-Eimer. Sie müssen Kanonen haben.« Das war eine böse Neuigkeit. Ein Dutzend Männer schleppten die Eimer heran, in welche die Schwämme getaucht wurden, mit denen man die glimmenden Pulverreste abgeschossener Kanonen löschte. Nach ein paar Schüssen würde das Wasser in den Eimern schwarz wie Tinte sein, und wenn sich die Kanonen direkt vor ihnen befanden, würde das South Essex, so viel war Sharpe klar, mit einiger Wahrscheinlichkeit einem Gewitter aus Kartätschenfragmenten ausgesetzt sein. Er war müde, geradezu schmerzlich müde, er wollte mit dem Kampf beginnen, wollte den Adler aus seinen Träumen vertreiben.

Simmerson und Forrest erschienen, beide zu Fuß, und sahen den Artilleristen zu, wie sie ihre Eimer füllten. Sharpe wünschte einen Guten Morgen, und Simmerson, dessen Feindseligkeit durch Nervosität abgestumpft wurde, antwortete mit einem Nicken. »Was waren das für Musketenschüsse?«

»Die haben nur ihre Patronen verschossen, Sir. Sonst nichts.«

Simmerson grunzte. Er tat sein Bestes, sich anständig zu benehmen, als sei ihm soeben erst klar geworden, dass er Sharpes Tüchtigkeit auf seiner Seite brauchte. Er zog eine riesige Uhr hervor und öffnete ihren Deckel. »Die Spanier sind zu spät dran.«

Das Licht verlor allmählich sein Grau. Am gegenüberliegenden Ufer glitzerte es, und dahinter konnte Sharpe den Rauch von Hunderten französischer Herdfeuer erkennen. »Gestatten, dass ich die Feldwachen ablöse, Sir?«

»Ja, Sharpe, ja.« Simmerson gab sich ungeheure Mühe, einen normalen Ton anzuschlagen, und Sharpe fragte sich, ob der Colonel etwa den Brief bereute, den er geschrieben hatte. Die Gewissheit, dass eine große Schlacht bevorstand, hatte schon oft scheinbar unauflösbare Konflikte klein und unscheinbar wirken lassen. Simmerson machte Anstalten, noch etwas zu sagen, doch stattdessen schüttelte er den Kopf und schritt vor Forrest her weiter die Front ab.

Die Wachen wurden ausgewechselt, die Minuten verstrichen, die Sonne stieg über den Nebel, und die letzten Spuren der Nacht verschwanden wie zerfasernder Kanonenqualm vom westlichen Himmel. Zur Hölle mit den Spaniern, dachte Sharpe, als er die Hornsignale hörte, welche die französischen Regimenter zum Aufmarsch riefen. Eine Gruppe von Berittenen erschien am gegenüberliegenden Ufer und inspizierte mithilfe von Feldstechern die britische Seite. Mit der Überraschung war es jetzt vorbei. Die französischen Offiziere würden die Batterien von Haubitzen sehen können, die gesattelten Kavalleriepferde, die Infanterie, die unter den Bäumen angetreten war. Die Franzosen würden erfahren, wie viele Männer ihnen gegenüberstanden, wo der Angriff geplant war und wie sie ihm begegnen mussten.

Von der Stadt her erklangen Kirchenglocken, und Sharpe fragte sich, was Josefina wohl im Augenblick tat. Hatten die Glocken sie geweckt? Er stellte sich vor, wie sich ihr Körper zwischen warmen Laken rekelte, ein Körper, der erst nach der

Schlacht wieder ihm gehören würde. Der Klang der Glocken erinnerte ihn an England, und er dachte an all die Dorfkirchen, die sich um diese Zeit mit Menschen füllten. Würden sie an ihr Heer in Spanien denken? Er bezweifelte es. Die Briten hatten nichts übrig für ihr Heer. Natürlich feierten sie seine Siege, aber eine solche Feier hatte es seit Langem nicht mehr gegeben. Die Flotte wurde umjubelt, Nelsons Kapitäne waren namentlich bekannt gewesen, doch Trafalgar war nur noch Erinnerung. Nelson lag in seiner Gruft, und die Briten gingen ihrer Wege und vergaßen den Krieg.

Allmählich wurde es wärmer, die Männer wurden schläfrig, sie lehnten sich gegen die Korkeichen und schliefen, ihre Musketen quer über die Knie gelegt. Irgendwo im französischen Lager war der raue Klang der Glocke eines Maultiertreibers zu hören und gemahnte Sharpe an die Realität.

»Sir!« Ein Sergeant rief von einer der Kompanien weiter oben im Hain zu ihm herab. »Die Kompanieoffiziere, Sir! Zum Colonel!«

Sharpe antwortete mit einem Winken, nahm sein Gewehr, übergab Knowles den Befehl und stieg durch den Hain nach oben. Er kam zu spät. Die Captains standen bereits dicht beisammen und hörten einem Lieutenant aus Hills Stab zu. Sharpe schnappte Bruchstücke seiner Rede auf.

»Tiefschlaf – keine Schlacht – üblicher Tagesablauf.«

Fragen schwirrten. Der Lieutenant, prachtvoll anzusehen in seiner silberbesetzten Dragoneruniform, machte einen gelangweilten Eindruck. »Der General bittet, weiterhin Wachen aufzustellen, Sir. Aber wir rechnen nicht damit, dass die Franzosen etwas unternehmen.«

Er ritt davon und ließ die verblüfften Offiziere zurück. Sharpe schlängelte sich soeben zu Forrest durch, um festzustellen, was er versäumt hatte, da sah er eine vertraute Gestalt im Eiltempo den Pfad entlangreiten. Er trat auf den Weg und hob die Hand. Der Mann war Lieutenant Colonel Lawford, und er war wütend. Er sah Sharpe, zog die Zügel an und fluchte.

»Verdammt und zugenäht, Richard! Verdammt, verdammt, verdammt und zugenäht! Verdammte Spanier!«

»Was ist denn passiert?«

Lawford konnte seine Wut kaum beherrschen. »Die verdammten Spanier haben sich geweigert aufzuwachen! Es ist unglaublich!«

Andere Offiziere versammelten sich um sie. Lawford nahm seinen Hut ab und wischte sich die Stirn. Er hatte tiefe Ringe unter den Augen. »Wir stehen, verdammt, um zwei Uhr morgens auf, um ihr verdammtes Land zu retten, und sie machen sich nicht einmal die Mühe, aus den Betten zu steigen!« Lawford sah sich um, als hoffe er, einen Spanier zu Gesicht zu bekommen, an dem er seine kochende Wut auslassen konnte. »Wir sind um sechs Uhr hier herübergeritten. Cuesta liegt in seiner verdammten Kutsche auf seinen verdammten Kissen und behauptet, sein Heer sei zum Kämpfen zu müde! Es ist unglaublich! Wir hatten sie in der Zange. So!« Er presste Zeigefinger und Daumen gegeneinander. »Wir hätten sie heute Morgen kaltmachen können! Wir hätten Victors Heer ausradieren können. Aber nein. Mañana, mañana heißt die Devise, morgen und dann wieder morgen! Es wird kein verdammtes Morgen geben! Victor ist kein Narr, er wird heute marschieren. Verdammt, verdammt, verdammt!« Der ehrenwerte William Lawford blickte auf Sharpe hinab. »Dir ist doch klar, was jetzt passieren wird?«

»Nein.«

Lawford zeigte gen Osten. »Dort drüben sind Jourdan und Joseph Bonaparte. Sie werden sich mit Victor vereinigen, und dann haben wir zweimal so viele Soldaten zu bekämpfen.

Zweimal so viele! Außerdem geht das Gerücht, dass Soult ein Heer zusammengekratzt hat und aus dem Norden heranzieht. Gott! Die Chance, die wir uns heute haben entgehen lassen! Weißt du, was ich glaube?« Sharpe schmieg einen Moment lang. »Ich glaube, diese Hunde wollten nicht kämpfen, weil heute Sonntag ist. Cuesta hat Priester, die um sein verdammtes Bett auf Rädern herum ihre Gebete murmeln. Verdammte Katholiken!

Und zu essen gibt es, verdammt noch mal, immer noch nichts!«

Sharpe spürte, wie die Müdigkeit durch seine Adern rann. »Was unternehmen wir jetzt?«

»Jetzt? Wir warten, verdammt noch mal. Cuesta sagt, wir greifen morgen an. Werden wir aber nicht, weil nämlich die Franzosen nicht mehr da sein werden.« Lawford ließ die Schultern hängen und stieß einen Seufzer aus. »Weißt du, wo Hill ist?«

Sharpe wies den Pfad entlang, und Lawford ritt weiter. Verfluchte Spanier, dachte Sharpe, verflucht dieses ganze Theater! Er war diensthabender Offizier, und er würde die Feldwachen organisieren müssen, die Linien inspizieren und einige Vorräte zusammenkratzen bei einer Intendantur, die selbst nichts hatte. Er würde sich nicht mit Josefina treffen können. Es würde keine Schlacht geben, keinen Adler, nicht einmal ein Stückchen Knoblauchwurst. Verflucht!

KAPITEL 18

»Ich hab heute einen Mann gesehen ...«

»Ja?« Sharpe blickte zu Josefina hinüber. Sie saß nackt mit hochgezogenen Knien auf dem Bett und versuchte sich mit der Kante seines Degens die Zehennägel zu feilen. Sie musste über ihre Bemühungen lachen, ließ die Klinge fallen und sah ihn an. »Er war wunderhübsch. Ein blauer Rock mit weißen Besätzen hier.« Sie strich sich mit den Händen über die Brüste. »Und Unmengen goldener Spitze.«

»Auf einem Pferd?«

Sie nickte. »Und dann war da noch ein Hängebeutel ...«

»Seine Degentasche. Und ein gebogenes Schwert?« Wieder nickte sie, und Sharpe grinste sie an. »Hört sich an wie die Prince-of-Wales-Dragoner. Sehr reich.«

»Woher weißt du das?«

»Alle Kavalleristen sind reich. Dumm, aber reich.«

Sie legte auf ihre typische Weise den Kopf schief und runzelte leicht die Stirn. »Dumm?«

»Alle Kavallerieoffiziere sind dumm. Das Pferd hat den Verstand, und sie haben das Geld.«

»Ach, egal.« Sie zuckte mit den nackten Schultern. »Darauf kommt es nicht an. Ich hab genug Verstand für zwei.« Sie sah ihn an und grinste. »Du bist eifersüchtig.«

»Ja.« Er hatte sich ihren Sinn für Ehrlichkeit zu eigen gemacht.

»Ich langweile mich, Richard.«

»Ich weiß.«

»Nicht mit dir.« Sie blickte von ihren Zehennägeln auf und starrte ihn todernst an. »Du tust mir gut. Aber wir sind eine Woche hier, und nichts passiert.«

»Keine Sorge. Morgen wird etwas passieren.«

»Bist du sicher?«

»Morgen wird gekämpft.« Diesmal jedoch, dachte er, sind wir zahlenmäßig unterlegen.

Sie zog die Knie eng an ihren Körper, umschlang sie und legte das Kinn darauf. »Hast du Angst?«

»Ja.«

Sie hob die Augenbrauen. »Wer wird den Sieg davontragen?«

»Ich weiß es nicht.«

»Wirst du deinen Adler bekommen?«

»Ich weiß es nicht.«

Sie lächelte ihm zu. »Nach der Schlacht habe ich ein Geschenk für dich.«

»Ich will kein Geschenk. Ich will dich.«

»Mich hast du doch schon.« Sie wusste, was er meinte, aber es gefiel ihr, ihn zum Schein misszuverstehen. Sie sah zu, wie er aufstand. »Willst du deinen Degen wiederhaben?«

»Ja.« Sharpe schnallte das Koppel fest und rückte die Degenscheide zurecht.

Sie grinste ihn an. »Dann komm doch und hol ihn dir.« Sie legte die mächtige Klinge aufs Bett, rollte herum und legte ihren nackten Bauch an den kühlen Stahl.

Sharpe trat zu ihr. »Gib her.«

»Du musst ihn dir schon selber holen.«

Ihr Körper war warm und kräftig, ihre Muskeln waren trainiert, und sie klammerte sich an ihn. Sharpe bog ihr Gesicht zurück und sah ihr unverwandt in die Augen. »Was wird passieren?«, fragte er.

»Du wirst deinen Adler bekommen. Du bekommst immer, was du willst.«

»Ich will dich.«

Sie schloss die Augen und küsste ihn leidenschaftlich, dann wich sie zurück und lächelte ihm zu. »Wir sind Versprengte, Richard. Unsere Wege haben sich gekreuzt, aber wir sind beide noch nicht am Ziel der Reise.«

»Ich verstehe dich nicht.«

»O doch. Wir gehen auf verschiedenen Wegen. Du willst ein Zuhause. Du willst einen Menschen, der dich liebt und begehrt, jemanden, der dir die Last abnimmt.«

»Und du?«

Sie lächelte. »Ich will seidene Kleider und Musik. Kerzen in der Dämmerung.« Er hob an, etwas zu sagen, doch sie legte ihm einen Finger auf die Lippen. »Ich weiß, was du denkst. Es ist albern, aber es ist, was ich will. Vielleicht will ich eines Tages doch noch etwas Vernünftiges.«

»Bin ich etwas Vernünftiges?«

»Es gibt Zeiten, mein Lieber, da nimmst du alles ein wenig zu ernst.«

»Soll das ein Abschied sein?«

Sie lachte. »Da! Siehst du? Du nimmt alles zu ernst.« Sie küsste ihn flüchtig auf die Nasenspitze. »Komm nach der Schlacht. Hol dir dein Geschenk ab.«

Er griff nach dem Degen. »Beweg dich, ich will dich nicht verletzen.«

Sie rückte beiseite und legte einen Finger auf die Klinge. »Wie viele Männer hast du schon damit getötet?«

»Ich weiß es nicht.« Der Degen glitt in die Scheide, ein vertrautes Gewicht an seiner Hüfte. Er ging neben dem Bett in die Hocke und umfing ihre nackte Taille. Er starrte ihren Körper an, als versuche er ihn sich einzuprägen, seine Üppigkeit, seine

Schönheit, das Geheimnisvolle, das ihn unnahbar erscheinen ließ. Sie berührte sein Gesicht mit einem Finger.

»Geh und kämpfe.«

»Ich komme wieder.«

»Ich weiß.«

Sharpe kam alles unwirklich vor. Die Soldaten in den Straßen Talaveras, die Menschen, die ihm aus dem Weg gingen, der Nachmittag an sich. Morgen sollte eine Schlacht stattfinden. Hunderte würden sterben, verstümmelt von Kanonenkugeln, aufgeschlitzt von Kavalleriesäbeln, durchlöchert von Musketensalven, und dennoch herrschte in der Stadt Betrieb. Die Leute waren verliebt, sie entzweiten sich, kauften ihr Essen und rissen Witze, morgen jedoch sollte eine Schlacht stattfinden. Ihn verlangte nach Josefina. Er konnte kaum an die Schlacht denken, an den Adler – nur an ihr schelmisches Gesicht. Sie würde ihn verlassen, das wusste er, doch er konnte es nicht hinnehmen. Die Schlacht erschien beinahe irrelevant angesichts des überwältigenden Bedürfnisses, sie festzuhalten, sie zu der Seinen zu machen, und er wusste, es war unmöglich.

Er ging zum Stadttor, das den Blick auf das Flachland im Westen freigab. Die Leichte Kompanie stellte die Wache am Tor. Sharpe nickte Harper zu und erklomm die steilen Stufen zur Brustwehr, von wo Hogan hinab auf die Olivenhaine und Wälder starrte, die angefüllt waren mit spanischen Soldaten, welche die von Wellesley sorgfältig vorbereiteten Stellungen bezogen. Cuesta war, nachdem er sich am vergangenen Sonntag anzugreifen geweigert hatte, kühn hinter den zurückweichenden Franzosen hermarschiert. Nun, vier Tage später, kamen seine Soldaten mit eingezogenem Schwanz zurückgeeilt, gefolgt von einem französischen Heer, das seinen Umfang mehr als verdoppelt hatte. Morgen, überlegte Sharpe, würden die Spanier kämpfen müssen, die Franzosen würden sie schon aufwecken, und die alliierten Heere, die sich am vergangenen Sonntag den Sieg hätten nehmen können, mussten nun eine Verteidigungsschlacht gegen die vereinigten Streitkräfte Victors, Jourdans und Joseph Bonapartes führen.

Nicht etwa, dachte Sharpe bitter, dass die Spanier viel vom Geschäft des Tötens selbst hätten besorgen müssen, Wellesley hatte sein Heer zurückverlegt, um direkt bei Talavera eine Verteidigungslinie aufzubauen. Das rechte Ende dieser Linie bildeten die Stadtmauern, Olivenhaine, verschlungenen Felder und Wälder, die allesamt durch Hogans Tüchtigkeit uneinnehmbar gemacht worden waren. Er hatte Bäume fällen, Erdaufschichtungen vornehmen, Mauern verstärken lassen, und in dem Gewirr aus Barrikaden und anderen Hindernissen bezogen nun die spanischen Soldaten ihre Stellungen.

Kein französischer Infanterist konnte hoffen, sich durch Hogans Verschanzungen vorzukämpfen, solange die Verteidiger auf ihren Posten blieben. Stattdessen würde das französische Heer nach Norden auf die linke Seite von Wellesleys Front umschwenken, wo die Briten auf den Angriff warteten.

Sharpe blickte zur nördlichen Ebene hinüber. Dort gab es keine Hindernisse, die ein Pionier verstärken konnte, nur den Bach namens Portina, den ein Mann überqueren konnte, ohne dass ihm das Wasser in die Stiefel lief, und hügeliges Grasland, das geradezu eine Einladung für die massierten französischen Bataillone und ihre langen Reihen prachtvoller Kavallerie darstellte.

In der Ferne ragte der Medellin auf, jener Hügel, der das Flachland beherrschte, und Sharpe kannte sich dort gut genug aus, um zu wissen, was morgen geschehen würde. Die französischen Marschsäulen würden den Bach überqueren und die sanften Hänge des Medellin angreifen. Dort würde das Töten stattfinden. Die spanischen Soldaten, sämtliche dreißigtausend, konnten hinter ihren Brustwehren in Sicherheit bleiben und zusehen, wie in der weiten nördlichen Ebene die Adler auf die Briten einstürmten und Rauch den Medellin einhüllte.

»Wie geht's?«, erkundigte sich Hogan.

»Gut.« Sharpe grinste.

Der Ire wandte sich ab, um weiter die Spanier zu beobachten, welche die von ihm vorbereiteten Positionen einnahmen. Auf der dahinterliegenden Ebene, hinter Bäumen verborgen, wo der Rio Alberche in den Tejo floss, war Musketenfeuer zu hören. Es hatte sich den ganzen Nachmittag über wie ein ferner Waldbrand fortgesetzt, und Sharpe hatte gesehen, wie man Dutzende von britischen Verwundeten durch das Tor in die Stadt trug. Die Briten hatten die letzte Meile des spanischen Rückzugs gedeckt, und die Verwundeten erzählten, die französischen Stoßtrupps hätten den Tagessieg errungen. Zwei britische Bataillone waren übel zugerichtet worden, ja, es ging sogar das Gerücht, Wellesley selbst sei mit knapper Not der Gefangennahme entgangen.

Die Spanier wirkten nervös, und Sharpe fragte sich, wie die Truppen aussehen mochten, mit denen die Franzosen gegen das alliierte Heer vorgehen wollten. Er blickte zu Harper hinunter. Der Sergeant bewachte mit einem Dutzend Männern das Stadttor, nicht etwa gegen den Feind, sondern um britische oder spanische Soldaten abzuhalten, die in Versuchung geraten mochten, sich in Talaveras dunklen Gassen zu verlieren und so dem unvermeidlichen Kampf auszuweichen. Das Bataillon selbst befand sich auf dem Medellin, und Sharpe wartete auf die Befehle, die seine Kompanie am seichten Wasserlauf des Portina entlang aussenden würden, ein Stück Gras zu finden, das sie am nächsten Morgen verteidigen konnten.

»Und wie geht's dem Mädchen?« Hogan hatte sich auf den brüchigen Mauersteinen niedergelassen.

»Sie ist glücklich. Langweilt sich.«

»So sind die Frauen. Nie zufrieden. Brauchst du noch mehr Geld?«

Sharpe blickte den älteren Pionier an und sah die Besorgnis in seinen Augen. Hogan hatte Sharpe bereits mehr als zwanzig Guineas geliehen, eine Summe, die er unmöglich zurückzahlen konnte, es sei denn, er hatte Glück auf dem Schlachtfeld. »Nein. Im Augenblick reicht es.«

Hogan lächelte. »Du hast Glück.« Er zuckte mit den Schultern. »Gott weiß, Richard, sie ist ein wunderschönes Geschöpf. Bist du in sie verliebt?«

Sharpe blickte über die Mauer dorthin, wo die Spanier Hogans provisorische Festung besetzt hatten. »Das lässt sie nicht zu.«

»Dann ist sie vernünftiger, als ich dachte.«

Der Nachmittag verging langsam. Sharpe dachte an das Mädchen, das sich in seinem Zimmer langweilte, und sah den spanischen Soldaten zu, wie sie auf die Buchen und Eichen einschlugen, um ihre abendlichen Feuer errichten zu können. Dann, mit einer Plötzlichkeit, die Sharpe erwartet hatte, waren weit draußen zwischen den verschwommen erkennbaren Bäumen und Büschen, die im Osten die Ebene einschlossen, grelle Lichtblitze zu sehen. Das war die Sonne, wusste er, die sich in Musketen und Brustplatten spiegelte. Sharpe stieß Hogan an und deutete darauf. »Die Franzosen.«

Hogan stand auf und starrte hinüber. »Mein Gott.« Er sprach in ruhigem Tonfall. »Das sind recht viele.«

Der Vormarsch der Infanterie auf die ferne Ebene wirkte wie ein sich ausbreitender dunkler Fleck auf dem Gras. Sharpe und Hogan beobachteten, wie ein Bataillon nach dem anderen auf die fahlen Felder marschierte, eine Schwadron Kavallerie nach der anderen, und zwischen den Formationen die kleinen gedrungenen Umrisse der Kanonen, das größte Heer, das Sharpe je auf dem Schlachtfeld gesehen hatte. Die galoppierenden Gestalten der Stabsoffiziere waren zu erkennen, wie sie die Marschsäulen auf ihre Plätze wiesen, bereit für den Angriff und Kampf des kommenden Morgens.

Sharpe wandte sich nach links, wo die Reihen der Briten am Portina warteten. Der Rauch Hunderter von Lagerfeuern erhob sich in die abendliche Luft; am Bach und auf den Hängen des Medellin drängten sich die Männer, um aus der Ferne einen Blick auf den Feind zu erhaschen.

Die britische Streitmacht wirkte neben der massiven Flut von Soldaten, Pferden und Kanonen, die im Osten die Ebene bedeckte und von Minute zu Minute anschwoll, geradezu erbärmlich klein. Napoleons Bruder war da, und mit ihm zwei echte Marschälle Frankreichs, Victor und Jourdan. Sie führten fünfundsechzig Bataillone Infanterie an, ein riesiges Aufgebot jener Männer, die Europa zu Napoleons Eigentum gemacht hatten, und sie waren gekommen, um dieses kleine britische Heer zu zerschlagen und es ans Meer zurückzudrängen. Sie hatten vor, es auf Dauer zu vernichten, um sicherzustellen, dass die Briten nie wieder wagten, die Adler an Land herauszufordern.

Hogan pfiff leise. »Werden sie heute Abend noch angreifen?«

»Nein.« Sharpe suchte die fernen Linien ab. »Sie werden auf ihre Artillerie warten.«

Hogan zeigte gen Osten, wo es immer dunkler wurde. »Die haben doch Kanonen dabei. Da, ich kann sie sehen.«

Sharpe schüttelte den Kopf: »Das sind nur die kleinen, die sie jedem Infanteriebataillon mitgeben. Nein, die großen Brocken werden noch irgendwo dort hinten unterwegs sein. Sie werden über Nacht eintreffen.«

Und am Morgen, dachte er, werden die Franzosen das Feuer mit einer ihrer beliebten Kanonaden eröffnen, bei denen die massierte Artillerie zunächst ihre eisernen Geschosse auf die feindlichen Linien abschießt, ehe die dichten, von Trommeln begleiteten Marschsäulen ihren Adlern über den Bach folgen. Französische Taktik war kaum raffiniert zu nennen. Die schlauen Manöver, bei denen die Flanke des Feindes aufgerollt wird, waren nicht ihre Sache. Stattdessen versammelten sie Kanonen und Soldaten auf einem Haufen und setzten ihren grausigen Hammerschlag immer aufs Neue gegen die feindliche Front ein und hatten immer aufs Neue Erfolg damit. Er zuckte mit den Schultern. Wer brauchte schon Raffinesse? Die Kanonen und Soldaten Frankreichs hatten noch jedes Heer vernichtet, das gegen sie ausgesandt worden war.

Hinter ihm waren Schüsse zu hören, und er begab sich auf die andere Mauerseite und spähte zum Tor hinab, wo Harper und seine Männer Wache standen. Lieutenant Gibbons und Berry waren da, beide zu Pferde, beide damit beschäftigt, Harper anzubrüllen. Sharpe beugte sich über die Brustwehr.

»Was gibt's?«

Gibbons drehte sich langsam um. Es dämmerte Sharpe, dass der Lieutenant leicht betrunken war und einige Schwierigkeiten hatte, sich auf seinem Pferd zu halten. Gibbons grüßte Sharpe mit der gewohnten Ironie.

»Ich hab Sie gar nicht gesehen, Sir. Tut mir ja so leid.« Er verneigte sich. Lieutenant Berry kicherte. Gibbons richtete sich auf. »Ich habe nur Ihrem Sergeant hier mitgeteilt, dass Sie sich jetzt zurückziehen können, in Ordnung?«

»Aber Sie haben unterwegs haltgemacht, um eine Erfrischung zu sich zu nehmen?«

Berry kicherte vernehmlich. Gibbons sah zu ihm auf und brach ebenfalls in Gelächter aus. Er verneigte sich noch einmal. »So könnte man es ausdrücken, Sir.«

Die beiden Lieutenants drängten ihre Pferde durch das Tor und machten sich auf den Weg zu den britischen Linien im Norden. Sharpe verfolgte ihren Abgang.

»Schweinehunde.«

»Bereiten sie dir Schwierigkeiten?« Hogan hatte sich wieder auf die Mauer gesetzt.

»Nein. Bloß Unverschämtheiten, Bemerkungen in der Messe, Sie wissen schon.« Er machte sich Sorgen um Josefina. Hogan schien seine Gedanken zu lesen. »Du denkst an das Mädchen?«

Sharpe nickte. »Ja. Aber es dürfte ihr eigentlich nichts passiert sein.« Er dachte laut nach. »Sie hält die Tür verschlossen, und ich wüsste nicht, wie sie uns ausfindig machen sollten.« Er wandte sich Hogan zu und grinste. »Hören Sie auf, sich darüber Gedanken zu machen. Bisher haben sie nichts unternommen. Sie sind Feiglinge. Sie haben aufgegeben.«

Hogan schüttelte den Kopf.

»Sie würden dich umbringen, Richard, und so wenig Bedauern dabei empfinden, als würden sie ein lahmes Pferd töten. Eher weniger. Und was Josefina angeht? Sie werden auch versuchen, ihr wehzutun.«

Sharpe wandte sich wieder dem Spektakel auf der Ebene zu. Er wusste, dass Hogan recht hatte, wusste, dass zu viel ungeklärt war, aber er hatte das Spiel nicht in der Hand. Alles musste warten, bis die Schlacht vorüber war.

Die französischen Truppen hatten das Ende der Ebene inzwischen ganz überflutet, sie ergossen sich um Wälder, einzelne Bäume und Bauernhöfe, kamen dem Bach und dem Hügel Medellin immer näher. Sie verfinsterten die Ebene, füllten sie mit einer Flut stahlgespickter Männer, und immer noch rückten sie nach. Husaren, Dragoner, Ulanen, Chasseurs, Grenadiere und Voltigeure, das Gefolge der Adler, Männer, die ein Weltreich geschaffen hatten, der Erzfeind.

»Wird heiß hergehen, morgen.« Hogan schüttelte den Kopf, während er die Franzosen beobachtete.

»Bestimmt.« Sharpe drehte sich um und rief nach Harper. »Komm rauf!«

Der große irische Sergeant erkletterte die verfallene Mauer und stellte sich neben die beiden Offiziere. In den französischen Linien glommen die ersten von Tausenden von Feuern auf.

»Vielleicht vergessen sie ja auch, morgen aufzuwachen.«

Sharpe lachte. »Es ist der Morgen danach, um den sie sich sorgen müssen.«

Hogan legte die Hand über die Augen. »Ich frage mich, wie vielen Heeren wie diesem wir uns stellen müssen, ehe es vollbracht ist.«

Die beiden Schützen sagten nichts. Sie waren im vergangenen Jahr bei Wellesley gewesen, als dieser die Franzosen bei Rolica und Vimeiro besiegt hatte, dieses Heer jedoch war zehnmal so groß wie die französische Streitmacht bei Rolica, dreimal so groß wie Junots Heer bei Vimeiro und zweimal so groß wie das Aufgebot, das sie im Frühjahr aus Portugal vertrieben hatten. Es hatte den Anschein, als marschierten für jeden Franzosen, der getötet wurde, zwei oder drei andere aus der Reserve, und wenn man die umbrachte, kam gleich ein ganzes Dutzend nach, und so fort.

Harper grinste. »Hat keinen Sinn, uns damit zu beunruhigen, dass wir sie beobachten. Der Mann weiß, was er tut.«

Sharpe stimmte dem zu. Wellesley würde nicht hinter dem Portina warten, wenn er der Ansicht wäre, der nächste Tag könne die Niederlage mit sich bringen. Von sämtlichen britischen Generälen war er der Einzige, dem die Männer mit den Gewehren vertrauten, sie wussten, dass er es verstand, die Franzosen zu bekämpfen und, wichtiger noch, wann er sie nicht bekämpfen durfte.

Hogan deutete in die Ferne. »Was ist das denn?«

In einer knappen Meile Entfernung schossen französische Berittene ihre Karabiner ab. Sharpe konnte keinerlei Ziel ausmachen. Er beobachtete die Rauchwölkchen und lauschte dem leisen Krachen.

»Dragoner.«

»Weiß ich«, sagte Hogan. »Aber wogegen kämpfen sie?«

»Schlangen?« Während seiner Spaziergänge am Portina entlang waren Sharpe kleine schwarze Schlangen aufgefallen, die sich durch das feuchte Gras am Bach wanden. Er war ihnen ausgewichen, aber er hielt es für denkbar, dass sie draußen auf der Ebene genauso vorkamen und die Berittenen sich lediglich mit ein wenig Zielschießen vergnügten. Es war Abend, und die Flammen aus den Läufen der Musketen leuchteten hell im Dämmerlicht. Seltsam, dachte Sharpe, wie oft der Krieg einen hübschen Anblick darstellt.

»Hallo.« Harper deutete nach unten. »Sie haben unsere tapferen Verbündeten geweckt. Sieht aus wie ein verdammter Ameisenhaufen.«

Unten an der Mauer befand sich die spanische Infanterie in heller Aufregung. Männer verließen die Feuerstellen, reihten sich hinter den Erd- oder Steinwänden auf und legten Musketen auf die gefällten und aufgestapelten Baumstämme, mit denen Hogan alle Zugänge versperrt hatte. Offiziere standen mit blanken Degen an der Mauer, es wurde gebrüllt und herumgefuchtelt, und die Soldaten zeigten auf die fernen Dragoner und ihre aufleuchtenden Musketen.

Hogan lachte. »Wie gut es doch ist, Verbündete zu haben.«

Die Dragoner, die zu weit weg waren, um deutlich erkennbar zu sein, fuhren fort, auf ihre unsichtbaren Ziele zu schießen. Sharpe war überzeugt, dass sie sich nur auf ihre derbe Art die Zeit vertrieben. Die Franzosen bemerkten die Panik nicht, die sie in den spanischen Reihen ausgelöst hatten. Sämtliche spanischen Infanteristen hatten sich nun an die Verschanzungen gedrängt, ihre Hinterteile wurden von den Feuern angestrahlt, während vorn ihre Musketen trotzig ins leere Feld hinausragten. Die Offiziere bellten Befehle, und zu seinem Entsetzen musste Sharpe mit ansehen, wie Hunderte von Musketen geladen wurden.

»Was, zur Hölle, machen die?« Er lauschte dem Scharren, mit dem die Ladestöcke in die Läufe geschoben wurde, und sah, wie die Offiziere ihre Degen hoben. »Sieh dir das an«, sagte Hogan. »Dabei kannst du noch einiges lernen.«

Es gab keinen Schießbefehl. Stattdessen schoss eine einzelne Muskete. Ihre Kugel traf nutzlos im Gras auf, und ihr folgte die größte Salve, die Sharpe je gehört hatte. Tausende von Musketen schossen, spuckten Feuer und Rauch, und ein Donnergrollen peinigte ihre Ohren. Das Geräusch schien ewig anzudauern und vermischte sich mit dem Gebrüll der Spanier. Feuer und Blei entleerten sich auf das leere Feld. Die Dragoner blickten verblüfft auf, doch keine Musketenkugel konnte auch nur ein Drittel der Strecke bis zu ihnen zurücklegen, daher blieben sie auf ihren Pferden sitzen und beobachteten, wie sich die Front aus Musketenqualm in die Lüfte erhob.

Eine Sekunde lang meinte Sharpe, die Spanier bejubelten ihren Sieg über das unschuldige Gras, doch plötzlich wurde ihm klar, dass es sich nicht um Triumphgeschrei handelte, sondern um Schreckensrufe. Sie hatten sich von der eigenen Salve zu Tode erschrecken lassen, vom Donner der zehntausend

Musketen, und nun brachten sie sich in Sicherheit. Tausende strömten in die Olivenhaine, warfen ihre Musketen von sich, trampelten in ihrem Entsetzen die Feuer nieder, schrien mit erhobenen Köpfen und rudernden Armen um Hilfe, rannten vor ihrem eigenen Lärm davon. Sharpe brüllte seinen Männern drunten am Tor zu.

»Lasst sie durch!«

Es hatte keinen Sinn, zu versuchen, die Panik einzudämmen. Sharpes Männer, etwa ein Dutzend, waren längst von den Hunderten von Spaniern überrannt worden, die sich durch das Tor drängten und in die Stadt strömten. Andere umrundeten die Mauer in nördlicher Richtung, den Straßen zu, die nach Osten von den Franzosen wegführten. Sie würden die Gepäcklager plündern, in der Stadt die Häuser überfallen, Besorgnis und Verwirrung stiften, doch dagegen konnte man nichts machen.

Sharpe beobachtete spanische Kavalleristen, die ihre Säbel gegen die flüchtige Infanterie einsetzten. Sie würden einige damit aufhalten, vermutlich bis zum Morgen die meisten wieder gesammelt haben, doch das Gros der spanischen Infanterie hatte sich in Luft aufgelöst, erschreckt, besiegt von einer Hand voll Dragonern, die sich auf eine knappe Meile genähert hatten. Sharpe begann zu lachen. Es war zu komisch, zu idiotisch, irgendwie genau zu diesem Feldzug passend. Er sah die spanische Kavallerie wütend auf die Infanteristen eindreschen und sie in kleinen Gruppen an die Front zurücktreiben, und in der Ferne hörte er die Hornsignale, mit dem weitere Berittene zur Jagd aufgerufen wurden. Draußen auf der Ebene reihten sich die Lichter der französischen Feuer aneinander. Tausende und Abertausende von Flammen, welche die feindliche Front markierten, und nicht einer der Männer, die sich um diese Feuer versammelt hatten, konnte wissen, dass sie soeben mehrere tausend spanische Infanteristen in die Flucht geschlagen hatten.

Sharpe ließ sich gegen die Mauer sinken und blickte zu Harper hinüber. »Wie sagten Sie noch, Sergeant?«

»Sir?«

»Gott schütze Irland? Keine Chance. Er hat alle Hände voll zu tun, mit Spanien fertig zu werden.«

Der Lärm und die Panik legten sich. Im Hain war ein Häuflein Soldaten übrig, andere wurden von der spanischen Kavallerie dorthin zurückgedrängt, aber Sharpe schätzte, dass die Berittenen die ganze Nacht brauchen würden, um die Flüchtigen zusammenzutreiben und sie in die Verschanzungen zu zwingen, und selbst dann würden noch Tausende entkommen und das Gerücht von einem großen französischen Sieg vor Talavera verbreiten.

Sharpe stand auf. »Kommen Sie, Sergeant. Zeit, dass wir zum Bataillon zurückkehren.«

Eine Stimme rief von der Straße herauf. »Captain Sharpe! Sir!«

Einer der Schützen winkte ihm zu, und neben ihm stand Agostino, Josefinas Diener. Sharpe spürte, wie seine Sorglosigkeit wich, um einer furchtbaren Vorahnung Platz zu machen. Er kletterte über das brüchige Mauerwerk hinab, gefolgt von Harper und Hogan, und eilte zu den beiden Männern.

»Was ist?«

Agostino stieß einen portugiesischen Wortschwall hervor. Er war ein winziger Mann, der normalerweise wenig sagte, aber jedermann mit seinen großen braunen Augen beobachtete. Sharpe hob die Hand, um ihn zum Schweigen zu bringen. »Was sagt er?«

Hogan verstand genügend Portugiesisch. Der Pionier leckte sich die Lippen. »Es geht um Josefina.«

»Was ist mit ihr?« Sharpe fühlte eine Katastrophe kommen, spürte die Kälte des Bösen. Er gestattete Hogan, seine Ellbogen zu fassen und ihn und Agostino von den interessiert lauschenden Schützen wegzugeleiten. Hogan stellte weitere Fragen, ließ den kleinen Bediensteten ausreden und wandte sich schließlich Sharpe zu. Seine Stimme war gedämpft. »Josefina wurde überfallen. Agostino haben sie in einen Schrank eingeschlossen.«

»Sie?« Die Antwort kannte er bereits. Gibbons und Berry.

Sergeant Harper kam zu ihnen herüber, und sein Benehmen war förmlich und korrekt. »Sir!«

»Sergeant?« Sharpe bezwang die Hunderte widerstreitender Befürchtungen, damit er wenigstens Harper zuhören konnte.

»Ich bringe den Mann zurück, Sir.«

Sharpe nickte. Nun ging ihm auf, dass Patrick Harper mehr über die Vorgänge wusste, als er bisher angenommen hatte. Hinter den vorsichtigen Worten verbarg sich eine Besorgnis, die Sharpe bedauern machte, dass er Harper nicht stärker ins Vertrauen gezogen hatte. Außerdem war der Ire erfüllt von beherrschter Wut. Deine Feinde, gab er zu erkennen, sind auch meine.

»Weitermachen, Sergeant.«

»Jawohl. Und, Sir?« Harpers Gesicht war ausdruckslos. »Sie halten mich auf dem Laufenden?«

»Ja, Sergeant.«

Sharpe und Hogan rannten in die düsteren Gassen, rutschten auf dem Unrat aus, zwängten sich zwischen den Flüchtlingen durch, die begonnen hatten, die Eingänge von Weinhandlungen und Privathäusern zu erstürmen. Hogan hielt keuchend mit dem Schützen Schritt. Es versprach eine schlimme Nacht für Talavera zu werden, eine Nacht der Plünderung, der Zerstörung und Vergewaltigung. Morgen würden hunderttausend Mann in einen Feuerstrudel marschieren, und Hogan, der einen Blick auf Sharpes wütendes Gesicht erhaschte, mit dem er zwei spanische Infanteristen beiseitestieß, machte sich Gedanken um das Böse, das hier im Vorlauf des morgigen Tages aufwallte. Dann betraten sie die stille Straße, wo Josefina lebte, und Hogan blickte auf zu den schweigenden Fenstern mit ihren geschlossenen Läden und betete darum, dass Richard Sharpe mit seiner großen Wut sich nicht selbst zerstören möge.

KAPITEL 19

Sharpes Stiefel knirschten auf Gipsbrocken, er lauschte den
raunenden Stimmen in dem Raum auf der anderen Seite der geborstenen Tür und starrte, ohne etwas wahrzunehmen, aus
dem kleinen Fenster auf die hohen, zerklüfteten Wolken, die
am Mond vorbeizogen. Hogan saß auf der obersten Treppen-
stufe neben den Laken, die man von Josefinas Bett abgezogen
hatte. Im Dämmerlicht der Kerzen, das unter der Tür hervor-
drang, erweckten die Laken den Eindruck, als seien sie rot und
weiß gemustert. Aus dem Zimmer erklang ein Schrei. Sharpe
wirbelte gereizt herum.

»Was machen die mit ihr?«

Hogan beruhigte ihn. »Der Arzt lässt sie zur Ader, Sharpe.
Er weiß, was er tut.«

»Als wenn sie nicht schon genug Blut verloren hätte!«

»Ich weiß, ich weiß.« Hogan sprach tröstend auf ihn ein.
Es gab nichts zu sagen, was den Tumult in Sharpes Kopf lindern, den Schlag, der ihn getroffen hatte, abschwächen oder
die Rache in andere Bahnen lenken konnte, von der Hogan
wusste, dass sie in diesem Augenblick minutiös geplant wurde,
während der Schütze auf dem winzigen Treppenabsatz auf und
ab ging. Der Pionier seufzte und hob einen winzigen Gipskopf
auf. Das Haus gehörte einem Kaufmann, der mit religiösen
Statuen handelte, und die Treppen und Flure waren mit seinen
Waren vollgestellt.

Als Gibbons und Berry sich Zutritt zum Zimmer des Mädchens verschafft hatten, waren sie auf zwanzig oder dreißig

Darstellungen Jesu Christi samt blutendem Herzen herumgetrampelt, und die Bruchstücke der Statuen lagen immer noch auf dem Treppenabsatz verstreut.

Hogan war ein friedfertiger Mann. Er fand Gefallen an seiner Arbeit, freute sich über die Herausforderungen jedes neuen Tages, war glücklich, wenn er den Kopf vollhatte mit Einfalls- und Aufprallwinkeln, mit Entfernungs- und mit Gewichtsangaben. Er suchte die Gesellschaft derer, die gerne lachten, großzügig tranken und sich die Zeit mit Geschichten über vergangene Ereignisse zu vertreiben pflegten. Er war kein Kämpfer. Sein Krieg wurde mit Hacke, Schaufel und Pulverladungen ausgefochten, und doch hatte er, als er mit Sharpe in das Zimmer im Dachgeschoss eingedrungen war, sengende Wut und Rachlust in sich aufsteigen gespürt.

Das war vorbei. Nun saß er traurig und schweigsam da, aber als er den Schützen beobachtete, wurde ihm klar, dass in Sharpe diese Stimmung immer wieder genährt wurde. Wohl zum zwanzigsten Mal blieb er stehen.

»Warum?«

Hogan zuckte mit den Schultern. »Sie waren betrunken, Richard.«

»Das ist keine Antwort!«

»Nein.« Hogan legte den abgebrochenen Kopf vorsichtig auf dem Boden ab, außer Reichweite von Sharpes Schritten. »Eine Antwort gibt es nicht. Sie wollten sich an dir rächen. Du und das Mädchen, ihr seid unwichtig. Es geht vielmehr um ihren Stolz...« Er ließ den Satz unvollendet. Es gab nichts zu sagen, nur die ungeheure Traurigkeit zu empfinden und die Angst davor, was Sharpe unternehmen mochte. Hogan bedauerte seine erste Reaktion auf die junge Frau, er hatte sie für berechnend und kalt gehalten, aber als er sie von Plasencia nach Oropesa begleitet hatte und von da nach Talavera, war er vom

Charme, dem fröhlichen Lachen und der Ehrlichkeit bezaubert worden, mit welcher sie – nach einer unangenehmen Vergangenheit mit einem untreuen Ehemann – ihre Zukunft plante.

Sharpe starrte aus dem Fenster auf die Wolken, die den Mond verhüllten. »Glauben die etwa, ich würde nichts unternehmen?«

»Sie haben entsetzliche Angst.« Hogan sprach mit tonloser Stimme. Er fürchtete sich vor den Entschlüssen, die Sharpe in seiner Wut fassen mochte. Er dachte an die Shakespeare-Zeile »Schönheit lockt Narren«.

Sharpe wandte sich erneut an ihn. »Warum?«

»Du weißt, warum. Sie waren betrunken. Guter Gott, Mann, sie waren so betrunken, dass sie nicht einmal das richtig zustande gebracht haben. Also haben sie sie geschlagen. Alles in der Hitze des Augenblicks, und nun? Sie haben entsetzliche Angst, Richard. Entsetzliche Angst. Was wirst du unternehmen?«

»Was? Ich weiß es nicht«, gab Sharpe gereizt zurück, und Hogan wusste, dass er log.

»Was kannst du tun, Richard? Sie zum Duell herausfordern? Das würde, wie du weißt, deine Laufbahn ruinieren. Willst du sie der Vergewaltigung anklagen? Um Himmels willen, Richard, wer würde dir Glauben schenken? In der Stadt wimmelt es heute Abend von verdammten Soldaten, die über alles herfallen, was sich bewegt! Und jedermann weiß, dass das Mädel vor dir mit Gibbons zusammengelebt hat. Nein, Richard, du musst nachdenken. Du musst nachdenken, ehe du handelst.«

Sharpe wandte sich ihm zu, und Hogan erkannte jäh, dass mit diesem unversöhnlichen Gesicht nicht zu argumentieren war. »Ich werde sie, verdammt noch mal, umbringen.«

Hogan seufzte und rieb sich mit beiden Händen das Gesicht. »Das überhöre ich wohl besser. Willst du gehängt werden?

Erschossen? Zerschlag ihnen sämtliche Knochen im Leib, wenn es sein muss, aber mehr nicht, Richard, mehr nicht.«

Sharpe antwortete nicht, und Hogan wusste, dass er an den Körper dachte, den sie zwischen den blutdurchtränkten Laken gefunden hatten. Sie war vergewaltigt und geschlagen worden, und als sie eintrafen, hatten sie obendrein die Wirtin dabei ertappt, wie sie das Mädchen anschrie. Es hatte viel Geld gekostet, die Frau zum Schweigen zu bringen und einen Arzt aufzutreiben, und nun warteten sie.

Agostino spähte die Treppe hoch, sah Sharpes Gesicht und begab sich wieder an die Vordertür, wo man ihm zu warten befohlen hatte. Frisches Bettzeug war in das Zimmer getragen worden, Wasser. Dann hatte Sharpe gehört, dass die Wirtin den Boden fegte, und sich an das Mädchen erinnert, wie es dort geschunden und blutend zwischen zerbrochenen Heiligen und befleckten Laken herumgekrochen war.

Die Tür ging auf, knirschend auf den Scherben, und die Wirtin winkte ihnen. Der Arzt kniete neben dem Bett, und seine Augen richteten sich misstrauisch auf die beiden Offiziere. Josefina lag auf dem Bett, das schwarze Haar auf dem Kissen ausgebreitet, doch ihre Augen waren fest geschlossen. Sharpe setzte sich neben sie, sah die immer größer werdende gelbliche Prellung auf ihrer unnatürlich blassen Haut und nahm eine der Hände, die sich in das frische Bettzeug verkrallt hatten. Sie versuchte, sich ihm zu entziehen, doch er hielt sie fest, und ihre Augen öffneten sich.

»Richard?«

»Josefina. Wie geht es dir?« Das kam ihm wie ein dummer Spruch vor, aber ihm fiel nichts anderes ein. Sie schloss die Augen, und ein schwaches Lächeln kam und ging.

Sie öffnete die Augen wieder. »Ich werde schon wieder.« Für kurze Zeit war sie wieder die alte Josefina, aber als sie sprach, rann eine Träne aus ihrem Auge, und sie schluchzte auf und drehte sich von ihm weg.

Sharpe wandte sich an den Arzt. »Wie steht es um sie?«

Der Arzt zuckte mit den Schultern und warf der Wirtin verzweifelte Blicke zu. Hogan sprang ein und redete auf Spanisch auf den Arzt ein. Sharpe lauschte den Stimmen und streichelte dabei das abgewandte Gesicht des Mädchens. Er konnte an nichts anderes denken als daran, dass er ihr gegenüber versagt hatte. Er hatte versprochen, sie zu beschützen, und nun war dies eingetreten, das Schlimmste, das Undenkbare. Hogan setzte sich neben ihn. »Sie wird durchkommen. Sie hat viel Blut verloren.«

»Wie?«

Hogan schloss die Augen und holte tief Luft, ehe er sie wieder aufmachte. »Sie ist geschlagen worden, Richard. Sie sind unsanft mit ihr umgesprungen. Aber sie wird sich wieder erholen.«

Im Raum herrschte Schweigen, aber draußen auf der Straße konnte Sharpe die Schreie und Rufe der betrunkenen spanischen Soldaten hören. Josefina wandte sich ihm zu. Ihre Stimme war ganz leise. »Richard?«

»Ja?«

»Bring sie um«, sagte sie mit tonloser Stimme. Hogan wollte den Kopf schütteln, doch Sharpe beugte sich vor und küsste sie aufs Ohr. »Ich tu's.«

Als er sich wieder aufrichtete, nahm er erneut ein angedeutetes Lächeln auf ihrem Gesicht wahr, und dann zwang sie sich, richtig zu lächeln, was nicht so recht zu ihren Tränen passen wollte. Sie drückte seine Hand. »Wird es morgen eine Schlacht geben?«

»Ja.« Sharpe sagte es, als ließe sich das Thema abtun, als sei es nicht von Bedeutung.

»Viel Glück.«

»Hinterher komme ich nach dir sehen.« Er lächelte ihr zu.

»Ja.« Ihre Stimme klang nicht überzeugt.

Sharpe wandte sich an Hogan. »Sie bleiben hier?«

»Bis Tagesanbruch. Vorher werde ich nicht gebraucht. Aber du solltest jetzt aufbrechen.«

»Ich weiß«, antwortete Sharpe. Er küsste sie noch einmal, stand auf und legte Tornister und Gewehr an. In diesem Augenblick lag eine Grausamkeit in seinen Gesichtszügen, die, so fand Hogan, nicht mehr überboten werden konnte. Der Pionier begleitete ihn bis zur Treppe.

»Sei vorsichtig, Richard.«

»Einverstanden.«

Hogan legte ihm die Hand auf die Schulter, um ihn aufzuhalten. »Denk daran, was du zu verlieren hast.«

Sharpe nickte. »Bringen Sie mir Nachricht, wenn Sie können.«

Sharpe drängte sich auf die Straße hinaus, ohne auf die Spanier zu achten, und als er sich in Richtung Norden entfernte, entging ihm der hoch gewachsene Mann im blauen Rock mit den weißen Besätzen, der ihn aus einer Einfahrt gegenüber Josefinas Unterkunft beobachtete. Der Mann sah Sharpe mitleidig an, dann blickte er zu den Fenstern hoch und zog sich weiter in den Torweg zurück, wo er es sich so bequem wie möglich machte mit seinem gebrochenen Arm samt Schiene und Schlinge, der ihn davon abhielt, an der morgigen Schlacht teilzunehmen. Er fragte sich, was wohl im zweiten Stockwerk passierte, aber bald würde er Bescheid wissen. Im Austausch für ein Goldstück würde Agostino ihm alles erzählen.

Sharpe eilte den Pfad entlang, der zwischen dem Portina und der spanischen Front von der Stadt wegführte. Die furchtsame Infanterie war inzwischen gezwungen worden, ihre Stellungen wieder einzunehmen, doch als er zwischen den Bäumen dahineilte, hörte er die vereinzelten Musketenschüsse aus der Stadt und das Geschrei. Ausdruck von Talaveras Nacht der Angst und Schändung.

Der Mond war hinter einer Wolkenbank verschwunden, aber die Lichter der spanischen Lagerfeuer wiesen Sharpe den Weg, und er schlug ein schärferes Tempo an, während er nach Norden in Richtung Medellin hastete. Zu seiner Rechten glühte der Himmel tiefrot, wo sich Tausende französischer Feuer widerspiegelten.

Er hätte sich gedanklich mit dem nächsten Morgen befassen müssen. Er wusste, dass es die größte Schlacht sein würde, die er je ausgefochten hatte, doch seine Gedanken waren beherrscht von dem Drang, Berry und Gibbons zu finden. Er erreichte den Pajar, jenen winzigen Hügel, der das Ende der spanischen Front markierte und den Ort, wo der Portina einen Bogen nach rechts beschrieb und, nachdem er zuvor hinter den spanischen Streitkräften verlaufen war, nun vor den britischen Stellungen dahinfloss. Er sah die Umrisse der Feldhaubitzen, die Wellesley auf dem kleinen Hügel platziert hatte, und registrierte nebenbei die Tatsache, dass das Feuer dieser Haubitzen sich schützend vor die spanische Front legen und die massierte französische Attacke auf die britischen Linien umlenken würde. Aber bis zur Schlacht am nächsten Tag konnte noch viel geschehen.

Der Pfad lief im Gras aus. Er konnte die verstreuten Feuer der Briten erkennen, hatte jedoch keine Ahnung, wo sich das South Essex befand. Sie waren am Medellin stationiert, so viel wusste er, also rannte er am Bach entlang, stolperte über Grasbüschel, planschte durch sumpfiges Gelände, benutzte den silbrigen Portina als Wegweiser zum Medellin.

Er war in der Dunkelheit allein. Die britischen Feuer waren weit entfernt zu seiner Linken, die französischen noch weiter entfernt zu seiner Rechten, die beiden Heere still und ruhig. Aber irgendwas stimmte nicht. Der alte Instinkt meldete sich, und er blieb stehen, ging in die Knie und spähte voraus in die Dunkelheit.

In der Nacht wirkte der Medellin wie ein lang gestreckter, niedriger Grat, der in Richtung des französischen Heers verlief. Er stellte den Schlüssel zu Wellesleys linker Flanke dar. Falls die Franzosen den Hügel stürmten, konnten sie wenden und die Briten zwischen dem Medellin und Talavera in die Zange nehmen. Aber es waren keine Feuer auf dem Hügel zu sehen. Er konnte am westlichen Ende, am weitesten entfernt vom Feind, einen hellen Feuerfleck ausmachen, doch auf der Seite, die der Stadt zugewandt war, und auf jener Hälfte des flachen Grats, der dem Feind am nächsten lag, gab es keine Lichter.

Er hatte angenommen, dass das South Essex an dem ihm zugewandten flachen Hang kampieren würde, doch die Stelle lag dunkel und verlassen da. Er lauschte. Zu hören waren die Geräusche der Nacht, der Lärm aus der Stadt, der sich zu einem gedämpften Murmeln abgeschwächt hatte, der Wind im Gras, Insekten, das Plätschern des Bachs und die weit entfernten Laute von einhunderttausend Männern, die an Lagerfeuern kauerten und auf den Morgen warteten. Der kleine Hügel Pajar hinter ihm war von Feuern hell erleuchtet, die Kanonen deutlich zu erkennen vor der weißen Mauer des Bauernhauses auf seiner Kuppe, aber vor ihm war alles dunkel und still.

Er stand auf und ging leise weiter, instinktiv gefasst auf eine Gefahr, die er sich nicht erklären konnte, und sein Bewusstsein suchte der Dunkelheit und den gedämpften Geräuschen der Nacht Hinweise zu entnehmen.

Warum war er immer noch nicht angerufen worden? Am Portina müsste es doch Feldwachen geben, Späher, die zum

Schutz vor dem eisigen Wind zusammengekauert dahocken und den Feind im Auge behalten müssten, doch niemand hatte ihn aufgehalten und nach seinen Befugnissen gefragt.

Er hielt sich in der Nähe des Bachs, bis der Medellin schwarz über ihm aufragte, dann wandte er sich nach links und begann, den Hang hinaufzuklettern. Bei Tageslicht wurde der Eindruck einer sanften Steigung erweckt, doch als er mit Tornister und Gewehr beladen emporstieg, fühlte sich der Boden steil an, und jeder Schritt machte sich schmerzhaft in seiner Wadenmuskulatur bemerkbar. Morgen, dachte er, werden die französischen Marschsäulen exakt diesen Weg nehmen. Sie werden mit gesenkten Köpfen diese Steigung heraufmarschieren, und die Musketen werden sie schweigend auf dem Grat erwarten.

Auf halbem Weg den Hang hinauf blieb er stehen und drehte sich um. Auf der anderen Seite des Bachs befand sich wieder ein Hügel, ähnlich geformt, doch niedriger und kleiner. Auf seinem flachen Gipfel konnte Sharpe die Feuer der Franzosen erkennen, die flüchtigen Schatten seiner Feinde, und er wandte sich ab und eilte weiter den Hang hinauf. Er war immer noch auf der Hut vor der Gefahr, einer Bedrohung, die er nicht einordnen konnte, musste jedoch ununterbrochen an das schwarze, auf dem Kissen ausgebreitete Haar des Mädchens denken, an die Hand, die sich im Laken verkrallt hatte, an die Blutflecken, an Josefinas Entsetzen, als die beiden Männer hereingestürmt waren. Er hatte keine Ahnung, was er unternehmen sollte. Gibbons und Berry hatten sich vermutlich bei Simmerson und seinen Spießgesellen in Sicherheit gebracht. Irgendwie musste er sie dort weglocken, sie dazu bringen, dass sie sich hinaus in die Dunkelheit wagten. Er zwang sich, noch schneller zu gehen.

Der Hang flachte sich zum Plateau ab. In weiter Ferne

konnte er die Feuer der Briten sehen, und er lief langsam auf sie zu, wobei sein unhandlicher Tornister auf und ab hüpfte und sein Gewehr immer wieder seitlich aufschlug. Man hatte ihn immer noch nicht angerufen. Er näherte sich dem Heer von der feindlichen Front her, und es gab keine Späher, keine Postenreihe in der Finsternis, so als habe das Heer die Franzosen gleich jenseits des Portina vergessen.

Zweihundert Yards von den aufgereihten Feuern entfernt blieb er stehen und duckte sich tief ins Gras. Er hatte das South Essex gefunden. Es befand sich am Rande des Hügels, und er konnte die leuchtend gelben Uniformbesätze im Flammenschein ausmachen. Er suchte die Feuer ab, entdeckte die grünen Uniformen seiner Schützen und suchte weiter, als wenn er aus dieser Entfernung die Gestalten seiner Feinde hätte erkennen können.

Seine Wut verwandelte sich in Enttäuschung. Er war über eine Meile marschiert und gerannt, um das Bataillon zu finden, und doch wusste er, dass er nichts unternehmen konnte. Gibbons und Berry hatten sich wohl zum Colonel und seinen Kumpanen gerettet, saßen mit den anderen Offizieren an einem Feuer und waren vor seiner Rache sicher. Hogan hatte recht. Er würde seiner Laufbahn ein Ende machen, wenn er mit ihnen kämpfte, doch er hatte Josefina sein Ehrenwort gegeben, und er wusste nicht, wie er das Versprechen halten sollte. Und morgen musste er versuchen, sein früheres Versprechen Lennox gegenüber einzulösen.

Er zog den mächtigen Degen aus der Scheide und legte ihn mit der Spitze voran vor sich ins Gras. Die Schneide glänzte stumpf im Feuerschein. Er starrte das Stück Stahl an und spürte beißende Tränen in seinen Augen, als er sich an den Körper des Mädchens erinnerte, wie er sich schelmisch und nackt an die flache Klinge gepresst hatte. Das war erst heute Nachmittag gewesen. Nun verfluchte er das Schicksal, das diese Nacht herbeigeführt hatte, und die Versprechungen, die er nicht halten konnte. Er dachte an die junge Frau, an die Männer, die nach ihr grapschten, er blickte auf zu den Feuern und empfand die eigene Hilflosigkeit. Es war besser, das wusste er, alles aufzugeben, sich in den Schein des Feuers zu begeben und sich auf morgen zu konzentrieren, aber wie sollte er Gibbons oder Berry unter die Augen treten und den Triumph in ihren Gesichtern sehen, ohne den Degen gegen sie zu erheben?

Er drehte sich um und blickte zum fernen Horizont, auf das rote Glühen der französischen Feuer, welche die Umrisse des Hügels in sanftes Licht tauchten. Auf der Kuppe des Hügels, den er erstiegen hatte, bewegten sich Kaninchen, er konnte ihre kleinen Gestalten hoppeln sehen, und plötzlich erstarrte er.

Hatten sich dort Späher befunden, die ihm entgangen waren? Das waren keine Kaninchen! Er konnte die Silhouetten von Männern erkennen, er hatte ihre Köpfe mit Kaninchen verwechselt, doch als sie über die Kuppe stiegen, konnte er ein Dutzend Mann mit Gewehren auf sich zukommen sehen. Er legte sich flach ins Gras, griff nach dem Degen und starrte auf das schwache Glühen am Horizont. Er legte das Ohr an den Boden und hörte, was er zu hören befürchtet hatte, das schwache Stampfen marschierender Füße, und er hob den Kopf und fuhr fort, Ausschau zu halten, während das Dutzend Männer sich in einen missgestalteten Klumpen verwandelte.

Er erinnerte sich, zu Hogan gesagt zu haben, dass die Franzosen nicht während der Nacht angreifen würden, und doch hatte er den Verdacht, eben dies zu erleben – einen nächtlichen Angriff auf den Medellin. Das Dutzend Männer war vermutlich ein Stoßtrupp der Voltigeure, und der massive Klumpen eine französische Marschsäule, die in der Stille der Nacht den Hügel erklomm. Aber wie sich vergewissern? Es konnte sich ohne Weiteres um ein britisches Bataillon handeln, das im Schutz der Dunkelheit umzog, einen neuen Platz zum Kampieren suchte, aber so spät in der Nacht?

Er schlängelte sich auf Knien und Ellbogen vorwärts, hielt sich dicht über dem Boden, damit ihn diejenigen, die dort in der Finsternis herankamen, nicht als Silhouette vor den Feuern erkennen konnten. Der Degen raschelte im Gras, ihm kam es wie ohrenbetäubender Lärm vor, doch die Männer marschierten weiter auf ihn zu. Er hielt inne, wenn sie stehen blieben, und er beobachtete, wie sie sich hinknieten. Nun war er beinahe sicher, dass es sich um Voltigeure handelte, um einen Stoßtrupp, den man vorausgeschickt hatte, um die Feldwachen zu vertreiben, und nun, da sie in Sichtweite ihrer Opfer waren, warteten sie auf die Marschsäule, damit die Attacke vereint erfolgen konnte.

Sharpe hielt den Atem an. Die knienden Männer verständigten sich durch leise Zurufe, und er wollte hören, welcher Sprache sie sich bedienten.

Französisch. Er wandte den Kopf und blickte auf die Feuer, welche die britische Front markierten. Dort regte sich nichts, die Männer saßen da und starrten in die Flammen, sie warteten auf den Morgen und waren in völliger Unkenntnis der Tatsache, dass der Feind die Kuppe des Medellin ungeschützt vorgefunden hatte und sich nun zum Angriff anschickte.

Sharpe musste die Briten warnen, aber wie? Einen einzelnen Gewehrschuss würde man einem nervösen Späher zuschreiben, der in der Nacht allerlei Schemen sah. Er konnte diese Entfernung nicht durch Rufe überbrücken, und wenn er sich umdrehte und rannte, würde er die britischen Feuer kaum vor den Franzosen erreichen. Es gab nur einen Ausweg. Und der bestand darin, die Franzosen zu einer Salve zu provozieren, einem Musketengeknatter, das die Briten aufschrecken, sie vor der Gefahr warnen und veranlassen würde, eine provisorische Kampflinie zu bilden.

Er packte den Degen, stellte fest, welcher Schatten eines der knienden Voltigeure ihm am nächsten war, sprang auf und sprintete dem Feind entgegen. Der Mann blickte auf, als Sharpe sich ihm näherte, und legte den Finger an die Lippen. Sharpe brüllte, ein entsetzlicher Schrei der Wut und Herausforderung, und führte einen Seitenhieb mit dem Degen aus. Er verweilte nicht, um den Schaden zu besehen, den er angerichtet hatte, sondern befreite mit einem Ruck seine Klinge und rannte brüllend auf den nächsten Mann zu. Der stand auf, schrie ihm eine Frage zu und starb mit der Klinge im Bauch. Sharpe hörte nicht auf zu brüllen. Er zerrte den Degen heraus, ließ ihn durch die Luft wirbeln, bis er sang, entdeckte zu seiner Linken eine Bewegung und drang auf einen weiteren Voltigeur ein. Die Plötzlichkeit seines Angriffs hatte sie verblüfft, sie hatten keine Ahnung, wie viele Männer sie überfallen hatten oder woher sie kamen. Sharpe sah, wie sich zwei der Soldaten zusammenschlossen und ihre Bajonette auf ihn richteten, doch sein Gebrüll ließ sie zögern, und er versetzte dem einen im Vorbeirennen einen Degenhieb und verschwand in der Nacht.

Er ließ sich flach ins Gras fallen. Niemand hatte geschossen. Er hörte die Franzosen durch das Gras rennen, einer der Verwundeten stöhnte. Er lag still da, blickte unverwandt zum Horizont und wartete, bis seine Augen die schwachen Umrisse der näher kommenden Marschsäule erkennen konnten. Fragen wurden gerufen, und er hörte die gezischten Antworten der Voltigeure, doch sie waren immer noch unentdeckt, die Briten saßen an ihren Feuern und warteten auf die Morgendämmerung, die sie vielleicht nicht mehr erleben würden. Sharpe musste die Salve provozieren.

Er legte den Degen flach ins Gras und nahm sein Baker-

Gewehr von der Schulter. Er öffnete die Pfanne und vergewisserte sich tastend, dass noch Pulver darin war. Die Franzosen hatten sich wieder beruhigt, ihr Angreifer war so schnell verschwunden, wie er gekommen war.

»Bataillon! Bataillon, feuern nach Kompanien! Präsentiert das Gewehr!«

Er schrie den Franzosen sinnlose Kommandos zu. Die Umrisse der Marschsäule waren jetzt nur noch fünfzig Yards entfernt. Der Stoßtrupp hatte sich zurückgezogen, um sich dem letzten Vormarsch anzuschließen, ehe dieses Aufgebot von Männern auf die arglosen Briten einstürmen würde.

»Bataillon!« Er dehnte das Wort. »Feuer!«

Das Baker-Gewehr spuckte ihre Kugel in Richtung der Franzosen, und er hörte einen durchdringenden Schrei. Sie mussten das Aufblitzen der Mündung gesehen haben, doch Sharpe rollte sich nach rechts und griff sich den Degen.

»*Tirez!*«, rief er der Marschsäule entgegen. Ein Dutzend nervöser Soldaten betätigte den Abzug, und er hörte Kugeln über das Gras schwirren. Endlich! Jetzt mussten die Briten aufgewacht sein. Er drehte sich um und sah Männer bei den Feuern stehen, sah Anzeichen von Bewegung, wenn nicht gar Panik.

»*Tirez! Tirez! Tirez!*«, schrie er der Marschsäule zu, und weiteres Musketenfeuer hallte durch die Nacht. Offiziere brüllten ihre Männer an, sie sollten das Feuer einstellen, doch der Schaden war nicht wiedergutzumachen. Die Briten hatten die Schüsse gehört, hatten die Musketen aufblitzen gesehen, und Sharpe konnte erkennen, dass die Männer nun nach ihren Waffen griffen, Bajonette aufsetzten und sich auf das gefasst machten, was dort in der Finsternis lauerte.

Es war Zeit, sich davonzumachen. Die Franzosen hatten sich wieder in Bewegung gesetzt, und Sharpe sprintete auf die britischen Linien zu, vor den Feuern sichtbar, und er hörte das Krachen der Musketen und spürte, wie die Kugeln an ihm vorbeizischten. Er rannte weiter und schrie: »Die Franzosen! Geht in Stellung! Die Franzosen!«

Er sah Harper und die Schützen an der Linie entlanglaufen, fort vom Zentrum des französischen Angriffs und dann hinaus auf den schwach erleuchteten Rand des Plateaus. Das war vernünftig. Gewehre waren zum Nahkampf ungeeignet, und der Sergeant verbarg seine Männer in den Schatten, wo sie sich als Heckenschützen gegen den Feind betätigen konnten. Sharpes Atem rauschte ihm in den Ohren, er keuchte, der Lauf war zu einem Kampf gegen die Erschöpfung und das Gewicht seines Tornisters geworden. Er beobachtete das South Essex, wie es kleine nervöse Grüppchen bildete, die sich immer wieder auflösten und neu formierten. Niemand wusste, was eigentlich vorging. Zu ihrer Rechten befand sich ein weiteres Bataillon in ebensolchem Aufruhr, und hinter sich konnte Sharpe das rhythmische Geräusch der im Laufschritt vorrückenden Franzosen hören.

»Die Franzosen!« Er war außer Atem. Harper war verschwunden. Sharpe übersprang ein Feuer und stieß mit einem Sergeant zusammen, der ihn festhielt und stützte, während er nach Luft schnappte.

»Was geht vor, Sir?«

»Französische Marschsäule! Hierher unterwegs!«

Der Sergeant war bestürzt. »Wieso hat die vorderste Linie sie nicht aufgehalten?«

Sharpe sah ihn verblüfft an. »Die vorderste Linie, das seid ihr!«

»Niemand hat uns das gesagt!«

Sharpe sah sich um. Männer rannten auf der Suche nach ihren Sergeants oder Offizieren hin und her, und ein Offizier zu Ross preschte zwischen den Feuerstellen hindurch nach vorn. Sharpe konnte nicht erkennen, um wen es sich handelte, ehe er in Richtung Marschsäule verschwand. Sharpe hörte einen Ruf, das Wiehern eines Pferdes, als die Musketen losgingen, und den Aufprall, mit dem das Tier zu Boden stürzte. Die aufblitzenden Musketen verrieten, wo sich die Franzosen befanden, und Sharpe vernahm mit einem Anflug von Befriedigung das entscheidende Bellen der Baker-Gewehre am Hügelrand.

Dann war die Marschsäule zu sehen, die weißen Hosen zeigten sich im Feuerschein, kamen im Winkel auf ihre Front zu und stürmten gegen das Zentrum der britischen Linie.

Sharpe brüllte seine Befehle. »Feuer!« Einige wenige Musketen krachten, der weiße Qualm wurde augenblicklich von der Dunkelheit verschluckt, und Sharpe war allein. Die Männer waren beim Anblick des massiven Ansturms geflohen. Sharpe rannte ihnen nach und drosch mit seinem Degen auf die Männer ein. »Ihr seid hier in Sicherheit! Bleibt stehen!« Aber es hatte keinen Sinn. Das South Essex hatte sich, genau wie das Bataillon neben ihnen, aufgelöst. Die Männer waren in Panik geraten und strömten nach hinten, den rückwärtigen Feuern entgegen, und Sharpe konnte erkennen, wie sich die Männer dort zu Trupps zusammenschlossen.

Es herrschte Chaos. Sharpe kreuzte den Weg der Flüchtlinge, hielt auf den Rand des Hügels und die Dunkelheit zu, wo seine Schützen versteckt lagen. Er entdeckte Knowles mit einer Gruppe aus der Kompanie und schob sie vorwärts, damit sie sich Harper anschlossen, doch die meisten Bataillonsmitglieder waren auf dem Rückzug. Die Franzosen feuerten ihre erste Salve ab, ein mächtig grollendes Donnern, das die Nacht mit Rauch und Flammen zerriss und vor ihnen eine Bresche in die Front schlug. Das Bataillon rannte kopflos davon, der Sicherheit der nächsten Feuerlinie entgegen.

Sharpe stieß mit den Flüchtigen zusammen, schüttelte sie ab, mühte sich, den relativen Frieden des Hügelrandes zu erreichen. Eine Stimme rief: »Was geht da vor?« Sharpe drehte sich um. Dort stand Berry mit aufgeknöpfter Jacke und blankem Degen, und das schwarze Haar hing ihm ins fleischige Gesicht. Sharpe machte halt, ging in die Hocke und knurrte. Er dachte an das Mädchen, an sein Entsetzen, seine Schmerzen, und er stand auf, legte die paar Schritte zurück und packte Berry am Kragen. Ein furchtsames Augenpaar richtete sich auf ihn.

»Was geht da vor?«

Er zerrte den Lieutenant hinter sich her, über den Hügelkamm hinab in die Finsternis des Hangs. Er konnte Berry plappern hören, sich immer wieder erkundigen, was da vorgehe, doch er zerrte ihn weiter hinab, bis sie beide weit unterhalb des Kamms angelangt und vor den Feuern verborgen waren. Sharpe hörte die letzten Flüchtlinge auf dem Grat vorbeikommen, hörte das Krachen der Musketen und die leiser werdenden Schreie der Männer auf dem Rückzug. Er ließ Berrys Kragen los. Er sah, wie sich ihm das weißliche Gesicht in der Dunkelheit zuwandte, ein Keuchen erklang.

»Mein Gott, Captain Sharpe? Sind Sie das?«

»Hatten Sie mich nicht erwartet?« Sharpes Stimme war so kalt wie eine Säbelklinge im Winter. »Ich habe Sie gesucht.«

KAPITEL 20

Eine verirrte Musketenkugel schwirrte über Sharpes Kopf hinweg, die Geräusche der Schlacht waren nun schwächer, da er sich unterhalb des Hügelkamms befand, und das einzige Licht stammte vom gespenstischen Widerschein der verlassenen Feuer am unteren Rand des Schlachtenqualms, der über das Plateau des Medellin trieb.

»Sharpe!« Berry hatte nicht zu plappern aufgehört. Er lag auf dem Rücken und versuchte sich den Hügel hinauf davonzuschlängeln, weg von der hoch gewachsenen, finsteren Gestalt des Schützen. »Sollten wir uns nicht zurückziehen, Sharpe? Die Franzosen! Sie sind auf dem Hügel!«

»Ich weiß. Ich hab mindestens zwei von ihnen getötet.« Sharpe hielt seine Klinge gegen Berrys Brust und machte dem Gezappel ein Ende. »Bald gehe ich hin und töte noch ein paar.«

Die Tatsache, dass vom Töten die Rede war, brachte Berry zum Schweigen. Sharpe konnte das Gesicht zu sich aufblicken sehen, doch es war zu dunkel, um den Ausdruck darin erkennen zu können. Sharpe musste sich die feuchten Lippen vorstellen, das fleischige Gesicht, den angsterfüllten Blick.

»Was hast du dem Mädchen angetan, Berry?«

Der Lieutenant blieb stumm. Sharpe konnte den schlanken Degen verloren im Gras liegen sehen. Der Mann hatte keinen Kampfgeist, keinen Widerstandsgeist, nur die lächerliche Hoffnung, dass Sharpe sich besänftigen ließe.

»Was hast du getan, Berry?« Sharpe trat dichter heran, und die Klinge fuhr Berry an die Kehle. Sharpe sah, wie sich das

Gesicht hin und her bewegte, hörte den Atem in der Kehle des Lieutenants röcheln.

»Nichts, Sharpe, ich schwöre es! Nichts.«

Mit der Drehung seines Handgelenks lenkte Sharpe die Klinge an Berrys Kinn. Sie war rasiermesserscharf, und er hörte das darauffolgende Keuchen.

»Lassen Sie mich gehen. Bitte! Lassen Sie mich gehen.«

»Was hast du getan?« Sharpe vernahm das ausgeprägte Geräusch der Gewehrschüsse zu seiner Rechten. Das donnernde Krachen der Musketen ertönte zu seiner Linken, und er vermutete, dass die französische Formation ihre Stoßtrupps an die Flanken geworfen hatte, um mit den verstreuten Grüppchen aufzuräumen, die immer noch Widerstand leisteten. Er hatte nicht viel Zeit. Er wollte bei seinen Männern sein und sehen, was auf der Hügelkuppe vor sich ging, doch zunächst wollte er, dass Berry litt, wie das Mädchen gelitten hatte, dass er sich fürchtete, wie sie sich gefürchtet hatte.

»Hat Josefina dich angefleht?« Seine Stimme war wie ein Nachtwind, der von der Nordsee kam. »Hat sie dich gebeten, sie gehen zu lassen?«

Berry schwieg. Sharpe riss wieder die Klinge herum. »Hat sie es getan?«

»Ja.« Ein klägliches Wimmern.

»Hat sie sich gefürchtet?« Er ließ die Spitze über das Fleisch in Berrys Nacken gleiten.

»Ja, ja, ja.«

»Aber du hast sie dennoch vergewaltigt?«

Berry war so verängstigt, dass er nur unzusammenhängende Laute von sich gab, und starrte unverwandt auf die Klinge, die in der undeutlichen Rachegestalt über ihm mündete. Sharpe konnte den beißenden Gestank des Musketenfeuers auf dem Hügel riechen. Er musste sich beeilen.

»Kannst du mich hören, Berry?«

»Ja, Sharpe. Ich kann Sie hören.« In Berrys Stimme lag ein leiser Anklang von Hoffnung. Sharpe zerschlug sie.

»Ich werde dich umbringen. Ich will, dass du es weißt, damit du dich ebenso fürchtest, wie sie es getan hat. Verstehst du das?«

Der Mann begann wieder zu plappern, flehte ihn an, schüttelte den Kopf, ließ seinen Degen fallen und verschränkte die Hände, als wolle er Sharpe anbeten. Der Schütze starrte auf ihn hinab. Er entsann sich des merkwürdigen Spruchs, den er einst bei einer Sonntagsparade im fernen Indien gehört hatte. Ein Kaplan war erschienen und hatte in seinem weißen Chorhemd auf dem Paradeplatz gestanden, und von all dem bedeutungslosen Gemurmel hatte sich in Sharpes Bewusstsein ein Satz eingeprägt, ein Satz aus dem Gebetbuch der anglikanischen Kirche, der ihm jetzt wieder einfiel, während er überlegte, ob er wirklich einen Mann dafür umbringen durfte, dass er seine Frau vergewaltigt hatte. »Erlöse meine Seele vom Schwert, meine Liebste von der Macht des Hundes.«

Sharpe hatte daran gedacht, den Mann aufstehen und seinen Degen nehmen zu lassen, damit er um sein Leben kämpfte. Aber er erinnerte sich an Josefinas Leid, und die Vorstellung, wie sich ihr Blut auf den Laken ausbreitete, fachte seine Wut neu an. Und nun sah er dieses plappernde fleischige Gesicht unter sich. Er beugte sich vor, als sei er müde und wolle sich bloß ausruhen, und stützte sich mit beiden Händen auf den Griff des Degens.

Aus dem Geplapper wurde ein Schrei, der Körper unter ihm zappelte noch einmal, die Klinge fuhr durch Haut und Muskulatur und Fettgewebe in Berrys Kehle, und der Lieutenant starb. Es war Mord, das war ihm klar, ein Kapitalverbrechen, aber irgendwie empfand er keine Schuldgefühle. Was ihm Sorgen bereitete, war die Tatsache, dass er sich hätte schuldig fühlen müssen und es nicht tat. Er hatte seine Liebste gerächt. Seine Hände waren feucht, und als er die Klinge herauszog, wusste er, dass er Berrys Halsschlagader durchtrennt hatte. Sharpe wusste, dass er aussah wie jemand aus dem Schlachthaus, aber er fühlte sich nach dieser Tat besser als vorher und grinste in die Finsternis, während er, ein Knie aufgestützt, Berrys Taschen und Beutel abtastete. Rache, entschied er, war ein gutes Gefühl, und er holte die Münzen aus der Jacke des Toten und stopfte sie in die eigenen Taschen.

Er verließ den Leichnam in Richtung der Gewehrschüsse, ging gemächlich den Hang hinauf dorthin, wo die Lichtblitze auf die Kugeln hindeuteten, die den Franzosen entgegenflogen, und sank neben Harper zu Boden. Der Sergeant blickte ihn an, dann wandte er sich wieder der Hügelkuppe zu und betätigte den Abzug. Qualm stieg aus der Pfanne, ergoss sich aus dem Lauf, und Sharpe sah einen Voltigeur in ein Feuer stürzen. Harper grinste voller Genugtuung.

»Der war mir schon die ganze Zeit ein Dorn im Auge, der da. Ist rumgehüpft wie ein wahrer kleiner Napoleon.«

Sharpe starrte auf die Hügelkuppe. Sie glich den Darstellungen der Hölle, die er in portugiesischen und spanischen Kirchen gesehen hatte. In seltsam geformten Schwaden rollte rötlich der Rauch über den Grat, quoll dicht, wo die Marschsäule immer tiefer zwischen die Feuer eindrang, welche die britische Front markierten, und dünner, wo kleine Aufgebote die Voraustrupps bekämpften, welche die Hügelkuppe zu räumen versuchten. Hunderte kleiner Feuer beleuchteten die Schlacht, Musketen spien Rauch und Flammen in die Nacht, und das Ganze wurde begleitet von den Rufen der Franzosen und den Schreien der Verwundeten.

Den französischen Stoßtrupps waren von den Schützen

schwere Verluste zugefügt worden. Harper hatte sie in den Schatten am Fuß des Hügels postiert, und sie schossen die blau gekleideten Gestalten einzeln ab, die zwischen den Feuern umherrannten, lange bevor die Franzosen nahe genug waren, um ihre Musketen mit einiger Treffsicherheit einzusetzen. Sharpe legte das eigene Gewehr an und tastete nach einer Patrone.

»Probleme?«

Harper grinste. »Zielschießen.«

»Die übrige Kompanie?«

Der Sergeant wies mit einer ruckartigen Bewegung seines Kopfes nach hinten. »Die meisten sind dort unten bei Mister Knowles, Sir. Ich hab zu ihnen gesagt, sie würden hier nicht gebraucht.«

Einen Augenblick lang fragte sich Sharpe, ob jemand seinen Mord an Berry gesehen hatte, doch er verwarf den Gedanken. Niemand hatte ihn gesehen. Harper grunzte, während er die nächste Kugel in sein Gewehr schob.

»Was ist vorgefallen, Sir?«

Sharpe lächelte grimmig und sagte nichts. Noch einmal durchlebte er den Augenblick von Berrys Tod, empfand die Befriedigung, die Linderung seines Schmerzes über Josefinas Heimsuchung. Wer immer behauptet hatte, Rache sei schal und nutzlos, er hatte unrecht. Der Captain versah sein Gewehr mit Zündpulver, lud es durch und schob es vor sich, doch es waren keine Franzosen zu sehen. Die Auseinandersetzung hatte sich weiter nach links verlagert, wo es in der Finsternis blitzte und donnerte.

»Sir?«

Er drehte sich um und sah den Sergeant an. Er erzählte ihm schlicht und ohne Umschweife, was mit Josefina passiert war, und beobachtete, wie das breite irische Gesicht vor Wut erblasste.

»Wie geht es ihr?«

Sharpe antwortete. »Sie hat eine Menge Blut verloren. Die haben sie verprügelt.«

Der Sergeant suchte das vor ihnen liegende Gelände ab, ließ prüfende Blicke über Feuerschein und geduckte Schatten schweifen, über die fernen Musketenblitze, die gleichermaßen französischer wie englischer Herkunft sein konnten. Als er sprach, war seine Stimme gedämpft.

»Und die beiden? Was werden Sie unternehmen?«

»Lieutenant Berry ist heute Nacht auf dem Schlachtfeld gefallen.«

Harper drehte sich um, sah seinen Captain an, dann die Klinge, die rot befleckt neben ihm lag, und lächelte bedächtig. »Und der andere?«

»Morgen.«

Harper nickte und wandte sich wieder dem Kampfgeschehen zu. Nach der Position der Musketenblitze zu urteilen, war es ihnen gelungen, die Franzosen aufzuhalten. Sharpe suchte rechts die Dunkelheit ab. Die Franzosen mussten noch mehr Soldaten ausgesandt haben, von denen aber keine Spur zu entdecken war. Auf dem Terrain vor ihnen rührte sich nichts. Er wandte sich ab.

»Lieutenant Knowles!«

»Sir!« Die Stimme kam aus dem Dunkeln, doch gleich darauf konnte man Knowles mit besorgter Miene am Abhang sehen. »Sir? Wie geht es Ihnen, Sir?«

»Wie einem Hund, der einen Knochen abgekriegt hat, Lieutenant.« Knowles konnte Sharpes augenscheinliche Zufriedenheit nicht begreifen. Seit Harper und die Schützen ohne den Captain zurückgekehrt waren, hatten sich in der Kompanie Gerüchte verbreitet. »Befehlen Sie den Männern, Bajonette aufzusetzen, und kommen Sie hierherauf. Es wird Zeit, dass wir den Kampf aufnehmen.«

Knowles grinste. »Jawohl, Sir.«

»Wie viele Männer haben wir?«

»Zwanzig, Sir, abgesehen von den Rifles.«

»Gut. An die Arbeit!«

Sharpe erhob sich und stieg auf die Kuppe. Er winkte die Schützen voran und wartete, bis auch Knowles und seine Schar ins Helle heraufkamen. Sharpe wies mit dem Degen nach links und nach rechts.

»Spähtruppformation! Dann langsam vorwärts. Wir versuchen nicht, es mit dem Hauptaufgebot aufzunehmen, aber unter den Einzelkämpfern können wir aufräumen.«

Die Bajonette glühten rot im Feuerschein, der Spähtrupp rückte stetig vor, doch die feindlichen Soldaten waren verschwunden. Sharpe führte sie bis auf hundert Yards an die Marschsäule heran und bedeutete den Männern, sich hinzulegen. Es gab nichts weiter für sie zu tun, als eine Demonstration bester britischer Infanteriestrategie zu beobachten. Die Franzosen waren beinahe bis ans Ende des Hügels vorgedrungen, waren dort jedoch von einem Bataillon aufgehalten worden, von dem Sharpe annahm, dass es vom Fuß des Hügels heraufmarschiert war, und das sich nun vor den Franzosen aufgebaut hatte wie ein unüberwindliches Hindernis. Das Bataillon war in Kampfformation, und ein Zug nach dem anderen schoss kontrolliert seine Salven ab. Ein prachtvoller Anblick. Keine Infanterie konnte Britanniens Besten standhalten, und das Bataillon zerfetzte das feindliche Aufgebot mit Musketenfeuer, das die gesamte Front des Bataillons entlanglief. Im Gleichklang blitzten die Ladestöcke auf, dann schossen die Züge nacheinander, ließen ihre Kugeln unausweichlichen Hammerschlägen gleich in die dicht gedrängten Reihen der Franzosen prasseln.

Der Feind geriet ins Wanken. Jede Salve dezimierte die vordersten Reihen des Aufgebots. Ihr Befehlshaber versuchte, sie in linearer Formation aufzustellen, doch dafür war es zu spät. Die Männer hinten in der Marschsäule weigerten sich, nach vorn zu rücken und sich dem Bleihagel auszusetzen, der sich methodisch und mörderisch aus den britischen Musketen ergoss. Gruppenweise begannen sich die blauberockten Franzosen in der Dunkelheit zu verlieren. Ein berittener britischer Offizier sah es und hob seinen Degen. Die roten Reihen jubelten und stürmten mit angelegten Bajonetten vorwärts, und so plötzlich, wie sie begonnen hatte, war die Schlacht vorbei.

Die Franzosen wichen zurück, stiegen über ihre Toten hinweg, zogen sich beim Anblick der blitzenden Bajonette noch schneller zurück. Der Feind hatte seine Sache gut gemacht. Eine einzelne Marschsäule war nahe daran gewesen, den Hügel einzunehmen, nun jedoch musste der französische Oberst den Rückzug antreten, musste seine Männer dem Musketenfeuer entreißen, das sie zu überwältigen drohte. Als sie auf gleicher Höhe mit Sharpes Stoßtrupp waren, hoben einige der Schützen die Gewehre, doch Sharpe rief ihnen zu, die Franzosen abziehen zu lassen. Morgen würde noch genug getötet werden.

Sharpe ging an einer Feuerstelle in die Hocke und wischte mit der Jacke eines toten Franzosen das klebrige Blut von seiner Klinge. Es war Zeit, die Toten aufzusammeln und die Verwundeten zu zählen. Er wollte, dass Gibbons sich Sorgen um Berry machte, dass er Angst hatte in der Nacht, und mit dieser Vorstellung kehrte auch das erhebende Gefühl des Todesstoßes wieder.

In der Stadt schlugen die Glocken Mitternacht, und er dachte kurz an das Mädchen, wie es im Kerzenschein dalag, und er fragte sich, ob sie wohl an ihn dachte. Harper ließ sich neben ihm nieder, das Gesicht vom Pulverdampf geschwärzt, und hielt ihm eine Flasche Schnaps hin.

»Gönnen Sie sich etwas Schlaf, Sir. Sie können ihn brauchen.« Harper grinste flüchtig. »Morgen haben wir ein Versprechen einzulösen.«

Sharpe hob dem Sergeant die Flasche entgegen wie zu einem Trinkspruch. »Ein und ein halbes Versprechen, Sergeant. Ein und ein halbes Versprechen.«

KAPITEL 21

Es war eine kurze, unruhige Nacht. Nach dem Rückzug der Franzosen rettete das Heer die Verwundeten, durchsuchte im schwachen Feuerschein alle Toten, die zu finden waren, und legte sie zusammen. Bataillone, die bisher angenommen hatten, in der imaginären zweiten Linie sicher zu sein, postierten nun Späher, und die kurze Nacht wurde häufig von Musketenfeuer unterbrochen, wenn die nervösen Feldwachen meinten, weitere feindliche Marschsäulen in der Dunkelheit zu entdecken.

Um zwei Uhr morgens erklangen die Hörner, die Feuer wurden neu entfacht, und um die Flammen scharten sich frierend und hungrig die Männer und lauschten den fernen französischen Hornsignalen, die den Feind weckten. Um halb vier, als bereits silbrig graues Licht die Flanken des Medellin berührte, wurde Berrys Leichnam gefunden und zu dem Feuer getragen, wo Simmerson und seine Offiziere kochend heißen Tee schlürften.

Gibbons, entsetzt über die große Wunde, welche die Kehle seines Freundes entstellte, blickte Sharpe aus blassen, misstrauischen Augen an. Sharpe erwiderte seinen Blick und lächelte. Natürlich hatte Gibbons Verdacht geschöpft. Doch dann wandte er sich unvermittelt ab und schrie seinem Burschen zu, er solle die Decken aufräumen.

Simmerson sah nacheinander die versammelten Offiziere an. »Er ist eines tapferen Todes gestorben, Gentlemen, eines tapferen Todes.«

Sie äußerten sich allesamt mit der gebührenden Zustimmung, obwohl sie mehr mit ihrem Hunger und ihrer unmittelbaren Zukunft beschäftigt waren als mit dem Tod eines fetten Lieutenants, und sahen teilnahmslos zu, wie die Wertsachen des Toten sichergestellt wurden. Dann legte man die Leiche auf einen Haufen mit den zahllosen anderen Gefallenen, die begraben werden mussten, ehe die Sonne so hoch am Himmel stand, dass sie den widerwärtigen Gestank der Verwesung ausströmen würden.

Niemand schien sich darüber zu wundern, dass man Berrys Leichnam so weit entfernt von den anderen Toten aufgefunden hatte. Zu verworren waren die Ereignisse der vergangenen Nacht gewesen, es ging das Gerücht, dass sich die Deutschen am Fuß des Medellin ein Feuergefecht mit einer zweiten Marschsäule geliefert hatten, worauf sich Gruppen französischer Flüchtlinge in der Dunkelheit verirrt hätten und zwischen die britischen Linien geraten seien, und man nahm an, Berry sei einer dieser Gruppen begegnet.

Gegen vier Uhr war das Heer angetreten. Hills Brigaden befanden sich auf dem Medellin, und die Brigadeadjutanten stellten die Bataillone ein Stück hinter der Hügelkuppe auf, damit sie für die französischen Kanoniere nicht zu sehen waren. Das South Essex stand an der Flanke des Hügels über den Deutschen und den Guards, die das Flachland zwischen dem Medellin und dem Pajar verteidigen sollten.

Sharpe blickte zur Stadt hinüber, die halb verborgen im Dunst lag, und fragte sich, wie es Josefina ergangen sein mochte. Er wartete voller Ungeduld darauf, dass die Schlacht begann und er seine Leichte Kompanie von Simmerson weg an die vorderste Front führen konnte, die sich im vom Dunst verhangenen Tal des Portina bilden würde.

Er war überrascht, dass Simmerson sich nicht mit einer Ansprache an das Bataillon gewandt hatte. Stattdessen saß der

Colonel auf seinem Grauen und starrte verdrießlich auf die Myriaden Rauchfahnen, die sich vom französischen Lager erhoben und vor der aufgehenden Sonne ineinander verschlangen. Wie immer ignorierte er Sharpe, als sei der Schütze ein kleines Ärgernis, das aus seinem Leben entfernt werden würde, sobald sein Brief in London einging.

Gibbons saß neben Simmerson zu Pferd, und plötzlich ging Sharpe auf, dass die beiden Männer schreckliche Angst hatten. Vor ihnen hing die verbliebene Regimentsfahne schlaff von ihrem Stock, vom morgendlichen Tau benetzt, ein einsames Mahnmal der Schande des Bataillons. Simmerson, der jetzt in Gedanken versunken in die Nebelschwaden über dem Portina stierte, hatte keine Ahnung vom Krieg. Es war nicht nur Sharpes Zukunft, die vom Ausgang dieser Schlacht abhing. Wenn das Bataillon versagte, würde es ein Sonderbataillon bleiben, das durch Krankheit und Tod immer weiter dezimiert wurde, bis es einfach von der Soldliste des Heeres verschwand.

Simmerson würde es überleben. Er würde heimsegeln zu seinen Ländereien, seinen Sitz im Parlament einnehmen und ein Stammtischexperte der Kriegsführung werden; doch wo immer Soldaten sich begegneten, würde man die Namen Simmerson und South Essex verhöhnen. Sharpe grinste in sich hinein. Ironischerweise war Simmerson am heutigen Tag viel stärker auf die Schützen angewiesen als Sharpe auf den Colonel.

Endlich kam das Signal. Die Leichten Kompanien rückten vor und schwärmten aus, um einen dünnen Schutzschirm zu bilden und als Vorhut die Ersten zu sein, die dem Angriff begegneten. Während er den Hang hinab und auf den Nebel zumarschierte, blickte Sharpe zum Cascajalhügel hinüber, dessen Gipfel mit französischen Kanonen bedeckt war, die beinahe Rad an Rad standen und deren Mündungen auf den Medellin ausgerichtet waren. Irgendwo hinter den Kanonen formierten sich wohl derzeit die französischen Bataillone zu riesigen Marschsäulen, die man gegen die britische Front einsetzen würde. Hinter ihnen wartete die Kavallerie darauf, durch die Lücken vorzupreschen – mehr als fünfzigtausend Franzosen, die sich bereitmachten, die Briten für die Tollkühnheit zu bestrafen, dass sie Wellesleys kleines Heer in ihr Reich geschickt hatten.

Die Leichte Kompanie marschierte in den Nebel, hinein in jene abgeschiedene Welt, in der Mann gegen Mann kämpfen würde, und Sharpe trieb sich jeden Gedanken an eine mögliche Niederlage aus. Es war undenkbar, dass Wellesley verlor, dass das Heer zerschlagen und in heilloser Flucht ans Meer zurückgetrieben würde, dass Sharpes und Simmersons Probleme und das Schicksal des South Essex in der tosenden Flut einer Niederlage untergehen könnten. Harper rannte herbei und nickte fröhlich, während er den Mündungspfropfen aus seinem Gewehr zog.

»Das Wetter meint es gut mit uns, Sir.«

Sharpe verzog das Gesicht. »In einer Stunde oder so wird es aufklaren.« Noch verbarg der Nebel alles, was weiter als hundert Schritte entfernt war, und beraubte die weittragenden Gewehre ihres Vorteils. Sharpe sah vor sich den Bach.

»Das ist weit genug. Sieh nach, ob bei Mister Denny alles in Ordnung ist.«

Harper verschwand nach rechts, wo Denny sich dem Stoßtrupp der Deutschen anschließen sollte. Sharpe wandte sich stromaufwärts dorthin, wo seiner Meinung nach der Angriff erfolgen würde, und traf am Ende der Sturmlinie auf Knowles. Durch den Nebel konnte er die roten Röcke des 66th erkennen und einige Schützen der Royal Americans.

»Lieutenant?«

»Sir?« Knowles wirkte aufs Äußerste angespannt. Halb

fürchtete er, halb genoss er seinen ersten Tag in einer richtigen Schlacht. Sharpe grinste ihm aufmunternd zu.

»Irgendwelche Probleme?«

»Nein, Sir. Dauert es noch lange?« Knowles spähte ununterbrochen zum leeren fernen Ufer des Portina, als rechne er damit, dass dort plötzlich das gesamte französische Heer auftauche.

»Als Erstes werden Sie die Kanonen hören.« Sharpe stampfte mit den Füßen, um die Kälte zu vertreiben. »Wie viel Uhr ist es?«

Knowles zog seine Uhr hervor, die ihm sein Vater vererbt hatte, und öffnete den Deckel. »Gleich fünf, Sir.« Er blickte weiterhin gebannt auf das reich verzierte Zifferblatt mit dem Filigranzeiger. »Sir?« Er wirkte verlegen.

»Ja?«

»Falls ich sterbe, Sir, würden Sie sie dann nehmen?« Er streckte ihm die Uhr entgegen.

Sharpe schob sie ihm wieder hin. Am liebsten hätte er gelacht, doch er schüttelte nur ernst den Kopf. »Sie werden schon nicht sterben. Wer sollte sonst den Befehl übernehmen, wenn ich falle?«

Knowles warf ihm einen ängstlichen Blick zu, und Sharpe nickte. »Denken Sie darüber nach, Lieutenant. Während einer Schlacht kann man rasch befördert werden.« Er versuchte Knowles' Niedergeschlagenheit zu zerstreuen. »Wer weiß? Wenn der Tag gut genug läuft, enden wir vielleicht alle als Generäle.«

Auf dem Cascajal krachte eine Kanone. Knowles riss die Augen auf, als er zum ersten Mal den rollenden Donner hörte, mit dem Kanonenkugeln durch die Luft fliegen. Die Vorhut konnte nicht sehen, wie die acht Pfund schwere Kugel gegen den Gipfel des Medellin prallte, Erde und Steine versprühend über die Köpfe der Soldaten hinweghüpfte und, ohne weiteren Schaden anzurichten, vierhundert Yards entfernt auf dem Plateau zur Ruhe kam. Das Geräusch des Schusses hallte undeutlich von den Hügeln wider, vom Nebel gedämpft, und erstarb. Hunderttausend Mann hörten es, einige bekreuzigten sich, andere beteten, und wieder andere dachten einfach voller Unruhe an den Sturm, der bald über dem Portina ausbrechen sollte.

»Was war das, Sir?«

»Ein Signal für die anderen französischen Batterien. Jetzt werden sie die Kanone nachladen.« Sharpe stellte sich vor, wie der Schwamm zischend in die Kanone gestoßen wurde, wie der Dampf aus dem Zündloch stieg, wie die neue Ladung samt Kugel hineingerammt wurde. »Jetzt müsste es so weit sein, denke ich.«

Mit der Stille war es vorbei. Von jetzt an würde Sharpe den Verlauf der Schlacht an den Geräuschen ablesen, und er lauschte, als die eisernen Kugeln aus siebzig oder achtzig französischen Kanonen kreischend und donnernd durch die Luft flogen. Er konnte das Krachen der Geschütze hören, stellte sich vor, wie sie ihr ganzes massives Gewicht nach hinten auf den Lafettenschwanz verlagerten, sich aufbäumten und dann krachend auf ihren Rädern landeten, während bereits der Ladestock ins Wasser getaucht wurde und sich die Männer auf den nächsten Schuss vorbereiteten. Hinter ihnen waren andere Geräusche zu hören, die gedämpften Laute, mit denen die Kugeln den Medellin aushöhlten, das Aufeinandertreffen von Erdreich und Metall. Er wandte sich an Knowles. »Das ist mein Unglückstag.«

Knowles wandte ihm sein besorgtes Gesicht zu. Der Captain war doch angeblich ein »Glückspilz«. Sharpe und die Kompanie waren von diesem Aberglauben abhängig. »Wieso das, Sir?«

Sharpe entgegnete. »Die schießen links an uns vorbei.« Er überbrüllte den Lärm der donnernden Kanonen. »Dort werden sie angreifen! Ich hatte damit gerechnet, bald stolzer Besitzer einer Uhr zu sein!« Er klopfte dem erleichterten Knowles auf die Schulter und deutete über den Strom. »Sie können sich drauf verlassen, dass sie in zwanzig Minuten erscheinen, dort, ein Stückchen weiter links. Dann bin ich wieder da!«

Er ging die Front der Männer ab, inspizierte Feuersteine, riss altbekannte Witze und hielt nebenbei Ausschau nach Harper. Er empfand entsetzliche Müdigkeit, nicht nur die Müdigkeit, die von unruhigem oder zu wenig Schlaf herrührt, sondern die Erschöpfung, die von der Beschäftigung mit nicht enden wollenden Problemen verursacht wird. Berrys Tod war wie ein halb vergessener Traum und bereinigte nichts, höchstens die eine Hälfte eines Versprechens, und er hatte wenig Ahnung, wie er die zweite Hälfte einlösen sollte oder gar das Versprechen mit dem Adler. Diese Versprechen waren Hindernisse, die er sich selbst aufgebaut hatte, und obwohl die Ehre verlangte, sie zu überwinden, sagte ihm seine Vernunft, dass dieses Vorhaben unmöglich war.

Er winkte Harper heran, und noch während der Sergeant auf ihn zukam, veränderte sich der Schlachtenlärm. In das Dröhnen der Kugeln über ihnen mischte sich eine Art Winseln, und Harper blickte hinauf in den Dunst.

»Granaten?«

Sharpe nickte, als die erste am Medellin explodierte. Das Geräusch nahm an Stärke zu, das Krachen der Granaten hallte im Kanonendonner wider und der irgendwie schärfere Klang der britischen Sechspfünder, die das Feuer erwiderten, leistete ebenfalls seinen Beitrag zu dem Lärm.

Harper wies mit dem Daumen auf den unsichtbaren Medellin. »Ein selten dichtes Trommelfeuer, Sir.«

Sharpe lauschte. »Unsere Musik spielt aber noch.«

»Ich bleibe lieber hier unten.«

In weiter Ferne, durch das unaufhörliche Krachen, das zu einem einzigen lang anhaltenden Grollen verschmolz, konnte Sharpe die Regimentskapellen spielen hören. Solange die Musikanten spielten, litten die britischen Bataillone nicht allzu sehr unter dem französischen Bombardement. Hätte Wellesley die britische Front nicht hinter den Medellin verlegt, so würden die französischen Kanoniere jetzt die Bataillone reihenweise zerfetzen, und die Musikanten würden ihrer anderen Aufgabe nachgehen, nämlich die Verwundeten aufzusammeln und sie hinter die Linien zu schaffen.

Sharpe wusste, dass Harper genau wie er an das Ehrenwort dachte, das sie Lennox gegeben hatten, an den Adler. Er starrte auf das leere Grasland jenseits des Bachs, lauschte der Kanonade, als ginge ihn das Ganze nichts an, und wandte sich dann an den Sergeant.

»Es wird noch andere Tage geben, weißt du. Andere Schlachten.«

Harper lächelte bedächtig, ging in die Hocke und warf einen Kieselstein ins klare Wasser. »Wir werden sehen, was passiert, Sir.« Er verharrte, horchte, zeigte dann nach vorn. »Haben Sie das gehört?«

Es war das Geräusch, auf das Sharpe gewartet hatte, leise, aber unmissverständlich, das Geräusch, das er seit Vimeiro kannte, das Geräusch, das den französischen Angriff begleitete. Die feindlichen Formationen waren nicht zu sehen, das würde noch Minuten dauern, aber er konnte durch den Nebel deutlich die versammelten Trommler das Signal zum Angriff geben hören. Bum-bum, bum-bum, bumabum, bumabum, bum-bum. So würde es weitergehen, bis die Attacke entweder gelungen oder gescheitert war. So würden die Trommlerjungen allen Salven zum Trotz ihre Felle bearbeiten und den endlosen Rhythmus schlagen, der die Franzosen von Sieg zu Sieg begleitet hatte. An diesen Trommelschlägen war etwas unbarmherzig Bedrohliches, jeder Takt brachte die Franzosen zehn Schritte heran, näher und näher, näher und immer näher.

Sharpe lächelte Harper zu. »Kümmere dich um den Jungen. Wie steht es um ihn?«

»Denny, Sir? Ist dreimal über seinen Degen gestolpert, aber sonst geht's ihm gut.« Harper lachte. »Passen Sie auf sich auf, Sir.«

Sharpe wandte sich wieder stromaufwärts. Die Trommelschläge waren näher gekommen, die Voraustrupps spähten gebannt in den leeren Nebel. Gleich würde ihre Aufgabe beginnen. Die französischen Kanonen hatten es nicht geschafft, die britischen Bataillone zu zerschlagen, und nun kamen vor den Trommeln her in großen Schwärmen die Voltigeure. Ihr Ziel war es, so dicht an die britischen Bataillone heranzukommen, wie sie konnten, aus dem Hinterhalt mit ihren Musketen auf die vordersten Linien zu schießen, die Reihen zu lichten, die Front zu schwächen, damit die Briten, wenn die trommelbegleiteten Marschsäulen eintrafen, bereits mürbe waren und nachgaben. Sharpes Voraustrupp und die anderen Leichten Kompanien mussten die Voltigeure aufhalten, und dieser Krieg im Verborgenen, ausgefochten im Nebel, sollte gleich beginnen.

Er fand Knowles am Bach stehend vor.

»Was zu sehen?«

»Nein, Sir.«

Immer lauter dröhnten die Trommeln, bis sie das Krachen der Granaten fast übertönten, und am Ende jedes Trommeltakts schrien Tausende von Stimmen: »Vive L'Empereur!« Das waren die Siegesklänge, welche die Armeen ganz Europas in Angst und Schrecken versetzt hatten, die Begleitmusik von

Marengo, Austerlitz und Jena, die Stimmen und der Rhythmus der französischen Triumphe.

Flussaufwärts und außer Sichtweite trafen die Leichten Kompanien aufeinander, und Sharpe hörte die ersten Musketenschüsse. Nicht die rollenden Salven dicht gedrängter Reihen, sondern das vereinzelte Krachen gezielter Schüsse. Knowles blickte Sharpe mit hochgezogenen Augenbrauen an, und der Schütze schüttelte den Kopf. »Das ist nur eine Formation. Es wird mindestens noch eine kommen, wahrscheinlich zwei, und näher. Warten Sie.«

Und da waren sie auch schon, verschwommene Gestalten, die durch den Nebel rannten, Dutzende von Männern in blauen Jacken mit roten Epauletten, die im Winkel auf ihre Front zuliefen. Die Männer hoben ihre Musketen.

»Noch nicht feuern!« Sharpe schob persönlich eine Muskete aus der Schusslinie. Die Voltigeure stürmten direkt ins Feuer des 66th und der Royal Americans, und Sharpe wartete ab, um festzustellen, ob die französische Vorhut das South Essex überhaupt erreichte. »Wartet!«

Er sah, wie der erste Franzose auf dem Gras zusammensank, wie andere niederknieten und sorgfältig zielten. Sharpe ging davon aus, dass der auf den Medellin gerichtete französische Angriff am South Essex vorbeigehen würde, aber ihm war es nur recht, wenn seine Neulinge zunächst echte Vorgefechte zu sehen bekamen, ehe sie selbst in Aktion treten mussten.

Die Franzosen kämpften wie die Briten jeweils zu zweit. Jeder Mann musste seinen Partner schützen, sie schossen nacheinander und riefen sich Warnungen zu, sie beobachteten ständig den Feind, um festzustellen, ob die Gewehre auf sich oder auf den Partner gerichtet waren. Sharpe konnte die Rufe hören, die Pfeiftöne, mit denen Anweisungen weitergegeben wurden, und im Hintergrund, wie eine Sturmglocke, Trommeln und

Zurufe. Knowles glich einem angeketteten Hund, er wollte ans Ufer hinauf und kämpfen, doch Sharpe hielt ihn zurück. »Die brauchen uns nicht. Wir kommen auch noch dran. Warten Sie.«

Die britische Front hielt dem Angriff stand. Die Franzosen versuchten den Bach im Eilschritt zu nehmen, doch sie fielen, sobald sie das Wasser erreichten. Die britischen Soldaten legten kurze Spurts ein, wechselten ihre Position, verwirrten den Feind, warteten ab, bis die Voltigeure in Schussweite kamen, und ließen dann die Waffen sprechen. Die grünberockten Schützen der Royal Americans hielten Ausschau nach den feindlichen Offizieren und Sergeants, und Sharpe konnte das Krachen der Gewehre hören, als sie die feindlichen Anführer beseitigten.

Der Lärm erreichte sein erstes Crescendo, als sich das Dröhnen der Kanonen, das unaufhörliche Krachen der Granaten, die Trommeln und Stimmen der Marschsäulen und der Klang der Hörner mit dem Musketenfeuer vermengten. Der Nebel vermischte sich mit dem Qualm der französischen Geschützbatterien, der in westlicher Richtung auf die britische Front zutrieb, aber bald, wusste Sharpe, würde sich der Dunst auflösen. Er spürte eine schwache Brise und sah den mächtigen weißen Strudel erzittern und in Bewegung geraten, und er hörte Knowles vor Erstaunen tief Luft holen, ehe sich der Nebel wieder schloss. In der Lücke war eine Menschenmenge erkennbar gewesen, dicht gedrängte, stahlgespickte marschierende Reihen, eine der Formationen, die auf den Bach vorrückten.

Es war an der Zeit, sich zurückzuziehen, und Sharpe hörte auch sogleich die Pfiffe und Hornsignale und sah die Voraustrupps zu seiner Linken den Rückzug zum Medellin antreten. Sie ließen Leichen zurück, im roten wie im grünen Rock.

Er blies in seine Pfeife, winkte und horchte, ob die Sergeants das Signal wiederholten. Seine Männer würden enttäuscht sein. Sie hatten keinen einzigen Schuss abgegeben, aber Sharpe hatte den Verdacht, dass sie schon bald Gelegenheit dazu erhalten würden. Das Getrommel und die Hochrufe waren immer noch zu hören, die Kanonenkugeln sausten über sie hinweg, doch als die Kompanie den Hügel erklomm, schnitt der Nebel sie vom eigentlichen Kampfgeschehen ab. Niemand schoss auf sie, keine Granaten landeten mit zischenden Zündern auf ihrem Stückchen Abhang, und Sharpe hatte weiterhin das merkwürdige Gefühl, Zeuge einer Schlacht zu sein, die nichts mit ihm zu tun hatte. Aber diese Illusion zerstob, als der Trupp aus dem Nebel in den Bereich des Hangs geriet, der von der morgendlichen Sonne hell erleuchtet wurde. Die Männer keuchten und fluchten bei dem Anblick, der sich ihnen plötzlich bot, und Sharpe ließ sie kehrtmachen.

Auf der Kuppe des Medellin waren keine Soldaten. Aber französische Granaten rissen mit mächtigen Wolken aus Staub und Flammen das Erdreich auf. Die britischen Voraustrupps vor der französischen Front eilten den Hügel hinauf, kamen den explodierenden Granaten immer näher und machten kehrt, um auf die Marschsäulen zu schießen, die wie große seltsame Tiere aus dem Meer gekrochen kamen. Die vorderste Kolonne befand sich zweihundert Yards zu ihrer Linken, und auf Sharpes Neulinge musste sie einen überwältigenden Eindruck machen. Die Voltigeure reihten sich ein, ließen sie noch weiter anschwellen, die Trommler trieben sie mit ihren unbarmherzigen, hypnotischen Schlägen voran, und die kehligen Rufe »Vive L'Empereur!« unterstrichen ihren stampfenden Vormarsch. Insgesamt hatten sich drei Formationen an den Aufstieg gemacht. Jede, schätzte Sharpe, bestand aus annähernd zweitausend Soldaten, und über ihnen strebten, glitzernd in der Morgensonne, drei vergoldete Adler dem Gipfel entgegen.

Sharpe richtete seinen Stoßtrupp auf die Marschsäule aus, dann bedeutete er den Männern, in Deckung zu gehen. Auf diese Entfernung konnten sie wenig ausrichten. Er beschloss, nicht wieder zum Bataillon zurückzukehren. Die Kompanie würde weniger Schaden nehmen, wenn sie am Abhang verweilte und den Angriff beobachtete, als wenn sie versuchte, mitten durch das Granatenfeuer zu rennen. Und während sie so knieten und zusahen, wie die riesige Formation den Hügel herauf marschiert kam, bemerkte Sharpe, dass die Männer der King's German Legion dabei waren, sich seiner provisorischen Linie anzuschließen. Sie würden das privilegierte Publikum am Rande der französischen Attacke bilden.

Ensign Denny kam und ging neben Sharpe in die Knie. Sein Gesicht verriet Angst und Besorgnis, welche die trommelnde, rufende Menge in ihm hervorrief. Sharpe blickte ihn an. »Was meinen Sie?«

»Sir?«

»Beängstigend, nicht wahr?« Denny nickte. Sharpe lachte. »Sind Sie je in Mathematik unterrichtet worden?«

»Jawohl, Sir.«

»Dann rechnen Sie einmal nach, wie viele Franzosen tatsächlich von ihren Musketen Gebrauch machen können.«

Denny starrte auf die Marschsäule, und an der Mimik des Jungen erkannte er das allmähliche Aufdämmern einer Erkenntnis. Die französische Formation war ein bewährtes Mittel, eine Schlacht zu gewinnen, doch gegen gute Soldaten musste sie sich als Todesfalle erweisen. Nur die vorderste Reihe und die Flanke war wirklich in der Lage, ihre Schusswaffen einzusetzen. Die Masse der Männer in der Mitte war nur dazu da, Gewicht zu verleihen, Eindruck zu schinden, zu jubeln und die Lücken zu füllen, die von den Gefallenen hinterlassen wurden.

Plötzlich verstummte das Granatenfeuer. Die riesigen Marschformationen hatten die Kuppe des Medellin beinahe erreicht, und die französischen Kanoniere fürchteten, die eigenen Männer zu treffen. Einen Moment lang war nur das Trommeln zu hören, dazu das Geräusch von Tausenden Stiefeln, die im Gleichschritt den Abhang heraufstapften, und auf einmal ein lautes Jubelgeschrei, als die französische Infanterie glaubte, bereits gewonnen zu haben. Warum sie das dachten, war klar. Vor sich sahen sie nur den leeren Horizont, keine Feinde. Die englische Vorhut hatte sich hinter den Hügelkamm zurückgezogen, um wieder zu den Bataillonen zu stoßen.

Sie hatten ihre Aufgabe erledigt. Sie hatten die Voltigeure von der britischen Front ferngehalten, und der Jubel der Franzosen erstarb sogleich, als die britischen Befehle erklangen und die Hügelkuppe auf einmal zwei Reihen tief mit wartenden Männern gesäumt war. Der Anblick war immer noch lächerlich genug: drei mächtige Fäuste von enormen Ausmaßen, die auf eine dürftige zweireihige Front zustürmten, aber der Augenschein trog.

Die Marschsäule, die Sharpe am nächsten war, eilte dem 66th und dem 3rd entgegen. Sie war den beiden britischen Bataillonen an Zahl zwei zu eins überlegen, aber jeder der Rotröcke auf der Kuppe konnte seine Muskete abfeuern. Von den vielen Hundert Franzosen dagegen, die in Marschformation den Hang emporkletterten, waren nur etwas mehr als hundert in der Lage, das Feuer zu erwidern. Sharpe sah die britische Front mit einer Vierteldrehung nach rechts auftauchen und gleichzeitig die Musketen anlegen und nahm das instinktive Zögern der französischen Marschsäule beim Anblick so vieler Gewehre wahr. Die Trommeln schlugen, die französischen Offiziere brüllten, aus den Formationen stieg ein tiefes Brummen auf, das zu einem Brüllen anschwoll, zu einem Hochruf, dann stürmten die Franzosen dem Gipfel entgegen.

Und kamen zum Stillstand. Die schlanken Stahlklingen der britischen Offiziere sausten herab, und die ersten Salven wurden abgefeuert. Nichts konnte diesem unbarmherzigen Musketenfeuer widerstehen. Von rechts nach links flammten und flackerten die Salven der jeweiligen Züge auf, ein bewegliches Feuer, das niemals aufhörte und mit der maschinengleichen Regelmäßigkeit von Soldaten abgegeben wurde, die vier Schuss pro Minute in die dichte Masse der Franzosen regnen ließen. Die Geräusche schwollen zum typischen Crescendo einer wirklichen Schlacht an, der kolossale Lärm der gezielten Salven, vermischt mit einem wunderlichen Klingen, das verriet, wann die Kugeln französische Bajonette getroffen hatten.

Sharpe wandte sich nach links, wo das South Essex die Schlacht beobachtete. Sie waren zu weit entfernt, als dass ihre Musketen etwas hätten ausrichten können, aber er war froh, dass Simmersons unerfahrene Soldaten demonstriert bekamen, wie man mit geschulter Feuerkraft Schlachten gewann.

Das Getrommel ging weiter, die Jungen droschen wie rasend auf ihre Instrumente ein, um die Formationen den Hang hinaufzutreiben, und die Franzosen, es war nicht zu glauben, versuchten es auch. Der Siegeswille war zu stark, zu tief verwurzelt, und sobald die vorderen Reihen vom mörderischen Feuer vernichtet waren, drängten die Männer hinter ihnen nach, um wiederum von den unaufhörlich prasselnden Kugeln zurückgeworfen zu werden. Sie standen vor einer unmöglichen Aufgabe. Die Formation kam nicht weiter, duckte sich unter dem Kugelhagel, setzte sich einer unglaublichen Schinderei aus und weigerte sich doch, aufzugeben, die Niederlage hinzunehmen.

Sharpe staunte, wie er damals bei Vimeiro gestaunt hatte, dass Soldaten so etwas über sich ergehen lassen konnten, doch sie taten es, und er sah zu, wie die Offiziere eine neue Attacke zu organisieren versuchten. Die Franzosen unternahmen, leider zu spät, den Versuch, Linien zu bilden, und er konnte die Offiziere sehen, wie sie ihre Säbel schwenkten, um die hinteren Reihen an die offene Flanke zu führen.

Sharpe hob das Gewehr.

»Auf!«

Seine Männer jubelten und folgten ihm über den Hang. Es bestand wenig Gefahr, dass es den Franzosen gelingen würde, in lineare Formation überzugehen, doch das Erscheinen von einigen Hundert Schützen an ihrer Flanke würde sie endgültig davon abhalten. Die Deutschen aus der Legion begleiteten Sharpes Kompanie, und hundert Schritte vor der zappelnden Menge der Franzosen blieben sie stehen und eröffneten das Feuer, unsteter als die geordneten Salven von der Kuppe, aber immer noch wirksam genug, um die Franzosen zurückzutreiben, die tapfer versuchten, eine Linie zu bilden.

Die Deutschen machten sich daran, ihre Bajonette aufzusetzen, sie wussten, dass die Marschsäule dem Feuer nicht mehr lange standhalten konnte, und Sharpe brüllte seinen Männern zu, ebenfalls die Klingen anzubringen. Der Klang der Trommeln erstarb. Einer der Jungen ließ ein letztes Mal entschlossen die Stöcke wirbeln, doch dann war der Sturmangriff auch schon vorbei.

Auf der Kuppe des Hügels blitzte es auf, als das 66th Regiment die Bajonette aufsetzte. Die Salven verstummten, die Briten jubelten. Aufgerieben und zerfetzt vom Musketenfeuer, warteten die Franzosen den Bajonettangriff gar nicht erst ab. Die Masse spaltete sich auf in kleine Grüppchen von Flüchtlingen, die Adler senkten sich, die blauberockten Reihen lösten sich auf und rannten in Richtung Bach davon.

»Vorwärts!« Sharpe, die deutschen Offiziere und oben am Hügel die Kompanieoffiziere des 66th führten unter lauten Zurufen die rote, stahlgespickte Front den Hügel hinab. Sharpe hielt Ausschau nach den Adlern, doch die wurden weit voraus in Sicherheit gebracht, und er vergaß sie und führte seine Männer diagonal den Hügel hinab, um den scharenweise fliehenden Franzosen den Weg abzuschneiden. Es war Zeit, Gefangene zu machen, und als sich die Vorhut in die blau gekleidete Menge drängte, warfen die Franzosen ihre Gewehre von sich und hoben die Hände hoch.

Ein Offizier wollte sich nicht ergeben und ließ seine Klinge auf Sharpe niedersausen, doch der mächtige Kavalleriedegen schlug sie beiseite, und der Mann fiel auf die Knie und streckte dem Schützen die gefalteten Hände entgegen. Sharpe ignorierte ihn. Er wollte zum Bach vordringen und seine Männer davon abhalten, dass sie die Franzosen ans gegenüberliegende Ufer verfolgten, wo die Reservebataillone darauf warteten, die britischen Sieger zu bestrafen. Der Nebel hatte sich beinahe ganz aufgelöst.

Einige Franzosen machten am Bach halt und richteten ihre Musketen auf die Briten. Eine Kugel zupfte an Sharpes Ärmel, eine weitere zischte an seinem Gesicht entlang, doch die kleine Gruppe löste sich auf und floh, als er ihnen mit dem Degen drohte. Er drehte sich um und schrie seine Männer an, sie sollten innehalten. Er trieb sie vom Bach weg, trieb sie zusammen mit den Gefangenen außer Reichweite der französischen Reserveeinheiten, die mit geladenen Musketen am fernen Ufer warteten.

Es war vollbracht. Der erste Angriff war abgeschlagen und der Hang des Medellin mit Leichen bedeckt, die sich als blaue Schicht vom Bach bis fast zum Gipfel erstreckten. Eine neue Attacke würde kommen, doch zunächst musste jede Seite die Lebenden zählen und die Toten aufsammeln.

Sharpe hielt Ausschau nach Harper und war erleichtert, als er den Sergeant lebend sah. Auch Lieutenant Knowles war unversehrt, er grinste, sein Degen war nach wie vor unbefleckt.

»Wie spät ist es, Lieutenant?«

Knowles klemmte sich den Degen unter den Arm und klappte seine Uhr auf. »Fünf nach sechs, Sir. War das nicht unglaublich?«

Sharpe lachte. »Warten Sie nur. Das war noch gar nichts.«

Harper rannte den Hang herab auf sie zu, ein Bündel in der ausgestreckten Hand. »Frühstück, Sir?«

»Doch nicht etwa Knoblauchwurst?«

Harper schmunzelte. »Eigens für Sie.«

Sharpe brach ein Stück ab und biss in das scharfe, schmackhafte Fleisch. Er reckte die Arme, spürte, wie die Anspannung in seiner Muskulatur nachließ, und fühlte sich sogleich besser. Die erste Runde war vorbei, und er blickte den leichenbedeckten Hang empor auf die Fahne des Bataillons. Weiter unten sah er Gibbons, hoch zu Ross neben seinem Onkel, und Sharpe hoffte, dass der Lieutenant die Aktion der Vorhut beobachtet hatte und nun Angst empfand.

Harper war der Gesichtsausdruck seines Captains nicht entgangen. Der Sergeant wandte sich an die Männer der Kompanie, die ihre Gefangenen bewachten und sich mit ihren Taten brüsteten. »Schluss jetzt, das hier ist kein verdammtes Erntedankfest! Ladet gefälligst eure Gewehre nach. Die kommen wieder.«

KAPITEL 22

Die Schlacht war kurz aufgeflammt, dann hatten die Waffen wieder geschwiegen, und während nun die Sonne höher stieg und der Rauch sich im Nichts verlor, füllte sich das Tal des Portina mit Männern, Briten wie Franzosen, die gekommen waren, um die Verwundeten zu bergen und die Toten zu begraben. Soldaten, die sich noch vor einer Stunde verzweifelt bemüht hatten, einander umzubringen, schwatzten nun miteinander und tauschten Tabak gegen Proviant, Wein gegen Schnaps.

Sharpe begab sich mit einem Dutzend Männern zum Bach, um nach vier Soldaten der Leichten Kompanie zu suchen, die vermisst wurden. Sie waren nicht im Scharmützel gestorben. Alle vier waren sie umgekommen, als sie mit ihren Gefangenen den Hügel hinaufstiegen. Die französischen Kanonen hatten erneut das Feuer eröffnet, diesmal jedoch aus tiefer gerichteten Rohren, und die Granaten gingen inmitten der locker gebildeten britischen Reihen hoch, die sich den Hang hinaufschleppten. Die Männer begannen zu rennen, die französischen Gefangenen machten kehrt und sprinteten auf die eigenen Linien zu, doch vor dem Granatfeuer gab es keine Deckung. Sharpe hatte beobachtet, wie eines der eisernen Geschosse auf einen Kaninchenbau traf und mit rauchendem Zünder wieder hochhüpfte. Die Granate, die so klein war, dass man sie mit einer Hand hätte aufheben können, landete neben Gataker. Der Schütze hatte sich gebückt, um das Zündfeuer zu ersticken, doch er kam zu spät, sie explodierte, ließ die Splitter in ihrem Gehäuse auf ihn herabregnen und spie Rauch und Flammen, während sie den Leichnam zurückwarf. Sharpe war neben ihm in die Hocke gegangen, doch Gataker war tot. Der erste Gefallene unter Sharpes Schützen seit den Kämpfen des vergangenen Winters in den nördlichen Bergen.

Als die Kanonen verstummten, wurden die Schützen zurückgeschickt, um rasch die Toten zu begraben, und die Männer hoben im weichen Erdreich am Bach flache Gruben aus. Die Franzosen kamen ebenfalls. Ein paar Minuten lang gingen die Soldaten einander aus dem Weg, aber schon bald riss jemand einen Witz, streckte die Arme aus, und schon schüttelten sich die verfeindeten Soldaten die Hände, probierten untereinander ihre Tschakos aus, teilten sich die mageren Brocken Proviant und benahmen sich eher wie alte Freunde denn wie verschworene Feinde. Das Tal war übersät mit den Rückständen der Schlacht: nicht explodierte Granaten, Waffen, geplünderte Tornister, die üblichen Abfallprodukte der Niederlage.

»Sharpe! Captain!« Sharpe drehte sich um und sah Hogan, der sich seinen Weg durch die Toten und die Verwundeten bahnte. »Ich hab dich überall gesucht!« Der Pionier ließ sich vom Pferd gleiten und sah sich um. »Alles in Ordnung mit dir?«

»Alles in Ordnung.« Sharpe nahm die Wasserflasche entgegen, die Hogan ihm anbot. »Wie geht es Josefina?«

Hogan lächelte. »Sie hat geschlafen.«

Sharpe besah sich die schwarzen Ringe unter den Augen des Iren. »Sie selber nicht?«

Hogan schüttelte den Kopf und deutete auf die Leichen. »Eine schlaflose Nacht ist kein Grund, sich zu beklagen.«

»Und Josefina?«

»Ich denke, es geht ihr gut. Wirklich, Richard.« Wieder schüttelte Hogan den Kopf. »Sie wirkt bedrückt, unglücklich. Aber was soll man nach dem gestrigen Abend schon anderes erwarten?«

Gestern Abend, dachte Sharpe. Guter Gott, das war ja nicht einmal vierundzwanzig Stunden her. Er wandte sich ab und betrachtete das blutgetränkte Wasser des Portina und die Franzosen am anderen Ufer, die dort eine weite flache Grube aushoben, in die ihre entkleideten Toten geworfen wurden. Dann wandte er sich wieder Hogan zu. »Was geht in der Stadt vor?«

»In der Stadt? Oh, du machst dir Sorgen um ihre Sicherheit?« Sharpe nickte. Hogan holte seine Schnupftabaksdose hervor. »Alles ist ruhig. Man hat die meisten Spanier wieder zusammengetrieben, und sie sind an ihre Linien zurückgekehrt. In der Stadt gibt es einen Wachdienst, der weitere Plünderungen verhindert.«

»Demnach ist sie in Sicherheit?«

Hogan sah Sharpes rot geränderte Augen, die tiefen Schatten auf seinem Gesicht und stimmte zu. »Sie ist in Sicherheit, Richard.« Hogan schwieg. Sharpes Gesicht machte ihm Angst. Ein grimmiges Gesicht, dachte er, wie das eines verzweifelten Abenteurers, der beim Würfelspiel alles auf einen Wurf zu setzen bereit ist.

Die beiden Männer begannen am Bach entlangzugehen, zwischen den Leichen, und Hogan dachte an den Dragoner des Prince of Wales, einen Captain mit gebrochenem Arm, der frühmorgens im Hause vorgesprochen hatte. Josefina war überrascht gewesen, ihn zu sehen, aber erfreut, und hatte Hogan mitgeteilt, sie habe den Kavallerieoffizier am vergangenen Tag in der Stadt kennengelernt. Der Dragoner hatte Hogan seinen Wachdienst abgenommen, doch dies, dachte der Pionier, war nicht der richtige Zeitpunkt, Sharpe von Captain Claud Hardy zu berichten. Hogan hatte den Mann gemocht, war sogleich eingenommen gewesen von Hardys lachender Schilderung, wie er vom Pferd gefallen sei, und der Ire konnte sehen, wie erleichtert

Josefina war, jemanden am Bettrand sitzen zu haben, der ihr Witze erzählte und munter von Bällen und Banketten plauderte, von Jagdgesellschaften und Pferden, der aber zugleich Verständnis hatte für das Entsetzen, das nach wie vor in den Erinnerungen an den vergangenen Abend lauerte. Hardy tat Josefina gut, das war Hogan klar, aber dies war nicht die Zeit, es Sharpe zu sagen. »Richard?«

»Ja?«

»Hast du etwas unternommen wegen...?« Hogan brach ab.

»Gibbons und Berry?«

»Ja.« Hogan trat beiseite und wich mit seinem Pferd einem Franzosen aus, der einen nackten Leichnam über das Gras zerrte. Sharpe wartete, bis der Mann fort war.

»Wieso?«

Hogan zuckte mit den Schultern. »Ich habe mir Gedanken gemacht.« Er sprach zögernd. »Ich hatte gehofft, dass du vorsichtig sein würdest, nachdem du eine Nacht darüber nachgedacht hast. Deine Laufbahn könnte dabei draufgehen. Ein Duell, eine Rauferei. Sei vorsichtig.« Hogan flehte ihn praktisch an.

Sharpe blieb stehen und drehte sich nach ihm um. »Eines verspreche ich Ihnen. Ich werde Lieutenant Berry nichts mehr antun.«

Hogan überlegte einen Moment. Sharpes Gesichtsausdruck war nicht zu deuten, doch schließlich nickte der Ire bedächtig. »Ich nehme an, das ist gut so. Aber in Bezug auf Gibbons bist du nach wie vor fest entschlossen?«

Sharpe lächelte. »Lieutenant Gibbons wird bald mit Lieutenant Berry wieder vereint sein.« Er wandte sich ab und begann den Hang zu ersteigen. Hogan rannte ihm nach.

»Heißt das...?«

»Ja. Berry ist tot. Sagen Sie das Josefina, ja?«

Hogan empfand ungeheure Trauer, nicht um Berry, der vermutlich verdient hatte, was immer Sharpe mit ihm angestellt hatte, sondern um Sharpe, dem das gesamte Leben wie eine einzige immense Schlacht vorkommen musste und der gelernt hatte, mit unvergleichlicher Grausamkeit zu kämpfen. »Sei vorsichtig, Richard.«

»Das werde ich. Ich verspreche es.«

»Wann sehen wir dich wieder?« Hogan befürchtete, dass Sharpe Josefinas Zimmer betreten und Hardy dort vorfinden könnte.

»Ich weiß es nicht.« Sharpe zeigte auf das wartende französische Heer. »Uns steht noch eine höllische Auseinandersetzung bevor, und ich habe den Verdacht, dass wir alle auf dem Feld bleiben müssen, bis eine Seite den Heimweg antritt. Vielleicht heute Abend. Vielleicht morgen. Ich weiß es nicht.«

Hornsignale klangen durch das Tal, riefen die Männer auf, wieder in Stellung zu gehen, und Hogan schlang sich seine Zügel um die Hand. Die beiden Männer sahen zu, wie britische und französische Soldaten einander die Hand reichten und sich gegenseitig auf die Schultern klopften, ehe das Geschäft des Tötens aufs Neue begann.

Hogan hievte sich in den Sattel. »Ich erzähle ihr von Berry, Richard. Sei vorsichtig, wir wollen dich nicht verlieren.« Er gab seinem Pferd die Sporen und galoppierte am Bach entlang, zurück in Richtung Talavera.

Sharpe marschierte mit seinen Männern den Hang des Medellin hinauf, und sie überschlugen die Beute, die sie den Toten abgenommen hatten. Er selbst hatte nichts gefunden, doch während er den Hügel erklomm, wusste er, dass es auf dem Feld noch vor Sonnenuntergang reichere Beute geben würde. Es galt, einen Adler zu erobern.

Der Morgen zog sich hin. Die beiden Heere standen sich gegenüber. Die Kavallerie beschwerte sich, dass keine flüchtigen Infanteristen vorhanden waren, die sie hätten abschlachten können. Die Artillerie stapelte ihre Munition auf, mit der sie die Infanterie zu zerfetzen gedachte, während die Infanterie selbst im Gras hockte, ihre Munition vorbereitete und die Schlösser ihrer Musketen reinigte. Niemand schien es eilig zu haben. Die erste Attacke war abgeschlagen, und nun waren die Franzosen doppelt entschlossen, das kleine britische Heer vor ihnen zu vernichten.

Durch seinen Feldstecher beobachtete Sharpe, wie sich die blauen Bataillone schleppend formierten, ein Regiment nach dem anderen, eine Brigade nach der anderen, bis er zwischen dem Pajar und dem Cascajal mehr als dreißig Adler zum Angriff versammelt sah. Forrest gesellte sich zu ihm und lächelte nervös, als er das angebotene Fernrohr entgegennahm.

»Machen sie sich bereit, Sharpe?«

Forrest schwenkte die französische Front ab. Es war offensichtlich, was als Nächstes passieren würde. Auf dem Cascajal drehten die Kanoniere die Geschütze so, dass sie auf die Einheiten rechts vom South Essex schießen konnten, auf die Legion und die Guards. Diesen Regimentern gegenüber war eine riesige Horde feindlicher Bataillone versammelt. Es war den Franzosen misslungen, den Medellin einzunehmen, bei Nacht und dann bei Tag, daher planten sie nun einen Hammerschlag von solcher Wucht, dass kein Heer der Welt der Wut und Intensität ihres Angriffs standhalten konnte.

Hinter der französischen Infanterie konnte Sharpe ungeduldige Kavalleristen erkennen, die darauf warteten, durch die Lücken vorzupreschen und die besiegten Briten niederzumetzeln. Der Tag versammelte seine Kräfte, verhielt vor dem Blutbad, rüstete sich für die nachdrückliche Demonstration der französischen Überlegenheit, die Britanniens Heer zerstören, es verächtlich beiseitestoßen würde – und endlich, um ein Uhr, eröffneten die französischen Kanonen erneut das Feuer.

KAPITEL 23

Sir Henry Simmerson hatte sich den Morgen über kaum von der Stelle gerührt. Er hatte die Zerschlagung des ersten Angriffs beobachtet, doch abgesehen von der Leichten Kompanie war das South Essex nicht gebraucht worden. Nun, das wusste Sir Henry, würde sich das ändern. Am östlichen Ufer des Portina wimmelte es von französischen Soldaten, Bataillon um Bataillon wurde dort ausgerichtet, in Marschformation vorzurücken, und Sir Henry hatte sie schweigend durch sein Fernrohr inspiziert. Fünfzehntausend Männer bereiteten sich darauf vor, gegen das Zentrum der britischen Front anzurennen, und dahinter waren weitere fünfzehntausend, die sich schon dem Pajar und dem Geflecht von Hindernissen näherten, das den Spaniern Schutz bot.

Rechts von Sir Henry warteten die vier Bataillone der King's German Legion, die Goldstream Guards und die 3rd Guards auf den Angriff, doch Sir Henry war überzeugt, die Schlacht sei bereits verloren. Kein Aufgebot, nicht einmal die prahlerische Legion oder die Guards, konnte der überwältigenden Überzahl widerstehen, die dort auf das Signal zum vereinten Vormarsch wartete.

Sir Henry grunzte und verlagerte sein Gewicht im Sattel. Er hatte also recht behalten. Es war Wahnsinn gewesen, Wellesley ein Heer zu überlassen, es war Wahnsinn, in diesem gottverlassenen heidnischen Land anzutreten, wenn es den Briten doch viel besser anstünde, hinter den Mauern flämischer Städte zu kämpfen.

Er blickte wieder zu den Franzosen hinüber. Jeder Idiot konnte sehen, was gleich passieren würde. Die riesigen Marschsäulen würden die dürftige britische Front durchdringen wie ein wütender Stier einen Lattenzaun. Talavera würde abgeschnitten werden, die Spanier wie die Ratten durch die Straßen gejagt, aber die Soldaten auf dem Medellin, darunter sein eigenes Bataillon, waren noch schlimmer dran. Zumindest blieb den Einheiten nahe Talavera eine Chance, die Brücke zu erreichen und den langen Rückzug in die Schande anzutreten. Für das South Essex jedoch und für die anderen Bataillone konnte es nur ein Schicksal geben: abgeschnitten zu werden und die unvermeidliche Kapitulation.

»Wir werden nicht kapitulieren.«

Lieutenant Gibbons rückte mit seinem Pferd dichter an das seines Onkels heran. Er war bisher nicht auf den Gedanken gekommen, sie könnten sich ergeben, doch er wusste seit Langem, dass die einfachste Methode, sich die Gunst von Sir Henry zu erhalten, darin bestand, ihm zuzustimmen. »Sehr richtig, Sir.«

Simmerson schob das Fernrohr zusammen. »Das wird eine Katastrophe, Christian, eine Katastrophe. Das Heer steht kurz vor der Vernichtung.«

Sein Neffe pflichtete ihm bei, und Simmerson sann wohl zum tausendsten Mal darüber nach, was für eine Verschwendung von Talent es doch bedeutete, dass Gibbons nur Lieutenant war. Er hatte von seinem Neffen nie etwas anderes zu hören bekommen als militärische Vernunft, der Junge hatte Verständnis für all seine Probleme, war mit seinen Lösungen einverstanden, und wenn Sir Henry auch vorübergehend außerstande war, seinem Neffen den verdienten Rang eines Captains zukommen zu lassen, so konnte er ihn doch zumindest von dem verfluchten Sharpe fernhalten und ihn als geschätzten Berater und Vertrauten einsetzen.

Ein neues Bataillon erschien an der französischen Front, beinahe direkt dem South Essex gegenüber, und Simmerson zog das Fernrohr aus und nahm es in Augenschein.

»Seltsam.«

»Sir?« Simmerson überreichte seinem Neffen den Feldstecher. Das frisch eingetroffene Bataillon, das hinter dem Cascajal hervormarschiert war, war in weiße Jacken mit roten Aufschlägen und Kragen gekleidet. Simmerson hatte eine solche Einheit noch nie gesehen.

»Major Forrest!«

»Sir?«

Simmerson deutete auf das neue Aufgebot, das sich nun zur Marschsäule formierte. »Wissen Sie, was das für welche sind?«

»Nein, Sir.«

»Dann finden Sie's heraus.«

Der Colonel beobachtete Forrest, wie dieser seinem Pferd die Sporen gab und die Front entlang davonritt. »Wird sich an Sharpe wenden. Der weiß seiner Meinung nach alles.« Nicht mehr lange, dachte Simmerson, denn diese Schlacht würde das Ende für militärische Abenteurer wie Sharpe und Wellesley bedeuten und man würde das Heer wieder den klugen, vernünftigen Offizieren, Männern wie Sir Henry Simmerson anvertrauen.

Er drehte sich um und sah zu, wie in den Reihen der King's German Legion und der Guards die Granaten explodierten. Die Bataillone lagen flach auf dem Boden, und die meisten der französischen Geschosse sausten über ihre Köpfe hinweg und richteten keinen Schaden an. Hin und wieder jedoch stieg mitten in den Reihen eine Rauchwolke auf, und Simmerson konnte erkennen, wie die Sergeants die verstümmelten Toten beiseitezerrten und die Lücken auffüllten. Die Vorhut war ausgeschwärmt, lag im langen Gras am Bach, eine nichtssagende Geste angesichts des bevorstehenden französischen Angriffs.

Forrest kam zurück.

»Major?«

»Captain Sharpe sagt, sie gehören der Deutschen Division an, Sir. Er meint, es könne sich um die Holländerbataillone handeln.«

Simmerson lachte. »Deutsche gegen Deutsche, wie? Sollen sie sich doch gegenseitig umbringen!«

Forrest lachte nicht.

»Captain Sharpe ersucht, dass Sie die Leichte Kompanie vorschicken, Sir. Er glaubt, dass die Holländer hier angreifen werden.«

Simmerson sagte nichts. Er beobachtete die Franzosen, und die Holländer, wenn es welche waren, standen in der Tat dem South Essex beinahe direkt gegenüber. Nun bildete ein zweites Bataillon eine Marschsäule hinter dem ersten. Simmerson jedoch hatte nicht die Absicht, sein Bataillon in den Todeskampf von Wellesleys Heer zu verwickeln. Sollte die King's German Legion doch die Holländer aus der Deutschen Division bekämpfen, Simmerson jedenfalls würde zumindest sein Bataillon vor dem Untergang bewahren.

»Sir?« Forrest wartete auf seine Anweisungen.

Simmerson verbat sich mit einer Handbewegung die Einmischung. Er hatte einen Gedanken im Kopf, eine Idee, die in die Zukunft wies, deren Gelingen davon abhing, was er jetzt unternahm, und er sah, wie sie sich in all ihrer Schönheit in seinem Kopf entwickelte. Das Heer war zum Untergang verdammt. Das stand fest. In etwa einer Stunde würden Wellesleys Soldaten entweder tot oder gefangen sein, aber es war nicht unbedingt nötig, dass das South Essex von dieser Katastrophe erfasst wurde. Wenn er die Männer jetzt in Marsch setzte, fort vom Medellin in eine rückwärtige Stellung, dann konnten sie nicht von den Franzosen umzingelt werden. Mehr noch, sie würden zum Sammelpunkt all jener werden, denen es gelingen mochte, der Wut der Franzosen zu entgehen, und dann konnte er sie, die einzige Einheit, die ungeschoren aus der Vernichtung eines ganzes Heeres hervorgegangen war, zurück nach Lissabon und dann nach England führen. Eine solche Tat musste einfach belohnt werden, und Simmerson stellte sich vor, wie gut ihm der üppige goldene Spitzenrock und der Zweispitz eines Generals stehen würden.

Aufgeregt hielt er sich am Knauf seines Sattels fest. Es war so offensichtlich! Er war nicht so dumm, dass ihm nicht klar gewesen wäre, dass der Verlust der Fahne bei Valdelacasa ein Schandfleck war, der gegen ihn sprach, obwohl er überzeugt war, in seinem Brief plausibel und eindeutig Sharpe die Schuld daran zugewiesen zu haben. Wenn es ihm jedoch gelang, einen noch so kleinen Teil dieses Heeres zu retten, würde Valdelacasa in Vergessenheit geraten, und die Horse Guards in Whitehall würden gezwungen sein, seine Fähigkeiten anzuerkennen und seine Initiative zu belohnen.

Sein Selbstvertrauen wuchs ins Unermessliche. Zeitweise hatten ihn die harten Männer, die diesen Krieg ausfochten, aus dem Konzept gebracht, doch jetzt hatten sie das Heer in eine schreckliche Lage gebracht, und nur er, Simmerson, besaß den Weitblick, zu sehen, was angebracht war. Er richtete sich im Sattel auf.

»Major! Das Bataillon soll kehrtmachen und dort links eine Marschsäule bilden!« Forrest rührte sich nicht. Der Colonel riss sein Pferd herum. »Los, Forrest, wir haben nicht viel Zeit!«

Forrest war entsetzt. Wenn er tat, was Simmerson befohlen hatte, würde das South Essex wie eine Schwingtür zurückweichen und eine Lücke in der britischen Front hinterlassen, durch die die Franzosen ihre Truppen eindringen lassen konnten. Und die Franzosen hatten den Vormarsch angetreten! Ihre Voltigeure schwärmten aus in Richtung Bach, die Trommeln hatten ihren kriegerischen Rhythmus angeschlagen und die Granaten fielen immer dichter in die Reihen der German Legion. Simmerson versetzte Forrests Pferd einen Schlag. »Beeilung, Mann! Das ist unsere einzige Hoffnung!«

Die Befehle wurden erteilt, und das South Essex begann mit seinem schwerfälligen Schwenk, der die Flanke des Medellin für den Feind öffnete. Sharpes Kompanie bildete den Angelpunkt der Drehung und setzte sich unbeholfen in Bewegung, wobei sich die Schützen immer wieder bestürzt nach den herankommenden feindlichen Formationen umsahen.

Die Vorhut hatte den Kampf bereits aufgenommen, Sharpe hörte schon die Musketen und Gewehre, und dreihundert Yards jenseits des Bachs befanden sich die Adler im Anmarsch. Diese Attacke war nicht nur umfangreicher als die erste, diesmal schickten die Franzosen auch noch die Feldartillerie mit den Marschsäulen vor. Sharpe konnte die Pferde und Geschütze sehen, die darauf warteten, ihre Fahrt zum Bach anzutreten. Und das South Essex zog sich zurück!

Sharpe stolperte die schwenkende Linie entlang.

»Sir!«

Simmerson blickte auf ihn hinab. »Captain Sharpe?«

»Um Gottes willen, Sir! Eine der Kolonnen hat es auf uns abgesehen...« Er wurde unterbrochen von einem Lieutenant der Dragoner, einem Angehörigen von Hills Stab, der sein Pferd in einem Staubwirbel zum Stehen brachte. Simmerson besah sich den Neuankömmling. »Lieutenant?«

»Empfehlung von General Hill, Sir, Sie möchten bitte in Position bleiben und ihre Vorhut aussenden.«

Simmerson nickte huldvoll. »Meine Empfehlung an General Hill, aber er wird schon sehen, dass ich das Richtige tue. Weitermachen!«

Sharpe dachte daran, zu widersprechen, doch er wusste, das war aussichtslos. Er rannte zu seiner Kompanie zurück. Harper stand hinter ihr, achtete auf den ordnungsgemäßen Ablauf und blickte seinem Captain bekümmert entgegen.

»Was liegt an, Sir?«

»Wir rücken vor, das ist es, was anliegt.« Sharpe drängte sich durch die Reihen. »Leichte Kompanie! Ausschwärmen! Mir nach!«

Er rannte den Hügel hinab, und seine Männer folgten ihm. Dieser verdammte Simmerson! Die Voltigeure des weißberockten Bataillons waren bereits über den Bach gekommen und umrundeten die Flanke der King's German Legion, und Sharpe konnte sehen, dass schon viel zu viele Tote und Verwundete herumlagen, wo die Legion gegen eine doppelte Übermacht ankämpfte. Es war ein Lungen zerfetzender Lauf, behindert durch Tornister, Beutel, Provianttaschen und Waffen. Doch die Männer mühten sich ab, die Holländer zu erreichen, die den Bach überquert hatten. Inmitten der Leichten Kompanie schlugen Granaten ein, und Harper, der die Männer vor sich hertrieb, sah zwei von ihnen fallen, doch es war keine Zeit, sich um sie zu kümmern. Als er sah, wie Sharpe in vollem Lauf seinen schweren Degen aus der Scheide zog, wurde Harper klar, dass der Captain vorhatte, direkt auf die Voltigeure zuzustürmen und sie zurück über den Bach zu treiben. Harper holte tief Luft. »Bajonette! Bajonette!«

Die Männer mit den Musketen hatten kaum noch Zeit, ihre Bajonette aufzusetzen, aber für die Schützen galt das nicht. Das Bajonett der Baker war lang und mit einem Griff versehen, und Sharpes Schützen hielten sie wie Schwerter.

Die Franzosen sahen sie kommen, drehten sich um und mühten sich mit ihrer Munition ab. Eine erste Kugel schwirrte an Sharpes Ohr vorbei, eine zweite prallte vom Boden ab und traf seine Feldflasche, und dann hieb er bereits mit seinem Degen auf den nächststehenden Mann ein, während die übrige Kompanie zustach und brüllte und die weißberockten Voltigeure sich beeilten, wieder ans ferne Ufer des Portina zu gelangen.

»Runter! Runter! Runter!« Sharpe schrie seine Männer verzweifelt an und stieß zwei von ihnen eigenhändig zu Boden. Die Front der Vorhut war wiederhergestellt, aber das war nur ein kleiner Sieg. »Tief ansetzen!«, rief Sharpe seinen Männern zu. »Bringt die Schweinehunde um!«

Die holländischen Stoßtrupps formierten sich neu und begannen aus der Deckung heraus über den Bach zu schießen. Sharpe ignorierte sie und rannte weiter, bis er einen Captain der King's German Legion entdeckte, dessen Einheit unter Simmersons Weigerung, die Leichte Kompanie auszusenden, hatte leiden müssen.

»Tut mir leid!«

Der Captain winkte ab. »Nichts für ungut! Wir kämpfen gegen die Deutsche Division, ja?« Der Captain lachte. »Das sind gute Soldaten, aber wir sind besser. Viel Spaß!«

Sharpe kehrte zu seiner Kompanie zurück. Der Feind war fünfzig Yards entfernt auf der anderen Seite des Bachs, und Sharpes Schützen behaupteten dank der sieben spiralförmigen Züge im Lauf der Gewehre ihre Überlegenheit. Die Voltigeure wichen allmählich zurück, und Sharpes Rotröcke aus dem South Essex robbten näher an den Bach heran, um ihre Trefferquote zu erhöhen. Er beobachtete sie voller Stolz, wie sie einander halfen, sich auf Ziele hinwiesen, mit kühlem Kopf ihre Schüsse abgaben und sich an die Regeln erinnerten, die er ihnen auf dem Vormarsch nach Talavera eingebläut hatte. Ensign Denny stand aufrecht da und feuerte sie mit schriller Stimme an, und Sharpe stieß ihn zu Boden. »Machen Sie sich nicht selbst zum Ziel, Mister Denny, die haben es besonders auf vielversprechende junge Offiziere abgesehen!«

Denny strahlte von einem Ohr zum anderen über das Kompliment. »Wie steht es mit Ihnen, Sir? Warum legen Sie sich nicht auch flach?«

»Gleich. Denken Sie dran, in Bewegung zu bleiben!«

Harper kniete neben Hagman, lud für ihn und suchte für den alten Wilderer nach geeigneten Zielen. Sharpe gab ihnen sein Gewehr und überließ es ihnen, die feindlichen Offiziere abzuschießen. Knowles kümmerte sich vernünftigerweise um das ungeschützte Ende der Linie, dirigierte das Feuer von einem halben Dutzend Männern so, dass es die Weißröcke davon abhielt, dem South Essex in die Flanke zu fallen, und Sharpe wurde dort nicht gebraucht. Er grinste. Die Kompanie machte ihre Sache gut, sie kämpfte wie eine altgediente Einheit, und am anderen Ufer gab es bereits ein Dutzend Tote. Auf ihrer Seite waren es zwei im roten Rock, aber das South Essex behielt, vermutlich wegen der Heftigkeit seiner Attacke, die Initiative, und die Holländer wollten nicht das Risiko eingehen, der britischen Vorhut allzu nahe zu kommen.

Hinter den Voltigeuren jedoch rückte stetig die erste Marschsäule vor, die am weitesten rechts stehende einer ganzen Serie von Formationen, die zwischen dem Cascajal und der Stadt die Ebene füllten. Bis zum Angriff waren es nur noch Minuten, und wenn er kam, wusste Sharpe, würde die Vorhut zurückgedrängt werden. Der gesamte Horizont war von den Staubwolken verhüllt, welche die vielen Tausend französischen Infanteristen aufwirbelten, ihr Getrommel und Geschrei nahm es an Lautstärke mit dem Lärm der Kanonen und der explodierenden Granaten auf, und das Hintergrundgeräusch bildete der unheimliche Klang der rasselnden Ketten, die zum Zuggeschirr der Feldartillerie gehörten.

Sharpe hatte noch nie einen Angriff von solchen Ausmaßen gesehen. Die Marschsäulen erstreckten sich an der Front über eine halbe Meile, und hinter ihnen, kaum zu sehen im Staub und Qualm, befand sich eine ebenso umfangreiche zweite Linie, welche die Franzosen einsetzen würden, falls die Briten den ersten Bataillonen standhielten.

Sharpe sah sich um. Simmerson hatte die Kehrtwendung des Bataillons abgeschlossen, und nun bewegte es sich weg von der großen Lücke, die es in der Front hatte entstehen lassen. Sharpe konnte einen Reiter auf die einzelne Fahne zupreschen sehen, und er nahm an, dass Hill oder gar Wellesley selbst sich wütend mit Simmerson auseinandersetzen würde, doch im Augenblick war die Lücke da, und die weißberockten Holländer marschierten direkt darauf zu.

Er gesellte sich zu Harper. Es konnte nur noch Sekunden dauern, bis die Marschsäule sie zum Rückzug zwingen würde, und er beobachtete ihr langsames Vorankommen und den Adler, der aufreizend in ihrer Mitte aufblitzte. Neben ihm ritt ein Kavallerist mit fransen- und kokardengeschmücktem Hut, und Sharpe tippte Hagman auf die Schulter.

»Sir?« Der Mann aus Cheshire zeigte sein zahnloses Grinsen. Sharpe überbrüllte die Trommelschläge und das Krachen der Musketen. »Sehen Sie den Mann mit dem feschen Hut?«

Hagman hielt Ausschau. »Zweihundert Yards?« Er nahm sein eigenes Gewehr zur Hand und zielte sorgfältig, ignorierte das Schwirren der feindlichen Kugeln um sie herum, atmete halb aus und betätigte den Abzug. Das Gewehr prallte zurück gegen seine Schulter, ein Rauchwölckchen stieg auf, aber Sharpe sprang beiseite und sah den feindlichen Colonel in der

Menschenmasse der Formation verschwinden. Er klopfte Hagman auf den Rücken. »Gut gemacht!«

Er wandte sich den anderen Schützen zu. »Zielt auf die Artillerie! Die Kanonen!« Er fürchtete die Feldartillerie, welche die Franzosen mitbrachten. Wenn man zuließ, dass die Kanoniere nahe genug herankamen und ihre Geschütze mit Splitter- oder Schrotkartätschen laden konnten, würden sie große Breschen in die britische Front schlagen und den französischen Marschsäulen eine Feuerkraft verleihen, die ihnen mit ihrer dichten Formation sonst versagt geblieben wäre.

Er beobachtete seine Schützen, wie sie auf die Pferde zielten und auf die Kanoniere, die oben auf den französischen Vierpfündern hockten. Wenn überhaupt etwas die Artillerie aufhalten konnte, dann die Treffsicherheit der Baker-Gewehre auf weite Entfernungen, doch es blieb nur noch so wenig Zeit, bis die Marschsäule sie zum Rückzug zwang und sie nur noch rennen und schießen würden, rennen und schießen, während sie der riesenhaften Lücke immer näher kamen, die Simmerson in der britischen Verteidigungsfront hinterlassen hatte. Er eilte zu Harper zurück, der sich im Zentrum der Linie befand, und holte sich sein Gewehr wieder.

Als die Marschsäule unter Trommelschlägen immer näher rückte, fassten die feindlichen Voltigeure neuen Mut und versuchten mit kurzen Vorstößen ans Ufer des Bachs die britische Vorhut zu vertreiben. Sharpe konnte ein halbes Dutzend seiner Männer tot oder schwer verwundet daliegen sehen, darunter einen im grünen Rock. Er zeigte auf den Mann und wandte sich mit fragend erhobenen Augenbrauen an Harper.

»Pendleton, Sir. Tot.«

Der arme Pendleton. Gerade siebzehn Jahre alt und noch so viele Taschen übrig, die es auszunehmen lohnte.

Die Voltigeure schossen in immer kürzeren Abständen, machten sich nicht mehr die Mühe, genau zu zielen, sondern konzentrierten sich darauf, den Feind mit Musketenfeuer zu überziehen, und Sharpe sah einen weiteren Mann fallen. Jebediah Horrell, dessen nagelneue Stiefel ihn Blasen gekostet hatten.

Es war Zeit, den Rückzug anzutreten, und Sharpe blies zweimal in seine Pfeife und sah zu, wie seine Männer einen letzten Schuss abgaben, ehe sie ein paar Schritte zurückrannten, niederknieten und nachluden. Er rammte eine Kugel in sein Gewehr und ließ den stählernen Ladestock in den Halteschlitz zurückgleiten. Er sah sich nach einem geeigneten Ziel um und fand es in einem Mann, der den einzelnen Streifen eines französischen Sergeants trug und damit beschäftigt war, die Voltigeure für den Vorstoß über den Bach abzuzählen. Sharpe legte das Gewehr an die Schulter, spürte das beruhigende Klicken, mit dem der abgeflachte Hahn mit dem geschwungenen Hals an der Zugfeder einrastete, und drückte ab. Der Sergeant wirbelte an der Schulter getroffen herum und hielt Ausschau, wer da auf ihn geschossen hatte. Harper packte Sharpes Arm.

»Das war ein grauenhafter Schuss. Nun aber raus hier! Dafür werden sie sich rächen wollen!«

Sharpe grinste und sprintete gemeinsam mit Harper zurück an die neue Front, etwa siebzig Schritte hinter dem Bach.

Die Luft war erfüllt vom »Bum-bum, bum-bum, bumabum, bumabum, bum-bum« und »Vive L'Empereur!«, und die Marschsäulen planschten durch den Bach. Die gesamte Ebene war bedeckt mit französischer Infanterie, die um zahllose Adler versammelt auf die spärliche Verteidigungslinie zumarschierte, wo immer noch die Granaten der Geschütze auf dem Cascajal niedergingen. Die britischen Kanonen hatten ein Ziel vor sich, das sie nicht verfehlen konnten, und Sharpe beobachtete, wie ihre massiven Kugeln immer wieder in die Marschsäulen einschlugen und die Männer zu Dutzenden zerfetzten, doch es waren zu viele Männer, und die Reihen schlossen sich wieder, stiegen über die Toten hinweg, und die Marschsäulen rückten vor.

Von der britischen Vorhut klang ein Jubelschrei herüber, als eines der kugelförmigen Geschosse, Britanniens von Colonel Shrapnel erfundene Geheimwaffe, direkt über einer der Marschsäulen detonierte und die Musketenkugeln, mit denen die runde Ummantelung gefüllt war, auf die Franzosen herabregneten und die Hälfte der Reihen zerfetzte. Aber es waren einfach nicht genug Kanonen vorhanden, um den Angriff abzuwehren, und die Franzosen nahmen ihre Verluste hin und setzten ihren Vormarsch fort.

Während der nächsten zehn Minuten blieb keine Zeit, auf etwas anderes zu achten als vorn auf die Voltigeure, etwas anderes zu tun als zu rennen und schießen, zu rennen und schießen und zu versuchen, die französischen Stoßtrupps bei ihren Marschsäulen festzunageln. Der Feind kam ihnen immer zahlreicher vor, das Trommeln immer lauter, und der Qualm aus Musketen und Gewehren trübte die Luft mit einem verhangenen Schleier, der Sharpes Kompanie umgab und die weißberockten Voltigeure mit ihren eigentümlich kehligen Rufen.

Sharpe führte die Leichte Kompanie zurück an die Stelle, wo sich das South Essex hätte befinden müssen, und vergrößerte den Abstand zwischen seinen Männern und den deutschen Stoßtrupps. Seine Kompanie war auf weniger als sechzig Mann zusammengeschmolzen, und im Augenblick war sie die einzige Einheit, die zwischen der Marschsäule und der leeren Ebene im Rücken der britischen Front stand. Er hatte zwar keinerlei Chance, die feindliche Formation aufzuhalten, solange es ihm jedoch gelang, ihr Vordringen zu verlangsamen, bestand noch Hoffnung, dass sich die Lücke wieder schließen würde und somit die Aufopferung seiner Männer gerechtfertigt war.

Sharpe setzte das Gewehr ein, bis es so verschmutzt war, dass er kaum noch den Ladestock in den Lauf zwängen konnte. Die Schützen hatten längst aufgehört, den geölten Lappen zu benutzen, der die Kugel einhüllte. Wie Sharpe rammten sie in ihrem Bemühen, den Feind zu entmutigen, die Zündladung samt nackter Kugel in die Läufe. Einige Männer rannten nach hinten, urinierten in ihre Gewehre und nahmen erneut den Kampf auf. Das war zwar eine eigenwillige, aber auch die schnellste Methode, auf dem Schlachtfeld das verklumpte Pulver aus einem verschmutzten Lauf herauszuschwemmen.

Dann endlich das ersehnte Geräusch der Querschüsse, der geordneten Salven, mit denen die Einheiten der Legion und der Guards die Spitzen der französischen Marschsäulen zerfetzten und sie niedermachten.

Sharpe konnte das Geschehen kaum mehr überblicken. Das holländische Bataillon war in die Lücke marschiert, hatte sich der Flanke des Siebten Bataillons der King's German Legion zugewandt und dort angehalten. Die Deutschen kämpften an zwei Fronten, vorn und an der Seite, wo das South Essex hätte sein sollen, und Sharpe konnte sie kaum unterstützen. Die Voltigeure waren verschwunden, eingereiht in die Marschsäule, um sie zu verstärken, und Sharpe und seine Kompanie blieben mit geschwärzten Gesichtern und völlig erschöpft im Zentrum der Lücke zurück, mit Blick auf das rückwärtige Ende der feindlichen Formation, das sich darangemacht hatte, die Flanke der Deutschen aufzureiben.

»Warum setzen sie ihren Marsch nicht fort?« Lieutenant Knowles stand, aus einer Schädelwunde blutend und mit einem Gesicht, das ihn plötzlich wie ein Veteran aussehen ließ, neben ihm.

»Weil die anderen Formationen unterlegen sind. Sie wollen nicht als Einzige übrig bleiben.« Da seine eigene Feldflasche zerbrochen war, nahm er einen Schluck aus der, die Knowles ihm anbot, und das Wasser rann ihm wunderbar kühl in die ausgedörrte Kehle. Er wünschte sich, sehen zu können, was vorging, doch die Geräusche sprachen wie immer für sich. Das Getrommel der zwölf französischen Marschsäulen stockte und erstarb, der Jubel der Briten erhob sich, die Salven hörten auf, während Bajonette aus den Hülsen fuhren und auf den Musketen einrasteten. Aus den Hochrufen wurde Rachegeschrei, und die Offiziere im Generalsrang sahen vom Hügel aus zu, wie sich die erste Linie des französischen Angriffs auflöste und die Front der Deutschen und der Guards sie zurücktrieb und die auseinandergebrochenen Kolonnen mit aufgepflanzten Bajonetten über den Bach hinweg verfolgte, vorbei an der Feldartillerie, die der Feind einfach aufgegeben hatte, ohne auch nur einen Schuss abzugeben.

»O Gott«, stöhnte Sharpe ungläubig auf.

»Was denn?« Knowles lenkte seine Blicke zum Bach, hinter das holländische Bataillon, das mutterseelenallein mitten auf dem Schlachtfeld zurückgeblieben war, auf jene Stelle, wo es den sieggewohnten Deutschen schlecht erging. Die ersten französischen Formationen hatten gebrochen und besiegt die Flucht angetreten, doch am Bach stand die zweite Linie bereit, und die verzweifelten Franzosen fanden Zuflucht hinter den kampfbereiten Gewehren der Reserve.

Die deutschen und britischen Soldaten, die in Wallung geraten waren, liefen mit blutbeschmierten Bajonetten und ungeladenen Musketen direkt in das Feuer der französischen Reserveeinheiten, und nun waren die Briten an der Reihe, sich von Musketensalven zerfetzen zu lassen. Sie machten kehrt in heilloser Flucht, und hinter ihnen beschleunigten die Formationen der zweiten Linie, verstärkt durch die Überlebenden der ersten, ihre Trommelschläge und setzten zum Vormarsch auf ein

Feld an, wo sich inzwischen die von Simmerson hinterlassene Lücke auf eine halbe Meile erweitert hatte und die einzigen britischen Soldaten, die dort noch übrig waren, bar jeder Disziplin davonrannten.

Sir Henry, der mitsamt dem South Essex hinter dem Medellin in Sicherheit war, sah den zweiten französischen Vormarsch und seufzte erleichtert auf. Einen Augenblick lang war er entsetzt gewesen. Er hatte beobachtet, wie die französischen Formationen über die Ebene krochen, während hinter ihnen der Staub aufwirbelte und vor ihnen die Voltigeure ausschwärmten. Er hatte gesehen, wie sich die Sonne silbrig an Tausenden von Bajonetten brach und golden an Tausenden von Abzeichen, während die Trompeten und Trommeln die Adler der zwölf Marschsäulen bis an die weite britische Front herantrieben. Und dort zum Stillstand kamen. Die Musketensalven hatten sich über die gesamte britische Linie fortgesetzt wie ein Lauffeuer, ihr Donnern hatte alle anderen Geräusche übertönt, und von seinem Ausguck am Hang aus hatte Simmerson beobachtet, dass die Kolonnen erzitterten wie hoch stehendes Getreide, das von einem plötzlichen Windstoß erfasst wird, als die Salven in sie einschlugen. Dann hatten sich die Marschsäulen aufgelöst, waren einfach auseinandergebrochen, und er konnte kaum glauben, dass eine einzige schwächliche Linie es geschafft haben sollte, solch einen Angriff abzuwehren. Er sah sprachlos mit an, wie die Briten jubelten, wie die Unionsfahnen vorrückten, wie sich die Bajonette dem blauen Feind entgegenstreckten und rot zurückgezogen wurden. Er hatte mit der Niederlage gerechnet und sah stattdessen einen Sieg, er hatte erwartet, dass die Franzosen sich den Weg durch die britische Front freihacken würden, so als sei sie nicht vorhanden, und stattdessen trieben die Briten eine zweifache Übermacht in blutigem Chaos vor sich her, und mit ihnen schwanden seine Träume und Hoffnungen.

Nur dass die Briten zu weit gingen. Die frischen französischen Formationen eröffneten das Feuer, die Deutschen und die Guards wurden auseinandergetrieben und zerschmettert, und ein neuer französischer Angriff, umfangreicher noch als der erste, nahm am Bach seinen Anfang. Der Jubel der Briten war verstummt, die Trommeln waren wieder zu hören, und die Unionsfahnen wichen in aller Eile vor den triumphierenden Adlern zurück.

Er hatte also doch recht gehabt. Er wandte sich ab, um Christian Gibbons auf seinen Weitblick hinzuweisen, musste jedoch feststellen, dass er nicht den Augen seines Neffen, sondern denen eines fremden Lieutenant Colonels begegnete. Oder war der ihm doch nicht so fremd? Irgendwo hatte er den Mann schon einmal gesehen, doch er wusste ihn nicht einzuordnen. Er wollte den Mann soeben ansprechen, doch der elegante Lieutenant Colonel kam ihm zuvor.

»Sie werden abgelöst, Sir Henry. Das Bataillon untersteht meinem Kommando.«

»Was ...«

Der Mann wartete die Erörterung nicht ab. Er wandte sich an einen lächelnden Forrest und bedachte ihn mit einem Schwall von Befehlen. Das Bataillon ging in Stellung, machte kehrt und eilte zurück, der Schlacht entgegen.

Simmerson ritt von hinten an den Mann heran und erhob sein Protestgeschrei, doch der Lieutenant Colonel fuhr mit gezogenem Degen und gefletschten Zähnen herum, und Sir Henry entschied, dies sei nicht der Ort, einen Streit vom Zaun zu brechen, und riss sein Pferd am Zügel. Dann sah der neue Mann Gibbons an.

»Wer sind Sie, Lieutenant?«

»Gibbons, Sir.«

»Ach ja. Ich erinnere mich. Von der Leichten Kompanie?«

»Jawohl, Sir.« Gibbons warf seinem Onkel einen verzweifelten Blick zu, doch Simmerson glotzte wieder die heranrückenden Franzosen an. Der neue Colonel versetzte Gibbons' Pferd mit der flachen Klinge seines Degens einen Klaps.

»Also, auf zur Leichten Kompanie, Mister Gibbons! Beeilen Sie sich. Die können Hilfe brauchen, selbst wenn es die Ihre ist!«

Die Franzosen drangen über eine Ebene vor, die zwar mit Leichen übersät und rauchverhangen war, jedoch unangenehm menschenleer. Sir Henry hockte auf seinem Pferd und sah dem South Essex zu, wie es zum Schlachtfeld marschierte, erspähte ein weiteres Bataillon, das 48th, das sich dem Feind in den Weg stellte, und auf der anderen Seite der gähnenden Lücke kamen noch andere britische Bataillone im Eilmarsch heran, um eine dünne Front zu bilden. Stabsoffiziere wirbelten Staub auf, als sie den Hang hinabgaloppierten, die lang gestreckten Sechspfünder wurden auf ihre Lafettenschwänze zurückgeworfen, als sie den Feind unter Beschuss nahmen, und die britische Kavallerie verharrte drohend, um die feindlichen Reiter von dem Versuch abzuhalten, sich auf die versprengten britischen Bataillone zu stürzen. Die Schlacht war immer noch nicht verloren.

Sir Henry sah sich auf der Hügelkuppe um und fühlte sich furchtbar allein gelassen.

KAPITEL 24

Sharpes Ausblick auf die Schlacht wurde versperrt durch das Bataillon der Holländer und durch den Rauch, der wie seltsame Nebelschwaden in der sengenden Hitze Spaniens dahintrieb. Mit dem Rückzug der ersten Front französischer Einheiten waren die Holländer zum Hauptziel der britischen Kanonen geworden, und die weißberockten Soldaten hatten das einzig Vernünftige getan und waren von der Block- zur Linienformation übergegangen. Nun standen sie wie eine schmutzige weiße Mauer im rechten Winkel zum Bach da, den fliehenden Überresten der King's German Legion zugewandt, die an ihrer Front vorbeirannten.

Sharpe sah, dass die Holländer ihre Musketen luden und auf die aufgelösten Bataillone schossen, aber sie machten keinerlei Anstalten, vorzurücken und die Überlebenden abzuschlachten. Sharpe vermutete, dass das Bataillon, nachdem sein Colonel von Hagman erschossen worden war, nicht recht wusste, was es unternehmen sollte, und daher abwartete, bis der zweite französische Vorstoß zu ihm aufgeholt hatte.

»Sir! Sir!« Ensign Denny zupfte Sharpe am Ärmel und streckte den Arm aus. Durch die hängenden Rauchschwaden der Kanonen auf dem Medellin sah Sharpe ein britisches Bataillon den Hügel herabmarschieren. »Das sind die Unseren, Sir! Die Unseren!« Denny hüpfte aufgeregt von einem Bein aufs andere, als aus den Rauchschwaden vom Hang plötzlich die Fahne des britischen Regiments hervorkam. Sie war immer noch eine Viertelmeile entfernt, und dahinter, kaum zu sehen durch den Qualm, entdeckte Sharpe ein weiteres Bataillon, das auf die Lücke zumarschierte, um sich dem zweiten, noch umfangreicheren französischen Angriff entgegenzustellen. Er spürte, dass der kritische Punkt der Schlacht nahte, und wie zur Bestätigung nahmen die französischen Kanonen erneut das Feuer auf und warfen aus sengend heißen Rohren eine Granate nach der anderen auf die britischen Bataillone, die sich beeilten, eine neue Front aufzubauen, um der nächsten Attacke zu begegnen. Der Sieg war den Franzosen so nahe, sie mussten nur die neue schwache Verteidigungslinie durchbrechen, dann würde der Tag ihnen gehören.

Sharpes Männer waren nur noch eine winzige Schar in einer flachen Talsenke am Rande einer wahrhaft großen Schlacht. Zu beiden Seiten waren Bataillone vernichtet worden, es gab Hunderte von Toten, im Bach floss das Blut, und nun stürmten in Rauch und Schlachtenlärm Tausende von Franzosen auf die brüchige britische Linie ein. Jeden Moment würde der Angriff mit voller Wucht auftreffen, und die britischen Reserven würden entweder auseinanderbrechen oder standhalten, und Sharpe stand mit dem Degen in der Hand unschlüssig da. Harper legte die Hand auf seinen Arm und zeigte auf einen Reiter, der vom Medellin her langsam auf sie zukam.

»Lieutenant Gibbons, Sir!«

Vermutlich kam Gibbons mit Befehlen von Simmerson, aber Sharpe traute dem Colonel nicht und war daher auch nicht sonderlich interessiert an der Botschaft, die Gibbons brachte. Dem South Essex blieben noch wenige Momente, bis es das Feuer auf das weißberockte Bataillon eröffnen musste, und wenn es so weit war, würden sich die Holländer gegen ihre Angreifer wenden, und er hatte keinerlei Vertrauen in Simmersons Fähigkeiten, es mit diesem Bataillon aufzunehmen. Am besten war es, das South Essex zu ignorieren.

Die Holländer waren hinter einer Rauchwolke verschwunden. Je mehr gekämpft wurde, desto mehr verdichtete sich der Pulverdampf zu einer schmutzig weißen Wolke, die alles verbarg, und die fernen Klänge der Kavalleriefanfaren nahmen etwas finster Bedrohliches an. Sharpe entspannte sich. Es gab keine Entscheidungen zu treffen, die Schlacht wurde von Tausenden von Männern jenseits des holländischen Musketenqualms entschieden, und die Leichte Kompanie des South Essex hatte ihre Pflicht erfüllt. Er wandte sich an Harper und lächelte.

»Siehst du, was ich sehe?«

Harper lächelte, und seine weißen Zähne leuchteten im pulvergeschwärzten Gesicht. »Sehr verlockend, Sir. Ich hatte selber schon mit dem Gedanken gespielt.«

Zweihundert Yards entfernt, im Zentrum der holländischen Formation, befand sich ein Adler. Er funkelte golden im Licht, und seine halb entfalteten Schwingen warfen ihre Schatten auf die Stange, an der er befestigt war. Harper starrte auf die Rücken der holländischen Infanteristen, die auf ein unsichtbares Ziel hinten im Nebel schossen. »Das würde eine herrliche Geschichte abgeben, zweifellos.«

Sharpe zupfte einen Grashalm ab und kaute darauf herum, dann spuckte er ihn aus. »Ich kann dir nicht befehlen, mitzukommen.«

Wieder lächelte der Sergeant, ein breites, fröhliches Lächeln auf einem zerklüfteten Gesicht. »Ich hab ohnehin nichts Besseres vor. Aber es braucht mehr als nur uns zwei.«

Sharpe nickte und grinste. »Vielleicht hätte Lieutenant Gibbons Lust, uns behilflich zu sein?«

Harper drehte sich um und starrte Gibbons an, der jetzt fünfzig Yards hinter der Kompanie herumlungerte. »Was will der eigentlich?«

»Gott weiß. Vergessen wir ihn.« Sharpe stellte sich vor seine Männer und sah sie der Reihe nach an. Sie kauerten mit dreckigen Gesichtern und vom Pulverdampf und den Anstrengungen der Schlacht geröteten Augen im Gras. Sie hatten ihre Sache mehr als nur gut gemacht. Nun blickten sie ihn erwartungsvoll an.

»Ihr habt ganze Arbeit geleistet. Ihr habt euch gut geschlagen, und ich bin stolz auf euch.« Sie grinsten, von dem Lob in Verlegenheit gebracht, aber durchaus erfreut. »Ich verlange nicht, dass ihr noch mehr tut. Das Bataillon ist hierher unterwegs, und in einer Minute wird euch Mister Denny zurückführen und wie üblich auf der linken Seite antreten lassen.« Sie waren verdutzt. »Sergeant Harper und ich kommen nicht mit. Wir halten nichts davon, dass unser Bataillon nur eine Standarte hat, also gehen wir eine zweite besorgen. Die da.« Er deutete auf den Adler und sah, wie die Männer an ihm vorbeiblickten. Einer oder zwei grinsten, die meisten wirkten entsetzt. »Wir brechen sofort auf. Wer mitkommen will, ist ein Idiot, aber willkommen ist er doch. Ihr anderen, alle anderen, wenn ihr es so wollt, zieht euch mit Mister Denny zurück. Der Sergeant und ich kommen nach, sobald wir können.«

Denny protestierte. »Ich will auch mit, Sir.«

Sharpe schüttelte den Kopf. »Wer auch immer dabei ist, Sie jedenfalls nicht. Ich wünsche, dass Sie Ihren siebzehnten Geburtstag noch erleben.«

Denny wurde rot, und Sharpe wandte sich von ihnen ab. Er hörte Harper sein Bajonett hervorziehen und dann das Geräusch weiterer einrastender Klingen. Dann ging er mit gesenktem Degen auf den Feind zu. Hinter sich hörte er Schritte. Harper holte zu ihm auf, und gemeinsam schritten sie dem ahnungslosen Bataillon entgegen.

»Sie sind alle mitgekommen. Alle.«

Sharpe sah ihn an. »Alle?« Er drehte sich um. »Mister Denny? Kehren Sie zum Bataillon zurück! Das ist ein Befehl!«

»Aber, Sir ...«

»Nein, Mister Denny. Zurück!«

Er sah zu, wie sich der Junge umdrehte und einige Schritte tat. Gibbons saß immer noch auf seinem Pferd und beobachtete sie, und Sharpe fragte sich zum wiederholten Male, was der Lieutenant hier zu suchen hatte, aber darauf kam es nicht an. Nur der Adler zählte. Er wandte sich ab, setzte seinen Weg fort und betete darum, dass der Feind sie nicht bemerkte, richtete sein Gebet an jenen, der sich hinter dem blauen, rauchgeschwängerten Himmel verbarg, und bat für sie alle um gutes Gelingen. Er hatte sich einen Adler vorgenommen.

Der Feind stand nach wie vor mit dem Rücken zu ihnen, feuerte nach wie vor in den Rauch hinein, und der Schlachtenlärm wurde immer lauter. Endlich konnte Sharpe auch die regelmäßigen, geordneten Salven hören, und er wusste, dass der zweite französische Vorstoß auf die britische Front getroffen war und die entsetzliche Monotonie der britischen Salven mit dem hypnotischen Getrommel wetteiferte. Die sechspfündigen britischen Kanonenkugeln donnerten über ihre Köpfe hinweg und schlugen böse Breschen in die unsichtbaren französischen Marschsäulen, doch die Trommelschläge verstärkten sich, und das herausgebrüllte »Vive L'Empereur!« ließ nicht nach. Plötzlich waren sie auf hundert Yards an den Adler heran, und Sharpe beschleunigte das Tempo. Nun musste der Feind sie einfach wahrnehmen!

Ein Trommlerjunge, der im Recken der feindlichen Linie seine Stöcke betätigte, wandte sich ab, um sich zu erbrechen, und sah die kleine Schar leise durch den Rauch herankommen. Er stieß einen Warnschrei aus, aber niemand hörte auf ihn, dann schrie er ein zweites Mal, und Sharpe sah, wie sich ein Offizier nach ihm umdrehte. Die Reihen gerieten in Bewegung, einzelne Männer schwenkten zu ihnen herum, doch sie hatten ihre Ladestöcke halb in die Läufe gerammt, waren mit dem Nachladen nicht fertig. Sharpe hob seinen Degen. »Vorwärts! Vorwärts!«

Er rannte los, konzentrierte sich ausschließlich auf den Adler und die entsetzten Gesichter der Feinde, die sich verzweifelt beeilten, ihre Musketen zu laden. Um den Standartenträger herum konnte Sharpe Grenadiere mit hohen Bärenfellmützen erkennen, die teilweise mit Äxten bewaffnet waren, die Bewahrer der französischen Ehre. Eine Muskete krachte, und ein Ladestock sauste über seinen Kopf hinweg. Harper war neben ihm, das Schwertbajonett in der Hand, und die beiden Männer brüllten herausfordernd, während die Trommlerjungen nach beiden Seiten auseinanderstoben, und dann stürzten die beiden riesigen Schützen mitten ins Zentrum der feindlichen Linie.

Musketen gingen mit einem entsetzlichen Krachen los, und Sharpe meinte Männer in grünen Uniformen zu sehen, die von der Wucht der losgehenden Schüsse nach hinten gerissen wurden und umkippten. Und dann sah er nichts anderes mehr als einen hoch gewachsenen Grenadier, der mit seinem Bajonett kurze und geübte Stöße ausführte. Sharpe wirbelte zur Seite, ließ die Klinge an sich vorbeigleiten, packte die Mündung der Muskete mit der linken Hand und zerrte den Grenadier an seinen ausgestreckten Degen heran. Jemand schlug von links auf ihn ein, ließ den Kolben einer Muskete auf ihn herabsausen, und er wich aus, sodass nur sein Tornister einen heftigen Schlag erhielt, während er nach vorn gegen den Körper des Grenadiers geworfen wurde, der mit beiden Händen die Klinge festhielt, die in seinem Bauch steckte. Ein Gewehrschuss aus den eigenen Reihen machte Sharpe vorübergehend taub, und plötzlich kam er frei, zog die Klinge aus dem schweren Leichnam und brüllte mordlustig den Männern entgegen, die den Adler bewachten.

Harper hatte sich wie Sharpe durch die vorderste Reihe gekämpft, aber sein Schwertbajonett war zu kurz, und der Ire wurde von zwei Männern mit aufgesetzten Bajonetten zurückgetrieben, doch Sharpe räumte sie mit seinem Degen aus dem Weg, hinterließ dabei eine riesige Kerbe in der Muskete, die ihm am nächsten war, und Harper sprang in die Lücke, rechts und links Hiebe austeilend, während Sharpe neben ihm weiterkämpfte.

Noch mehr Musketen, noch mehr Schreie, die Weißröcke versuchten sie zu packen, indem sie sie umzingelten und nachluden. Der Adler trat den Rückzug an, doch es gab für den Standartenträger keinen anderen Weg als den in die Salven jenes unsichtbaren britischen Bataillons, das sich irgendwo in dem Rauch aufhielt, der vom Aufprall Marschsäule gegen Verteidigungslinie herrührte.

Ein Axtträger rannte auf Sharpe zu, ein Hüne von einem Mann, ebenso groß wie Harper, und er lächelte, als er die mächtige Waffe hob und sie dann kraftvoll hinabsausen ließ zu einem Schlag, der einem Ochsen den Kopf abgetrennt hätte. Sharpe wich ruckartig aus, spürte den Zugwind der Klinge und sah die Axt im blutnassen Boden stecken bleiben. Er schlug den Degen abwärts in den Nacken des Mannes, wusste, dass er ihn getötet hatte, und beobachtete, wie Harper die Axt aus der Erde zog und sein Bajonett wegwarf. Der Ire brüllte in der Sprache seiner Vorfahren, und er wirbelte die Axt so ungestüm im Kreis herum, dass selbst Sharpe sich ducken musste, als Patrick Harper seinen Weg fortsetzte: mit zurückgezogenen Lippen im geschwärzten Gesicht, ohne Tschako, das lange Haar vom Pulverstaub verfilzt und die mächtige silberne Waffe in seinen Händen – so bahnte er sich seinen Weg durch die Feinde.

Der Standartenträger sprang aus den Reihen, um den kostbaren Adler außen am Bataillon entlanglaufend in Sicherheit zu bringen, doch es krachte, der Mann stürzte, und Sharpe hörte Hagmans übliches »Den hätten wir«. Neue Geräusche wurden laut, und das holländische Bataillon erzitterte wie ein verwundetes Tier, als das South Essex an seiner Flanke auftauchte und seine Salven abzugeben begann.

Sharpe wurde von einem verzweifelten Offizier aufgehalten, der mit dem Degen nach ihm schlug, ihn verfehlte und in panischer Angst aufschrie, als Sharpe zustach. Ein Mann in Weiß rannte vor die Linie, um den gefallenen Adler aufzuheben, doch Sharpe hatte die Front ebenfalls durchbrochen und trat dem Mann in die Rippen, bückte sich und hob die Stange vom Boden auf. Der Feind gab einen unartikulierten Schrei von sich, Männer warfen sich ihm mit ausgestreckten Bajonetten entgegen, und er spürte einen Schlag am Schenkel, doch Harper war da mit seiner Axt, und Denny auch, mit seinem lächerlich schmalen Degen.

Denny! Sharpe stieß den Jungen zu Boden, schwang seinen Degen, um ihn zu beschützen, doch in der Brust des Ensigns steckte ein Bajonett, und noch während Sharpe den Degen auf den Kopf des Mannes hinabsausen ließ, merkte er, wie Denny erbebte und in sich zusammensank.

Sharpe brüllte, schwenkte den Adler aus vergoldetem Kupfer gegen die Feinde, sah das Gold durch die Lüfte sausen und sie zurückdrängen, schrie wieder und sprang mit blutigem Degen über die Leichen hinweg.

Die Holländer wichen entsetzt zurück, der Adler kam auf sie zu, und sie flohen beim Anblick der beiden hoch gewachsenen Schützen, die sie anknurrten, die nach ihnen schlugen, die aus einem Dutzend Schnittwunden bluteten und doch weiter angriffen. Sie waren unaufhaltbar!

Und nun kamen die Salven der Briten von rechts und von vorn, und den Holländern, die sich so tapfer geschlagen hatten für ihre französischen Herren, reichte es ein für alle Mal. Sie taten es den übrigen französischen Bataillonen nach und rannten davon, und im Rauch des Portina-Tals befanden sich die zusammengewürfelten Bataillone, das 48th und die Männer der Legion und der Guards, die sich neu formiert hatten und herbeigeeilt waren, um wieder am Kampf teilzunehmen, erneut auf dem Vormarsch über ein Gelände, das vor lauter Blut ganz schlüpfrig war, und sie stießen mit ihren Bajonetten zu und trieben die mächtigen französischen Marschsäulen zurück.

Der Feind wich, floh vor den tropfenden Stahlklingen, eine Szene, die den grausigsten Vorstellungen von der Hölle entsprach. Sharpe hatte noch nie so viele Leichen auf einem Schlachtfeld gesehen, so viel vergossenes Blut. Selbst bei Assaye, einem Gefecht, das er bisher für unvergleichlich grausam gehalten hatte, war nicht so viel Blut geflossen.

Vom Medellin aus, durch den Rauch hindurch, beobachtete Sir Henry den Rückzug des gesamten französischen Heeres, wieder einmal erledigt von britischen Musketen, gebrochen und blutend, um ein Viertel dezimiert, geschlagen, vernichtet von einer einzigen Linie, von der Muskete, die sich an einem guten Tag fünfmal pro Minute abfeuern ließ, von Männern, die sich vor Trommeln nicht fürchteten. Und in seinem Kopf entwarf Sir Henry einen Brief, der erläutern würde, warum der Rückzug des South Essex der entscheidende Schachzug gewesen war, der den Sieg herbeigeführt hatte. Hatte er nicht immer gesagt, dass die Briten gewinnen mussten?

KAPITEL 25

Noch war es nicht ganz vorbei, aber fast. Als die britischen Soldaten reihenweise erschöpft am Ufer des verfärbten Baches Portina niedersanken, hörten sie vereinzelte Schüsse und die schrillen Klänge von Kavallerietrompeten auf dem Gelände nördlich des Medellin. Doch es passierte nicht viel. Die Leichten Dragoner des 23rd Regiments unternahmen eine selbstmörderische Attacke, die britischen Sechspfünder versetzten zwölf französische Bataillonsformationen in Angst und Schrecken, und dann gaben die Franzosen auf. Schweigen breitete sich auf dem Schlachtfeld aus.

Die Briten hatten das Feld und den Sieg für sich – und damit auch die Gefallenen und Verwundeten. Die Verluste betrugen dreißigtausend Mann, aber das wusste zu dem Zeitpunkt noch niemand. Und es wusste erst recht niemand, dass die Franzosen ihren Angriff nicht wiederholen würden, dass König Joseph Bonaparte und die beiden französischen Marschälle während der Nacht in östlicher Richtung davonreiten würden.

Die Verwundeten riefen nach Wasser, nach ihren Müttern, nach einer Kugel, nach allem, was dem Schmerz und der Hilflosigkeit inmitten der Hitze ein Ende machen würde. Und das Entsetzen war für sie nicht etwa vorbei. Die Sonne hatte seit Tagen unbarmherzig geschienen, das Gras auf dem Medellin und drunten im Tal war trocken wie Zunder, und irgendwo flackerte ein Feuer auf, das züngelte, sich ausdehnte, durch das Gras schoss und Verwundete wie Tote gleichermaßen verbrannte. Der Gestank von versengtem Fleisch breitete sich aus und hing in der Luft wie die hartnäckigen Rauchschwaden.

Die Sieger versuchten die Verwundeten wegzuschaffen, doch erschöpft, wie sie waren, überstieg es ihre Kräfte. Das Feuer dehnte sich weiter aus, und die Rettungsmannschaften sanken neben dem verschmutzten Portina zu Boden und stillten ihren Durst mit seinem blutigen Wasser.

Geier kreisten über den nördlichen Hügeln. Die Sonne versank rot und warf schräge Schatten auf das brennende Feld, auf die Männer, die sich mühten, den Flammen zu entgehen, auf die verdreckten Soldaten, die sich aufrafften, die Toten zu plündern und die Verwundeten wegzuschaffen.

Sharpe und Harper gingen ihrer eigenen Wege. Zwei Männer inmitten von Rauchschleiern und brennendem Gras, blutend zwar, aber mit Gesichtern, in denen die heimliche Freude zu lesen stand.

Sharpe hielt den Adler. Er machte nicht viel her. Eine hellblaue, acht Fuß lange Stange, und an ihrer Spitze der vergoldete Vogel mit halb entfalteten Schwingen und einem Donnerkeil in der linken Klaue, mit dem er die Feinde Frankreichs bedrohte. Es war keine Fahne daran befestigt. Wie so viele andere französische Bataillone hatten auch die früheren Besitzer des Adlers ihre Fahne bei ihrer Regimentskasse zurückgelassen und nur Napoleons Ehrengabe in den Krieg mitgenommen. Auch wenn er der Länge und Höhe nach weniger als zwei Handbreit maß, handelte es sich dennoch um einen Adler, und er gehörte ihnen.

Die Leichte Kompanie hatte ihren Abgang verfolgt. Nur Sharpe, Harper und Denny hatten die Linien des feindlichen Bataillons durchbrochen, und als der französische Angriff ins Wanken geriet, waren die Überreste der Leichten Kompanie beiseitegedrängt worden vom panischen Ansturm der Überlebenden, die vor den mechanischen Salven flohen. Lieutenant Knowles, dem eine Kugel in der Schulter steckte, musste zusehen, wie die Männer weiter auf die zurückweichenden Franzosen schossen, und dann führte er sie zurück zum Bataillon. Er wusste, dass Sharpe und Harper irgendwo dort draußen im Rauch waren und dass sie wiederkommen würden, mit oder ohne Adler.

Der ehrenwerte Lieutenant Colonel William Lawford saß auf seinem Pferd und betrachtete die Leichen auf dem Feld. Er hatte das South Essex den Hügel hinabgeführt und die Männer beobachtet, wie sie ihre Musketen abfeuerten, langsam, aber mit ruhiger Hand, mitten unter die weißberockten Feinde. Er hatte den Kampf um den Adler gesehen, doch der Rauch, der von den Salven des Bataillons aufstieg, hatte ihm die Sicht geraubt, und die Überlebenden der Leichten Kompanie wussten wenig mehr zu berichten.

Ein Lieutenant führte dreiundvierzig blutende und verdreckte, aber dennoch breit grinsende Männer heran, die von dem Adler erzählten. Doch wo war er? Er wollte Sharpe sehen, wollte das Gesicht seines Freundes sehen, wenn er erfuhr, dass sein Kamerad aus dem Kerker in Seringapatam nun sein Colonel war. Doch das Feld war in Flammen und Rauch gehüllt, daher gab er die Suche auf und wies dem Bataillon die grässliche Aufgabe zu, die Toten zu entkleiden und die nackten Leichen wie Holzscheite zum Verbrennen aufzustapeln. Es waren zu viele, um sie zu begraben.

Sir Henry Simmerson war erledigt. Wellesley hatte kurz und heftig geflucht und dann Lawford ausgesandt, das Bataillon zu übernehmen. Lawford hoffte, es behalten zu können, es war an der Zeit, dass er ein Bataillon kommandierte, und mit diesem hier war viel anzufangen.

Major Forrest kam auf ihn zugeritten und salutierte.

»Major?«

»Bis auf die Leichte Kompanie, Sir, haben wir kaum Verluste.«

»Wie viele?« Lawford sah zu, während Forrest ein Blatt Papier aus einem Beutel zog.

»Ein Dutzend Tote, Sir, und ungefähr doppelt so viele Verwundete.«

Lawford nickte. »Wir sind gut weggekommen. Und die Leichte Kompanie?«

»Lieutenant Knowles hat dreiundvierzig hergeführt, Sir, und die meisten sind verwundet. Sergeant Read und zwei andere sind beim Marschgepäck geblieben, das macht sechsundvierzig. Fünf Männer waren zu krank, um zu kämpfen, die sind noch in der Stadt.« Forrest hielt inne. »Das macht einundfünfzig, Sir, aus einem Aufgebot von neunundachtzig.«

Lawford sagte nichts. Er beugte sich im Sattel vor und spähte in die ziehenden Rauchschwaden. Forrest räusperte sich nervös. »Sie glauben doch nicht, Sir . . . ?« Er ließ die Frage ausklingen.

»Nein, Major, das tue ich nicht.« Lawford setzte sich auf und wandte sich liebenswürdig an den Major. »Ich kenne Richard Sharpe seit der Zeit, als ich Lieutenant und er Sergeant war. Er hätte eigentlich schon ein Dutzend Mal umkommen müssen, Major, mindestens ein Dutzend Mal, aber irgendwie schlägt er sich immer durch.« Lawford schmunzelte. »Machen Sie sich keine Sorgen um Sharpe, Major. Es ist wesentlich besser, wenn er sich um Sie Sorgen macht. Wer wird sonst noch vermisst?«

»Sergeant Harper, Sir . . .«

»Ah!«, unterbrach ihn Lawford. »Der legendäre Ire.«

»Und Lieutenant Gibbons, Sir.«

»Lieutenant Gibbons?« Lawford erinnerte sich an die Begegnung in Wellesleys Hauptquartier in Plasencia und an den verstockten Ausdruck im Gesicht des blonden Lieutenants. »Ich frage mich, wie er ohne seinen Onkel zurechtkommen wird.« Der Lieutenant Colonel lächelte kurz. Gibbons war seine geringste Sorge. Es gab noch so viel zu tun, so viele Männer zu retten, ehe das Stadtvolk aufs Schlachtfeld strömte, um die Leichen zu fleddern. »Danke, Major. Wir werden einfach auf Captain Sharpe warten müssen. Könnten Sie mittlerweile einen Trupp zusammenstellen, der Wasser für die Männer holt? Und wir wollen hoffen, dass diese französischen Toten anständiges Essen in ihren Tornistern haben, sonst haben wir eine magere Nacht vor uns.«

Die Franzosen hatten tatsächlich zu essen dabei, und Gold, und Sharpe teilte wie immer seine Beute mit Harper. Der Sergeant trug den Adler, und er blickte nachdenklich zu dem Tier auf.

»Hat er einen Geldwert, Sir?«

»Ich weiß nicht.« Aus alter Gewohnheit lud Sharpe sein Gewehr nach, und er stöhnte, während er den Ladestock in den verschmutzten Lauf zwängte.

»Aber wir bekommen doch sicher eine Belohnung, Sir?«

»Das will ich meinen. Der Patriotische Fonds dürfte für hundert Guineas gut sein, wer weiß?« Er ließ den Ladestock wieder in seine Befestigung gleiten. »Vielleicht sagen sie ja nur ›Danke schön‹.« Er verbeugte sich ironisch vor dem Iren. »Danke schön, Sergeant Harper.«

Harper erwiderte unbeholfen die Verbeugung. »War mir ein Vergnügen, Captain Sharpe.« Er unterbrach sich. »Diese räudigen Hunde sollen gefälligst was auszahlen. Ich kann's kaum abwarten, Simmersons Gesicht zu sehen, wenn Sie ihm den hier übergeben.«

Sharpe lachte, auch er freute sich auf diesen Moment. Er

nahm Harper den Adler ab. »Komm. Machen wir uns auf die Suche nach den anderen.«

Harper legte die Hand auf Sharpes Schulter, erstarrte und spähte in den Rauch über dem Bach. Sharpe konnte nichts erkennen.

»Was ist?«

»Sehen Sie ihn nicht, Sir?« Harpers Stimme war gedämpft, erregt. »Da! Verdammt! Jetzt ist er weg.«

»Was, um Himmels willen, was?«

Harper wandte sich ihm zu. »Würden Sie auf mich warten, Sir? Zwei Minuten?«

Sharpe amüsierte sich. »Ein Vogel?«

»Jawohl. Die Elster mit dem blauen Schwanz. Sie ist über den Bach geflogen und kann noch nicht weit sein.« Harpers Gesicht strahlte, die Schlacht war plötzlich vergessen, die Eroberung des Adlers eine Kleinigkeit, verglichen mit der Entdeckung des seltenen Vogels, den zu sehen er sich so lange gewünscht hatte.

»Geh nur, ich warte hier.«

Der Sergeant ging lautlos in Richtung Bach davon und ließ Sharpe im treibenden Rauch zwischen den Leichen zurück. Einmal trabte ein Pferd vorbei, in eigener Sache unterwegs, die eine Flanke blutüberströmt, und in weiter Ferne, hinter dem Feuer, hörte Sharpe, wie die Hörner die Lebenden zum Antreten riefen. Er betrachtete den Adler, den Donnerkeil in seiner Klaue, den Kranz um seinen Hals, und die Freude über seine Eroberung entfachte sich neu. Nun konnten sie ihn nicht mehr nach Westindien schicken! Simmerson konnte sich noch so viel Mühe geben, der Mann jedenfalls, der den ersten erbeuteten Franzosenadler heimbrachte, war vor Sir Henry sicher. Er lächelte, hielt den Vogel hoch, sodass seine Schwingen das Licht einfingen, und hörte den Hufschlag hinter sich.

Sein Gewehr lag auf dem Boden, und er musste es liegen lassen, als er verzweifelt zur Seite hechtete, um Gibbons' Attacke auszuweichen. Der Lieutenant lehnte sich mit gezogenem Krummsäbel und irrem Blick aus dem Sattel. Die Klinge zischte über Sharpes Kopf hinweg, der Captain ging zu Boden, rollte sich ab und erhob sich auf die Knie, während Gibbons die Zügel seines Pferdes aufnahm, es mit einer Hand herumlenkte und zugleich ansporte. Der Lieutenant ließ Sharpe keine Zeit, auch nur die Waffe zu ziehen, legte vielmehr seinen Säbel wie eine Lanze an und preschte heran, um seinem Feind die Klinge in den Bauch zu stoßen.

Sharpe ließ sich fallen, das Pferd donnerte an ihm vorbei und machte auf der Hinterhand kehrt, und dann ragte Gibbons hoch über ihm auf und stach von oben mit dem Säbel auf ihn ein. Keiner der beiden Männer gab einen Laut von sich, das Pferd jedoch wieherte, scheute und schlug aus, und Sharpe konnte ausweichen, als der Säbel herabsauste, und dann mit dem Adler auf den Kopf des Pferdes zielen. Doch Gibbons war ein zu guter Reiter, und er lächelte, während er mühelos dem heftigen Schlag auswich. Der Lieutenant wog den Säbel in seiner Hand. »Geben Sie mir den Adler, Sharpe.«

Sharpe sah sich um. Das geladene Gewehr war fünfzig Yards entfernt, und er rannte darauf zu, obwohl er wusste, dass die Entfernung zu groß war. Dann hörte er hinter sich die Hufe, und der Säbel drang in seinen Tornister ein und warf ihn flach auf den Boden. Er stürzte auf den Adler, vollführte eine Drehung nach rechts, das Pferd wirbelte über ihm auf der Hinterhand herum, wie Hämmer verharrten die Hufe über seinem Gesicht, und die Säbelklinge war ein Lichtbogen hinter den funkelnden Hufeisen.

Wieder rollte er herum, spürte den betäubenden Schlag, als ein Huf seine Schulter traf, wich jedoch weiterhin rollend Gibbons' Säbel aus. Es war hoffnungslos. Der Geruch des Grases setzte sich in seiner Nase fest, die Luft war voller fliegender Hufe, das Pferd blieb über ihm, ohne auf ihn zu treten, und er rechnete jeden Moment damit, dass ihn die Klinge durchbohren und am ausgedörrten Erdboden festnageln würde. Er war wütend auf sich, weil er sich hatte überrumpeln lassen, weil er Gibbons hatte vergessen können, und er fragte sich, wie lange der Lieutenant ihn wohl schon durch den Qualm verfolgt hatte.

Er konnte den rechten Arm kaum bewegen, der Huftritt schien ihn auf ganzer Länge gelähmt zu haben, aber er holte dennoch mit dem Adler aus wie mit einer Waffe und versuchte die Hufe von sich fernzuhalten. Diese verfluchte Elster! Konnte Harper den Kampf denn nicht hören? Dann zielte der Säbel erneut auf seinen Bauch, und Gibbons hielt inne. »Es war sehr angenehm mit ihr, Sharpe. Und den Adler hole ich mir auch noch.«

Gibbons schien ihn auszulachen, sein Mund öffnete sich, öffnete sich weiter, und der Lieutenant stach immer noch nicht zu. Plötzlich riss Gibbons die Augen auf, und Sharpe wich dem Säbel aus, richtete sich auf und sah Blut aus Gibbons Kehle hervortreten und langsam und dickflüssig auf den Säbel tropfen. Sharpe hatte den Adler herumgeschwungen, und die Schwinge der französischen Trophäe traf krachend Gibbons' Mund, brach ihm sämtliche Zähne, zwang seinen Kopf in den Nacken, doch der Lieutenant war bereits tot. Der Adler hatte ihn nach hinten gestoßen, doch nun fiel der Leichnam vornüber auf Sharpe zu, und in seinem Rücken, zwischen den Rippen, steckte das Bajonett einer französischen Muskete. Sergeant Harper aber stand auf der anderen Seite des Pferdes und grinste Sharpe an.

Gibbons' Leiche lag schlaff neben dem Pferd, und Sharpe starrte sie an, starrte auf das Bajonett an der fremdartigen französischen Muskete, das bis zu den Lungen eingedrungen war und dort über dem Körper hin und her schwingend festsaß. Dann wandte sich der Captain an Harper.

»Danke.«

»War mir ein Vergnügen.« Der Sergeant grinste breit, als habe es ihm Spaß gemacht, Sharpe um sein Leben kämpfen zu sehen. »Allein für dieses Erlebnis ist es mir wert gewesen, diesem Heer anzugehören.«

Sharpe lehnte sich an die Stange des Adlers, rang nach Atem, immer noch entsetzt darüber, wie nahe er dem Tod gewesen war. Er schüttelte den Kopf. »Beinahe hätte mich der Hundesohn erwischt!« Er hörte sich erstaunt an, als sei es bislang undenkbar gewesen, dass Gibbons sich als der bessere Kämpfer erweisen könne.

»Erst hätte er mich erledigen müssen, Sir.« Obwohl es sehr beiläufig klang, wusste Sharpe, dass der Sergeant die Wahrheit ausgesprochen hatte, und er lächelte dankbar, ehe er sich aufmachte, sein Gewehr zu holen. Dann drehte er sich wieder um. »Patrick?«

»Sir?«

»Danke.«

Harper tat die Geste ab. »Sorgen Sie nur dafür, dass man uns mehr als hundert Guineas gibt. Es kommt nicht jeden Tag vor, dass wir einen verdammten Adler erbeuten.« Dann durchsuchte der Ire die Kleider des Toten.

Gibbons hatte nicht viel dabei. Eine Hand voll Goldmünzen, eine Uhr, die bei seinem Sturz entzweigegangen war, und den kostbaren Säbel, den sie würden zurücklassen müssen. Sharpe half Harper, kniete neben dem erschlafften Körper nieder, schob die Hand unter Gibbons' Kragen und entdeckte, womit er halb gerechnet hatte: eine goldene Kette. Die meisten Soldaten trugen etwas Wertvolles um den Hals, Sharpe selbst hatte einen Beutel mit Münzen am Hals baumeln. Harper blickte hoch. »Die war mir entgangen.«

Es handelte sich um ein Medaillon, und drinnen befand sich das Bild einer jungen Frau. Sie war blond wie Gibbons, doch ihre Lippen waren voll, wo die seinen schmal waren. Ihre Augen schienen, obwohl das Bildnis so klein war, amüsiert und lebenslustig aus dem goldenen Gehäuse hervorzublicken. Harper beugte sich vor. »Was steht da, Sir?«

Sharpe las die Inschrift innen im Deckel vor.

»Gott schütze dich. In Liebe, Jane.«

Harper pfiff leise durch die Zähne. »Das ist eine Hübsche, Sir.«

Sharpe nahm das Medaillon und schob es in seinen Munitionsbeutel, dann warf er noch einmal einen Blick auf den Toten, auf dessen schmalem Gesicht das Blut glitzerte. Ob sie wohl wusste, was für ein Mann ihr Bruder war?

»Gehen wir, Sergeant.«

Sie gingen über das Gras, stampften durch die Flammen, bis sie die einsame gelbe Fahne des South Essex sahen. Lieutenant Knowles entdeckte sie als Erster. Er brüllte, und plötzlich war die gesamte Leichte Kompanie um sie versammelt, klopfte ihnen auf die Schultern, redete unverständlich durcheinander und schob sie auf die Gruppe von Reitern neben der Fahne zu. Sharpe blickte an einem strahlenden Forrest vorbei und gewahrte Lawford. »Sir?«

Lawford lachte, als er Sharpes Überraschung bemerkte. »Wie ich höre, haben Sie die Ehre, meine Leichte Kompanie zu befehligen?«

»Ihre Leichte Kompanie?«

Lawford hob die Augenbrauen. Er war prächtig gekleidet, in silberne Spitze. »Haben Sie etwas dagegen einzuwenden, Captain Sharpe?«

Sharpe grinste und schüttelte den Kopf. »Sir Henry?«

Lawford zuckte mit den Schultern. »Drücken wir es mal so aus, dass Sir Henry plötzlich brennendes Verlangen empfunden hat, zu den braven Bürgern von' Paglesham heimzukehren.«

Sharpe war nach Lachen zumute. Er hatte gegenüber Lennox sein Versprechen gehalten, doch er wusste, dass er sich in Wahrheit deshalb den Weg zu dem französischen Adler freigekämpft hatte, um seine eigene Laufbahn zu retten. War das etwa alles unnötig gewesen? Dennys Tod, das Sterben so vieler anderer, nur damit er nicht nach Westindien musste? Er hielt die Trophäe in der gesenkten Hand, verborgen im Gewimmel der Männer, doch er befreite sie, sodass das vergoldete Abbild jäh im Sonnenlicht aufblitzte. Er reichte es zu Lawford hinauf. »Die verloren gegangene Regimentsstandarte, Sir. Was Besseres konnten Sergeant Harper und ich nicht kriegen.«

Lawford starrte die beiden Männer an, sah die Müdigkeit unter dem Pulverstaub, die Falten in ihren Gesichtern, in denen das Blut ihrer Schädelwunden geronnen war, und die dunklen Stellen, wo Bajonette ihre grünen Jacken mit Blut getränkt hatten. Er nahm mit ungläubigem Gesicht den Adler entgegen, und ihm war bewusst, dass diese Trophäe das Einzige war, was den Stolz des Bataillons wiederherstellen konnte. Feierlich hob er den Adler hoch in die Luft. Das South Essex, so lange vom ganzen Heer verlacht, jubelte. Die Männer schlugen einander auf die Schultern, rissen triumphierend die Musketen hoch und setzten ihr Jubelgeschrei fort, bis ein anderes Bataillon haltmachte, um nachzusehen, woher der Lärm rührte.

Über ihnen auf dem Medellin hörte auch General Hill den Tumult und richtete sein Fernrohr auf das Bataillon, das beinahe ihre Niederlage verursacht hätte. Er fing den Adler in der Linse ein und ließ den Unterkiefer fallen. »Verflucht noch eins!

Du meine Güte! So etwas. Das South Essex hat einen Adler erbeutet!«

Neben ihm erklang ein trockenes Lachen. Hill drehte sich um und erblickte Sir Arthur Wellesley. »Sir?«

»Ganz Ihrer Meinung, Hill. Das ist übrigens erst das dritte Mal, dass ich Sie habe fluchen hören.« Er nahm Hill das Glas ab und spähte den Hang hinab. »Verflixt! Sie haben recht! Na los, dann wollen wir uns diesen seltsamen Vogel einmal ansehen.«

EPILOG

Der Wein in den Kristallgläsern war tiefrot, der breite, polierte Tisch von zahlreichen Kerzen in silbernen Haltern erleuchtet, und die Bilder, deren uralter Firnis den Lichtkreis reflektierte, stellten feierliche und ehrwürdige Ahnen der spanischen Familie dar, in deren Haus in Talavera Sir Arthur Wellesley Gastgeber einer Abendgesellschaft war. Sogar das Essen wurde dem Anlass in etwa gerecht. Während der Woche, die seit der Schlacht vergangen war, hatte sich die Versorgungslage verschlimmert, die Versprechungen der Spanier blieben unerfüllt, und die Soldaten waren auf magere halbe Ration gesetzt. Wellesley war, wie es einem General zustand, besser weggekommen, und Sharpe hatte die leicht verwässerte Hühnersuppe geschlürft, den Hasenpfeffer genossen, reichlich von Wellesleys liebstem Hammelgericht gegessen und dabei zugehört, wie seine Mitgäste über die Verköstigung murrten, während sie eine Flasche Wein nach der anderen leerten.

»Daddy« Hill war da, rosig und fröhlich lächelte er Sharpe ununterbrochen zu, schüttelte das Haupt und sagte: »Meine Güte, Sharpe, ein Adler.« Robert Crauford saß Sharpe gegenüber – Black Bob, den Sharpe seit dem Rückzug nach La Coruña nicht mehr gesehen hatte. Crauford war für die Schlacht bei Talavera gerade einen Tag zu spät gekommen, obwohl er seine Eliteeinheit, die Leichte Division, innerhalb von sechsundzwanzig Stunden zweiundvierzig Meilen hatte marschieren lassen, um Wellesley einzuholen.

Unter den Einheiten, die er aus England herangeführt hatte,

befand sich das Erste Bataillon der 95th Rifles, und Sharpe war zur Feier seiner Heldentat bereits großzügig in deren Messe verpflegt worden. Und sie hatten noch mehr getan. Sie hatten ihm eine neue Uniform überreicht, und er saß prachtvoll angetan mit makellosem grünen Tuch, schwarzem Leder und silbernen Besätzen an Wellesleys Tafel. Seine alte Uniform hatte er behalten. Morgen, wenn sich das Heer wieder auf dem Marsch befand, würde er es vorziehen, die blutbefleckte Kavalleriemontur zu tragen und die bequemen französischen Stiefel, statt dieser makellosen Uniform samt empfindlichem Schuhwerk.

Black Bob Crauford war in Hochform. Er war der strengste Zuchtmeister des Heeres, ein Tyrann, der zu exzessiven Wutanfällen neigte, geliebt und zugleich gehasst von seinen Soldaten. Nur wenige Generäle verlangten mehr von ihren Männern oder erhielten es gar, und wenn seine Forderungen auch unterstützt wurden von grausamen Strafen, wussten die Männer doch, dass Craufords Gerechtigkeitssinn ebenso unparteiisch wie unvoreingenommen war. Sharpe erinnerte sich daran, wie Crauford einmal einen Kompanieoffizier dabei erwischt hatte, dass er sich in den nördlichen Bergen durch einen eiskalten Bach tragen ließ.

»Lassen Sie ihn fallen, Sir! Lassen Sie ihn fallen!«, hatte der General, der trocken und in Sicherheit auf seinem Pferd saß, dem verblüfften Soldaten zugerufen, worauf der Offizier zur Freude der geplagten Mannschaft kurzerhand im brusthohen Wasser landete.

Nun fixierte der General Sharpe mit zynischem Blick und schlug so fest mit der Faust auf den Tisch, dass das Besteck klapperte. »Sie hatten Glück, Sharpe, verdammtes Glück!«

»Jawohl, Sir.«

»Kommen Sie mir nicht mit ›Jawohl, Sir‹.« Sharpe sah, dass

Wellesley ihn mit amüsierter Miene beobachtete. Crauford schob Sharpe eine Flasche Rotwein hin. »Sie haben fast die Hälfte Ihrer Kompanie verloren! Wenn Sie nicht mit dem Adler zurückgekommen wären, hätten Sie es verdient, gleich zum einfachen Soldaten degradiert zu werden. Hab ich nicht recht?«

Sharpe senkte den Kopf. »Ganz recht, Sir.«

Crauford lehnte sich befriedigt zurück und prostete dem Schützen zu. »Aber Sie haben es dennoch verdammt geschickt angestellt.«

Rund um den Tisch kam Gelächter auf. Lawford, im schmucken Gewand aus Silber und Spitze und zumindest vorläufig als Kommandierender Offizier des South Essex bestätigt, lehnte sich ebenfalls zurück und stellte zwei weitere offene Flaschen auf den Tisch. »Wie geht's dem vortrefflichen Sergeant Harper?«

Sharpe lächelte. »Auf dem Wege der Besserung, Sir.«

»War er schwer verwundet?« Hill beugte sich vor ins Kerzenlicht, das runde Bauerngesicht von Sorge geprägt.

Sharpe schüttelte den Kopf. »Nein, Sir. Die Unteroffiziersmesse des Ersten Bataillons war so freundlich, mit ihm zu feiern. Wie ich höre, hat er dabei die Theorie aufgestellt, ein Mann aus Donegal könne so viel trinken wie drei Engländer.«

Hogan schlug auf den Tisch. Der irische Pionier war fröhlich beschwipst, und er prostete Wellesley zu. »Wir Iren sind nicht zu schlagen. Stimmt's nicht, Sir?«

Wellesley zog die Augenbrauen hoch. Er hatte noch weniger getrunken als Sharpe. »Ich betrachte mich nicht als Iren, Captain Hogan, auch wenn ich dieses Merkmal mit Ihnen gemeinsam haben mag.«

»Unsinn, Sir«, knurrte Crauford. »Ich habe Sie selber sagen hören, dass ein Mann noch lange nicht zum Pferd wird, nur weil er in einem Stall geboren wurde!«

Wieder wurde gelacht. Sharpe lehnte sich zurück, folgte entspannt dem Fortgang der Tischgespräche und ließ das Mahl schwer in seinem Bauch ruhen. Die Bediensteten kamen mit Branntwein und Zigarren, was bedeutete, dass die Tafel bald aufgehoben würde. Gewöhnlich fühlte sich Sharpe nie wohl bei solchen Festen. Er war nicht mit ihnen aufgewachsen, hatte zu wenig Erfahrung darin; diese Männer jedoch hatten ihm die Befangenheit genommen und so getan, als merkten sie es nicht, als er gewartet hatte, bis sie ihr Besteck aufnahmen, um herauszufinden, welches Teil für welchen Gang gedacht war. Er hatte noch einmal die Geschichte erzählt, wie er und Patrick Harper in die feindliche Linie eingedrungen waren, hatte Dennys Tod geschildert, und auch wie sie sich mit Degen und Axt den Weg freikämpfen konnten.

Er schlürfte seinen Wein, bewegte die Zehen in den neuen Schuhen und sann erneut über sein Glück nach. Er erinnerte sich seiner Verzagtheit vor der Schlacht, aber die böse Ahnung, dass er seine Versprechen nicht würde einlösen können, hatte sich nicht bewahrheitet. Vielleicht war er wirklich ein Glückspilz, wie seine Männer behaupteten, aber er wünschte, er hätte eine Ahnung, wie man dieses Glück festhielt. Er dachte an Gibbons' Sturz, an das Bajonett tief in seinem Rücken, an den Anblick Harpers, der gerade noch rechtzeitig von seinem vogelkundlichen Ausflug zurückgekehrt war, um ihm, Sharpe, das Leben zu retten. Am Tag darauf waren alle Spuren des Verbrechens verbrannt worden. Man hatte die Toten, darunter Gibbons, in entkleidetem Zustand aufgestapelt, und die Lebenden hatten Reisigbündel zwischen die Leichen gesteckt und sie angezündet. Es waren einfach zu viele, um sie zu begraben, und zwei Tage lang wurden die Feuer immer wieder mit Holz beschickt, und der Gestank hing über der Stadt, bis die Asche im Tal des Portina verstreut wurde.

»Sharpe?«

Der Zuruf riss ihn aus seinen Gedanken. »Sir? Tut mir leid.«

Wellesley lächelte ihm zu. »Captain Hogan sagte, Sie hätten sich mit der Verbesserung der angloportugiesischen Beziehungen beschäftigt?«

Sharpe warf einen Blick auf Hogan, der nur schelmisch die Augenbrauen hob. Die ganze Woche lang hatte der Ire, wenn es um Josefina ging, entschlossene Fröhlichkeit an den Tag gelegt, und Sharpe, den gleich drei Generäle beobachteten, hatte keine andere Wahl, als zu lächeln und mit einem bescheidenen Schulterzucken zu reagieren.

»Das Glück ist den Tüchtigen hold, wie, Sharpe?«, grinste Hill.

»Jawohl, Sir.«

Er vermisste Josefina. Es war gerade knapp über zwei Wochen her, seit er ihr vom Innenhof des Wirtshauses in die Dunkelheit am Bach gefolgt war, und seither hatte er ganze fünf Nächte mit ihr verbracht. Und nun würde es keine mehr geben. Er hatte es gewusst, sobald er Talavera am Morgen nach der Schlacht erreicht hatte, und sie hatte ihn geküsst und ihm zugelächelt, während im Hintergrund Agostino bereits die ledernen Satteltaschen packte und die Kleider zusammenfaltete, die er nie an ihr zu sehen bekommen hatte. Sie war, an seinen Ellbogen geklammert, mit ihm durch die Stadt gegangen und hatte in sein Gesicht aufgeblickt wie ein Kind. »Es hätte nie überdauert, Richard.«

»Ich weiß.« In Wahrheit war er anderer Ansicht.

»Wirklich?«

Sie wollte, dass er großzügig Abschied nahm, und das war das Mindeste, was er tun konnte. Er hatte ihr von Gibbons erzählt, von dem letzten Blick, ehe das Bajonett an ihm Rache geübt hatte. Sie hatte seinen Arm festgehalten. »Es tut mir so leid, Richard.«

»Um Gibbons?«

»Nein. Dass du das tun musstest. Es war meine Schuld, ich habe mich närrisch benommen.«

»Nein.« Seltsam, dachte er, wie Liebende beim Abschied alle Schuld auf sich nehmen. »Es war nicht deine Schuld. Ich hatte versprochen, dich zu beschützen. Und das habe ich nicht geschafft.«

Sie waren auf einen kleinen, sonnenhellen Platz getreten und hatten ein Kloster erblickt, das eine ganze Seite der Plaza einnahm. Fünfzehnhundert britische Verwundete waren in diesem Gebäude untergebracht, und im oberen Stockwerk arbeiteten die Feldärzte. Aus den Fenstern erklangen unüberhörbar die Schreie, und mit ihnen ergoss sich ein grausiger Strom abgetrennter Gliedmaßen nach draußen, die neben einem Baum aufgestapelt wurden. Ein stetig anwachsender Haufen von Armen und Beinen, bewacht von zwei gelangweilten Soldaten, deren Aufgabe darin bestand, die hungrigen Hunde von dem verstümmelten Fleisch fernzuhalten. Sharpe hatte bei dem Anblick gefröstelt und das alte Soldatengebet aufgesagt: Gott möge ihn verschonen vor den Ärzten mit ihren schartigen Messern und blutverkrusteten Schürzen.

Josefina hatte ihn am Ellbogen gezupft, und sie hatten sich vom Kloster abgewandt. »Ich habe ein Geschenk für dich.«

Er hatte auf sie hinabgeblickt. »Ich habe aber nichts für dich.«

Sie hatte verlegen gewirkt. »Du schuldest Mister Hogan zwanzig Guineas?«

»Von dir lasse ich mir kein Geld geben!« Er hatte offen seine Verärgerung gezeigt.

Doch Josefina hatte den Kopf geschüttelt. »Ich habe ihn bereits ausgezahlt. Nicht böse sein!« Er hatte versucht, sich loszureißen, doch sie klammerte sich fest. »Du kannst nichts mehr daran ändern, Richard. Ich habe es ihm zurückgezahlt. Du hast immer so getan, als hättest du genug Geld, aber ich wusste, dass du es dir leihen musstest.« Sie hatte ihm ein winziges Papierpäckchen überreicht und im Bewusstsein seiner Verlegenheit den Blick abgewandt.

Darin steckte ein Ring aus Silber, auf dem an der breitesten Stelle ein Adler eingraviert war. Kein französischer Adler mit einem Donnerkeil, aber immerhin ein Adler. Sie hatte zu ihm aufgeblickt und sich über seine Miene gefreut. »Den hab ich in Oropesa gekauft. Für dich.«

Sharpe hatte nicht gewusst, was er sagen sollte. Stammelnd hatte er seine Dankbarkeit bekundet, und nun, bei den Generälen sitzend, ließ er die Finger über den silbernen Ring gleiten. Sie waren zum Haus zurückgekehrt, und davor hatte ein Kavallerieoffizier mit zwei Ersatzpferden gewartet.

»Ist er das?«

»Ja.«

»Und er ist reich?«

Sie hatte gelächelt. »Sehr reich. Er ist ein guter Mann, Richard. Er würde dir gefallen.«

Sharpe hatte gelacht. »Das bezweifle ich.« Er hatte ihr sagen wollen, wie sehr ihm Claud Hardy missfallen würde, mit seinem Dandynamen und seiner prächtigen Uniform und seinen Vollblutpferden. Der Dragoner hatte sie beobachtet, als sie zu Sharpe aufblickte.

»Ich kann nicht beim Heer bleiben, Richard.«

»Deshalb gehst du zurück nach Lissabon?«

Sie hatte genickt. »Wir marschieren nicht nach Madrid, oder?« Er hatte den Kopf geschüttelt. »Nun, dann muss es wohl Lissabon sein.« Sie hatte ihm zugelächelt. »Er hat ein Haus in Belem, ein großes. Es tut mir leid.«

»Das muss es nicht.«

»Ich kann nicht im Gefolge eines Heeres mitziehen, Richard.«
Sie hatte um Verständnis gefleht.

»Ich weiß. Aber die Heere folgen dir, wie?« Das war ein
plumper Versuch gewesen, galant zu sein, und sie hatte sich darüber gefreut, doch dann war die Zeit gekommen, Abschied zu
nehmen, und er wollte so sehr, dass sie blieb. Wieder hatte er
nichts zu sagen gewusst.

»Josefina? Es tut mir leid.«

Sie hatte seinen Arm berührt, und in ihren Augen hatten
Tränen geglitzert. Sie hatte sie fortgeblinzelt und sich gezwungen, einen fröhlichen Ton anzuschlagen. »Eines Tages, Richard,
wirst du dich in das richtige Mädchen verlieben. Versprichst du
mir das?«

Er hatte nicht zugesehen, wie sie zu dem Dragoner trat,
sondern hatte sich abgewandt, um sich inmitten des Leichen-
gestanks auf dem Schlachtfeld der Kompanie anzuschließen.

»Captains sollten niemals heiraten.« Crauford schlug auf
den Tisch, und Sharpe fuhr hoch. »Stimmt's nicht?«

Sharpe antwortete nicht. Er fand es gar nicht unwahrscheinlich, dass Crauford recht hatte, und er beschloss wieder einmal,
die Erinnerung an Josefina zu verbannen. Sie war auf dem Weg
nach Lissabon, zu dem großen Haus in Belem, um mit einem
Mann zusammenzuleben, der zur dortigen Garnison versetzt
worden war, und ein Leben der Bälle und der Diplomatie zu
führen. Verdammt das alles.

Er trank seinen Wein aus, griff nach der Flasche und zwang
sich, der Unterhaltung zuzuhören, die inzwischen einen so
trübsinnigen Verlauf genommen hatte wie seine Gedanken. Die
Rede war von den fünfzehnhundert Verwundeten im Kloster, die man in der Obhut der Spanier zurücklassen musste. Hill
äugte besorgt zu Wellesley hinüber. »Wird Cuesta für sie sorgen?«

»Ich wollte, ich könnte es bejahen.« Wellesley schlürfte seinen Wein. »Die Spanier haben keines ihrer Versprechen eingehalten. Es war keine leichte Entscheidung, ihnen die Sorge für unsere Verwundeten zu überlassen, aber wir haben keine andere Wahl, Gentlemen, keine andere Wahl.«

Hill entgegnete »Der Rückzug wird in England nicht gut aufgenommen werden.«

»Zur Hölle mit England!« Wellesley gab sich schroff, und seine Augen wurden lebhaft vor Zorn. »Ich weiß, was England sagen wird: Wir seien wieder einmal aus Spanien vertrieben worden. Und so ist es auch, Gentlemen, so ist es!« Er lehnte sich im Stuhl zurück, und Sharpe konnte die Müdigkeit an seinem Gesicht ablesen. Die anderen Offiziere schwiegen, hörten gespannt zu und konnten wie Sharpe an Wellesleys Miene erkennen, wie schwer ihm diese Entscheidung gefallen war. »Diesmal jedoch...«, der General ließ den Finger um den Rand seines Weinglases gleiten und brachte es so zum Klingen, »...diesmal sind wir nicht von den Franzosen, sondern von unseren Verbündeten vertrieben worden.« Er drückte sich bewusst sarkastisch aus. »Ein hungriges Heer, Gentlemen, ist schlimmer als gar kein Heer. Wenn unsere Verbündeten uns nicht verpflegen können, müssen wir dorthin gehen, wo wir es selbst tun können. Wir werden zurückkehren, das verspreche ich Ihnen, aber es wird eine Rückkehr zu unseren eigenen Bedingungen werden, nicht zu denen der Spanier.« Zustimmendes Gemurmel rund um den Tisch. Wellesley nahm wieder einen Schluck Wein. »Die Spanier haben uns in jeder Hinsicht im Stich gelassen. Sie haben uns Nahrung versprochen und keine geliefert. Sie haben versprochen, uns vor Soults Heer im Norden zu beschützen, und nun stelle ich fest, dass sie es nicht getan haben. Soult, Gentlemen, steht hinter uns, und wenn wir nicht umgehend abziehen, wird aus uns ein umzingeltes und verhungerndes Heer, nur weil wir General Cuesta und seinen Versprechungen Glauben geschenkt haben. Nun hat er uns versprochen, sich um unsere Verwundeten zu kümmern.« Wellesley schüttelte den Kopf. »Ich weiß, was passieren wird. Er wird darauf bestehen, den Franzosen entgegenzumarschieren, er wird Prügel beziehen, und die Stadt wird dem Feind preisgegeben werden.« Er zuckte mit den Schultern. »Ich bin überzeugt, Gentlemen, dass sie unsere Verwundeten besser behandeln werden, als unsere Verbündeten es tun würden.«

Am Tisch herrschte Schweigen. Die Kerzen flackerten und spiegelten sich schimmernd im polierten Holz. Irgendwo in weiter Ferne war Musik zu hören, doch sie verklang mit dem Luftzug hinter den schweren Vorhängen.

Und was sollte nun aus Josefina werden? Sharpe füllte sein Glas mit Wein und reichte die Flasche an Hill weiter. Falls Wellesley recht hatte, würden binnen weniger Tage die Franzosen über Talavera herrschen, und das britische Heer würde sich auf dem Rückzug nach Portugal befinden, vermutlich gar nach Lissabon. Sharpe wusste, dass er Josefina nach wie vor begehrte, und er fragte sich, was passieren würde, wenn die Umtriebe des Krieges sie erneut zusammenführten.

Ein Klopfen an der Tür unterbrach seinen Gedankengang, und er beobachtete, wie ein Captain des Stabes hereinkam und Wellesley ein versiegeltes Papier überreichte. Die Offiziere unterhielten sich weiter, dachten sich allerlei Gesprächsthemen aus, damit Wellesley einigermaßen ungestört die Nachricht öffnen und sich mit dem Captain besprechen konnte. Hill erzählte Sharpe vom Theater in der Drury Lane. Ob er wisse, dass es im Februar abgebrannt sei? Sharpe nickte und lächelte, äußerte sich angemessen, doch seine Blicke schweiften über den Tisch, richteten sich auf die drei Generäle, auf die Aristokraten, und er dachte an das Findlingsheim und an die Gefängnisse, die er als Kind kennengelernt hatte. Er erinnerte sich der stinkenden Kasernen, wo sich zwei Männer eine Koje teilten, an die bösartigen Auspeitschungen, an den beispiellosen Überlebenskampf. Und nun dies? Die Kerzen tanzten im Luftzug, der rote Wein war gehaltvoll und stark, und er fragte sich, wohin ihn der Weg führen mochte, den sie am folgenden Tag im kalten Morgengrauen anzutreten hatten. Wenn es Bonaparte bestimmt war, besiegt zu werden, konnte sich der morgige Marsch noch Jahre hinziehen, ehe er an den Toren von Paris endete.

Der Captain entfernte sich, und Wellesley klopfte auf den Tisch. Die Gespräche verstummten, und sie wandten sich ihrem General mit der Hakennase zu, der das Papier hochhob. »Die Österreicher haben mit Bonaparte Frieden geschlossen.« Er wartete, bis sich die Aufregung legte. »Damit, Gentlemen, sind wir auf uns allein gestellt. Wir können mit weiteren französischen Truppen rechnen, vielleicht gar mit Napoleon persönlich, und mit noch mehr Gegnern daheim.« Sharpe dachte an Simmerson, der sich bereits auf dem Heimweg befand, wie er Pläne schmiedete, im Parlament und in den Salons von London gegen Wellesley und das britische Heer auf der Iberischen Halbinsel zu intrigieren. »Aber, Gentlemen, wir haben dieses Jahr bereits drei Marschälle geschlagen, soll doch der Rest ruhig kommen!«

Die Offiziere klopften auf den Tisch und hoben ihre Gläser. In der Stadt schlug eine Uhr acht, und Sir Wellesley erhob sich abrupt und hielt sein Weinglas hoch. »Ich sehe, die Zigarren sind eingetroffen und der Abend geht zur Neige. Wir brechen früh auf, darum, Gentlemen: Auf den König!«

Sharpe schob seinen Stuhl zurück, nahm das Glas und schloss sich dem Gemurmel an. »Auf den König, Gott segne ihn!«

Er wollte wieder Platz nehmen, freute sich auf den Branntwein und eine der Zigarren des Generals, da merkte er, dass Wellesley immer noch dastand. Er richtete sich auf, verfluchte seinen Mangel an gesellschaftlichem Schliff und hoffte, die Übrigen würden sein Erröten nicht bemerken. Wellesley wartete auf ihn. »Ich erinnere mich an eine andere Schlacht, Gentlemen, bei der beinahe ebenso viel Blut geflossen ist wie bei unserem jüngsten Sieg. Nach der Schlacht von Assaye hatte ich mich bei einem jungen Sergeant zu bedanken, und heute begrüßen wir in unserer Mitte denselben Mann als Captain.« Er prostete Sharpe zu, der sich vor Verlegenheit wand. Er sah, dass die Offiziere ihm zulächelten und ihm ihre Gläser entgegenstreckten. Er blickte hinab auf den silbernen Adler und wünschte sich, Josefina könnte ihn in diesem Augenblick sehen, könnte Wellesleys Trinkspruch hören. Er selbst hörte ihn nur undeutlich.

»Gentlemen. Auf Sharpes Adler!«

HISTORISCHE ANMERKUNG

Sir Arthur Wellesley (der dank der Ereignisse des 27. und 28. Juli 1809 bald darauf zum Viscount Wellesley von Talavera erhoben wurde) hatte nach dieser Schlacht 5365 Tote und Verwundete zu beklagen. Die französischen Verluste beliefen sich auf 7268, die der Spanier auf etwa 600. Die Franzosen verloren darüber hinaus siebzehn Kanonen, leider jedoch keinen Adler. Der erste Adler, der den Briten während des Iberischen Feldzugs in die Hände fiel, wurde von Ensign Keogh und Sergeant Masterman vom 87th erbeutet, einem irischen Regiment, und zwar in der Schlacht von Barossa am 5. März 1811. Keogh erlag seinen Verletzungen, doch Masterman überlebte, wurde mit einem Offiziersrang belohnt und gehörte fortan der kleinen Schar von Offizieren des Iberischen Heers an, etwa 5 Prozent des Gesamtcorps, die den Aufstieg vom einfachen Soldaten geschafft hatten. Ich hoffe, die Geister von Keogh und Masterman sowie die modernen Nachfahren des 87th, die Royal Irish Rangers, werden mir verzeihen, dass ich ihre Glanzleistung in Beschlag genommen habe.

Einen Ort namens Valdelacasa gibt es nicht, auch kein Regiment mit dem Titel South Essex, doch abgesehen von diesen Erfindungen hat der Feldzug von Talavera weitgehend so stattgefunden, wie im Roman beschrieben. Bei der Schilderung der Schlacht sind nur die Abenteuer des South Essex und die Eroberung des Adlers erfunden. Es gab tatsächlich ein holländisches Bataillon, das mit den Franzosen kämpfte, und ich habe mir lediglich die Freiheit genommen, es von seiner Stellung gegenüber den spanischen Befestigungen wegzuverlegen und Sharpe und Harper zum Fraß vorzuwerfen.

Die Darstellung des spanischen Heeres ist bedauerlicherweise auch keine Fiktion. Die Soldaten rannten tatsächlich am Vorabend der Schlacht vor Schreck über die eigene Salve davon, und einige Tage später sollte General Cuesta sie in eine vernichtende Niederlage führen. Talavera wurde den Franzosen überlassen, die, Wellesleys Voraussagen im Roman entsprechend, die britischen Verwundeten mit Freundlichkeit und Rücksicht behandelten. Die Unfähigkeit des spanischen Heeres wurde jedoch mehr als wettgemacht von der Tapferkeit der Guerilleros, die Napoleon veranlassten, Spanien mit einem »Eitergeschwür« zu vergleichen, das seinen Truppen zusetzte.

Viele Details dieses Buches wurden zeitgenössischen Briefen und Tagebüchern entnommen. Szenen wie der immer weiter anwachsende Haufen von Armen und Beinen vor dem Kloster in Talavera übersteigen die Vorstellungskraft und können nur aus den Berichten von Augenzeugen stammen. Zusätzlich zu diesen Berichten habe ich mich weitgehend auf die Zuverlässigkeit der Angaben von Michael Glover in seinem Buch »The Peninsula War« verlassen, auf Jac Wellers »Wellington in the Peninsula« und auf Lady Elizabeth Longfords »Wellington: The Years of the Sword«. Diesen drei Autoren schulde ich besonderen Dank.

Richard Sharpe und Patrick Harper sind leider auch erfunden. Ich hoffe, die heutigen Royal Green Jackets, die einst unter der Bezeichnung 95th Rifles marschiert sind, werden sich ihrer wie auch des abenteuerlichen Weges nicht schämen, der die beiden schließlich irgendwann nach Waterloo führen wird.

Endlich: der erste neue SHARPE seit mehr als 15 Jahren!

Bernard Cornwell
SHARPES MÖRDER
Historischer Roman
Aus dem Englischen
von Rainer Schumacher
400 Seiten
ISBN 978-3-404-18887-1

1815. Der Staub der Schlacht von Waterloo hat sich noch nicht gelegt, und doch ist Lieutenant-Colonel Sharpe und seinen tapferen Riflemen keine Ruhepause vergönnt. Der Duke of Wellington hat erfahren, dass nach dem Untergang Napoleons und seiner Armee bereits ein anderer Feind im Verborgenen lauert – eine geheime Bruderschaft fanatischer Revolutionäre, die wild entschlossen sind, Rache zu nehmen. Er schickt Sharpe auf ein neues Schlachtfeld, ins Labyrinth der Straßen von Paris, wo die Linien zwischen Freund und Feind verwischen. Dort soll er einen gefährlichen Attentäter ausfindig machen und ihn vernichten – oder bei dem Versuch sterben ...

Lübbe